왕자와 거지

클래식 보물창고 14

왕자와 거지

펴낸날 초판 1쇄 2013년 1월 10일
지은이 마크 트웨인 | **옮긴이** 황윤영
펴낸이 신형건 | **펴낸곳** (주)푸른책들 | **등록** 제321-2008-00155호
주소 서울특별시 서초구 양재천로7길 16 푸르니빌딩(양재동 115-6) (우)137-891
전화 02-581-0334~5 | **팩스** 02-582-0648
이메일 prooni@prooni.com | **홈페이지** www.prooni.com

ISBN 978-89-6170-303-1 04840

* 잘못된 책은 구입한 곳에서 바꾸어 드립니다.

이 도서의 국립중앙도서관 출판시도서목록(CIP)은 e-CIP홈페이지(http://www.nl.go.kr/ecip)와
국가자료공동목록시스템(http://www.nl.go.kr/kolisnet)에서 이용하실 수 있습니다.
(CIP제어번호:CIP2012005487)

표지 및 본문 그림 | 프랭크 T. 메릴 · 존 J. 할리 · L.S. 입센

보물창고는 (주)푸른책들의 유아, 어린이, 청소년, 문학 도서 임프린트입니다.

The Prince and The Pauper

왕자와 거지

마크 트웨인 지음 | 황윤영 옮김

보물창고

차례

자비라는 덕성은…… 자비를 베푸는 자와 자비를 입는 자
모두에게 축복이니 두 배로 축복 받는 것이다.
자비는 가장 강력한 가운데서도 가장 강력한 덕성이니
왕좌에 오른 군주에게는 왕관보다 더 소중한 것이다.

―『베니스의 상인』 중에서

내가 지금 쓰고자 하는 이야기는 어떤 이에게서 들은 것이다. 그 사람은 자신의 아버지에게서, 그 아버지는 또 자신의 아버지에게서, 마찬가지로 그 아버지는 또 자신의 아버지에게서 들은 이야기다. 이런 식으로 삼백 년도 넘게 거슬러 올라가는 과거부터 아버지에게서 아들에게로 전해져 내려온 이야기다. 이 이야기는 진짜 역사일 수도 있고 그저 전설이나 구전된 이야기에 지나지 않을 수도 있다. 실제로 일어났던 일일 수도 있고 그렇지 않은 일일 수도 있지만, 얼마든지 일어날 수 있는 이야기다. 옛날에는 현명한 사람과 박식한 사람도 이 이야기를 믿었을지도 모르지만, 이 이야기를 실화라고 믿으며 정말 좋아했던 이들은 배우지 못하고 단순한 사람들이었을지 모른다.

－마크 트웨인

『왕자와 거지』 속 런던 지도

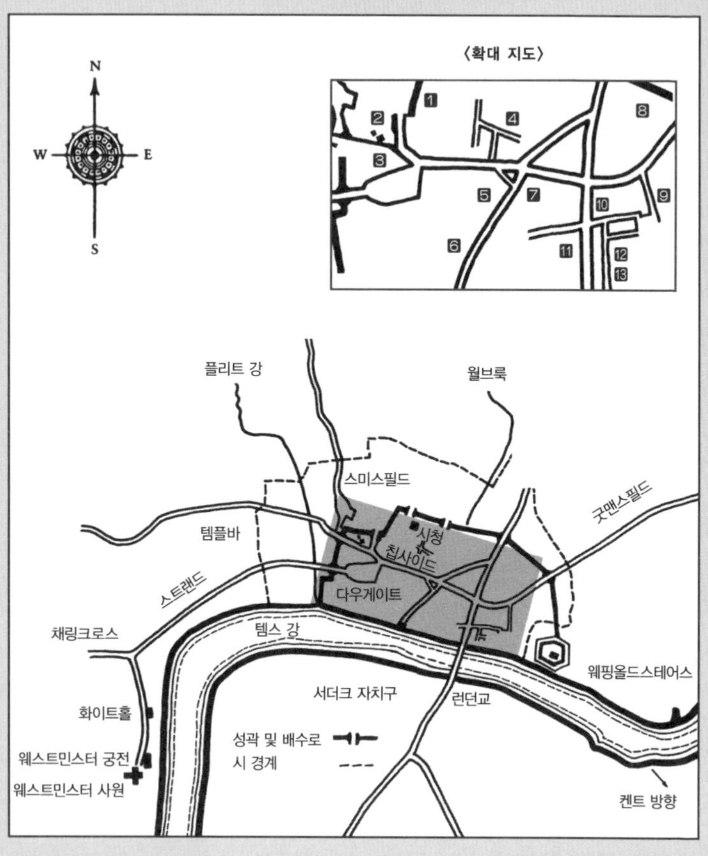

1 베이싱홀 거리　2 그리스도 병원　3 그리스도 자애원　4 올드쥬리　5 버클러스베리　6 월브룩　7 바지야드　8 펜처치 거리　9 민싱 로(路)　10 리틀이스트칩　11 그레이스처치 거리　12 오펄코트　13 푸딩 로(路)

1. 왕자와 거지의 탄생

16세기 중엽의 어느 가을날, 옛 런던 시(市)의 가난한 캔티 집안에 사내아이가 태어났지만 그 집안에서는 아이를 반기지 않았다. 바로 같은 날, 영국의 부유한 튜더 가문에 또 한 명의 사내아이가 태어났는데 그 가문에서는 아이를 반겼다. 온 영국도 그 아이를 반겼다. 영국 백성들은 그 아이가 태어나기를 간절히 바라고 기다리며 하느님에게 기도해 왔는데, 마침내 현실이 되자 미친 듯이 기뻐했다. 그냥 얼굴만 알고 지내던 사람들끼리도 서로 부둥켜안고 입맞춤을 하며 환호성을 내질렀다. 다들 하던 일을 접고 지위가 높건 낮건 부유하건 가난하건 잔치를 벌이고 춤을 추고 노래하며 거나하게 술에 취했는데, 낮이건 밤이건 몇 날 며칠 동안 쉬지 않고 계속 이어졌다. 낮의 런던은 발코니와 지붕마다 화려한 깃발이 나부끼고 멋진 가장 행렬이 이어져 참으로 볼만했다. 밤의 런던도 참으로 볼만했는데, 사람들은 구석구석마다 커다란 모닥불을 피워 놓고 둘러 모여 왁자지껄 즐겁게 웃고 마시고 노래하고 떠들었다. 영국 전역 어디에서나 갓 태어난 아기, 에드워드 튜더 왕세자(*헨리 8세와 세 번째 왕비 제인 시모어 사이에서 태어난 유일한 적자인 에드워드 6세를 말한다. 10세에 즉위하였으나 16세의 어린 나이에 사망하였다. −이하 *표시 옮긴이 주)에 대한 이야기뿐이었다. 하지만 그 아기는 이 모든 야단법석을 알지 못했다. 또한 지체 높은 귀족들과 귀부인들이 비단과 공단에 싸인 자기를 돌보고 보살피는 것도 몰랐고 관심 또한 전혀 없었다. 하지만 초라한 넝마 조각에 싸여 있는 또 다른 아기, 톰 캔티에 대해 이야기하는 사람은 그가 태어나는 바람에 골치만 더 아파진 거지 가족 말고 아무도 없었다.

2. 톰의 어린 시절

여러 해를 훌쩍 건너뛰어 이야기를 해 보도록 하자.

천오백 년의 역사를 지닌 런던은 그 당시에도 대도시였다. 거주자가 십만 명이나 되었는데 그 두 배였을 것이라고 생각하는 이들도 있다. 길은 매우 좁고 꾸불꾸불하고 지저분했는데 런던교에서 멀지 않은, 톰 캔티가 사는 동네는 더 그랬다. 그곳의 집들은 나무로 지어졌는데 2층이 1층보다 더 튀어나왔고, 3층은 2층 너머로 팔꿈치를 내민 듯한 모습을 하고 있었다. 집들은 층이 높아질수록 폭이 점점 넓어졌다. 튼튼한 십자형 들보를 건물의 뼈대로 삼아 틈 사이사이를 단단한 물질로 채우고 회반죽을 발랐다. 들보는 집주인의 취향에 따라 빨간색이나 파란색 또는 검정색으로 칠해져 있었는데 이로 인해 집들은 그림 같은 모습을 연출했다. 작은 창문에는 다이아몬드 모양의 조그만 판유리가 끼워져 있었는데 문처럼 경첩이 달려 있어 바깥쪽으로 열렸다.

톰의 아버지가 사는 집은 푸딩 로에서 벗어나 '오펄코트'(*'푸딩'과 '오펄'은 둘 다 음식과 관련된 명칭이다. 오펄(offal)은 내장이나 부스러기 고기를 말한다.)라고 불리는 더럽고 작은 동네 위쪽에 있었다. 그 건물은 작고 허름해 곧 무너질 것 같고 찢어지게 가난한 여러 가족들로 꽉 차 있었다. 캔티네 가족은 3층에 있는 방 한 칸을 빌려 쓰고 있었다. 톰의 어머니와 아버지는 방 한구석에 침대 비슷한 것이라도 갖고 있었지만, 톰과 할머니와 두 누나 벳과 낸은 따로 잠자리가 정해져 있지 않았다. 바닥 아무 데나 몸을 눕히고 자면 됐다. 다 떨어진 담요 한두 장과 낡고 지저분한 밀짚 몇 뭉치가 있었지만 그런 것들은 한자리에 고정되어 있는 것이 아니어서 딱히 침대라고 부를 수 없었다. 아침이면 발로 차서 되는 대로 뭉쳐 놓았다가 밤이면 덩어리에서 대충 아무거나 골라내어 잠자리로 삼았던 것이다.

벳과 낸은 열다섯 살의 쌍둥이 자매였다. 마음씨는 고왔지만 꾀죄죄한 누더기를 걸쳤으며 심하게 무식했다. 자매의 어머니도 그들 자매와 비슷했다. 하지만 아버지와 할머니는 한 쌍의 마귀 같았다. 그들은 걸핏하면 술에 취해 자기들끼리 다투거나 길거리에서 아무하고나 치고받고 싸웠다. 술에 취했건 취하지 않았건 늘 악담과 욕설을 퍼부었다. 존 캔티는 도둑이었고 그의 어머니는 거지였다. 그들은 아이들을 거지로 만들었지만 도둑으로 만드는 데는 실패했다.

그런데 그 건물에 세 들어 사는 끔찍한 하층민들 가운데 그들과는 출신이 다른 훌륭한 늙은 신부 한 사람이 있었다. 그 신부는 왕에게서 달랑 연금 몇 푼만 받고 쫓겨났지만 늘 아이들을 곁에 두고 바르게 살아가는 길을 가르쳤다. 또한 앤드루 신부는 톰에게 라틴 어도 조금 가르쳐 주고 글을 읽고 쓰는 법도 가르쳐 주었다. 쌍둥이 자매에게도 똑같이 가르쳐 주고 싶었지만, 자매는 친구들의 조롱을 받을까 봐 두려워서 배우려 하지 않았다. 친구들이 그런 기묘한 재주를 가진 여자아이를 좋게 봐 주지 않을 것 같았기 때문이다.

오펄코트에 있는 집들은 모두 캔티네 집처럼 벌집 같았다. 그곳에서는 매일 밤새도록 술에 취해 난동을 부리고 싸움질을 해 대는 것이 관례 같았다. 그 동네에서는 머리가 깨진 사람이 굶주린 사람만큼이나 흔했다. 하지만 어린 톰은 불행하지 않았다. 고생스런 삶을 살고 있었지만 그런 줄을 몰랐던 것이다. 오펄코트에 사는 모든 사내아이들이 그렇게 살고 있었기 때문에 톰은 그게 온당하고 편안한 삶인 줄 알았다. 밤이 되어 빈손으로 집에 돌아오면 아버지가 욕지거리를 하며 다짜고짜 후려갈기고, 아버지의 차례가 끝나면 끔찍한 할머니가 훨씬 더 심하게 되풀이하리란 사실을 잘 알았다. 그리고 밤이 깊어지면 어머니가 굶어 가며 남겨 놓은 형편없는 음식 찌꺼기나 빵 부스러기를 슬쩍 건네주리란 사실도 알았다. 그러다가 종종 이런 반역 행위가 걸리면 어머니는 아버지에게 흠씬 두들겨 맞고는 했지만 말이다.

하지만 톰의 삶은 충분히 순조롭게 흘러갔고 특히 여름이면 더욱 그랬다. 구걸을 금지하는 법이 엄격했고 벌금도 무거웠기 때문에 자기한테 필요한 정도만 구걸하면 되었다. 그래서 톰은 착한 앤드루 신부가 들려주는 거인과 요정, 난쟁이와 정령, 마법에 걸린 성, 멋진 왕과 왕자에 대한 매력적인 옛날이야기와 전

철에 귀를 기울이며 많은 시간을 보냈다. 그의 머릿속은 이런 멋진 이야기들로 가득 차게 되었다. 그리고 톰은 수많은 밤 동안, 지치고 배고픈 데다 매를 맞아 얼얼하기까지 한 몸으로 얼마 되지도 않는 지저분한 밀짚에 누워 마음껏 상상의 나래를 펼쳤다. 왕궁에서 총애 받는 왕자가 되어 매혹적인 삶을 사는 자신의 모습을 그리며 기분 좋은 상상에 빠져들면 이내 아픔과 고통을 잊을 수 있었다. 그러다가 한 가지 소망만이 낮이고 밤이고 뇌리에서 떠나지 않게 되었다. 그건 자신의 두 눈으로 진짜 왕자를 직접 보는 것이다. 한 번은 오펄코트의 동네 친구들에게 그런 말을 꺼냈다가 심하게 놀림을 받고 비웃음을 당했다. 그 뒤로는 자신의 꿈을 남에게 말하지 않고 혼자서만 간직하는 것으로 만족했다.

톰은 신부가 가진 옛날 책들을 자주 읽었고 신부에게 책 내용을 자세히 알려 달라고 부탁하고는 했다. 이렇게 꿈을 꾸고 책을 읽다 보니 차츰 톰에게 변화가 생겼다. 꿈속에 등장하는 사람들이 아주 멋졌기 때문에 톰은 자신의 다 해진 옷과 때가 낀 더러운 몸을 한탄하게 되었다. 그리고 점점 더 몸을 깨끗이 하고 좋은 옷을 입어 보고 싶어졌다. 물론 예전과 다름없이 진흙탕에서 놀면서 즐거워했지만, 이제는 템스 강에서 물장구를 치는 목적이 재미에만 있지 않았다. 그러는 동안 옷도 씻기고 몸도 씻겼기 때문에 물장구를 치고 노는 것에서 또 다른 가치를 찾게 되었다.

톰은 언제나 칩사이드(*런던의 동서를 가로지르는 큰 도로로 중세 시대에는 유명한 시장이 있었다.)의 메이폴(*오월제 기념 기둥으로 꽃 등으로 장식해 행사 때 사람들이 이 주위를 돌며 춤을 춘다.) 주위나 시장에서 뭔가 구경거리를 찾을 수 있었다. 그리고 가끔 톰과 런던 사람들에게, 죄수가 된 불운한 유명인을 육로나 배를 이용해 런던탑으로 끌고 가는 군인들의 행렬을 볼 기회가 생기기도 했다. 어느 여름날에는 불쌍한 앤 애스큐(*미사에 불참하고 성찬식 때 먹는 빵과 포도주가 그리스도의 몸과 피임을 부정했다는 이유로 가톨릭교도들에게 이단으로 지목되어 화형을 당한 여류 시인이자 개신교도.)와 남자 세 명이 스미스필드에 있는 화형대에서 화형을 당하는 모습을 구경했다. 예전의 주교(*앤 애스큐의 처형식에서 솔즈베리의 전 주교 니콜라스 색스턴이 설교를 했다.)가 그들에게 설교하는 것을 들었지만 그 설교는 톰의 흥미를 끌지 못했다. 그랬다. 톰의 삶은 대체로 충분히 다채롭고 즐거웠다.

왕자의 삶에 대한 책을 읽고 상상하다 보니 톰은 자기도 모르게 점점 진짜 왕자처럼 행동하기 시작했다. 톰의 말투와 태도가 지나치게 격식을 갖추고 공손해지자 친구들이 매우 감탄했고 즐거워하기도 했다. 톰이 아이들에게 미치는 영향력은 나날이 커졌고 시간이 흐를수록 아이들은 톰을 경탄하며 일종의 경외심을 가지고 뛰어난 존재로 우러러보게 되었다. 톰은 어쩜 그렇게 아는 게 많아 보이던지! 그리고 어쩜 그렇게 믿기 어렵도록 훌륭한 말과 행동을 할 수 있는지! 게다가 어쩜 그렇게 생각도 깊고 현명한지! 톰의 말과 행동이 아이들을 통해 어른들에게도 전해졌다. 그러자 어른들도 톰 캔티를 대단히 재능 있고 비범한 아이로 여기기 시작했다. 성숙한 어른들도 어려운 문제가 생기면 톰을 찾아와 해결책을 구했고 기지 넘치고 현명한 그의 판단에 종종 혀를 내둘렀다. 사실상 톰은 가족을 제외한 자기를 아는 모든 사람들에게 영웅이 되고 있었다. 오직 가족들만 톰을 별 볼일 없는 녀석으로 취급할 뿐이었다.

얼마 후 톰은 비밀리에 궁정을 조직했다! 톰이 왕자 역할을 맡았고 친한 친구들이 근위병, 시종, 시종무관, 옆에서 왕자를 보필하는 귀족과 귀부인, 왕실 가족을 맡았다. 가짜 왕자는 날마다 자신이 읽은 낭만적인 이야기에서 차용한 복잡한 의례에 따라 접견을 받았다. 날마다 어전 회의에서 가짜 왕국의 중대사를 논했으며 또 날마다 상상의 육군과 해군과 총독들에게 포고령을 선포했다.

그러고 나서 톰은 누더기 차림으로 밖으로 나가 몇 푼 구걸하고, 형편없는 빵 부스러기를 먹고, 으레 그렇듯 매를 맞고 욕설을 듣고 난 다음 더러운 밀짚 한 줌에 몸을 뻗고 꿈속에서 공허한 위엄을 부리고는 했다.

단 한 번만이라도 진짜 왕자를 직접 보고 싶다는 톰의 소망은 날이 갈수록, 주가 갈수록 점점 커졌고 급기야 그 소망이 다른 모든 소망을 흡수했다. 톰의 삶에 있어서 오직 그 소망만이 유일한 열정이 되어 버린 것이다.

1월의 어느 날, 톰은 여느 때처럼 구걸을 하러 나섰다. 추위에 떨며 민싱 로와 리틀이스트칩 일대를 몇 시간째 맨발로 힘없이 터벅터벅 걸으며 쏘다녔다. 요리 기구 상점 창문을 들여다보며 그곳에 진열된 돼지고기 파이와 침이 꼴딱 넘어가는 다른 음식들을 애타게 바라보았다. 톰에게 이런 음식들은 천사들이나 먹을 법한 진미처럼 여겨졌다. 그러니까 냄새로 판단컨대 그래 보였다. 톰은 결코 그런 음식을 먹는 행운을 누렸던 적이 없었다. 차가운 이슬비가 흩뿌리고 대기가 흐릿해져서 마음까지 울적해지는 그런 날이었다. 톰이 흠뻑 젖고 지치고 굶주린 채로 돌아오자 아버지와 할머니가 톰의 비참한 상태를 보고는 마음이 동하지 않을 리가 없었지만, 문제는 '그들 식으로' 마음이 동했다는 것이다. 그런 까닭으로 그들은 톰을 한 대 세게 후려갈긴 다음 잠자리로 보냈다. 톰은 몸도 아프고 배도 고픈 데다 건물에서 들려오는 욕설과 싸움 소리 때문에 오랫동안 잠들지 못했다. 하지만 마침내 그의 정신이 머나멀고 낭만적인 나라로 떠내려갔다. 톰은 명령만 내리면 절을 하며 쏜살같이 달려가 실행에 옮길 시종들을 거느리고 보석들을 주렁주렁 걸친 부유한 어린 왕자들 무리 속에서 잠이 들었다. 꿈속에서 평소처럼 어린 왕자가 된 것이다.

톰에게 왕실의 영광이 밤새도록 눈부시게 쏟아졌다. 톰은 휘황찬란한 불빛 속에서 향기를 풍기며 기분 좋은 음악에 취한 채 귀족들과 귀부인들 사이를 돌아다녔다. 그리고 자신을 위해 물러서며 길을 터 주고 절을 하는 화려한 군중에게 미소를 짓거나 왕자답게 머리를 끄덕여 답하고는 했다.

아침에 잠에서 깨어 주위의 비참한 광경을 보게 되었을 때 꿈은 평소와 같은 효과를 가져왔다. 즉, 자신의 주변이 평소보다 천 배는 더 지저분해 보인 것이다. 그러면 톰은 쓰라리고 비통한 마음에 눈물을 떨어뜨리곤 했다.

3. 톰과 왕자의 만남

톰은 허기진 채로 일어나 주린 배를 안고 어슬렁거리며 거리를 걸어다녔다. 그러나 머릿속에는 지난밤의 화려하지만 어렴풋한 꿈으로 가득했다. 톰은 런던 시내 여기저기를 쏘다녔지만 자기가 어디로 가고 있는지, 주위에 무슨 일이 벌어지는지 거의 의식하지 못했다. 사람들에게 거칠게 떠밀리고 험한 욕까지 얻어먹었지만, 생각에 푹 빠진 아이에게는 그런 것들이 전혀 눈에 들어오지 않았고 귀에 들리지도 않았다. 어느새 톰은 템플바(*런던 서쪽 끝에 있던 문이다. 죄인의 목을 매달던 곳이자 왕이 런던 시에 들어올 때 사용하던 입구 중 하나로 스트랜드 가(街)에 위치했으며 1879년에 교외로 이전되었다.)에 와 있었다. 이쪽 방향으로 그렇게 멀리 나온 건 처음이었다. 톰은 잠시 걸음을 멈추고 생각했지만 다시 상상에 빠진 채 걸음을 옮겼고 런던 성곽 밖으로 빠져나갔다. 그 당시 스트랜드 가(*런던 시와 웨스트민스터 궁전을 연결하는 도로.)는 이미 시골길이 아니라 어엿한 도시의 도로로 여겨졌다. 하지만 그렇다고 하기에는 구조적으로 부자연스러운 면이 있었는데, 한쪽에는 집들이 다닥다닥 붙어 있었지만 맞은쪽에는 으리으리한 건축물 몇 채만이 드문드문 들어서 있었기 때문이다. 그 건축물은 부유한 귀족들의 성으로 널찍하고 아름다운 정원이 강변까지 쭉 뻗어 있었다. 오늘날 그 정원들에는 음산한 벽돌과 돌이 수천 평에 걸쳐 빽빽하게 가득 차 있지만 말이다.

톰은 곧 채링크로스 마을로 접어들었고, 옛날에 왕비를 잃은 왕이 세운 아름다운 십자가 앞에서 휴식을 취했다. 그런 다음 조용하고 사랑스러운 길을 따라 다시 발길을 옮겼다. 위풍당당한 추기경궁을 지나 그보다 훨씬 더 웅장하고 거대한 궁전인 웨스트민스터 궁전 쪽으로 느릿느릿 걸어갔다. 톰은 웅장한 석조 건축물, 날개처럼 쫙 펼쳐진 벽, 위압적인 성채와 작은 망루, 황금빛 빗장과 거대한 화강암 사자 조각상이 장대하게 죽 배치된 거대한 출입구와 영국 왕실의 여러 문장과 상징들을 반갑고도 놀란 표정으로 빤히 쳐다봤다. 톰의 마음속 간절한 바람이 마침내 실현된 것일까? 정말로 톰은 왕이 사는 궁전 앞에 와 있었다. 하늘이 허락한다면 이제 톰은 왕자를, 그것도 살아 있는 진짜 왕자를 볼 수 있지 않을까?

황금빛 출입문 양쪽에는 살아 있는 조각상이, 즉 머리에서 발끝까지 빛나는 강철 갑옷을 입은 병사가 꼼짝도 않고 꼿꼿이 서 있었다. 조금 떨어진 곳에는 시골 사람, 런던 사람 할 것 없이 많은 사람들이 혹시라도 왕의 행차를 볼 수 있을까 해서 서성이고 있었다. 화려한 사람들을 태운 화려한 마차와 그 뒤를 따르는 화려한 시종들이 왕궁으로 이어지는 여러 개의 웅장한 출입문으로 드나들었다.

누더기를 걸친 불쌍한 톰이 천천히 다가가 쿵쾅거리는 가슴에 점점 커져 가는 기대감을 안고 쭈뼛거리며 보초병 앞을 지나갔다. 바로 그때 황금빛 창살 사이로 보이는 멋진 광경에 기쁜 나머지 하마터면 소리를 지를 뻔했다. 그 안에는 꾸준한 야외 운동과 수련으로 구릿빛 피부를 자랑하는 예쁘장한 소년이 있었던 것이다. 소년의 옷은 모두 아름다운 비단과 공단으로 지은 것이었고 보석들로 반짝거렸다. 허리에는 보석이 박힌 작은 칼과 단검을 찼고 발에는 빨간 굽의 앙증맞은 반장화를 신고 있었다. 머리에는 축 처지는 깃털을 반짝거리는 큼지막한 보석으로 고정시킨 멋진 진홍색 모자를 썼다. 소년 옆에는 아주 멋진 신사 몇 명이 서 있었는데 소년의 시종인 게 분명했다. 아, 저분이 왕자님이시구나! 왕자님이야! 한 치도 의심할 것 없는 살아 있는 진짜 왕자님! 거지 아이의 마음속 기도가 마침내 이루어진 것이다!

톰은 몹시 흥분하여 호흡이 가빠졌고, 놀라고 기쁜 마음에 눈이 휘둥그레졌다. 톰의 마음속에 있던 모든 잡념이 무너져 내리고 단 한 가지 소망만이 남았다. 왕자에게 가까이 다가가 마음껏 자세히 살펴보고 싶다는 소망이었다. 톰은 자신도 미처 깨닫지 못하는 사이에 출입문 빗장에 얼굴을 바짝 들이밀었다. 곧바로 병사 하나가 톰을 거칠게 잡아채더니 입을 딱 벌리고 서 있는 시골 얼간이들과 런던 게으름뱅이들 사이로 내동댕이쳤다. 그러고는 호통을 쳤다.

"요 꼬마 거지 녀석, 행동을 조심하는 게 좋을 거야!"

구경꾼들이 조롱을 해 대며 웃음을 터뜨렸다. 하지만 어린 왕자가 분노하여 얼굴을 붉히고 눈을 번득이며 문가로 달려와 소리쳤다.

"불쌍한 아이를 어찌 그리 함부로 다루느냐! 아바마마의 가장 비천한 백성을 어찌 그렇게 막 다루는 것이냐! 문을 열고 저 아이를 들여보내도록 하라!"

그러자 변덕스러운 구경꾼들이 모자를 얼른 벗더니 환호하며 "왕세자 저하 만세!" 하고 외쳤다.

병사들이 미늘창(*창과 도끼를 겸한 중세 무기.)을 받들어 왕자에게 예를 갖추고는 문을 연 다음 다시 미늘창을 받들어 예를 표하는 가운데, 어린 '빈곤의 왕자'가 누더기를 펄럭이며 궁 안으로 들어와 '풍요의 왕자'와 손을 잡았다.

에드워드 튜더 왕자가 말했다.

"무척 피곤하고 배가 고파 보이는구나. 형편없는 대접을 받는 모양이로군. 나와 함께 가자."

시종 대여섯 명이 곧바로 달려 나왔는데, 아마도 틀림없이 이를 저지하기 위해서였을 것이다. 하지만 왕자가 매우 기품 있는 손짓으로 물리치자 시종들은 조각상처럼 그 자리에 그대로 딱 멈춰 섰다. 에드워드 왕자는 그가 사실(私室)이라고 부르는 궁전 안의 호화로운 방으로 톰을 데려갔다. 왕자가 명령을 내리자 시종들이, 톰이 밖에서는 한 번도 본 적 없는 그런 음식을 내왔다. 왕자는 자신의 지위에 걸맞게 사려 깊고 교양이 넘쳤다. 시종들이 따가운 시선으로 지켜보고 서 있으면 자신의 초라한 손님이 무안할까 봐 시종들을 내보냈다. 그런 뒤 톰 옆에 앉아 그가 식사를 하는 동안 이런저런 질문을 했다.

"애야, 너의 이름은 무엇이냐?"

"톰 캔티라고 하옵니다, 왕자님."

"특이한 이름이로구나. 사는 곳은 어디냐?"

"런던 시에 삽니다, 왕자님. 푸딩 로에서 조금 떨어진 오펄코트에요."

"오펄코트라! 그것 또한 참으로 특이한 이름이로구나. 부모님은 살아 계시느냐?"

"예, 그러하옵니다, 왕자님. 또한 할머니도 계시지만 제게는 별로 달갑지 않아요. 이런 얘기가 불쾌하시다면 송구하옵니다. 또한 쌍둥이 누이 낸과 벳도 있사옵니다."

"할머니가 네게 별로 다정하지 않은가 보구나."

"어느 누구에게도 다정하지 않아요, 왕자님. 할머니는 마음씨가 고약해서 날마다 나쁜 짓만 일삼으세요."

"네 할머니가 너를 학대하는 것이냐?"

"손찌검을 하지 않으실 때도 있긴 있어요. 잠을 자거나 술에 취해 맥을 못 출 때는 말이죠. 하지만 다시 제정신으로 돌아오면 저를 흠씬 두들겨 패서 분풀이를 하십니다."

어린 왕자가 눈에 노기를 띠며 소리를 버럭 질렀다.

"뭐라? 두들겨 팬다고?"

"예, 정말이옵니다. 왕자님."

"두들겨 패다니! 그것도 너처럼 연약한 어린아이를. 잘 들어라, 오늘 밤이 되기 전에 서둘러 그 할멈을 런던탑에 가두도록 하겠노라! 왕이신 나의 아버지께서……."

"왕자님, 잊으셨나 본데 제 할머니는 신분이 낮은 사람이옵니다. 런던탑은 지체 높은 사람들만 갇히는 곳이 아니옵니까?"

"참, 그렇구나. 내가 그 생각을 미처 하지 못했구나. 네 할머니를 처벌할 방도를 고민해 봐야겠구나. 네 아버지는 너에게 다정하게 잘해 주느냐?"

"할머니보다 나을 게 없답니다, 왕자님."

"어쩌면 아버지들은 다 비슷한지. 부왕께서도 성질이 순하진 않으시지. 나한테는 그러지 않지만, 부왕께서는 묵직한 손으로 사람들을 세게 때리고는 하신단다. 언제나 말로만 나를 꾸짖는 건 아니지만 말이지. 네 어머니는 너를 어떻게 대하느냐?"

"어머니는 좋은 분입니다, 왕자님. 저를 어떤 식으로든 슬프거나 아프게 하지 않으신답니다. 그리고 그런 점에선 낸과 벳 누나도 마찬가지입니다."

"네 누이들은 몇 살이냐?"

"열다섯 살이옵니다, 왕자님."

"내 누이인 엘리자베스(*에드워드 왕자의 이복 누나로 훗날 메리 1세의 뒤를 이어 엘리자베스 1세 여왕이 된다.)는 열네 살이고, 내 사촌인 제인 그레이(*에드워드 왕자의 사촌이다. 왕좌에 오른 에드워드가 젊은 나이에 죽자 뒤를 이어 왕위에 오르지만 9일 만에 메리 1세에게 왕좌를 뺏기고 처형당한다.)는 나와 동갑인데 예쁘고 우아하기까지 하지. 하지만 또 다른 누이인 메리(*에드워드 왕자보다 스물한 살 많은 이복 누나이다. 헨리 8세와 첫 번째 부인 캐서린 사이에서 태어났다. 훗날 메리 1세로 여왕의 자리에 오르지만 가톨릭교도였던 그녀는 종교적 갈등과 박해와 처형을 일삼아 '피의 메리'라는 별명을 얻게 된다.)는 침울한 표정을 하고…… 참, 네 누이들은 웃음의 죄가 영혼을 파멸시킨다며 시종들이 웃는 것을 금하느냐?"

"제 누이들이요? 오, 왕자님. 제 누이들에게 시종들이 있다고 생각하십니까?"

어린 왕자는 어린 거지를 잠시 근엄하게 바라보더니 말했다.

"아니, 왜 그렇지 않다는 것이냐? 그럼 네 누이들이 잠자리에 들 때 누가 옷 벗는 것을 도와주느냐? 잠자리에서 일어날 때는 누가 옷을 입혀 주고?"

"그렇게 해 주는 사람이 아무도 없사옵니다, 왕자님. 누군가 옷을 벗겨 준다면 제 누이들은 알몸으로 잠을 자야 할 텐데요. 짐승처럼 말이죠."

"옷을 벗으면 알몸이라고? 그렇다면 네 누이들에겐 옷이 한 벌뿐이란 말이냐?"

"아, 그거면 됐지 더 필요하단 말씀이십니까? 몸이 둘이 아닌 이상 말이죠."

"참으로 기묘하고 놀라운 생각이로구나! 미안하다. 웃으려던 게 아닌데 나도 모르게 그만 웃음이 나왔어. 너의 착한 누나 낸과 벳에게 옷과 시종을 충분히 보내 주마. 그것도 당장에 말이지. 내 재정 담당관이 알아서 처리할 거야. 아니, 고마워할 것 없어. 그건 아무것도 아니니까. 너는 말을 잘하는구나. 매끄럽고 품위 있게 말하는구나. 공부를 했느냐?"

"했다고 해야 할지 안 했다고 해야 할지 잘 모르겠습니다, 왕자님. 앤드루라는 훌륭한 신부님께서 친절하게도 자기 책으로 저를 가르쳐 주셨습니다."

“라틴 어도 할 줄 아느냐?”

“아주 조금만 압니다, 왕자님.”

“그럼 배우도록 하여라. 그건 처음에만 어려우니까. 사실 그리스 어가 더 어렵지. 하지만 엘리자베스 누이와 내 사촌에게는 이들 언어도 다른 언어들처럼 어렵지 않은 것 같아. 그녀들이 하는 외국어를 너도 들어 봐야 하는데! 그건 그렇고 오펄코트 이야기나 해 보렴. 그곳에서 사는 건 즐거우냐?”

“솔직히 말해서 배가 고플 때만 빼면 그러하옵니다, 왕자님. 인형극 〈펀치와 주디〉 공연도 벌어지고 원숭이들 공연도 있는데…… 오, 원숭이들이 어찌나 익살스럽고 옷차림도 훌륭한지 몰라요! 그리고 연극을 할 때도 있어요. 등장인물들끼리 고함을 지르며 싸우다가 나중에는 모두 죽어요. 정말 볼만한 공연인데 동전 한 닢밖에 안 해요. 비록 동전 한 닢을 벌기가 무척 어렵지만 말이지요, 왕자님.”

“더 이야기해 보거라.”

“우리 오펄코트 아이들은 때로 곤봉을 갖고 서로 싸웁니다. 도제들이 하는 식으로요.”

왕자가 눈을 반짝거리며 말했다.

“저런, 그건 나도 싫어하지 않을 것 같은데! 더 말해 보거라.”

“우리는 달리기 시합도 한답니다, 왕자님. 우리 가운데 누가 가장 빨리 달리는지 알아보려고…….”

“그것도 재미있겠구나! 계속 말해 보거라!”

“여름에는 말이죠, 왕자님. 우리는 운하와 강을 걸어서 건너거나 헤엄을 치기도 해요. 각자 옆 친구를 물속에 밀어 넣기도

하고 물장구도 치고 물속으로 뛰어들고 소리도 지르고 뒹굴기도 하면서…….”

“그런 놀이를 한 번이라도 해 볼 수 있다면 아버지의 왕국을 내줘도 아깝지 않겠구나! 계속 이야기해 보아라.”

“우리는 칩사이드에 있는 메이폴 주위를 돌며 춤을 추고 노래도 불러요. 우리는 모래밭에서 놀면서 옆 친구의 몸을 모래로 덮어 버리기도 하고 또 진흙으로 반죽을 만들 때도 있어요. 오, 진흙은 정말 좋아요. 이 세상에 진흙만큼 재미있는 것도 없을 거예요. 우리는 진흙탕에서 마구 뒹굴며 놀기도 한답니다. 왕자님 면전에서 이런 말씀을 드려서 송구하옵니다!”

“오, 제발 이제 그만하여라. 참으로 지독하구나! 한 번, 단 한 번만이라도 네가 입고 있는 것처럼 허름한 옷을 입고서 신발을 벗고 꾸짖거나 말리는 사람 없이 진흙탕에서 실컷 뒹굴며 놀 수만 있다면 왕관도 포기할 수 있을 것 같구나!”

“왕자님, 저는 한 번만이라도 왕자님이 입고 계신 것 같은 옷을 입어 봤으면 소원이 없겠어요. 단 한 번만이라도…….”

“오호, 그러고 싶으냐? 그럼 그렇게 하자꾸나! 너의 누더기 옷을 벗고 이 화려한 옷을 입어라! 잠깐 동안의 행복이겠지만 아주 짜릿한 경험이 될 거야. 누가 와서 방해하기 전에 얼른 바꿔 입었다가 다시 원래대로 돌리도록 하자꾸나.”

잠시 뒤 어린 왕세자는 톰의 펄럭거리는 누더기 옷을 걸쳤고 어린 ‘거지 나라의 왕자’는 진짜 왕자의 화려한 옷으로 치장했다. 둘은 커다란 거울 앞으로 가서 나란히 섰다. 그런데 보라! 기적 같은 일이 일어난 게 아닌가! 두 사람이 옷을 바꿔 입었다는 낌새를 알아차리기 힘들 정도이지 뭔가! 둘은 서로를 빤히 쳐다보다가 거울을 봤다가 또 다시 서로를 봤다. 마침내 당혹스러운 표정으로 어린 왕자가 말했다.

"이걸 보니 무슨 생각이 드느냐?"

"아, 왕자님, 제게 대답을 강요하지 말아 주세요. 저 같이 미천한 놈이 그 말을 입 밖에 내는 것은 온당치 않사옵니다."

"그렇다면 내가 말하겠노라. 너는 머리카락도 눈도 목소리도 몸가짐도 체형과 키도 얼굴과 이목구비까지도 나와 똑같구나. 우리가 발가벗고 나서면 아무도 누가 너고 누가 왕세자인지 구별할 수 없을 것이다. 그리고 지금 내가 네 옷을 입고 있으니 그 난폭한 병사한테 당했을 때 네 심정이 어땠을지 더 잘 이해하겠구나. 아니, 이런! 네 손에 멍이 든 게 아니냐?"

"예, 하지만 별것 아닙니다. 왕자님께서도 아시다시피 아까 그 병사가……."

"가만! 그건 참으로 불미스럽고 잔인한 일이었도다!"

어린 왕자가 맨발로 바닥을 구르며 소리쳤다.

"만약 폐하께서……. 내가 돌아올 때까지 여기서 꼼짝하지 말고 있어라! 명령이다!"

왕자는 탁자 위에 놓인 중요한 어떤 물건을 집어 순식간에 다른 곳으로 치웠다. 그러고는 문밖으로 나가 누더기 옷을 펄럭거리며 상기된 얼굴과 이글이글 불타는 눈으로 궁전 마당을 날듯이 빠르게 지나갔다. 커다란 출입문 앞에 이르자마자 왕자는 빗장을 붙잡고 마구 흔들며 소리쳤다.

"문을 열라! 문의 빗장을 풀라!"

톰을 거칠게 다뤘던 병사가 즉시 그 말에 따랐다. 왕자가 잔뜩 분노해 문을 밀어젖히고 나가는데 병사가 왕자의 귀싸대기를 철썩 갈기고 길바닥으로 내동댕이치며 소리쳤다.

"이거나 먹어라, 거지새끼 녀석! 네 녀석 때문에 왕자님한테 혼난 대가야!"

구경꾼들이 웃음을 터뜨렸다. 왕자는 진창 속에서 몸을 일으켜 세우고 병사에게 사납게 덤벼들며 호통을 쳤다.

"난 왕세자고 내 몸은 신성하다. 감히 내 몸에 손을 대다니, 너를 교수형에 처하겠노라!"

병사는 미늘창을 받들어 예를 표하는 시늉을 하고 조롱하듯이 말했다.

"왕자님께 예를 표하옵니다."

그러더니 화를 내며 고함쳤다.

"썩 꺼져, 미친 거지새끼야!"

그러자 조롱하던 구경꾼들이 불쌍한 어린 왕자 주위로 몰려들어 왕자를 난폭하게 길 아래쪽으로 멀리 내쫓으며 야유를 퍼붓고 소리를 질렀다.

"물렀거라, 왕자님 납신다! 길을 비켜라, 왕세자 저하께서 납신다!"

4. 왕자의 고생이 시작되다

어린 왕자를 몇 시간 동안 쫓아다니며 괴롭히던 끈질긴 구경꾼 무리가 그를 놔두고 사라지자 마침내 어린 왕자는 혼자 남겨졌다. 왕자가 몹시 노하여 호통을 치고 비웃음을 당하기 딱 좋은 이런저런 명령들을 내리는 동안 구경꾼 무리는 왕자를 보며 즐거워했다. 하지만 왕자가 기진맥진해서 마침내 입을 다물자 왕자를 괴롭히던 무리는 흥미를 잃고 다른 재미거리를 찾아 자리를 떠났다. 이제 왕자는 주위를 둘러보았지만 그곳이 어디인지 알 수 없었다. 자신이 지금 런던 시내 안에 들어와 있다는 것, 왕자가 아는 건 그게 다였다. 왕자는 정처 없이 계속 돌아다녔고 얼마 후에는 집이 드문드문해지면서 행인 수도 점점 줄어들었다. 왕자는 피가 나는 발을, 오늘날 패링던 거리가 위치한 곳에 흐르던 개울에 담그고 잠시 휴식을 취한 뒤 다시 걸어갔다. 이윽고 탁 트인 장소에 이르렀는데 그곳에는 집이 몇 채만 드문드문

있고 웅장한 교회 하나가 우뚝 서 있었다. 왕자는 한눈에 그 교회를 알아봤다. 정교한 보수 공사가 진행 중이어서 건축 공사장의 발판들이 여기저기 널려 있었고 일꾼들로 북적거렸다. 이제 고생이 끝날 것 같다는 생각에 왕자는 곧바로 용기가 솟았다. 왕자는 혼잣말로 "이곳은 원래 프란체스코 수도회 교회였는데, 부왕께서 수도사들로부터 인수해 불쌍하고 버림받은 아이들을 위한 영원한 쉼터로 하사하시면서 '그리스도 자애원'이라는 이름도 지어 주셨지. 그렇게 아낌없이 베푼 왕의 아들이 찾아왔으니 당연히 반갑게 맞아 줄 거야. 더구나 그 왕의 아들이, 지금 이곳에서 보호를 받고 있거나 앞으로 보호 받게 될 아이만큼 불쌍하니까 분명 그럴 거야."라고 중얼거렸다.

잠시 후 왕자는 달리기, 뜀뛰기, 공놀이, 등 짚고 뛰어넘기 따위를 하면서 자기들끼리 흥겹고 떠들썩하게 노는 많은 사내아이들 한가운데에 있었다. 아이들은 모두 비슷비슷한 옷을 입고 있었는데 그 당시 하인들과 도제들이 주로 입던 옷차림이었다. 즉 하나같이 정수리에 찻잔 받침만 한 납작한 까만색 모자를 썼는데, 워낙 작아서 머리를 덮는 용도로는 맞지 않았고 그렇다고 장식용도 아니었다. 모자 밑으로 가르마를 타지 않은 머리카락이 이마 중간까지 흘러내렸고 짧게 일자로 잘려 있었다. 목에는 성직자처럼 띠를 둘렀고 몸에 꽉 끼는 파란색 겉옷은 무릎이나 무릎 밑까지 길게 내려왔다. 소매는 헐렁했고 빨간색의 넓은 허리띠를 맸으며 무릎 위까지 올라오는 샛노란 긴 양말에 큼지막한 금속 장식이 달린 단화를 신었다. 참으로 볼썽사납기 그지없는 옷차림이었다.

아이들이 놀이를 멈추고 왕자 주위로 떼 지어 몰려들자 왕자가 위엄 있게 말했다.

"얘들아, 너희 원장에게 가서 에드워드 왕세자께서 할 말이 있다고 전하여라."

아이들에게서 함성이 터져 나왔고 버릇없는 아이 하나가 나서서 말했다.

"저런, 그럼 넌 왕자님의 전령이란 말이야, 이 거지 녀석아?"

왕자는 화가 나서 얼굴이 벌게지더니 곧바로 허리춤으로 손을 뻗었지만 거기에는 아무것도 없었다. 아이들 사이에 한바탕 웃음이 터졌고 한 아이가 말했다.

"너희들, 봤니? 이 녀석은 자기가 칼이라도 찬 줄 아나 봐. 자기가 진짜 왕자님이라도 되는 것처럼 말이야."

비아냥거리는 말에 아이들이 더 깔깔대며 웃었다. 가엾은 에드워드 왕자는 위풍당당하게 가슴을 쫙 펴고 꼿꼿이 서서 말했다.

"나는 왕자다. 왕이신 내 아버지의 아낌없는 지원 덕분에 살아가는 너희들이 나를 이렇게 취급하다니 배은망덕하구나."

배꼽을 잡고 웃어 대는 걸 보니 아이들은 이 말이 굉장히 웃긴 모양이었다. 제일 먼저 말했던 아이가 동무들에게 외쳤다.

"워워, 돼지만도 못한 노예 같은 녀석들. 왕자님의 아버지이신 왕 덕택에 먹고사는 것들이 예의범절은 어디다 뒀어? 너희 모두 무릎을 꿇고 위풍당당한 누더기 왕자님에게 경의를 표하지 못할까!"

한바탕 떠들썩하게 웃어 댄 아이들이 일제히 무릎을 꿇고 자신들의 먹잇감에게 경의를 표하는 척하며 놀렸다. 왕자가 가장 가까이 있는 아이를 발로 차며 사납게 쏘아붙였다.

"그래, 맘껏 즐거워해 봐! 내일 당장 교수형에 처할 테니!"

아, 하지만 이 말은 아이들에게도 장난이 될 수 없었다. 그건 장난의 정도를 넘어선 말이었다. 즉시 아이들의 웃음소리가 멎더니 분노가 그 자리를 대신했다. 열두어 명의 아이들이 고함쳤다.

"이 자식을 끌어내! 말 연못(*말에게 물을 먹이거나 말을 씻기는 연못.)으로! 말 연못으로 끌고 가! 개들은 어디 있지? 사자야, 이리 와! 송곳니야, 이리 온!"

그러고 나서 영국에서 여태껏 한 번도 일어난 적이 없었던 참상이 벌어졌다. 왕위를 계승할 신성한 인물이 평민의 손에 무참히 구타당하고 개들에게 물어 뜯긴 것이다.

그날 밤이 깊어질 무렵, 왕자는 런던 시의 집들이 빽빽이 들어서 있는 지역까지 와 있었다. 온몸은 상처투성이인 데다 손에서는 피가 줄줄 흐르고 누더기 옷은 흙이 묻어 완전히 더러웠다. 왕자는 정처 없이 돌아다니다가 점점 더 당황하게 되었다. 몹시 지치고 어지러워져서 한 발 한 발 질질 끌고 가기도 힘들었다. 아무나 붙잡고 물어봐도 길을 알려 주기는커녕 모욕만 당할 뿐이어서 사람들에게 묻는 것도 그만뒀다. 왕자는 중얼거렸다.

"오펄코트. 그래, 동네 이름이 오펄코트랬어. 기운이 완전히 다 빠져서 쓰러지기 전에 그곳을 찾기만 하면 구조받을 수 있을 거야. 그 애의 가족들이 나를 궁으로 데려가서 내가 그들의 가족이 아니라 진짜 왕자란 걸 증명해 줄 테니까. 그럼 난 다시 본래의 나, 왕자로 돌아갈 수 있을 거야.”

그러다 버르장머리 없는 그리스도 자애원 아이들에게 당한 일이 불쑥불쑥 떠올랐다.

“내가 왕이 되면 먹을 것과 잠잘 곳만이 아니라 책을 통한 가르침도 받게 해 줘야지. 마음과 정신이 굶주려 있으면 배가 아무리 불러봤자 무슨 가치가 있겠어? 오늘의 교훈을 잊어버려서 내 백성들이 고통받는 일이 없도록 부지런히 기억에 되새길 거야. 배움은 마음을 부드럽게 하고 관대함과 자비를 낳으니까.”

거리의 불빛이 깜박거리기 시작했다. 비가 내리며 바람이 일기 시작하더니 으스스하고 바람이 거센 밤이 시작되었다. 집 없는 왕자, 앞으로 영국의 왕위를 계승할 상속자는 집도 없이 계속 헤매며 돌아다녔다. 그러다가 가난과 비참함이 벌 떼처럼 한데 얽힌 미로 같은 지저분한 골목길 속으로 점점 더 깊숙이 들어가게 되었다.

갑자기 술에 취한 덩치 큰 악당이 왕자의 목덜미를 낚아채더니 소리쳤다.

“또 이렇게 밤늦은 시간까지 밖으로 쏘다녔지만 분명히 동전 한 푼도 못 벌어 왔겠지! 정말로 그렇다면 네 녀석의 여윈 몸에 있는 뼈를 다 분질러 버리겠어. 그러지 않으면 내 성을 갈겠어.”

왕자는 몸을 비틀어 그자의 손아귀에서 빠져나왔고 무의식적으로 그자의 불경한 어깨를 쓰다듬으며 간절히 말했다.

“오, 그대가 그 아이의 아비인 모양이구나, 그렇지? 고마우신 하느님이 도우셨구나. 그럼 어서 가서 그 아이를 데려오고 나를 돌려보내다오!”

“‘그 아이’의 아비라니? 무슨 소리를 하는지 모르겠군. 하지만 내가 ‘너’의 아비란 사실만은 알지. 내가 이제 곧 네 녀석을…….”

“오, 농담도 말고 속이지도, 꾸물거리지도 말라! 나는 지쳤고 다치기까지 했느니라. 나는 더 이상 견딜 수가 없노라. 나를 나의 아버지이신 왕께로 데려가면 그분께서 그대에게 꿈도 꾸지 못한 상을 내릴 것이다. 여봐라, 내 말을 믿어라! 믿으라니까! 나는 거짓말을 하지 않고 오직 진실만을 말하노라! 손을 내밀어 나를 구하라! 나는 정말로 왕세자란 말이다!”

사내는 멍하니 소년을 가만히 내려다보더니 고개를 저으며 중얼거렸다.

“미치광이 거지처럼 미쳐도 단단히 미쳐 버렸군!”

그러더니 다시 왕자의 목덜미를 낚아채 거칠게 웃으며 욕설을 퍼부었다.

“하지만 네 녀석이 미쳤건 안 미쳤건 나와 네 할머니가 곧 네 녀석의 뼈를 분질러 주지. 그러지 않으면 난 남자가 아니야!”

사내는 미친 듯이 발버둥치는 왕자를 질질 끌고 지저분한 안마당으로 사라졌고, 해충 같은 인간들이 매우 즐거워하며 떠들썩하게 그 뒤를 따라갔다.

5. 고귀한 신분이 된 톰

왕자의 사실에 홀로 남겨진 톰 캔티는 주어진 기회를 충분히 활용했다. 커다란 거울 앞에서 이리저리 모습을 비춰 보며 자신이 걸친 화려한 옷과 보석을 감탄하며 바라봤다. 그러고는 왕자의 품위 있는 태도를 흉내 내며 몇 걸음 뒤로 물러나 거울에 비친 모습을 계속 살폈다. 다음으로 톰은 멋진 칼을 뽑아 고개를 숙여 칼날에 입을 맞추고 가슴에 비스듬히 갖다 댔다. 대여섯 주 전에 지체 높은 노퍽 공과 서리 공을 압송해 와서 런던탑의 간수장에게 인계할 때 어느 고결한 기사가 경례로 그렇게 하는 것을 본 적이 있었던 것이다.

톰은 넓적다리 위에 걸려 있는 보석 박힌 단검도 실컷 만져 보았다. 톰은 방 안의 값비싸고 정교한 장식품들도 자세히 살펴 보았다. 호화로운 의자에도 하나씩 앉아 보며 오펄코트 사람들이 이런 자신의 위풍당당한 모습을 안다면 자신이 얼마나 의기양양해질까 생각해 보았다. 집으로 돌아가서 이 놀라운 이야기를 들려주면 사람들이 믿어 줄까, 아니면 고개를 절레절레 저으며 상상이 지나치더니 마침내 정신이 이상해졌다고 말할까 궁금했다.

삼십 분이 지난 뒤 톰은 문득 왕자가 나간 지 한참이 지났다는 생각이 떠올랐다. 그러자 곧바로 쓸쓸한 기분이 들었다. 톰은 곧바로 주위의 멋진 것들을 갖고 노는 일을 그만두고 귀를 기울이며 왕자가 돌아오기를 간절히 기다렸다. 톰은 점점 불안해지다가 안절부절못하더니 급기야 미친 듯이 괴로워졌다. 누군가 왕자의 옷을 입은 자기를 발견하게 됐을 때 자초지종을 설명해 줄 왕자가 없다면 어떻게 되겠는가? 사건의 자초지종을 조사하기 전에 당장 목부터 매다는 게 아닐까? 지체 높은 사람들은 사소한 문제들을 즉결로 처리한다고 들은 적이 있었다. 톰의 두려움은 점점 더 커져만 갔다. 톰은 쏜살같이 내달려 왕자를 찾아내어 그의 보호하에 이 위기에서 벗어나야겠다는 결심을 하고 덜덜 떨면서 대기실로 통하는 문을 살짝 열었다. 나비처럼 맵시 있는 옷차림의 멋진 시종 여섯 명과 신분이 높은 어린 시동 두 명이 벌떡 일어나 톰 앞에 허리 숙여 절을 했다. 톰은 얼른 뒤로 물러나서 문을 닫았다. 그러고는 혼자 중얼거렸다.

"어떡해, 저자들이 나를 놀리는 거야! 저자들이 사람들한테 가서 일러바칠 거야! 아, 난 뭣하러 여기에 와서 죽음을 자초한 걸까!"

톰은 이루 말할 수 없는 공포에 사로잡힌 채 방 안을 서성거리며 귀를 쫑긋 세우고 사소한 소리 하나에도 움찔했다. 곧이어

문이 활짝 열리더니 비단옷을 입은 시동이 말했다.

"제인 그레이 아씨께서 오셨사옵니다!"

문이 닫히더니 화려한 옷차림의 예쁜 소녀가 톰을 향해 사뿐사뿐 걸어왔다. 하지만 갑자기 걸음을 멈추더니 걱정스런 목소리로 말했다.

"아니, 왕자님, 어디 편찮으세요?"

톰은 숨이 거의 멎을 것 같았지만 간신히 더듬거리며 대답했다.

"아, 제발 자비를 베풀어 주십시오! 실은 저는 왕자가 아니라 런던 시의 오펄코트에 사는 가련한 톰 캔티일 뿐입니다. 제발 왕자님을 뵙게 해 주십시오. 왕자님께서 제 누더기 옷을 돌려주시고 무사히 저를 풀어 주실 겁니다. 오, 제발 자비를 베푸셔서 저를 살려 주십시오!"

이제 소년은 아예 무릎을 꿇고 말뿐만이 아니라 눈과 모아 쥔 손을 동원해 애원하고 있었다. 그러자 소녀는 겁에 질린 모양이었다. 소녀가 소리를 질렀다.

"아니, 왕자님, 무릎을 꿇으시다니요! 그것도 저한테요!"

소녀는 겁에 질려 황급히 자리를 떴고 톰은 절망에 빠져 풀썩 주저앉아 중얼거렸다.

"어떻게 할 수가 없어! 어찌할 방도가 없어! 이제 사람들이 와서 나를 잡아가겠지!"

톰이 공포에 질려 넋을 놓고 있는 동안 궁전 안에서는 끔찍한 소문이 급속도로 퍼져 나갔다. 수군대는 소리가―소문은 늘 수군대는 소리로 퍼져 나가는 것이기에―시종에게서 시종에게로,

귀족에게서 귀부인에게로, 긴 복도를 따라 층에서 층으로, 방에서 방으로 빠르게 퍼져 나갔다.

"왕자님이 미치셨대! 왕자님이 미치셨대!"

이윽고 방이면 방마다, 대리석 홀이면 홀마다 화려한 귀족과 귀부인들 또 그보다 신분이 낮은 눈부신 사람들이 하나같이 당황한 표정으로 삼삼오오 모여 진지하게 소곤거렸다. 곧 화려한 차림의 관리가 모여 있는 사람들 옆으로 당당하게 걸어와서 엄숙하게 성명서를 발표했다.

"왕명을 받들라! 이 어처구니없는 허위 사실을 유포하는 자는 죽음의 형벌을 면치 못할 것이다! 이 일을 입에 담거나 궁 밖으로 전해서도 아니 될 것이다! 왕명이다!"

사람들은 갑자기 꿀 먹은 벙어리라도 된 것처럼 수군대던 것을 딱 멈췄다.

이내 복도를 따라 "왕자님이시다! 저길 봐. 왕자님이 납신다!"라고 웅성거리는 소리가 퍼졌다.

불쌍한 톰은 정중히 인사하는 사람들에게 자기도 고개를 숙여 답례하려고 들었다. 그리고 당황하고 애처로운 눈빛으로 낯선 주변을 멋쩍게 바라보았다. 지체 높은 귀족들이 톰에게로 다가와 비틀거리지 않고 걸을 수 있도록 양옆에서 톰을 부축했다. 그 뒤를 궁중의 시의(*궁중에서 임금과 왕족의 진료를 맡은 의사.)들과 시종들이 따랐다.

이윽고 톰은 궁전의 으리으리한 방으로 들어갔고 뒤에서 문 닫히는 소리가 들렸다. 주위에는 톰과 함께 온 자들이 서 있었다. 톰에게서 얼마 떨어지지 않은 곳에 아주 덩치가 크고 뚱뚱한 남자가 넓적하고 살집이 많은 얼굴에 엄격한 표정을 짓고서 자리에 비스듬히 기대 누워 있었다. 그 남자의 커다란 머리는 온통 백발이었고, 마치 액자의 틀처럼 얼굴 둘레에만 난 수염도 마찬가지로 하얀색이었다. 옷은 값비싼 옷감으로 지었지만 낡아서 여기저기 살짝 닳아 있었다. 부은 한쪽 다리는 붕대를 감아 베개로 받쳐져 있었다. 이제 침묵이 감돌았다. 이 남자를 제외한 모두가 경의를 표하며 고개를 숙이고 있었다. 엄격한 표정의 이 병자가 바로 무서운 헨리 8세였다(*헨리 8세는 마상 경기 도중 다리를 다친 뒤 운동을 하지 못했다. 기중기를 동원해 몸을 움직여야 할 만큼 몸집이 비대해졌으며 말년까지도 다리가 낫지 않아 고생했다고 한다.). 헨리 8세가 입을 열자 얼굴 표정이 온화해졌다.

"어찌 된 것이냐, 나의 아들 에드워드 왕자여? 너를 사랑하고 너에게 다정하게 대해 주는 너의 아비이자 선량한 왕인 나를 형편없는 장난으로 속이기로 한 것이냐?"

불쌍한 톰은 자신의 멍해진 정신 상태가 허용하는 한 열심히 그의 말을 들었다. 하지만 '너의 아비이자 선량한 왕'이란 말이 들리는 순간 얼굴이 새하얗게 질리며 마치 무릎에 총알이라도 맞은 것처럼 털썩 무릎을 꿇었다. 톰은 두 손을 치켜들며 외쳤다.

"왕이시라고요? 그렇다면 정말이지 저는 끝장이로군요!"

이 말에 왕은 대경실색한 듯했다. 왕의 눈길이 정처 없이 이 얼굴 저 얼굴로 떠돌다가 당황스런 빛을 띠며 자기 앞에 있는 소년에게 향했다. 그런 뒤 아주 실망스런 목소리로 말했다.

"아아! 소문이 사실과 다르다고 믿었건만 그렇지가 않구나."

왕은 한숨을 푹 내쉬고는 부드러운 목소리로 말했다.

"아들아, 이 아비에게로 가까이 오너라. 네가 몸이 성치 않은 모양이로구나."

톰은 부축을 받고 일어나 덜덜 떨면서 조심스레 영국의 왕에게로 다가갔다. 왕이 두 손으로 겁에 질린 톰의 얼굴을 감싸 안고 마치 제정신이 돌아오는 반가운 징후를 찾고 있는 것처럼 잠시 진지하고 사랑스럽게 바라보았다. 그리고 톰의 곱슬곱슬한 머리를 자기 가슴으로 끌어당겨 부드럽게 안아 주고 다독거렸다. 이윽고 왕이 다시 입을 열었다.

"아들아, 네 아비도 몰라보겠느냐? 이 늙은 아비의 가슴을 찢어지게 하지 말거라. 제발 나를 안다고 말하여라. 너는 나를 알지 않느냐, 아니 그러하냐?"

"예, 압니다. 제 앞에 계신 분은 신께서 지켜 주시고 제가 경외하는 왕이십니다!"

"맞다, 그러하다. 맞는 말이다. 마음 편히 가지고 그렇게 떨지 말거라. 이곳에 너를 해칠 사람은 아무도 없으니. 이곳엔 너를 아끼는 사람들뿐이란다. 이제 한결 나아졌구나. 너의 악몽이 사라진 모양이야. 그렇지 않니? 그리고 이제는 네가 누군지도 알겠지? 그렇지 않느냐? 조금 전처럼 또다시 너 자신을 다른 사람이라 주장하지 않겠지?"

"바라옵건대 폐하, 제발 제 말을 믿어 주십시오. 폐하, 저는 진실만을 말했습니다. 저는 거지로 태어난 폐하의 가장 미천한 백성이온데 비난 받을 만한 일을 저지른 것은 아니지만, 제가 이 자리에 있는 것은 대단한 불행이고 우연히 그렇게 된 것이옵니다. 이제 저는 어린 나이에 죽겠지만 폐하께서는 단 한 마디의 말로 저를 살려 주실 수 있사옵니다. 오, 제발 그 말씀을 해 주십시오, 폐하."

"죽다니? 그런 소리 말라, 사랑스런 왕자여. 마음을 가라앉혀라. 근심 가득한 마음을 가라앉혀. 너는 절대 죽지 않아!"

톰이 털썩 무릎을 꿇으며 기쁨에 겨워 외쳤다.

"폐하께서 베푼 자비에 대해 신께서 보답해 주시기를, 또한 폐하께서 오래도록 이 나라를 다스리게 해 주시기를 바라옵니다!"

그러고는 벌떡 일어나 기쁨이 넘치는 얼굴로 옆에서 자기를 섬기고 있는 두 신하를 향해 외쳤다.

"폐하의 말씀을 들으셨지요! 저를 죽이지 않으신데요. 폐하께서 그렇게 말씀하셨어요!"

다들 엄숙하게 경의를 표하며 고개 숙여 절을 할뿐 아무런 움직임이 없었고 아무도 말을 하지 않았다. 톰은 다소 혼란스러워 머뭇거리다가 왕을 향해 쭈뼛거리며 돌아섰다.

"이제 가 봐도 되겠사옵니까?"

"간다고? 그럼. 네가 그러고 싶다면 그래야지. 하지만 조금만 더 있다 가지 않겠느냐? 어디로 가려고 하느냐?"

톰은 시선을 떨구고 겸손하게 대답했다.

"혹시 제가 잘못 알아들었는지 모르겠으나 저는 제가 자유의 몸이 되었다고 생각했습니다. 그래서 저는 제가 태어나 비참하게 자란 시궁창으로 돌아가고자 하옵니다. 그래도 제 어머니와 누이가 기다리는 곳이고 제게는 집이니까요. 반면 저는 이런 호화롭고 화려한 곳에 익숙하지 않사옵니다. 오, 폐하, 제발 저를 돌아가게 해 주시옵소서!"

왕은 잠시 생각에 잠겼고 얼굴에는 고뇌하고 근심하는 기색이 역력했다. 이윽고 왕이 살짝 희망을 품은 목소리로 말을 꺼냈다.

"어쩌면 이 한 부분은 미쳤을지 모르지만 다른 부분에 있어서는 멀쩡할 것 같구나. 제발 그래야 할 텐데! 시험해 보도록 하지."

그런 다음 왕은 톰에게 라틴 어로 질문을 했고 톰은 서투나마 라틴 어로 대답했다. 왕은 몹시 기뻐했고 그 마음을 그대로 드러냈다. 귀족들과 시의들도 또한 기쁜 표정을 지었다. 왕이 말했다.

"왕자는 학업과 능력에 이상이 생긴 것이 아니라 마음에 병이 든 것이다. 하지만 치명적이지는 않은 것 같구나. 시의, 그대 생각은 어떠한가?"

질문을 받은 시의가 고개 숙여 공손히 절하고는 대답했다.

"제 생각도 그러하옵니다. 정확하게 보셨사옵니다."

왕은 뛰어난 권위자가 자신의 의견을 지지해 주자 만족스러운 표정으로 기분 좋게 말을 이어 갔다.

"다들 잘 보거라. 왕자를 조금 더 시험해 보겠노라."

왕이 톰에게 프랑스 어로 질문을 했다. 톰은 그토록 많은 시선이 자신에게 집중되자 당혹스러워서 잠시 가만히 서 있다가 머뭇거리며 말했다.

"그 언어는 전혀 알지 못하옵니다, 폐하."

이 말에 왕이 침상 뒤로 나자빠졌고 시종들이 얼른 달려가 부축했다. 하지만 왕은 시종들을 뿌리치며 말했다.

"나를 성가시게 하지 말라. 괴혈병으로 현기증이 난 것뿐이니. 나를 일으켜 다오! 그만, 이제 됐다. 아들아, 이리 오너라. 너의 가련하고 병든 머리를 이 아비의 가슴에 얹고서 편히 쉬도록 하여라. 금방 나을 게다. 이건 그냥 잠깐 지나가는 악몽일 뿐이야. 두려워하지 말거라. 넌 곧 괜찮아질 게야."

그러고는 왕이 신하들 쪽으로 몸을 돌렸다. 부드럽던 태도가 돌변하면서 눈에서 사나운 빛이 번개처럼 번쩍거렸다. 왕이 말했다.

"다들 잘 들어라! 나의 아들이 머리에 이상이 생기기는 했지만 오래가지는 않을 것이다. 공부를 너무 많이 하고 갇혀 지내다 보니 이런 불상사가 벌어진 것이니라. 당분간 왕자가 책과 선생을 멀리하도록 각별히 신경 쓰도록 하라! 운동과 건강에 좋은 것들로 왕자를 즐겁게 해서 건강을 회복할 수 있도록 하라!"

왕은 몸을 더욱 꼿꼿이 일으켜 세우고 힘차게 말을 이었다.

"미쳤다고 할지라도 왕자는 짐의 아들이며 영국의 왕위 계승자이다. 미쳤든 미치지 않았든 그가 이 나라를 통치할 것이다! 그러니 다들 짐의 말을 잘 새겨듣고 그대로 선포하라. 누구든 왕자의 병을 입에 올리는 자는 이 나라의 안녕과 질서에 반하는 자로 교수형에 처해질 것이다! 마실 것을 다오. 목이 타는구나. 슬픔이 짐의 기력을 앗아가는구나. ……됐다, 잔을 치워라. ……짐을 부축하라. 그만, 됐다. 왕자가 미쳤다고? 허나 왕자가 이보다 천배는 더 미쳤다고 해도 여전히 그가 왕세자다. 그리고 왕인 내가 그 사실을 굳건히 하겠노라. 바로 내일 아침, 적법한 절차에 따라 왕자를 공식적으로 왕세자로 인정하는 의식을 거행하겠노라. 하트퍼드 경(*에드워드 시모어를 말한다. 에드워드 왕세자의 외숙으로 훗날 에드워드의 섭정이 되지만 중죄로 처형되었다.)은 짐의 명을 즉시 받들라!"

귀족 가운데 한 사람이 왕의 침상 앞에 무릎을 꿇고 말했다.

"폐하께서는 세습 문장원 총재(*왕궁의 의식, 절차, 문장 등을 관장하는 최고 책임자.)인 노펵 공이 사권을 박탈당한 채 런던탑에 갇혀 있다는 사실을 잘 아실 것이옵니다. 그가 갇혀 있는 만큼 그것은 적절치 못하다고 사료⋯⋯."

"닥쳐라! 그 불쾌한 이름을 들먹거려서 내 귀를 더럽히지 마라! 그 작자가 영원히 살 것 같으냐? 내가 뜻을 꺾을 성 싶나? 아니, 우리 왕국에 반역하지 않을 만한 문장원 총재가 없단 이유로 공식적인 왕세자 책봉식을 미뤄야 한단 말이냐? 신의 영예를 걸고 그건 절대로 안 될 말이지! 내일 날이 밝기 전에 내게 노펵의 처형 결의안을 가져오라고 의회에 정식으로 통지하여라. 만일 내 말을 따르지 않는다면 지독한 대가를 치르게 될 것이라고 경고하라!"

하트퍼드 경이 대답했다.

"폐하의 뜻이 곧 법이옵니다."

그러고는 일어나 원래 자리로 돌아갔다.

늙은 왕의 얼굴에서 서서히 분노가 사라지더니 다시 입을 열었다.

"우리 왕자, 아비에게 입을 맞춰 주려무나. 자, 어서⋯⋯ 뭐가 그리 두려운 게냐? 나는 너의 사랑하는 아비가 아니더냐?"

"폐하께서는 저 같이 보잘것없는 사람에게 잘해 주셨사옵니다. 오, 강력하고도 자애로운 폐하시여, 그 사실을 저는 실로 잘 알고 있사옵니다. 하지만…… 하지만…… 곧 죽게 될 그 사람을 생각하니 마음이 아파서……."

"아, 너답구나, 참으로 너다워! 정신이 고통을 겪고 있는데도 불구하고 고운 마음씨는 아직도 그대로구나. 넌 늘 성품이 고왔지. 하지만 그 공작은 너의 왕위 계승에 걸림돌이 되는 인물이야. 높은 직책에 오점을 입히지 않을 다른 사람을 골라 그자 대신 그 자리에 앉힐 게다. 마음 편히 가져라, 우리 왕자. 이 문제로 네 가엾은 정신을 괴롭히지 말거라."

"하지만 저로 인해 그 사람의 죽음이 빨라진 것이 아니옵니까, 폐하? 제가 아니었다면 그 사람은 더 오래 살지도 모르지 않사옵니까?"

"그자에 대해서는 그만 생각해라, 왕자여. 그자는 그럴 가치가 없는 자니까. 아비에게 한 번 더 입을 맞춰 주고 가서 재미있고 즐겁게 쉬어라. 이 아비도 병 때문에 힘들고 지쳐서 쉬어야겠구나. 하트퍼드 외숙과 네 시종들과 함께 물러났다가 내가 원기를 회복하면 다시 찾아오너라."

왕의 마지막 말을 들은 톰은 풀려날지 모른다는 마음속 희망에 치명상을 입고 무거운 마음으로 왕 앞에서 물러났다. 다시 한 번 "왕자님이시다! 왕자님이 납신다!" 하고 웅성거리는 나지막한 목소리들이 들렸다.

고개를 숙이고 줄지어 늘어선 화려한 신하들 사이로 한 걸음

한 걸음 내디딜 때마다 톰의 마음은 점점 더 무겁게 가라앉았다. 자비로운 하느님께서 불쌍히 여겨 풀어 주지 않는 한 자신은 영락없는 포로 신세가 되어, 쓸쓸하고 친구 하나 없는 왕자로 황금 새장 안에서 영원히 갇힌 채 살아야 할지도 모른다는 사실을 깨달았기 때문이다.

그리고 고개를 어느 쪽으로 돌리건 노퍽 공작의 잘려 나간 머리가 공중에 둥둥 떠다니며 도무지 잊히지 않는 표정으로 원망스럽게 자신을 노려보는 것만 같았다.

톰의 꿈속에서는 그토록 즐거웠건만 지금의 현실은 얼마나 음울하기 그지없는지!

6. 톰, 왕명을 받들다

톰은 웅장한 스위트룸 안에 있는 중요한 방으로 안내되어 자리에 앉았다. 하지만 톰은 나이가 지긋한 사람들과 지체 높은 사람들이 주위에 서 있었기 때문에 그렇게 혼자 앉아 있는 게 불편했다. 톰은 그들에게도 앉으라고 권했지만 그들은 그저 허리를 굽혀 감사를 표하거나 낮은 목소리로 인사만 할뿐 그대로 서 있었다. 톰이 고집스레 권하자 그의 '외숙'인 하트퍼드 백작이 톰의 귀에 대고 속삭였다.

"저하, 자꾸 그러지 않으셔도 됩니다. 저들이 왕자님 앞에서 자리에 앉는 것은 온당치 않사옵니다."

시종이 세인트 존 경의 도착을 알렸고, 세인트 존 경이 들어와 톰에게 고개 숙여 경의를 표한 뒤 말했다.

"소인은 왕명을 전하러 왔사온데 기밀을 요하는 사안이옵니다. 왕자님, 여기 하트퍼드 백작만 남기시고 주위를 모두 물러

주시겠습니까?"

톰이 어찌해야 할지 모르는 것 같아 보이자, 하트퍼드 백작은 톰에게 손짓으로 주위를 물리고 원치 않으면 구태여 말할 필요가 없다고 귀엣말로 속삭였다. 대기하던 신하들이 모두 물러가자 세인트 존 경이 말했다.

"당연하고 중차대한 국가적 이유들로 인해, 왕자님께서 병이 다 나아서 예전과 같은 모습으로 돌아오실 때까지 힘닿는 한 모든 방법을 동원해 병을 숨겨야 한다고 폐하께서 명하셨사옵니다. 즉, 왕자님께서는 당신이 진짜 왕자이며 영국의 왕위 계승자라는 것을 어느 누구에게도 부인해서는 아니 되며, 왕자로서의 위엄을 지키셔야 합니다. 그리고 신하들이 예로부터 내려오는 올바른 관례에 속하는 숭배와 경의를 표하면 말이나 손짓, 그 어떤 것으로도 거절하지 말고 받아야 한다고 분부를 내리셨사옵니다.

태생과 신분이 천한 자들에게 왕자님의 병이 도가 지나친 해로운 상상에서 비롯되었다고 설명하는 것도 그만둬야 하고, 익숙한 얼굴들을 다시 기억할 수 있도록 부지런히 애써야 하며, 혹시 그렇게 되지 않더라도 놀란 표정을 짓지 말고 몸짓이나 손짓으로도 기억을 잃었다는 내색을 하지 말 것이며 조용히 계셔야 한다고 하명하셨사옵니다. 공식 석상에서 어떤 문제에 대해 어떻게 처신하고 말해야 할지 몰라 난처할 때는 호기심에 가득 찬 시선으로 바라보는 자들에게 불안한 기색을 조금도 보이지 말고 그 문제에 대해 하트퍼드 경이나 소인의 조언을 따르라고도 하셨사옵니다. 폐하께서 이러한 업무를 하트퍼드 경과 소인에게 일임하시며 별도의 지시가 있을 때까지 곁에서 왕자님을 보필하라고 명하셨사옵니다. 이상이 폐하께서 명하신 바이며, 더불어 왕자님께 안부의 말씀을 전하시면서 자비로우신 하느님께 한시바삐 왕자님을 치유해 주시고 영원토록 성스러운 보살핌을 받게 해 달라고 기도하셨사옵니다.”

세인트 존 경은 고개 숙여 절을 하고 옆으로 물러섰다. 톰은 체념한 듯 대답했다.

“폐하께서 그렇게 말씀하셨군요. 왕명이 자기 맘에 들지 않는다고 해도 어름어름 넘기거나 자기 편할 대로 끼워 맞춰 교묘하게 회피해서는 안 돼요. 왕명은 무조건 따라야 해요.”

하트퍼드 경이 말했다.

“책처럼 심각한 것들을 당분간 멀리하라는 폐하의 명령에 관련해 한 말씀 드리자면, 왕자님께서는 즐거운 오락거리로 편안한 시간을 보내는 것이 좋을 것 같습니다. 연회에 참석했을 때 지쳐서 그로 인해 난처한 일을 겪지 않도록 말이옵니다.”

무슨 말인지 몰라 톰의 얼굴에 당황한 표정이 떠올랐다. 톰은 세인트 존 경의 수심 가득한 시선이 자신에게로 향하는 것을 보자 얼굴이 빨개졌다. 세인트 존 경이 말했다.

“왕자님의 기억이 아직 온전치 않은 모양이옵니다. 놀라신 듯하오나 그리 걱정하지 마십시오. 왕자님의 병이 나으면 저절로 사라질 문제니까요. 하트퍼드 경이 말하는 연회란 왕자님께서 꼭 참석하셔야 한다고 폐하께서 두어 달 전에 약속하신 런던 시의 연회를 말합니다. 이제 기억이 나십니까?”

“이런 말씀드려 송구하지만 전혀 기억이 나지 않아요.”

톰이 주저하는 목소리로 대답하며 다시 얼굴을 붉혔다.

바로 그때 엘리자베스 공주와 제인 그레이 아씨가 왔다고 시종이 알렸다. 그러자 하트퍼드 경이 세인트 존 경과 의미심장한 눈짓을 교환하더니 재빨리 문 쪽으로 향했다. 두 소녀가 그의 앞을 지나갈 때 하트퍼드 경이 나지막한 목소리로 말했다.

"두 분께서는 왕자님께서 엉뚱한 행동을 해도 못 본 척해 주시고 기억을 잘 못해도 놀라는 기색을 내비치지 말아 주십시오. 사소한 것 하나하나까지 신경 쓰게 되면 두 분도 대단히 마음이 아플 테니까요."

그동안 세인트 존 경은 톰에게 귀엣말을 속삭였다.

"저하, 부디 폐하의 바람을 부지런히 마음에 새기시기를 바랍니다. 최대한 기억을 떠올려 보시고 뭐든 기억하는 것처럼 구십시오. 왕자님께서 전과 많이 달라졌단 사실을 두 분이 알아차리게 해서는 안 됩니다. 왕자님의 어릴 적 소꿉동무인 두 분이 마음속에 왕자님을 얼마나 정답게 담아 두고 있는지 그리고 또 이 일이 두 분의 마음을 얼마나 아프게 할지 왕자님께서 잘 아실 테니까요. 저하, 제가 여기 남아 있을까요? 왕자님의 외숙도 함께요?"

톰은 손짓과 속삭이는 듯한 말로 그렇게 하라고 일렀다. 톰은 벌써 그 정도쯤은 익힌 데다 순진한 마음에, 왕명을 받들어 할 수 있는 한 최선을 다하기로 마음먹었던 것이다.

다들 미리 주의를 받았지만 어린 세 친구의 대화는 이따금 다소 어색해지고는 했다. 사실 톰은 몇 번이나 마음이 무너져 자기는 그런 대단한 신분이 아니라고 실토할 뻔했다. 하지만 그때마다 엘리자베스 공주의 재치가 그를 구했다. 그리고 조금도 방심하지 않은 채 옆을 지키던 세인트 존 경과 하트퍼드 경이 우연히 던진 것처럼 꾸민 말 한 마디가 행복한 결과를 가져왔다. 한 번은 어린 제인이 불쑥 질문을 던져 톰을 당황케 했다.

"왕자님, 오늘 왕비마마(*당시 왕비는 헨리 8세의 여섯 번째 부인이자 마지막 부인인 캐서린 파.)께 문후를 여쭈셨나요?"

톰이 난처한 표정으로 머뭇거리다가 더듬거리며 닥치는 대로 내뱉으려 하자, 세인트 존 경이 까다롭고 대답하기 곤란한 문제를 맞닥뜨려도 언제든 대비가 되어 있는 신하답게 여유롭고 우아하게 끼어들어 톰을 대신해 대답했다.

"물론이지요, 아씨. 왕비마마께선 어서 빨리 쾌차하길 바란다며 왕자님의 기운을 크게 북돋워 주셨습니다. 그렇지 않사옵니까, 왕자님?"

톰은 동의의 뜻으로 뭐라 웅얼거렸지만 점점 위험한 지경에 이르고 있는 것만 같았다. 얼마 뒤 톰이 당분간 공부를 하지 않을 것이라는 이야기가 나오자 어린 제인이 외쳤다.

"어떡해요, 정말 안됐어요! 왕자님은 공부를 훌륭하게 잘 해내고 있었는데 말이에요. 하지만 꼭 참고 때를 기다리세요. 그리 오래 걸리지는 않을 거예요. 앞으로 왕자님도 왕자님의 아버님처럼 학식으로 빛나고 그분만큼이나 많은 언어를 숙달하게 되실 거예요."

"우리 아버지!"

톰이 잠시 방심하고 있다가 소리쳤다.

"우리 아버지는 우리 나라 말도 제대로 하지 못해요. 우리 아버지가 하는 말뜻은 돼지우리에서 뒹구는 돼지밖에 못 알아들을 겁니다. 그리고 어떤 종류건 학식에 대해 말하자면 조금도……."

톰은 고개를 들다가 엄숙하게 경고하는 세인트 존 경의 시선과 마주쳤다. 톰은 얼굴을 붉히며 말을 멈췄다가 나지막한 목소리로 슬프게 이어 갔다.

"아, 내가 또 병이 도져서 잠시 정신이 나간 모양이네. 폐하께 이런 불경을 범하다니."

그러자 엘리스베스 공주가 남동생의 손을 두 손으로 공손히 잡아 살포시 어루만지며 달래 주었다.

"저희도 잘 알고 있어요, 왕자님. 그러니 그 문제로 너무 심려치 마세요. 왕자님 잘못이 아니라 병 때문이니까요."

톰이 고마워하며 말했다.

"참으로 따뜻한 위로의 말씀이에요, 누님. 이런 말씀을 드려도 될지 모르겠는데 누님께 진심으로 감사해요."

한 번은 경솔한 제인이 톰에게 간단한 그리스 어로 불쑥 말을 건넸다. 눈치 빠른 엘리자베스 공주가 과녁이 된 톰의 고요하게 굳어 버린 표정을 보고는 제인이 쏜 화살이 과녁에서 빗나간 것을 알아차렸다. 그래서 엘리자베스 공주는 톰을 대신해 낭랑하게 울리는 그리스 어로 차분하게 맞받아친 뒤 곧바로 다른 주제로 화제를 돌렸다.

시간은 대체로 즐겁고 순조롭게 흘러갔다. 암초나 모래톱에 걸리듯 대화가 막히거나 걸리는 일이 점차 줄어들었다. 애정을 듬뿍 담아 열심히 자기를 돕고 실수를 눈감아 주는 모두의 모습을 보고 톰은 점점 더 마음이 편안해졌다. 런던 시장이 여는 저녁 연회에 그녀들도 동행할 것이라는 사실을 알게 되자, 수많은 낯선 사람들 사이에서 친구도 없이 시간을 보내지 않아도 된다는 생각이 들었다. 그러자 톰의 심장이 안도와 기쁨으로 쿵쿵 뛰었다. 반면 한 시간 전이었더라면 연회에 그녀들이 같이 간다는 소식은 참을 수 없는 공포로 다가왔을 것이다.

톰의 수호천사들인 두 귀족은 대화를 나누고 있는 어린 친구들과 달리 마음이 편안하지 않았다. 마치 커다란 배를 몰고 위험한 해협을 지나가는 것만 같은 기분이었다. 끊임없이 경계를 늦추지 않던 그들은 자신들이 맡은 임무가 절대 쉽지 않다는 것을 깨달았다. 그런 이유로 엘리자베스 공주와 제인의 방문이 끝나갈 즈음 길퍼드 더들리 경(*당시의 실권자인 노섬블랜드 공작 존 더들리의 아들로 훗날 제인 그레이와 정략결혼을 하게 된다.)이 찾아왔다고 시종이 알리자, 그들에게 맡겨진 왕자가 충분히 혹사당한 것 같고 그들 자신도 배를 돌려 불안한 항해를 되풀이할 엄두가 나지 않았다. 그래서 그들은 톰에게 길퍼드 더들리 경의 알현을 거절하라고 정중하게 조언했고 톰은 아주 기꺼이 그렇게 했다. 그런데 매우 멋진 그 청년을 들이지 말라는 말을 듣자 제인의 얼굴에 살짝 실망하는 빛이 어렸다.

그러고 나서 잠시 침묵이 흘렀다. 뭔가를 기다리는 듯한 침묵이었지만 톰은 그게 뭔지 알 수 없었다. 톰이 하트퍼드 경을 슬쩍 쳐다보자 그가 톰에게 신호를 해 줬다. 하지만 톰은 그 신호 역시 무슨 뜻인지 알 수 없었다. 눈치 빠른 엘리자베스 공주가 평소의 여유롭고 우아한 태도로 톰을 구하러 나섰다. 엘리자베스 공주가 고개를 숙여 인사하며 말했다.

"왕자님, 저희는 이제 그만 물러가도 되겠습니까?"

그러자 톰이 대답했다.

"정말이지 두 분 부탁이라면 뭔들 못 들어주겠습니까마는 두 분으로 인해 이곳에 생겼던 빛과 축복을 잃게 되느니 다른 부탁을 다 들어드리고 싶군요. 그 정도로 물러가겠다는 그 부탁만은 들어드리고 싶지 않다는 뜻이에요. 하오나 살펴 가십시오. 그리고 하느님의 가호가 있기를 빕니다!"

그러고는 톰은 '책을 읽으며 유려하고 우아하게 말하는 왕자들의 요령을 익혀 놓은 게 아무 짝에 쓸모없지는 않네!'라고 생각하며 싱긋 웃었다.

저명한 두 소녀가 물러가자 톰은 지친 기색으로 자신을 보필하는 두 귀족을 돌아보았다.

"어디 구석진 곳에 가서 좀 쉬어도 되겠습니까?"

하트퍼드 경이 말했다.

"그렇게 하십시오, 왕자님. 왕자님이 명령을 내리시는 분이고 저희는 그 명령을 따라야 하는 신하들이니까요. 왕자님께선 정말로 좀 쉬셔야 합니다. 곧 런던 시로 행차하셔야 하니까요."

하트퍼드 경이 초인종을 눌러 시동을 부르더니 윌리엄 허버트 경을 불러오라고 명령을 내렸다. 윌리엄 허버트 경이 즉각 들어와 톰을 내실로 안내했다. 톰이 내실에 들어서자마자 물잔을 집으려고 손을 뻗었지만 비단과 벨벳으로 된 옷을 입은 시종이 물잔을 집어 한쪽 무릎을 꿇고 황금 쟁반에 올려 내밀었다. 또한 포로 신세에 지칠 대로 지친 톰이 자리에 앉아 그대로 내버려 둬

달라는 눈짓을 소심하게 보내며 반장화를 벗으려 했다. 하지만 불편하게도 또 다른 시종이 무릎을 꿇고 대신 신발을 벗겨 주었다. 그런 뒤에도 톰은 두세 번 더 혼자서 뭔가를 하려고 시도했지만 그때마다 시종이 민첩하게 선수를 쳤다. 마침내 톰은 포기하고 체념의 한숨을 쉬며 혼자 투덜댔다.

"아이참! 나 대신에 숨까지 쉬어 주겠다고 나서지 않는 게 이상하네!"

톰은 슬리퍼를 신고 화려한 가운을 입은 채 마침내 자리에 누울 수 있었다. 하지만 머릿속은 너무나 많은 생각들로 가득했고 방 안은 너무나 많은 사람들로 가득 차 있었기 때문에 잠을 자기 위해서라기보다 쉬기 위해서 자리에 누운 것이었다. 톰이 생각들을 떨쳐 낼 수가 없었기에 그것들은 머릿속에 그대로 머물렀고, 사람들을 어떻게 물릴지 몰랐기에 유감스럽게도 그들 또한 그대로 머물렀다. 하지만 유감스럽기는 사람들도 마찬가지였다.

톰이 사실로 들어가자 방에는 톰을 보호하는 두 귀족만이 남게 되었다. 그들은 머리를 절레절레 흔들거나 방 안을 서성거리면서 잠시 생각에 잠겼다. 그러다 마침내 세인트 존 경이 먼저 말문을 열었다.

"솔직히 자네는 어떻게 생각하나?"

"솔직하게 말하자면 내 생각은 이러하네. 폐하께서는 돌아가실 날이 가깝고 나의 조카는 미쳤어. 미치광이로 왕좌에 올라 미치광이로 살아가겠지. 신이시여, 영국을 지켜주소서, 그 어느 때보다 신의 가호가 절실하나이다!"

"참으로 그러하네. 그런데 말일세, 자넨 의혹이 들지 않나? 그러니까……."

세인트 존 경이 머뭇거리더니 끝내 말을 멈춰 버렸다. 자신이 아무래도 미묘한 입장에 처했다고 느껴졌다. 하트퍼드 경이 세인트 존 경 앞에 서서 맑고 솔직한 눈으로 그의 얼굴을 들여다보며 말했다.

"계속 말해 보시게. 나 말고는 들을 사람이 아무도 없잖나. 어떤 의혹이 든단 말인가?"

"내 생각을 말하기가 정말 꺼림칙하다네. 게다가 자넨 왕자님의 가까운 혈족이기도 하고. 혹시라도 자네 기분을 상하게 할지 모르니 먼저 용서를 빌겠네. 왕자님이 미쳤다고 해서 행동거지와 태도가 그렇게 싹 바뀌는 건 이상하지 않은가! 왕자님의 행동거지와 말투는 여전히 왕자답지만 별로 중요하지 않은 한두 가지 사소한 점에서는 예전의 습관과 '다르단' 말이지. 미쳤다고 해서 왕자님이 부왕을 몰라보고 왕자로서의 당당함과 체통을 기억하지 못하다니 이상하지 않은가. 라틴 어만 기억하고 그리스 어와 프랑스 어를 완전히 잊다니 이상하지 않은가 말일세. 이보게, 기분 나빠하지 말게. 그리고 내 불안한 마음을 안심시켜 주어 나의 감사 인사를 받아 주게. 왕자님이 자기가 왕자가 아니라고 한 말이 자꾸만 떠올라서 그러니……."

"닥치시게. 자네가 지금 입에 올린 말은 반역죄에 해당하네! 자넨 폐하의 명령을 잊었나? 내가 자네의 말을 듣고 있는 것만으로도 공범이 된단 사실을 명심하게나."

세인트 존 경의 얼굴이 창백해지더니 서둘러 말했다.

“내가 잘못했어. 인정하네. 나를 저버리지 말고 관대하게 아량을 베풀어 주게. 그러면 내 더 이상 그 일에 대해 생각하지도, 말하지도 않겠네. 내게 너무 매몰차게 굴지 말게나. 그렇지 않으면 나는 파멸일세.”

“알겠네. 그럼 여기서건 다른 누가 듣는 데서건 다시는 그런 불경스런 소리를 입에 담아서는 안 되네. 오늘 이야기는 못 들은 것으로 할 터이니. 하지만 자네는 의혹을 품을 것 없네. 왕자님은 내 누이의 아드님인데 내가 요람에서부터 봐 온 왕자님의 목소리, 얼굴, 모습을 모를 성 싶은가? 사람이 미치다 보면 자네가 왕자님에게서 본 것과 같은 온갖 별난 모순되는 행동을, 아니 그보다 더한 행동도 할 수 있네. 늙은 말리 남작이 미쳤을 때 60년 동안이나 봐 온 자신의 얼굴을 몰라보고 다른 사람의 얼굴이라고 우겨 댔던 일이 생각나지 않나? 그게 다가 아니지. 자기가 막달라 마리아의 아들이고, 자기 머리는 스페인제 유리로 만들어졌다고 주장하기까지 했잖아. 그리고 사실인즉, 어느 부주의한 손에 의해 깨질까 봐 자기 머리에 손도 못 대게 하질 않았나. 여보게, 자네가 품은 의혹 따위는 떨쳐 버리게나. 그분은 진짜 왕자님이시네. 내가 누구보다 더 잘 알아. 그리고 곧 왕이 되실 분이지. 그러니 이 사실을 유념하고 의혹보다는 이 사실을 더 많이 곱씹는 게 자네한테 이로울 걸세.”

세인트 존 경은 자신의 실수를 최대한 만회하기 위해, 이제 자신의 믿음이 확고해졌으며 다시는 의혹을 품는 일이 없을 것이라고 거듭 주장했다. 그 후 조금 더 이야기를 이어 간 뒤, 하트퍼드 경은 동료를 내보내고 자리에 앉아서 혼자 보호 감시에 들어갔다. 하트퍼드 경은 이내 깊은 생각에 빠졌다. 생각하면 할수록 걱정이 되었다. 이윽고 그는 방 안을 서성이며 혼자 중얼거리기 시작했다.

"체, 그분은 틀림없이 진짜 왕자님이야! 한 핏줄도 아닌데 그토록 놀랄 정도로 쌍둥이처럼 닮은 두 사람이 존재할 리가 없잖아? 그리고 그렇다 할지라도 둘이 마주치는 건 더더욱 기적 같은 일이야. 그래, 이건 어리석은 생각이야. 어리석고말고!"

하트퍼드 경은 이렇게 중얼거리기도 했다.

"그가 사기꾼이라면 누구보다 먼저 자기 스스로를 왕자라고 주장하는 게 자연스럽겠지. 그래, 그게 타당하겠지. 하지만 왕을 비롯해서 궁중의 모든 이들이 왕자라고 불러주는데 왕자로서의 위엄을 거부하고 아니라고 반박할 그런 사기꾼이 어디 있겠어? 전혀 없어! 성 스위딘의 영혼에 맹세코 절대 없어! 이분은 진짜 왕자님인데 머리가 돌아 버린 것뿐이야!"

7. 궁전에서의 첫 식사

오후 한 시가 조금 지난 뒤 톰은 체념한 듯 시종들에게 몸을 내맡기고 저녁 식사를 위해 옷을 갈아입는 시련을 겪었다. 어느새 전처럼 멋지게 옷을 차려입었지만 주름진 옷깃에서 양말까지 완전히 새 옷으로 갈아입은 상태였다. 톰은 곧 화려하게 장식된 널찍한 방으로 안내되었는데 그곳에는 이미 식탁이, 단 한 사람만을 위한 식탁이 차려져 있었다. 그 방의 가구들은 모두 거대한 금으로 만든 것이었고 벤베누토(*벤베누토 첼리니. 이탈리아 르네상스 시기의 조각가이자 금속 공예가.)의 작품이기에 거의 값을 매길 수 없을 정도로 귀중하고 아름다운 디자인이었다. 그 방의 절반을 귀족 신분의 시종들이 채우고 있었다. 톰은 굶주림이 오랫동안 체질화되어 버린 터라 목사의 식전 기도가 끝나기 무섭게 허겁지겁 음식에 달려들려고 했다. 그런데 버클리 백작이 제지하며 톰의 목에 냅킨을 매 주었다. 이 귀족 집안은 대대로 왕세자를 위해 냅킨 따위의 천을 갈아 주는 중요한 직무를 맡아 오고 있었다. 톰이 손수 포도주를 따라 마시려고 할 때마다 왕세자의 잔을 채워 주는 귀족이 앞질러 자기가 먼저 따랐다. 왕세자의 음식을 미리 먹어 보는 시식 시종도 요청을 받으면 언제라도 독살당할 위험을 무릅쓰고 의심스런 음식을 먹어 볼 채비를 한 채 대기해 있었다. 하지만 이 시절에는 그저 형식적인 직책이었을 뿐 자신의 위험한 임무를 수행하도록 요청받는 일이 좀처럼 없었다. 하지만 불과 몇 세대 전만 하더라도 시식 시종의 임무는 실제로 위험했으므로 귀족들이 선호하는 직책은 아니었다. 왕족들이 왜 귀족 대신 개나 배관공에게 임무를 맡기지 않았는지 이상해 보이겠지만 왕실에서 벌어지는 일은 모두 이상하지 않던가.

침실 수석 시종인 달시 경도 그곳에 있었는데, 무엇하러 그 자리에 있는지 누가 알겠냐마는 아무튼 그도 그곳에 있었다. 집사장도 그곳에 있었는데 그는 톰의 의자 뒤에 서서 근처에 서 있는 급사장과 주방장의 지휘 아래 식사를 감독하고 있었다. 이들 외에도 톰에게는 384명의 시종이 속해 있었지만 방에 들어와 있는 이들은 그중 4분의 1에도 채 못 미쳤다. 그래서 톰은 자기에게 얼마나 많은 시종이 딸려 있는지 아직 알지 못했다.

그 방에 배석한 시종들은 식사 시간 전에 왕자가 일시적으로 머리에 이상이 생겼다는 사실을 잊지 말고 엉뚱한 행동을 해도 절대 놀란 기색을 보이지 않도록 주의하라고 단단히 교육을 받은 상태였다. 곧 왕자의 '엉뚱한 행동'이 드러났지만 그들에게는 웃음이 아니라 오직 동정심과 슬픔이 생겨날 뿐이었다. 사랑스런 왕자가 병에 걸린 모습을 보는 것은 몹시 고통스런 일이다.

불쌍한 톰은 음식을 주로 손으로 집어 먹었다. 하지만 아무도 그 모습에 웃지도 않고 주의를 기울이지도 않았다. 톰은 자기 목에 걸린 냅킨이 아주 섬세하고 아름다운 직물로 만든 것이어서 신기한 듯 흥미롭게 살펴보다가 천진난만하게 말했다.

"이 냅킨을 치워 주세요. 내가 이걸 더럽히지 않도록 말이죠."

냅킨 류 담당 세습 시종이 공손한 태도로 두말 않고 냅킨을 치웠다.

톰이 순무와 양상추를 흥미롭게 살펴보더니 이게 무엇인지, 또 먹어도 되는 것인지 물었다. 당시 이 채소들은 네덜란드에서 값비싸게 수입되던 사치품이었고 영국에서는 이제 막 재배를 시작했기 때문에 톰은 이 채소들의 정체를 몰랐던 것이다. 톰의 질문에 놀란 기색 없이 누군가가 대단히 정중하게 대답해 주었다. 후식을 다 먹고 난 톰이 호주머니에 호두를 가득 채워 넣었지만 아무도 아는 체하거나 제지하지 않았다. 하지만 톰 스스로, 혹시 자신이 잘못된 행동을 한 게 아닌가 싶어서 당황한 기색을 드러냈다. 식사하는 동안 자기 손으로 직접 하도록 허락된 유일한 일이 바로 주머니를 호두로 가득 채운 것이었는데, 자신이 분명 부적절하고 왕자답지 못한 행동을 했다는 생각이 들었기 때문이다. 바로 그 순간 코의 근육이 씰룩거리고 코끝이 올라가며 주름이 생기기 시작했다. 이런 증상이 지속되자 톰은 점점 불안해졌다. 톰이 어쩔 줄을 몰라 애원하듯 시종 하나를 쳐다봤다가 또 다른 시종을 쳐다보았고 눈에는 눈물이 그렁그렁했다. 시종들은 당황한 표정으로 급히 달려와 어디가 불편한지 알려 달라고 애원했다.

그러자 톰이 굉장히 고통스러워하며 말했다.

"도저히 못 참겠어요. 코가 근질근질해서 죽겠어요! 이럴 땐 어떻게 해야 예의범절에 맞는 거죠? 제발 빨리요. 조금 밖에 못 견딜 것 같아요."

아무도 웃지 않았다. 다들 무척 당황했고 좋은 방법을 찾기 위한 고민에 빠져 서로를 쳐다보았다. 아, 하지만 그래 봤자 헛수고였으니, 영국 역사에는 그런 상황을 극복하는 법을 알려 주는 기록이 전혀 없었던 것이다. 의전관도 자리하지 않은 마당에 미지의 바다에서 위험을 무릅쓰거나 이 심각한 문제를 풀기 위해 감히 시도해 보는 것이 낫겠다고 생각하는 자는 아무도 없었다. 아아, 슬프게도 콧잔등 긁어 주기 담당 시종이란 직책이 존재하지 않다니! 그사이 톰의 눈물이 넘쳐 뺨을 타고 흘러내리기 시작했다. 톰의 씰룩거리는 코는 살려 달라고 다급하게 간청하고 있었다. 마침내 생리적 본능 앞에서 예법의 장벽이 무너져 내렸다. 톰은 자신이 잘못된 행동을 하는 것이라면 용서해 달라고 속으로 기도를 올리고 직접 코를 긁어 시종들의 무거운 마음을 구제해 주었다.

톰이 식사를 마치자 어떤 귀족이 입과 손가락을 씻으라고 향기로운 장미수를 담은 넓고 얕은 순금 접시를 내왔고, 냅킨 류 담당 귀족이 그 옆에서 냅킨을 들고 대기했다. 톰은 잠시 어리둥절하니 접시를 뚫어지게 바라보다가 입으로 가져가 근엄하게 쭉 들이켰다. 그런 뒤 옆에서 대기 중인 귀족에게 접시를 돌려주며 말했다.

"에이, 이건 맘에 안 들어요. 향은 좋은데 맛이 별로예요."

왕자의 정신 이상으로 비롯된 이 기이한 행동을 보고 주위에 있던 모든 사람들은 마음이 아팠으며 그 애달픈 광경을 보고 웃는 사람은 아무도 없었다.

톰이 자기도 모르는 사이 저지른 또 다른 큰 실수는 목사가 톰의 의자 뒤에 서서 두 손을 높이 들고 사기왕성한 두 눈을 감은 채 막 식후 기도를 시작하려는 때에 자리에서 일어나 식탁을 떠난 것이다. 그래도 왕자가 별난 행동을 했다고 눈길을 주는 사람은 아무도 없었다.

우리의 꼬마 친구는 시종에게 요청해서 자신의 사실로 안내되었고 홀로 남겨져서 뭐든 제 맘대로 할 수 있게 되었다. 참나무로 된 징두리(*비바람으로부터 집을 보호하기 위해 집채 안팎 벽의 둘레에 덧쌓는 부분.) 벽판의 걸이에 여러 벌의 갑옷이 걸려 있었다. 이 갑옷들은 금으로 정교하게 상감 세공을 하여 온통 아름다운 무늬로 뒤덮여 번쩍거렸다. 이 전투용 갑옷과 투구는 진짜 왕자의 것으로 최근에 파 왕비에게서 받은 선물이었다.

톰은 정강이 보호대, 긴 장갑, 깃털 장식이 달린 투구 같은 것을 도움 받지 않고 걸칠 수 있는 데까지 걸쳐 보았다. 도움을 청해 전부 다 갖춰 입어 볼까 하는 마음이 잠깐 들었지만, 그때 문득 저녁을 먹다 챙겨 둔 호두 생각이 떠올랐다. 원치도 않은 시중을 들어주며 자신을 못살게 굴던 신분 높은 세습 시종들이 없는 곳에서 호두를 먹으면 기쁠 것 같았다. 그래서 톰은 멋진 갑옷과 장비들을 원래 있던 자리에 걸어 두고 곧바로 호두를 까기 시작했다. 하느님이 자기를 왕자로 만든 벌을 내린 이후 처음으로 맛보는 행복한 기분이었다. 호두를 모두 까먹었을 때 책장에서 우연히 마음을 끄는 책을 몇 권 발견했다. 그 책들 가운데 한 권은 영국 왕실의 예법에 관한 책이었다. 이것은 포상이나 다름없었다. 톰은 길고 호화로운 의자에 드러누워 열심히 공부하기 시작했다. 우리는 당분간 톰을 그곳에 내버려 두기로 하자.

8. 국새의 행방

다섯 시쯤 헨리 8세는 개운치 않은 낮잠에서 깨어 혼자 중얼거렸다.

"불길한 꿈이로세! 참으로 불길한 꿈인지고! 나의 종말이 임박했어. 그래서 이렇게 전조가 되는 꿈을 꾼 거야. 나의 맥박이 쇠한 걸 봐도 확실히 알 수 있어."

곧바로 왕이 악의에 찬 눈빛을 이글거리며 중얼거렸다.

"그래도 '그 작자'가 가기 전에 내가 먼저 죽을 순 없지!"

왕이 잠에서 깬 것을 알아차린 시종 가운데 하나가 밖에서 기다리고 있는 대법관(*재판관 중 최고 관직으로 상원 의장이자 국새를 보관하는 임부를 맡는다.)을 접견하겠냐고 물었다.

"안으로 들여라! 어서!"

왕이 열성적으로 외쳤다.

대법관이 들어와 왕의 침상 옆에 무릎을 꿇고 아뢰었다.

"소인이 명령을 내렸사오며 폐하의 명을 받들어 세습 상원 의원들이 의회 법정에서 노퍽 공작의 운명을 확정지은 다음 폐하의 다음 처결을 겸허히 기다리고 있사옵니다."

왕의 얼굴이 격렬한 기쁨으로 환해졌다.

"나를 일으켜 다오! 친히 의사당에 가서 그자를 없애는 사형 집행 영장에 직접 국새를 찍겠……."

왕의 목소리가 나오지 않으면서 발그레하던 뺨이 핏기 하나 없이 창백해지자 시종들은 왕을 베개로 받쳐 편안히 해 준 뒤 서둘러 강장제를 먹였다. 이윽고 왕이 슬픔에 잠겨 다시 말하기 시작했다.

"아아! 이 달콤한 시간이 오기를 내가 얼마나 갈망했던가! 허나 보라! 너무 늦게 찾아온 바람에 그토록 간절히 바라던 기회를 놓치고 마는구나! 하지만 서둘러라! 어서! 그 행복한 임무가 내게는 허락되지 않았으니 다른 이에게 맡겨야겠구나. 국새를 맡겨 위임할 터이니 그대가 그 일을 할 적임자를 고르도록 하라. 어서 가서 일을 시작해. 서둘러! 내일 해가 지기 전에 내 눈앞에 그자의 머리를 대령해!"

"폐하의 분부를 받들겠나이다. 폐하께옵서 이제 국새를 제게 되돌려 준다는 명령을 내려 주시겠사옵니까? 그래야 제가 그 일을 진행할 수 있사옵니다."

"국새를 되돌려 주다니? 그대 말고 누가 국새를 보관하고 있단 말인가?"

"아뢰옵기 황송하오나, 폐하께옵서 노퍽 공작의 사형 집행 영장에 직접 국새를 찍겠노라고 말씀하시며 이틀 전에 제게서 국새를 받아 가셨사옵니다.”

“아, 그래, 정말 내가 그랬지. 이제 기억나는군. ……그런데 그걸 내가 어쨌더라? ……기운이 아주 없구나. 요즘 들어 나의 기억이 나를 배신하는 일이 잦아. 기이한 일이로다. 기이하고 기이한지로고…….”

왕은 알아듣지 못할 정도로 힘없이 웅얼거리고 백발 무성한 머리를 가끔 힘없이 흔들면서 국새를 어떻게 했는지 기억해 내려고 애썼다. 마침내 하트퍼드 경이 무릎을 꿇고 자신이 알고 있는 사실을 알려 주었다.

“폐하, 아뢰옵기 황송하오나 소인을 비롯한 여기 몇 사람이 기억하기로는, 폐하께옵서 국새를 왕세자 저하의 손에 맡기시며 훗날을 대비하라고…….”

“맞아, 맞도다!”

왕이 하트퍼드 경의 말을 가로막았다.

“국새를 가져오너라! 어서 가거라! 한시가 급하도다.”

하트퍼드 경이 톰에게 부리나케 달려갔지만 얼마 지나지 않아 근심 가득한 표정을 한 채 빈손으로 돌아와 왕에게 다음과 같이 아뢰었다.

“폐하, 무척 답답하고 반갑지 않은 소식을 전하게 되어 소인의 마음이 아프오나, 하느님께서 아직 왕자님의 병환을 낫게 하실 뜻이 없으신지 왕자님은 국새를 받은 사실을 기억하지 못하십니다. 그래서 왕자님이 쓰시는 그 많은 방과 홀들을 다 뒤지려니 귀중한 시간을 낭비하는 데다 거의 가치 없는 일이라 사료되어 먼저 보고를 드리기 위해 서둘러 돌아왔…….”

이렇게 설명하는데 왕의 입에서 신음이 새어 나오는 바람에 하트퍼드 경은 말을 중단했다. 잠시 뒤 왕이 깊은 슬픔에 가득 찬 목소리로 말했다.

"가엾은 왕자를 더 이상 괴롭히지 말라. 하느님의 손이 왕자를 무겁게 짓누르니 왕자에 대한 애틋한 연민과 슬픔으로 짐의 마음이 무너져 내리지만 고뇌를 짊어진 과인의 늙은 어깨에 왕자의 무거운 짐까지 얹었다가는 견딜 수가 없겠구나. 그러니 왕자를 그냥 내버려 두어라."

왕은 눈을 감고 혼자 중얼거리기 시작하더니 이내 조용해졌다. 잠시 후 다시 눈을 뜨고 주위를 멍하니 둘러보다가 무릎을 꿇고 있는 대법관에게 시선이 머물렀다. 곧바로 왕의 얼굴이 분노로 시뻘게졌다.

"아니, 아직도 여기에 있는 것이냐! 하느님께 맹세코 그대가 내일까지 그 반역자의 일을 처리하지 않는다면 그대 또한 목이 날아갈 줄 알라!"

대법관이 덜덜 떨며 대답했다.

"폐하, 자비를 베풀어 주시옵소서! 소인은 다만 국새를 기다리고 있었을 뿐이옵니다."

"이봐, 그리도 머리가 안 돌아가? 예전에 짐이 외국에 갔을 때 지녔던 임시 국새가 금고에 있잖나. 정식 국새가 없으면 임시 국새라도 쓰면 될 것 아닌가? 그리 머리가 안 돌아간단 말이냐? 어서 썩 물러가라! 그리고 들어라! 그자의 머리를 갖고 오기 전에는 아예 내 앞에 나타날 생각도 말라!"

가엾은 대법관은 얼른 이 위험한 자리에서 물러났다. 또한 위

원회에서도 시간을 낭비하지 않고 맹종적인 의회의 결의안에 대
해 왕의 재가를 내리고 영국의 최고 귀족이자 불운한 노퍽 공작
을 다음날 참형에 처하기로 결정했다.

9. 강가의 화려한 행렬

밤 아홉 시가 되자 궁전의 광대한 강변 지역 전체가 불빛으로 밝게 타올랐다. 강에는 런던 시내 쪽으로 눈길이 미치는 저 멀리까지, 가장자리에 색등을 달고 물결에 살랑살랑 흔들거리는 나룻배와 유람선이 들어차 있었다. 얼마나 빽빽하던지 여름 바람에 살랑살랑 흔들리며 불타는 듯한 끝없는 꽃들의 정원처럼 보였다. 강가로 내려가는 웅장한 돌계단 테라스는 독일 공국의 군대가 집합해도 될 정도로 널찍하여 그야말로 장관이었다. 반짝반짝 빛나는 갑옷을 입고 미늘창을 든 병사들과 화려한 옷차림의 시종들이 분주히 오르락내리락 왔다 갔다 하며 행사 준비를 서둘렀다.

이윽고 뭔가 명령이 떨어지자 즉시 살아 있는 모든 생명체가 돌계단에서 자취를 감추었다. 이제 밀려드는 긴장감과 기대감이 대기를 가득 채웠다. 저 멀리 눈길이 닿는 끝에 배에 탄 무수한 사람들이 일어서서 등불과 횃불의 눈부신 불빛을 손으로 가리고 궁전 쪽을 응시하는 모습이 보였다.

일렬종대로 늘어선 사오십여 척의 왕실 유람선들이 돌계단 쪽으로 다가왔다. 유람선들은 금빛으로 화려하게 장식되었으며 우뚝 솟은 뱃머리와 배꼬리는 정교하게 조각되어 있었다. 어떤 배들은 깃발과 장식 리본으로 꾸며졌고, 어떤 배들은 문장을 수놓은 금빛 직물과 아름다운 무늬가 있는 아라스 직물로 장식되어 있었다. 또 다른 배들은 산들바람이 불 때마다 흔들거리며 작지만 즐거운 음악을 쏟아 내는 작은 은종을 수없이 단 비단 깃발로 꾸며져 있었다. 바로 옆에서 왕자를 보필하는 귀족들이 소유한 또 다른 배들은 더 화려하게 치장했으며 양옆의 문장이 눈에 번쩍 띄도록 선명히 새겨진 방패들로 둘러져 있었다. 왕실 유람선은 저마다 부속선이 끌었는데, 부속선에는 사공들 외에도 윤이 나는 투구와 흉갑을 걸친 수많은 병사와 악사들이 타고 있었다.

오늘 있을 행렬의 선발대가 커다란 출입구에 모습을 나타냈는데 바로 미늘창을 든 부대였다. 그들은 몸에 딱 붙는 검정색과 황갈색 줄무늬 바지를 입고, 양옆을 은색 장미로 장식한 벨벳 모자를 썼다. 배와 등 부분에 왕자의 문장인 깃털 세 개가 금실로 수놓아져 있었다. 암자색과 파란색 천으로 만든 허리가 잘록한 상의를 입었으며 그들이 들고 있는 미늘창의 장대는 진홍색 벨벳으로 덮여서 금박 못으로 고정되어 금술로 장식되어 있었다. 선발대가 좌우 두 줄로 나뉘어 일렬종대로 궁전 출입구에서 물가까지 길게 섰다. 그러자 금색과 진홍색 제복을 입은 왕자의 시종들이 번쩍거리는 두꺼운 카펫을 펼쳐서 좌우로 나뉘어 선 선발대 사이에 깔았다. 이 과정이 끝나자 안에서 우렁찬 나팔 소리가 울려 퍼졌다. 배에 타고 있던 악사들도 활기찬 서곡을 연주하기 시작했다. 왕실을 상징하는 하얀 막대를 든 의전관 두 명이 출입구에서 위풍당당한 걸음으로 천천히 행진하듯 걸어 나왔다. 그 뒤를 런던 시의 직장(*職杖, 시장 등의 공직자가 권위의 상징으로 들고 다니는 장식용 지팡이.)을 든 관리가 따랐고, 곧바로 또 다른 관리가 런던 시의 검(*직장은 런던 시의 시장을, 검은 런던 시의 치안 판사의 권위를 상징한다.)을 들고 따라왔다.

뒤이어 완전 무장을 한 채 소매에 계급장을 단 런던 시 수비대의 병장 몇 명이 나왔다. 그다음으로 갑옷 위에 헐렁한 겉옷을 입은 최고 문장관이 뒤따랐다. 그 뒤에 바스 작위를 받은 기사 몇 명이 소매에 하얀 레이스가 달린 옷차림으로 따랐고 또 그 뒤를 기사의 향사들이 따랐다. 그 뒤에 진홍색 법복을 입고 하얀 법모를 쓴 판사들, 또 그 뒤에 앞이 트이고 가장자리에는 흰 모피 장식을 덧댄 진홍색 법복을 입은 대법관, 그 뒤에 소매 없는 진홍색 망토를 걸친 런던 시의회 대표단, 또 그 뒤에 예복을 입은 여러 시민 단체의 수장들이 따랐다.

이번에는 금빛 가로줄 무늬가 있는 흰색 다마스크 천으로 짠 솜 누빔 조끼와 보라색 태피터 천으로 안을 덧댄 진홍빛 벨벳의 짧은 망토 그리고 카네이션 색상의 풍성한 반바지로 아주 멋진 차림새를 이룬 프랑스 귀족 열두 명이 등장해 계단을 내려왔다. 그들은 프랑스 대사의 수행원들이었고, 그 뒤에는 스페인 대사를 수행하는 기사 열두 명이 어떤 장식을 해도 단조로워 보이는 검정 벨벳 옷을 입고 나타났다. 이들 뒤로 지체 높은 영국 귀족 몇 명이 시종들을 거느리고 나타났다.

안에서 우렁찬 나팔 소리가 울리더니 훗날 지체 높은 서머싯 공작이 될 왕자의 외숙이 나왔다. 그는 금실이 섞인 검정색 천으로 만든 짧고 꼭 끼는 상의에 금빛 꽃무늬로 장식하고 은빛 그물 모양 천으로 리본을 단 진홍색 공단 망토를 멋지게 차려입었다. 그는 돌아서서 깃털이 장식된 모자를 벗고 정중히 허리를 숙여 인사한 다음 뒷걸음질 치기 시작해 한 걸음씩 옮길 때마다 고개 숙여 인사하며 뒤로 물러났다. 뒤이어 갑자기 커다란 나팔 소리가 길게 울리더니 누군가가 크게 외쳤다.

"고귀하고 위대하신 에드워드 왕세자 저하 납시오!"

궁전 벽 위 하늘로 불꽃이 시뻘건 혀를 내밀고 천둥처럼 요란한 소리를 내며 솟구쳐 올랐다. 강가에 모여 있던 사람들이 환영의 함성을 터뜨렸다. 그러자 이 모든 소동의 원인이자 주인공인 톰 캔티가 사람들에게 보이는 곳으로 걸어 나와 위엄 있는 태도로 살짝 고개를 끄덕이는 것이 아닌가!

톰 캔티는 하얀색 공단으로 만든 짧고 꼭 끼는 상의를 아주 화려하게 차려입었다. 얇은 자주색 천이 덧대진 상의 앞부분은 다이아몬드 가루가 점점이 반짝거리고 하얀 족제비 털로 테두리가 둘러져 있었다. 그 위에는 금빛 섞인 하얀 천으로 만든 망토를 걸쳤는데 문장 윗부분의 세 개짜리 깃털 모양이 도드라지게 장식되었다. 망토는 파란색 공단으로 안감을 대고 진주와 보석들이 박혔으며 정교하게 연마된 다이아몬드 버클로 고정되어 있었다. 목 주위에는 가터 훈장과 외국에서 받은 화려한 훈장들이 주렁주렁 매달려 있었다. 그리고 불빛이 톰에게로 쏟아질 때마다 보석들이 눈부신 불빛을 받아 반짝거렸다. 오, 가축우리 같은 집에서 태어나 런던의 빈민굴에서 자라고 누더기 옷과 흙먼지와 빈곤에 익숙한 톰 캔티, 그에게 이것은 실로 인상적인 광경이리라!

10. 함정에 빠진 왕자

우리는 즐거워하며 떠들어 대는 무리가 뒤따르는 가운데 존 캔티가 진짜 왕자를 오펄코트로 질질 끌고 가는 데서 이야기를 멈췄었다. 그 무리 가운데 붙잡힌 아이를 풀어 주라고 호소한 사람이 딱 한 명 있긴 했지만 아무도 그의 말에 귀를 기울이지 않았다. 또 워낙 소란스러웠던 탓에 그의 말도 거의 들리지 않았다. 왕자는 풀려나기 위해 계속 발버둥을 쳤고 자신이 받고 있는 부당한 대우에 격렬하게 분노했다. 그러다 마침내 존 캔티는 그나마 조금 남아 있던 인내심을 잃고 느닷없이 분노를 터뜨리며 왕자의 머리 위로 참나무 몽둥이를 번쩍 들어 올렸다.

유일하게 아이를 살려 달라고 호소했던 사람이 불쑥 뛰어들어 존 캔티의 팔을 막으려 했다. 그러다 그만 자신의 손목에 몽둥이를 맞고 말았다. 캔티가 으르렁대며 고함을 질렀다.

"네놈이 끼어들겠다, 이 말이지? 좋아, 그럼 맛 좀 보여 주지!"

존 캔티가 몽둥이로 자기를 막아선 사내의 머리를 내려쳤다. 신음소리가 나더니 흐릿한 형체가 군중들의 발치에 콕 거꾸러졌다. 그리고 다음 순간 흐릿한 형체는 어둠 속에 쓰러진 채로 홀로 남겨졌다. 이런 사건에도 불구하고 사람들은 즐거운 마음을 전혀 꺾지 않았고 부지런히 존 캔티를 따라갔다.

이윽고 왕자가 존 캔티의 집으로 끌려 들어갔고 구경꾼들을 뒤로 하고 문이 닫혔다. 병에 꽂아 놓은 수지 양초의 희미한 불빛으로 왕자는 혐오스러운 소굴의 주요 특징과 그곳에 살고 있는 사람들을 볼 수 있었다. 지저분한 여자아이 두 명과 중년 여자 한 명이 한쪽 구석에서 벽에 기대 몸을 웅크리고 있었다. 가혹한 취급에 익숙해진 동물들이 이제 또다시 닥쳐올 가혹한 취급 앞에 겁을 잔뜩 집어먹은 것 같은 모습이었다. 치렁치렁한 백발에 심술궂은 눈초리를 한 말라빠지고 쭈글쭈글한 노파가 방의 다른 쪽 구석에서 슬그머니 다가왔다. 존 캔티가 노파에게 말했다.

"좀만 있어 보슈! 이곳에서 멋진 무언극이 펼쳐질 테니. 무언극을 충분히 즐길 때까지는 망치지 마쇼. 그런 다음에 당신 손으로 이 녀석을 맘껏 패 주든가 하쇼. 어디 한번 해 봐, 요 녀석. 다시 한 번 어리석은 소리를 지껄여 봐. 그럼 다시는 절대로 잊지 못하게 해 줄 테니. 네 이름을 대 봐. 네가 누구라고?"

어린 왕자는 모욕감으로 뺨이 벌겋게 달아올랐다. 왕자는 고개를 들고 분노에 찬 시선으로 사내의 얼굴을 빤히 노려보며 말했다.

"감히 내게 말하라고 명령하다니 참으로 본데없도다. 아까도 말했지만 또다시 말하겠노라. 나는 다름 아닌 에드워드 왕세자다.”

이 대답에 노파는 까무러칠 정도로 놀라서 서 있던 자리에 그대로 못 박힌 채 거의 숨도 쉬지 못했다. 노파가 멍하니 왕자를 응시하자 노파의 깡패 같은 아들이 대단히 즐거워하며 한바탕 크게 너털웃음을 터뜨렸다. 하지만 톰 캔티의 어머니와 누나들의 반응은 달랐다. 두들겨 맞아 다칠지도 모른다는 공포는 즉시 다른 종류의 고민으로 바뀌었다. 그들은 비통하고 당황한 표정으로 뛰쳐나오며 소리쳤다.

“오, 불쌍한 톰, 우리 아들 가엾기도 하지!”

톰의 어머니는 왕자 앞에 털썩 무릎을 꿇고 왕자의 어깨에 두 손을 올렸다. 그리고 그렁그렁한 눈물 사이로 왕자의 얼굴을 애타는 표정으로 쳐다봤다. 잠시 뒤 그녀가 말했다.

“오, 불쌍한 내 아들, 바보처럼 책만 읽더니 결국 불상사가 일어나 네 머리가 돌고 말았구나! 아, 내가 책을 읽지 말라고 그렇게 일렀건만 넌 왜 그리 책 읽기에 집착했던 거니? 너 때문에 이 어미의 가슴이 찢어지는구나!”

왕자는 여인의 얼굴을 가만히 들여다보며 부드럽게 말했다.

“여인이여, 그대의 아들은 잘 있으며 머리가 돌지도 않았노라. 그러니 안심하고 나를 그대 아들이 있는 궁전으로 데려가 다오. 그러면 곧바로 나의 부친이신 폐하께서 그대 아들을 돌려줄 것이다.”

“부친이신 폐하라니! 오, 애야, 그 말을 취소해. 그런 말을 했다가 네가 죽임을 당하고 네 주위의 모든 사람들까지 화를 입게 될까 봐 두렵구나. 이 소름 끼치는 꿈을 어서 빨리 떨쳐 내렴.

길 잃고 헤매는 너의 불쌍한 기억을 되찾아야 해. 나를 보려무나. 너를 낳은 사랑하는 네 어미를 정말 몰라보겠니?”

왕자가 고개를 저으며 마지못해 말했다.

“하느님께 맹세코 그대의 마음을 아프게 하고 싶지 않소만, 난 정말로 그대의 얼굴을 한 번도 본 적이 없소.”

여인은 그대로 바닥에 철퍼덕 주저앉아 두 손으로 눈을 가리고 비탄에 잠겨 통곡했다.

“쇼를 계속해 보자고! 뭐해, 낸! 뭐해, 벳! 이 버르장머리 없는 계집들, 왕자의 안전에서 그렇게 멀뚱멀뚱 서 있을 거야? 거지 같은 계집들아, 무릎을 꿇고 왕자님께 경의를 표하지 않고 뭐해!”

존 캔티가 호통치고는 또다시 너털웃음을 터뜨렸다. 자매는 쭈뼛거리며 자신들의 남동생을 위해 간청했다. 낸이 말했다.

“아버지, 일단 톰을 좀 재우는 게 어떨까요? 한숨 푹 자면서 쉬고 나면 제정신으로 돌아올 거예요. 제발 부탁이니 그렇게 해 주세요!”

“아버지, 제발 그렇게 해 주세요. 지금 애는 보통 때보다 더 지쳐 보여요. 내일 다시 정신이 돌아오면 부지런히 구걸해서 다시는 빈손으로 돌아오지 않을 거예요.”

벳도 옆에서 거들었다.

이 말에 그들의 아버지는 장난스런 마음을 접고 구걸을 시키는 일 쪽으로 진지하게 마음을 돌렸다. 그는 화가 나서 왕자 쪽으로 돌아서며 말했다.

“내일 우리는 이 소굴을 소유하고 있는 집주인에게 2펜스를 내야 해. 기억해, 2펜스야. 반년 치 집세인데 그걸 못 내면 우린 쫓겨나. 게으름 피우며 동냥해서 얼마나 벌었는지 꺼내 놔 봐!"

왕자가 말했다.

"그대의 구질구질한 문제로 나의 기분을 상하게 하지 말라. 내 다시 말하는데 나는 왕의 아들이다."

캔티가 넓적한 손바닥으로 왕자의 어깨를 냅다 후려갈기자 왕자는 비틀거리며 캔티 부인의 품으로 쓰러졌다. 캔티 부인은 왕자를 꽉 껴안고 세차게 퍼붓는 주먹질과 손찌검을 자신의 몸으로 막으며 왕자를 보호했다. 겁에 질린 소녀들은 다시 구석으로 물러났지만 할머니는 열을 내며 앞으로 걸어와 자신의 아들을 도왔다. 왕자는 캔티 부인의 품에서 빠져나오며 소리쳤다.

"부인, 그대가 나 때문에 고통을 겪어선 안 되오. 이 돼지 같은 비열한 자들이 자기들 뜻대로 날 대하도록 내버려 두시오!"

이 말에 돼지 같은 비열한 자들이 몹시 격분하여 한시도 낭비하지 않고 자기들 뜻대로 하기 시작했다. 두 사람은 소년을 가운데에 두고 엄청나게 두들겨 팼고 그런 뒤에는 소년에게 동정심을 보였다는 이유로 여자아이들과 아이들의 어머니도 구타했다. 그리고 캔티가 말했다.

"자, 이제 다들 그만 자. 한바탕 즐겼더니 나도 피곤하군."

불이 꺼지고 캔티 가족은 잠자리에 들었다. 가장과 그의 어머니가 코를 골며 곯아떨어지자마자 어린 소녀들은 왕자가 누워 있는 곳으로 살금살금 기어와서 왕자가 춥지 않도록 밀짚과 넝마 조각으로 살포시 덮어 주었다. 아이들의 어머니 또한 왕자에게로 살금살금 기어와서 그의 머리를 쓰다듬고 울먹이며 귀에 대고 잠깐 동안 위로와 동정의 말을 띄엄띄엄 속삭였다. 어머니는 그에게 주려고 먹을 것도 조금 남겨 뒀지만 소년은 몸이 너무 아파 먹고 싶은 마음이 싹 사라지고 없었다. 아무튼 시커멓고 맛없는 빵 부스러기 앞에서는 그랬다.

왕자는 그 여인이 자기를 위해 희생하며 용감하게 보호해 주었고 동정도 베풀어 줘서 감동받았다. 그래서 그는 여인에게 아주 고결하고 기품 있는 말로 감사 인사를 전하고 그만 잠자리에 들어 슬픔을 잊으라고 권했다. 그리고 자신의 부친이신 폐하께서 그녀의 충성스런 행동과 헌신에 보답하지 않고 못 본 척 그냥 넘어가진 않을 것이란 말도 덧붙였다. 여인은 아이가 또다시 미친 상태로 돌아갔다고 생각해 비탄에 잠겼다. 아이를 몇 번이고 품에 안았다가 눈물에 흠뻑 젖은 채 자기 자리로 돌아갔다.

캔티 부인은 잠자리에 누워 슬픔에 잠긴 채 이런저런 생각을 했다. 그러다 문득 저 아이가 미쳤건 안 미쳤건 자기 아들 톰 캔티와는 어딘지 모르게 다르다는 생각이 슬며시 고개를 들기 시작했다. 캔티 부인은 어디가 다르다고 설명할 수도, 딱 꼬집어 말할 수도 없었지만 예리한 모성 본능으로 탐지하고 알아차릴 수 있었다. 만약 저 아이가 정말로 내 아들이 아니라면 어떡하지? 오, 말도 안 되는 소리야! 그녀는 슬프고 괴로웠지만 그런 생각을 하자 웃음이 피식 나왔다. 어쨌든 그 생각이 수그러들지 않고 계속 그녀를 괴롭혔다. 그 생각이 딱 달라붙어서 떨쳐지지 않았으며 무시하려 해도 무시할 수가 없었다. 마침내 그녀는 아이가 자신의 아들인지 아닌지를 한 점의 의심도 없도록 분명하게 밝혀 줄 시험을 궁리해야겠다고 생각했다. 그래야만 이런 고달프고 성가신 의심을 말끔히 떨쳐 내고 마음의 평온을 찾을 수 있을 것만 같았다. 그랬다. 그것이야말로 분명 난관을 돌파하는 올바른 방법인 것이다. 그래서 그녀는 당장 어떤 식으로 시험하는 게 좋을까 궁리하기 시작했다. 하지만 제안은 쉬워도 막상 실현 가능한 시험을 생각해 내는 건 어려운 일이었다.

마음속으로 그럴 듯한 시험을 이것저것 궁리해 봤지만 모두 포기해야만 했다. 그 가운데 어떤 것도 절대적으로 확실하지도, 완벽하지도 않았던 것이다. 그녀는 완벽하지 않은 시험에는 만족할 수 없었다. 정말 열심히 머리를 쥐어짜 봤지만 헛된 일이었다. 이 문제는 이쯤에서 단념해야만 할 것 같았다. 이렇게 침울한 생각이 머릿속을 스치는 동안 아이가 고르게 숨 쉬는 소리가 들렸고 그녀는 아이가 잠들었단 사실을 알았다. 그 소리에 귀를 기울이고 있자니 아이는 악몽을 꾸는 듯했다. 고른 숨소리 사이로 간간이 깜짝 놀라며 나지막하게 외치는 소리가 새어 나왔던 것이다. 이 우연한 사건 덕분에 이제껏 고심했던 모든 시험들을 합친 것보다 더 값진 계획 하나가 퍼뜩 떠올랐다. 그녀는 소리를 내지 않고 재빠르게 일에 착수하여 초에 불을 붙였다.

"아까 저 아이가 어떻게 하는지 제대로 봤더라면 진작 알 수 있었을 텐데! 내가 왜 미처 그 생각을 못했을까! 어렸을 때 폭약이 바로 눈앞에서 터졌던 그날 이후로 우리 애는 꿈을 꾸거나 생각을 하다가 깜짝 놀라 깬 적이 한 번도 없었어. 놀라 봤자 그날 그랬던 것처럼 손으로 눈을 가리는 정도야. 그리고 다른 사람들처럼 손바닥을 안쪽으로 향하는 게 아니라 늘 손바닥이 바깥쪽으로 향하게 눈을 가리지. 난 우리 애가 눈 가리는 걸 백 번도 넘게 봤지만 손바닥을 안쪽으로 한 모습은 본 적이 없어. 그래,

이제 곧 확인할 수 있겠어!”

이때쯤 그녀는 촛불을 손으로 가린 채 기어갔고 잠든 아이 옆에 다가가 있었다. 숨을 죽인 채 흥분된 마음을 가라앉히며 주의 깊고 조심스레 아이 쪽으로 몸을 기울였다. 그리고 갑자기 촛불로 얼굴을 휙 비추고는 아이의 귀 바로 아래의 마룻바닥을 손가락으로 쿵쿵 두드렸다. 자고 있던 아이가 눈을 번쩍 뜨더니 놀란 표정으로 주위를 두리번거렸다. 하지만 손으로는 아무런 동작도 취하지 않았다.

가엾게도 캔티 부인은 놀라움과 슬픔에 젖어 어쩔 줄을 몰랐다. 하지만 그녀는 어떻게든 자신의 감정을 숨기고 아이를 다독거려 다시 재웠다. 그런 뒤 자기 잠자리로 살며시 기어 돌아가서 시험의 처참한 결과를 곰곰이 생각했다. 그녀는 자기 아들 톰이 정신이 이상해져서 특유의 습관적인 몸짓을 깜빡한 것이라고 믿어 보려 했지만 그럴 수 없었다.

“그건 아냐. 아이의 손에는 이상이 없었잖아. 그토록 짧은 시간에 오래된 습관을 잊을 수는 없어. 아, 오늘은 정말 힘든 날이야!”

의심이 쉽게 수그러들지 않았던 것처럼 희망 또한 쉽게 수그러들지 않았다. 캔티 부인은 시험 결과를 도저히 받아들일 수가 없었다. 그래서 다시 시도를 해야만 할 것 같았다. 앞서 실패한 것은 그냥 우연임에 틀림없었다. 그래서 그녀는 간격을 두고 두 번, 세 번 아이를 깜짝 놀라게 만들어 잠에서 깨워 봤는데 첫 번째 시험과 마찬가지 결과가 나왔다. 그래서 캔티 부인은 발을 질질 끌고 잠자리로 돌아와 슬픔에 잠겨 중얼거렸다.

“하지만 난 저 아이를 포기할 수 없어. 오, 안 돼. 그럴 수 없어, 안 돼. 저 아이는 내 아들이 틀림없어!"

가엾은 어머니의 방해도 멈추고 몸의 통증도 점점 가라앉자 왕자는 마침내 완전히 녹초가 되어 깊고 편안한 단잠 속으로 빠져들었다. 한 시간, 두 시간이 흘러도 왕자는 여전히 죽은 사람처럼 잠을 잤다. 이렇게 네다섯 시간이 지났다. 그런 뒤에야 왕자는 혼수상태에서 빠져나오기 시작했다. 왕자는 이내 비몽사몽간에 중얼거렸다.

"윌리엄 경!"

잠시 뒤 다시 중얼거렸다.

"여어, 윌리엄 허버트 경! 어서 이리로 와서 참으로 기묘한 꿈 이야기를 들어 보시오. 윌리엄 경! 듣고 있소? 아니, 내가 거지가 되어서는…… 여어, 게 아무도 없느냐? 근위병! 윌리엄 경! 뭐야! 침실에 대기 중인 시종이 아무도 없단 말이냐? 아아, 참으로 난처한…….”

"왜 그래? 지금 누굴 찾고 있는 거니?"

누군가 가까이에서 속삭이듯 물었다.

"윌리엄 허버트 경이오. 너는 누구냐?"

"나? 누구긴, 낸 누나잖아! 오, 톰, 깜빡했어! 네가 아직 미친 모양이로구나. 아직 미친 상태라니 불쌍하기도 하지. 이게 꿈이라면 얼마나 좋을까! 하지만 혀 단속 잘해. 안 그랬다간 우리 모두 맞아 죽을 거야!"

왕자가 깜짝 놀라 몸을 반쯤 일으켰지만 딱딱해진 상처들을 보고 제정신이 번쩍 들었다. 결국 신음을 토하고 더러운 밀짚에 도로 풀썩 드러누우며 소리쳤다.

"아아, 그렇다면 그게 꿈이 아니었구나!"

자는 동안 사라졌던 무거운 슬픔과 고통이 순식간에 모두 되살아났다. 그러면서 그는 더 이상 자신이 온 백성에게서 숭배의 눈길을 받고 사랑을 받던 왕자가 아니라 거지에다 누더기를 걸친 부랑자이자 짐승들에게나 어울리는 소굴에 갇혀서 걸인과 도둑하고 어울리는 포로 신세에 불과하단 사실을 깨달았다.

이렇게 한창 비통함에 잠겨 있는데 한두 블록 떨어진 곳에서 떠들어 대는 왁자지껄한 소리와 고함치는 소리가 들려오기 시작했다. 다음 순간 문을 몇 번 탕탕 두드리는 소리가 나자 존 캔티가 코를 골다가 멈추고 말했다.

"누가 문을 두드리는 거야? 뭐야?"

그러자 밖에서 누군가가 대답했다.

"자네가 몽둥이로 내려친 사람이 누군 줄 아나?"

"몰라. 알지도 못하고 알고 싶지도 않아."

"누군지 알면 아마 자네 말씨가 금방 싹 달라질 거야. 목숨을 건지고 싶으면 어서 도망치는 게 좋을 거야. 지금 그 사람이 다 죽어 가고 있단 말이야. 그는 신부님이었어. 바로 앤드루 신부님!"

"하느님 맙소사!"

존 캔티가 소리쳤다. 그는 자기 식구들을 깨워 쉰 목소리로 호령했다.

"다들 일어나서 도망쳐! 여기서 이러고 있다간 모두 다 끝장이야!"

오 분도 채 지나지 않아 캔티 가족은 거리로 나와 필사적으로 달아나고 있었다. 존 캔티는 왕자의 손목을 잡고 어두운 길을 급하게 지나가면서 나지막한 목소리로 주의를 주었다.

"입단속 잘해, 미친 바보 녀석아. 우리 이름을 불러선 안 돼. 경찰 놈들의 추적을 피해야 하니 빨리 새 이름을 지어야겠어. 다시 한 번 말하는데 입단속 단단히 해!"

존 캔티는 나머지 가족들에게도 똑같이 으르렁거리며 이렇게 일러두었다.

"만약에 우리 식구가 뿔뿔이 흩어지게 되면 런던교에서 만나기로 하자. 누가 먼저 도착하든 런던교 맨 끝에 있는 옷감 상점에서 다른 식구들이 올 때까지 기다렸다가 모두 함께 서더크로 달아나는 거야."

캔티네 식구는 갑자기 어둠에서 벗어나 밝은 빛 속으로 들어섰다. 그런데 그저 밝은 빛 속으로 들어선 것뿐만 아니라 강변에 모여 노래하고 춤추고 외치는 사람들 무리의 한가운데로 들어가게 되었다. 템스 강변을 따라 눈에 보이는 저 멀리까지 횃불이 줄지어 쭉 늘어서 있었다. 런던교는 밝게 조명이 켜져 있었고 서더크 교도 마찬가지였다. 템스 강 전체가 형형색색의 등불과 광채로 빛나고 있었다. 불꽃놀이가 이어지면서 복잡하게 뒤섞인 화려한 불꽃들이 연거푸 터졌고, 휘황찬란한 불꽃들이 빗줄기처럼 쏟아져 밤하늘을 대낮처럼 환하게 밝히고 아름답게 수놓았다. 어딜 가나 흥청거리며 먹고 마시는 사람들로 붐볐는데, 온 런던 사람이 다 쏟아져 나온 것 같았다.

존 캔티는 거친 욕을 퍼부어 대며 식구들에게 뒤로 물러나라고 소리쳤지만 너무 늦고 말았다. 존 캔티와 그의 가족은 떼 지어 밀려드는 인파에 휩쓸려 어찌해 볼 수도 없이 순식간에 뿔뿔이 흩어졌다. 우리는 왕자를 캔티의 식구라고 여기지 않지만 존 캔티는 아직도 왕자의 손목을 꽉 움켜쥐고 있었다. 이제 도망칠 수 있다는 희망으로 왕자의 심장이 빠르게 고동쳤다. 그때 존 캔티가 사람들 사이를 뚫고 지나가기 위해 애쓰다가 거나하게 취한 건장한 뱃사공을 거칠게 밀쳤다. 그러자 뱃사공이 존 캔티의 어깨에 큼지막한 손을 턱 올리며 말했다.

"아니, 어딜 그리 급하게 가시나, 형씨? 충성스런 사람들은 다들 일을 쉬고 축하하며 즐기는데, 무슨 지저분한 용무가 있어서 이리도 바쁘실까?"

"남의 일에는 신경 끄고 당신 일이나 잘하시지. 지나가게 어서 손이나 치워."

존 캔티가 거칠게 대꾸했다.

"형씨 마음이 그렇다 해도 왕세자 저하를 위해 한잔 걸치기 전에는 절대 여기를 지나가지 못하오. 절대로 못 지나갈 줄 알라고."

뱃사공이 단호하게 길을 가로막으며 말했다.

"그렇다면 내게 잔을 주시오. 어서! 빨리!"

이때쯤에는 먹고 마시며 흥청대던 다른 사람들도 관심을 갖게 되었다. 다른 사람들이 외쳤다.

"친목의 잔!(*여러 명이 돌아가며 마실 수 있도록 양쪽에 손잡이가 달린 큰 술잔.) 친목의 잔에 마셔! 심술궂은 저자가 친목의 잔에다 마시지 않으면 물고기 밥으로 던져 버리자고."

그러자 누군가가 커다란 친목의 잔을 가져왔다. 뱃사공은 옛날식으로 예를 갖춰 공손히 캔티에게 잔을 건넸다. 그것은 한 손으로 잔의 손잡이를 잡고 다른 손으로는 가상의 냅킨 끝을 살짝

집는 시늉을 하는 것이다. 그래서 캔티는 오랜 관습에 따라 한 손으로 반대쪽 손잡이를 잡고 다른 손으로 잔의 뚜껑을 열어야 했다. 그 덕택에 왕자는 잠시 캔티의 손아귀에서 풀려났다. 왕자는 한시도 지체하지 않고 주위 사람들의 다리 틈으로 파고들어가 그대로 모습을 감추었다. 출렁대는 사람들의 물결 속으로 순식간에 사라져 버린 왕자를 찾기란 대서양의 파도 속에서 잃어버린 동전 한 닢을 찾는 것만큼이나 어려운 일이었다.

왕자는 곧 이 사실을 깨달았다. 그 즉시 존 캔티에 대한 생각은 잊어버리고 자신의 처지에 몰두했다. 왕자는 다른 사실도 재빨리 깨달았다. 즉, 가짜 왕세자가 자신을 대신해 런던 백성들의 축하를 받고 있다는 사실이다. 왕자는 거지 소년 톰 캔티가 고의로, 엄청난 기회를 이용해 왕자의 자리를 빼앗았다고 쉽게 결론을 내렸다. 따라서 이제 자신이 해야 할 일은 오직 하나였다. 바로 시청으로 찾아가 자신이 누구인지 알리고 사기꾼을 고발하는 것이다. 왕자는 또한 톰에게 마음의 준비를 할 시간을 준 뒤 목을 매달아 내장을 발라내고 사지를 찢어 놓겠다고 결심했다. 그것이 그 당시의 법에 따라 대역죄를 지은 죄인에게 부과하는 처벌이었던 것이다.

11. 런던 시청에서

왕실 유람선이 화려한 함대의 호위를 받으며 조명등을 밝힌 수많은 배들 사이를 지나 템스 강 아래쪽으로 위풍당당하게 내려갔다. 대기에는 음악이 울려 퍼졌고 강둑에는 기쁨의 불꽃들이 넘실거렸다. 저 멀리의 런던 시내는 셀 수 없이 무수한 횃불들로 은은하게 빛났다. 그 위로 수많은 가느다란 첨탑이 반짝거리는 등불들로 뒤덮인 채 하늘을 향해 치솟아 있었다. 멀리서 보면 마치 보석 박힌 창들이 하늘을 찌르고 있는 것 같았다. 함대가 강물 위를 스치듯 지나가는 동안 강둑에서는 떠들썩한 함성과 축포의 번쩍거리는 빛과 펑펑 울리는 소리로 이들을 환영했다.

비단 쿠션에 몸을 반쯤 파묻고 있는 톰 캔티에게 이러한 광경과 소리는 이루 말할 수 없을 정도로 장엄하고 놀라운 경이였다. 하지만 톰의 옆에 있던 친구들인 엘리자베스 공주와 제인 그레이에게는 그런 것들이 아무것도 아니었다.

다우게이트에 도착한 함대는 맑은 월브룩(이곳 수로는 지난 2세기 동안 방대한 건물들 아래에 파묻혀 지금은 자취를 감추어 버렸다.)을 지나 버클러스베리로 향했다. 집들을 지나고 흥청거리는 사람들로 북적거리고 번쩍번쩍하게 불을 밝힌 여러 다리의 아래를 통과해 마침내 지금은 바지야드라고 불리는 옛 런던 시의 중심부 정박지에 멈춰 섰다. 배에서 내린 톰과 일행은 칩사이드를 건너 올드쥬리(*유대 인 거주 지역.)와 베이싱홀 거리를 지나 시청까지 짧게 행진했다.

톰과 어린 두 숙녀는 금 사슬을 단 진홍색 공식 예복을 차려입은 런던 시장과 런던 시 의회 원로들로부터 정당한 의식에 따라 영접을 받았다. 그리고 왕자의 행차를 알리는 전령관과 직장과 검을 앞세우고 커다란 홀 상단의 화려하고 호화로운 캐노피 아래로 안내되었다. 톰과 어린 두 친구를 시중드는 귀족과 귀부인들은 그들의 의자 뒤에 자리했다.

식탁 하단에는 궁중의 최고 귀족들과 다른 지체 높은 손님들이 런던 시의 유력자들과 함께 앉았고, 하원 의원들은 홀 중앙에 놓인 식탁들에 자리를 잡고 앉았다. 높은 곳에서는 예로부터 런던 시를 수호해 온 두 거인인 곡과 마곡의 조각상이, 자신들에게는 아주 오래전부터 익숙한 광경을 응시하고 있었다. 우렁찬 나팔 소리와 행사의 시작을 알리는 소리가 들렸고 그와 함께 뚱뚱한 집사가 왼쪽 벽에 위치한 높은 출입구에서 등장했다. 그 뒤를 따라 하인들이 김이 모락모락 나는 소의 허리 부위 요리를 들고 대단히 엄숙하게 들어왔다.

식전 감사 기도를 올린 뒤 톰은 지시받은 대로 자리에서 일어났고 다들 톰을 따라 자리에서 일어났다. 톰은 커다란 황금 친목의 잔으로 술을 한 모금 마시고 엘리자베스 공주에게 건넸다. 그 술잔은 엘리자베스 공주로부터 제인 그레이에게로 건네졌고 그런 뒤에는 그곳에 모인 사람들 사이를 돌아다녔다. 이리하여 연회가 시작되었다.

자정쯤 되자 흥겨운 분위기가 절정에 달했다. 그 옛날에도 참으로 감탄스럽게 보였던 그림 같은 장관이 펼쳐졌다. 그 장관을 묘사하는 글이 연대기 기록자의 예스러운 글을 통해 오늘날까지 전해진다.

'자리가 만들어지자 곧이어, 터키풍으로 금가루가 흩뿌려지고 화려한 수가 놓인 긴 예복을 입은 남작 한 사람과 백작 한 사람이 들어왔다. 머리에는 커다란 원형 금색 술이 달린 진홍색 벨벳 모자를 쓰고 큼지막한 황금빛 수대(*綬帶, 어깨에서 옆구리 아래로 둘러 칼을 차는 벨트.)에는 언월도(*아라비아나 페르시아 인들이 즐겨 쓰는 초승달 모양의 칼.)라고 불리는 칼 두 개를 차고 있었다. 그다음에 남작 한 사람과 백작 한 사람이 더 들어왔다. 흰색 공단을 지그재그로 덧댄 기다랗고 노란 가운을 입었는데 러시아풍으로 하얀 공단이 꺾이는 부분은 전부 진홍색 공단과 맞닿아 있었다. 머리에는 회색 털모자를 썼고 두 사람 모두 손에 는 도끼를 들었으며 삼십 센티미터 정도의 뾰족한 침들이 달린 장화를 신었다.

그들 뒤로 기사가 한 명 등장했고, 그다음으로 해군 사령 장관이 귀족 다섯 명과 함께 나타났다. 귀족들은 진홍색 벨벳으로 만든 허리가 잘록한 상의를 입었는데 앞뒤로 쇄골 부분까지 깊게 파였고 가슴 부분에는 은사슬로 장식되었다. 그 위에는 짧은 진홍색 공단 망토를 걸쳤고 머리에는 무용수들처럼 꿩 깃털이 달린 모자를 썼다. 이는 프로이센(*독일 동북부 지역에 있던 옛 왕국.)풍의 옷차림이었다. 백 명쯤 되는 횃불을 든 사람들은 진홍색 공단과 녹색이 섞인 옷을 입었는데 무어 인들(*아프리카 북서부에 살았던 이슬람 종족.)처럼 얼굴이 까맸다. 다음으로 무언극 배우들이 들어왔다. 그 뒤에는 변장한 가수가 나와 춤을 추었다. 그러자 귀족들과 귀부인들도 신들린 듯 춤을 췄는데 바라보기만 해도 즐거운 광경이었다.'

톰은 높은 자리에 앉아 화려한 차림새의 사람들이 소용돌이치듯 빙빙 돌며 '신들린 듯한' 춤을 추는 모습을 넋을 잃고 내려다보았다. 그것은 혼란스러운 만화경처럼 다채로운 색상들로 눈부시게 뒤섞인 광경이었다. 그리고 바로 그 시각, 누더기 차림의 진짜 왕세자는 저 안에 있는 왕세자가 가짜고 자신이 시시비비를 가리겠다며 시청으로 들여보내 달라고 아우성치고 있었다. 군중들은 난데없는 소동에 대단히 즐거워했고 조그만 폭도를 보려고 앞으로 밀치고 나오며 목을 길게 뺐다. 이윽고 그들은 왕자를 조롱하고 비웃기 시작했다. 일부러 약을 올려 더욱 길길이 날뛰게 만들고는 그 모습을 즐거워했다. 왕자는 너무나 분해서 눈물이 왈칵 치밀어 올랐지만 한 걸음도 물러서지 않고 왕자답게 폭도들과 맞섰다. 더욱 많은 조롱이 쏟아지고 비웃음도 한층 더해지자 왕자가 고함쳤다.

"이 버르장머리 없는 상놈들, 내 다시 말하노니 나는 왕세자다! 비록 지금은 내가 의지할 곳 하나 없고 친구 하나 없는 신세라서 따뜻한 말 한 마디 해 주거나 곤경에 처한 나를 도와주는 사람이 없지만 그래도 난 결코 내 자리에서 한 발도 물러서지 않고 버틸 것이다!"

"네가 왕자건 아니건 참으로 용감한 소년이라는 사실, 그것 하나는 확실하군. 하지만 친구 하나 없는 신세란 말은 틀렸어! 지금 네 옆에 서 있는 내가 그걸 증명하지. 분명 이 마일스 헨든보다 못한 친구야 얼마든지 구할 수 있겠지만 그런 친구를 찾느라 괜한 발품 팔지 말게. 꼬마 친구, 조그만 입을 다물고 좀 쉬렴. 비열한 시궁창 쥐 같은 녀석들은 내가 상대해 줄 테니."

이 말을 한 사내는 옷차림, 모습, 태도가 어딘지 모르게 돈 세자르 데 바잔(*빅토르 위고의 희곡 〈뤼 블라〉에 등장하는 몰락한 백작.)과 비슷한 인상을 풍겼다. 사내는 훤칠한 키와 균형 잡힌 체격에 근육질이었다. 상의는 허리가 잘록했고 바지는 값비싼 천으로 만든 것이었지만 낡아서 빛이 바래고 너덜너덜해져 있었다. 금 레이스 장식도 애처로울 정도로 심하게 색이 바래 있었다. 주름 깃은 구깃구깃했으며 해져 있었다. 챙이 축 처진 모자에 꽂힌 깃털은 부러진 데다 후줄근하고 남세스러운 행색이었다. 허리에 찬 녹슨 칼집에는 가늘고 긴 쌍날칼이 꽂혀 있었다. 뻐기는 태도만 봐도 대번에 과장된 말과 행동을 일삼는 허풍선이 같아 보였다. 이 기상천외한 인물의 말에 사람들 사이에서 야유와 웃음이 터져 나왔다. 누군가가 외쳤다.

"변장한 왕자님이 또 한 분 납셨군!"

"이보게, 말조심해. 위험천만해 보이는 자인데 어쩌려고!"

"저런, 그래 보이는군. 저자의 눈 좀 봐!"

"저자에게서 아이를 떼어내 말 연못에다 처박아 버리자고!"

이런 즐거운 생각에 이끌린 손 하나가 곧바로 왕자를 덮쳤다.

그러자 낯선 사내가 긴 칼을 뽑아 들어 칼등으로 내리쳤다. 왕자에게 달려든 그자가 쿵 하며 땅바닥에 나동그라지자 사람들이 일제히 고함을 질렀다.

"저 개 같은 자식을 죽여! 죽여! 놈을 죽여!"

폭도로 돌변한 군중이 포위해 오자 용감한 전사는 벽을 등진 채 긴 칼을 미친 사람처럼 마구 휘두르기 시작했다. 칼에 맞은 사람들이 여기저기 쓰러졌지만 군중은 분노를 누그러뜨리지 않은 채 쓰러진 동료들을 딛고 성난 파도처럼 밀려들었다. 전사의 목숨이 위태로워 보이던 바로 그 순간 갑자기 나팔 소리가 울리며 "폐하의 전령이니 어서 길을 비켜라!" 하고 외치는 목소리가 들렸다. 기병 부대가 군중 쪽으로 돌격해 오자 사람들이 다치지 않으려고 걸음아 나 살려라 사방으로 흩어졌다. 용감한 사내는 왕자를 붙잡고 얼른 위험한 상황과 군중에게서 멀리 벗어났다.

다시 시청 안으로 돌아가 보자. 한껏 기쁨에 넘친 환호성과 고함 사이로 갑자기 우렁찬 나팔 소리가 끼어들었다. 순식간에 찬물을 끼얹은 듯 조용해졌다. 어떤 한 사람의 목소리가 들렸는데 바로 궁전에서 온 전령이었다. 전령이 높은 목소리로 포고문을 낭독하기 시작하자 그곳에 서 있던 모든 이들이 귀를 기울였다. 전령이 엄숙하게 선언한 마지막 말은 바로 이것이었다.

"폐하께서 승하하셨습니다!"

그곳에 모인 많은 사람들이 일제히 고개를 푹 숙이고 깊은 침묵에 빠졌다. 잠시 지나자 일동 모두 무릎을 꿇고 톰을 향해 두 팔을 뻗어 올리고는 건물이 떠나갈 듯 큰 목소리로 외쳤다.

"폐하, 만수무강하시오소서!"

가엾은 톰의 멍한 눈길이 망연자실한 광경 위를 하염없이 떠돌았다. 그러다가 마침내 자기 옆에서 무릎을 꿇고 있는 공주들에게 잠시 머물렀다가 하트퍼드 백작에게로 향했다. 갑작스레 톰의 얼굴에 뭔가 결심한 표정이 드리웠다. 톰은 나지막한 목소리로 하트퍼드 경의 귀에 대고 속삭였다.

"그대의 신념과 명예를 걸고 솔직히 대답해 주시오! 만약 내가 이 자리에서 왕만이 내릴 수 있는 명령을 내리면, 아무도 반대하지 않고 모두 그 명령을 따를까요?"

"폐하, 이 왕국을 통틀어 아니 그럴 자가 있겠사옵니까. 폐하의 모든 백성이 폐하의 명령을 받들 것이옵니다. 폐하가 왕이시니 폐하의 말씀이 곧 법이옵니다."

그러자 톰이 진심이 어린 어조로 매우 기운차게 말했다.

"그렇다면 오늘부터 왕의 법은 자비의 법이 될 것이며 결코 더이상 피의 법이 되지 아니할 것이오! 어서 일어나 가서 전하시오! 런던탑으로 가서 노퍽 공작을 죽이지 않겠다는 왕명을 전하시오!(*실제 역사에서는 에드워드 6세가 이런 명령을 내리지 않았다.)"

이 말은 순식간에 입에서 입으로 전해졌고 연회장 안에 널리 퍼져 나갔다. 하트퍼드 백작이 서둘러 자리를 뜨자 또다시 엄청난 함성이 터져 나왔다.

"이제 피의 통치는 끝났어! 영국의 왕, 에드워드 폐하 만세!"

12. 왕자와 구원자

마일스 헨든과 어린 왕자는 군중에게서 벗어나자마자 뒷골목과 샛길을 통해 강 쪽으로 향했다. 런던교에 이를 때까지 그들의 길을 가로막는 사람은 하나도 없었다. 그런 뒤 다시 군중 속으로 흘러들어 가게 되었지만 헨든은 왕자의, 아니 '왕'의 손목을 계속 꽉 잡고 있었다. 그 엄청난 소식은 이미 널리 퍼졌고, 소년은 "폐하께서 돌아가셨대!"라고 떠드는 수천 명의 목소리를 통해 그 소식을 알게 되었다. 가엾은 어린 떠돌이는 심장까지 한기가 들며 온몸이 부들부들 떨렸다. 다른 사람들에게는 몹시 두려운 존재이며 무시무시한 폭군이었지만 그에게만은 늘 다정다감한 아버지였기에, 어린 소년은 엄청난 상실감에 빠졌고 격심한 슬픔에 젖었다.

눈물이 왈칵 치솟아 눈앞의 모든 사물이 흐릿하게 보였다. 일순간 자기가 하느님의 모든 피조물 가운데 가장 쓸쓸하고 버림

받은 고독한 사람처럼 느껴졌다. 그런데 그때 또다시 멀리서 울려 퍼지는 천둥소리처럼 커다란 외침이 밤하늘을 뒤흔들었다.

"에드워드 6세 폐하 만세!"

그 소리를 듣자 그의 눈이 반짝거렸고 자긍심으로 손끝까지 짜릿짜릿해졌다. 그는 속으로 생각했다.

'아, 참으로 대단하면서도 이상한 것 같아! 이제 내가 왕이라니!'

우리의 친구들은 군중들 사이를 헤치며 천천히 런던교로 나아갔다. 그 다리는 육백 년 동안 그곳에 자리했다. 언제나 사람들의 왕래가 많아 시끌벅적한 인기 통행로였는데 구조가 특이했다. 위층은 살림집이고 아래층은 가게나 상점들로 쓰이는 집들이 이쪽 강변에서 저쪽 강변까지 양쪽 강변을 따라 빽빽하게 줄지어 들어서 있었다.

런던교는 그 자체로 하나의 도시나 마찬가지였는데 그 안에는 여인숙, 맥주집, 빵집, 잡화점, 식료품 시장, 소규모 공장, 심지어 교회까지 있었다. 런던교로 연결되는 두 이웃 지역인 런던과 서더크의 사람들은 서로를 인근 주민으로 제법 괜찮게 여겼지만 그렇다고 특별히 중요하게 여기지도 않았다. 런던교는 말하자면 비공개 회사 같은 곳이었다. 약 삼백 미터 길이의 길 하나에, 주민 수는 마을 하나를 이룰 정도밖에 되지 않는 좁은 동네였다. 그래서 그곳에 사는 사람들은 조상 때부터 동네 사람들을 모두 잘 알고 지냈으며 소소한 집안일까지 훤히 알고 지냈다. 물론 그곳에도 상류 계층이 존재했다. 그곳에서 정육점이나 빵집 같은 가업을 오래도록 이어 온 훌륭한 집안들이 바로 그것이다. 그런 집안들은 오륙백 년 동안 똑같은 자리에서 오랫동안 버텨 온 터줏대감이라 런던교의 위대한 역사와 다리에 얽힌 이상한 전설들을 처음부터 끝까지 줄줄이 꿰고 있었다. 그리고 늘 '런던교 식으로' 말하고 '런던교 식으로' 생각하고 '런던교 식으로' 장황하고 차분하면서도 직접적이고 솔깃하게 거짓말을 했다. 그들은 편협하고 무지하며 자부심이 강한 그런 류의 사람들이었다.

아이들은 런던교에서 태어나 그곳에서 자라 노인이 되고 런던교 말고는 세상 어디에도 한 발도 내디뎌 보지 못한 채 숨을 거두었다. 당연히 런던교에 사는 사람들은 왁자지껄한 사람들의 외침과 고함, 말과 소와 염소 따위가 울어 대는 소리, 크게 쿵쿵거리며 밤낮으로 길거리를 오가는 웅장하고 끝없는 행렬이 세상에서 가장 대단한 것이라고 여겼고 왠지 자신들이 그 다리의 주인 같다고 상상하곤 했다. 그리고 그들은 사실상 다리의 주인 행세를 했다. 적어도 그들은 자신들이 다리의 주인이라는 사실을 창문을 통해 과시할 수 있었고 또 실제로 돈까지 받았다. 귀환하는 왕이나 영웅의 화려한 행차가 지나갈 때, 그 화려한 행차를 방해받지 않고 제대로 구경하기에 그곳만큼 좋은 장소가 없었기 때문이다.

런던교에서 나고 자란 사람들은 다른 곳에서의 삶이 견딜 수 없을 정도로 지루하고 공허하다고 여겼다. 옛이야기에 따르면 한 노인이 일흔한 살의 나이에 런던교를 떠나 시골로 들어갔다. 하지만 그 노인은 잠자리에 누워도 안절부절못하고 뒤척거리기만 할뿐 잠을 이룰 수 없었다. 깊고 깊은 정적이 너무나도 고통스럽고 끔찍하고 답답했던 것이다. 지칠 대로 지친 노인은 결국

비쩍 마르고 초췌한 몰골로 자신의 고향으로 돌아왔다. 그리고 철썩이는 강물 소리와 런던교의 쿵쿵 울리는 소리, 온갖 요란한 소음, 왁자지껄한 고함 소리를 자장가 삼아 평온하게 잠들었고 기분 좋은 꿈을 꾸었다고 한다.

이 무렵의 런던교는 어린이들을 위한 '실물 교육'의 장이었다. 즉, 다리 입구 꼭대기에 시퍼렇게 썩어 들어가는 유명 인사의 목이 쇠못에 꽂혀 내걸리고는 했다. 그런데 어쩌다 보니 우리 이야기가 옆길로 새어 버렸다. 다시 본 이야기로 돌아가기로 하자.

헨든이 묵고 있는 곳은 런던교 위에 있는 작은 여인숙이었다. 헨든이 어린 친구와 함께 여인숙 문 가까이로 다가가는데 거친 목소리가 들렸다.

"그래, 드디어 나타났군! 다시는 도망치지 못할 거라고 내 장담하지. 네놈의 뼈를 산산이 부숴 푸딩으로 만들어야 네놈이 정신을 차리겠다면, 더 기다릴 것도 없이 당장 그렇게 해 주겠어."

이렇게 외치며 존 캔티가 손을 뻗어 아이를 잡으려 했다.

마일스 헨든이 가로막고 나서며 말했다.

"형씨, 무슨 성미가 이리 급하시오. 쓸데없이 난폭한 것 같소만. 이 아이하고는 어떻게 되는 사이요?"

"남의 일에 끼어들어 간섭하는 게 당신 일이라면 말해 주지. 이 녀석은 내 아들이야."

"거짓말이오!"

어린 왕이 격렬하게 소리쳤다.

"참으로 대담하게 말하는구나. 네 작은 머리가 정상이든 아니든 널 믿으마, 어린 친구. 하지만 이 비열한 불한당이 네 아버지든 아니든 이것 하나는 확실해. 난 이자가 좀 전에 협박한 대로 너를 때리거나 학대하게 놔두지 않을 거야. 그러니 넌 나와 함께 있는 게 좋겠어.”

“좋아, 그렇게 하겠다. 난 이자를 알지 못할뿐더러 이자가 정말 싫구나. 이자와 같이 가느니 차라리 죽는 게 나아.”

“그럼 결정이 났으니 더 할 말 없겠군.”

“어디 그렇게 되나 두고 봐!”

존 캔티가 소리를 버럭 지르며 헨든을 지나 아이에게로 성큼성큼 걸어갔다.

“억지로라도 이 녀석을⋯⋯.”

“이 쓰레기 같은 자식, 어디 이 아이를 건드리기만 해 봐, 그럼 거위 고기처럼 쇠꼬챙이에 꿰어 버릴 테니!”

헨든이 길을 막아서며 칼자루에 손을 올리고 말했다. 그러자 캔티가 뒤로 물러섰다. 헨든이 계속 말을 이었다.

“잘 들어 둬! 당신 같은 폭도가 이 아이를 난폭하게 다루려고, 아니 어쩌면 죽이려고 했을 때 내가 이 아이를 지켰어. 그런데 지금 이 아이를 외면해서 더 가혹한 운명에 처하도록 만들 것 같아? 당신이 아버지든 아니든 간에 말이지. 그리고 사실 당신이 이 아이의 아버지란 말이 거짓말 같아. 아이가 당신처럼 난폭한 자에게 잡혀 사느니 단칼에 단정히 죽는 게 낫겠어. 그러니 내 앞에서 썩 꺼져. 그것도 어서 빨리 꺼지는 게 좋을걸. 난 참을성 없는 성미라서 이렇게 길게 말씨름하는 걸 별로 좋아하지 않으니까.”

존 캔티는 투덜투덜 협박과 욕설을 내뱉으며 그 자리에서 물러나 군중 속으로 자취를 감추었다. 헨든은 식사를 방으로 가져다 달라고 주문한 뒤 아이를 데리고 3층의 자기 방으로 올라갔다. 그곳은 허름한 침대와 낡은 잡동사니 같은 가구 몇 점이 놓인 초라한 방이었는데 흐릿한 양초 두 자루로 희미하게 불이 밝혀져 있었다. 배고픔과 피로로 지칠 대로 지친 어린 왕은 무거운 몸을 질질 끌고 침대로 가서 누웠다. 그때가 새벽 두세 시였으니 꼬박 하루 낮과 밤을 걸어다니면서 아무것도 먹지 못한 상태였다. 어린 왕은 졸리는 듯 중얼거렸다.

“상을 차리거든 나를 깨워라.”

그러고는 곧바로 깊은 잠에 빠져들었다.

헨든의 눈에 웃음기가 어리며 반짝 빛났다.

“요것 보게, 어린 거지 아이가 남의 집에 온 주제에 마치 자기 것인 양 천연덕스럽게 침대까지 빼앗아 버렸네. 허락을 구한다거나 실례한다거나 하는 말도 한 마디 않고 말이야. 아까 제정신이 아니어서 헛소리를 지껄일 때 자신을 왕세자라고 주장하면서 다부지게 행동했었지. 친구 하나 없는 가엾은 녀석. 그래, 틀림없이 학대를 당하다 머리가 돌아 버린 게야. 좋아, 내가 이 아이의 친구가 돼 줘야겠어. 내가 구해 줘서 그런지 이 아이에게 무척 마음이 끌려. 이 대담한 꼬마 악동이 벌써 맘에 쏙 드는걸. 야비한 폭도들에게 맞서 마치 병사처럼 어찌나 용감하고 고고하게 반항하던지! 잠이 들어 얼굴에 근심과 슬픔이 사라지니 참 예쁘장하고 귀엽고 온화하게 생겼구나! 내가 이 아이를 가르치고 병을 고쳐 주겠어. 그래, 내가 이 아이의 형 노릇을 하며 돌봐 주고 보살펴 줘야지. 이 아이를 모욕하거나 해치려는 자는 누구든 수의를 맞춰 놔야 할 거야. 내가 화형당하는 일이 있더라도 꼭 수의를 입히고 말 테니까."

헨든은 아이에게로 몸을 숙여 다정하면서도 동정하는 듯한 눈길로 바라보았다. 그리고 구릿빛으로 그을린 큼지막한 손으로 어린 왕의 뺨을 부드럽게 토닥이고는 헝클어진 머리카락을 바로 펴 주었다. 아이가 몸을 살짝 떨었다. 헨든은 혼잣말로 중얼거렸다.

"이것 참, 어른이 돼 가지고 아이에게 이불도 안 덮이고 잠을 재우다니. 심한 감기에 걸릴지도 몰라. 이제 어떻게 한담? 아이가 깔고 누운 이불을 덮어 주려고 아이를 안아 올렸다가는 깨우게 될 테니 그냥 이대로 자게 내버려 두는 게 낫겠어."

헨든은 덮을 만한 게 더 없을까 싶어 이리저리 둘러보았지만 아무것도 없어서 자신의 웃옷을 벗어 아이를 감싸 주었다.

"나야 살을 에는 바람과 허술한 옷차림에 익숙해서 이 정도 추운 것쯤은 괜찮아."

그러고는 몸을 움직여 따뜻하게 데우기 위해 방 안을 서성이며 혼잣말을 계속했다.

"정신 이상 탓에 자기가 왕세자라고 착각하는 거야. 그런데 아직도 왕세자라고 주장하는 건 말이 안 돼. 얼마 전까지는 왕자였을지 모르지만 이제는 왕자가 아니라 왕이니까 말이야. 이 가엾은 아이의 마음이 단 하나의 환상에만 집착하고 있기 때문에 이제는 왕자라는 주장을 접고 왕이라고 자처해야 한다는 사실에까진 못 미쳤을 거야. ……내가 외국의 지하 감옥에 갇혀 고향 소식을 듣지 못한 지 칠 년이 흘렀지만, 아버지께서 아직 살아 계시다면 나를 봐서라도 저 가엾은 아이를 기꺼이 받아 주실 거야. 그리고 은신처를 마련해 주는 아량을 베풀어 주시겠지. 착한 아서 형님도 마찬가지일 테고. 하지만 동생 휴 녀석은…… 그래, 어디 방해만 해 보라지. 머리를 깨부숴 버릴 테니. 교활하고 심술궂은 짐승 같은 놈! 그래, 그곳으로 가는 거야. 그것도 당장!"

종업원이 김이 모락모락 나는 식사를 들고 들어와서 작은 전나무 식탁에 올려놓았다. 그리고 의자를 놓아 준 다음 싸구려 손님들은 이제 자신들이 스스로 시중을 들라는 듯 휙 나가 버렸다. 문이 쾅 닫히는 소리에 아이가 잠에서 깨어 벌떡 일어나 앉더니 환한 표정으로 주위를 둘러보았다. 하지만 곧이어 슬픈 표정이 떠오르고 한숨을 푹 쉬면서 혼자 중얼거렸다.

"아아, 한낱 꿈이었구나. 슬프도다!"

다음 순간 아이의 눈에 마일스 헨든의 웃옷이 들어왔다. 웃옷에서 헨든에게로 눈길을 옮기며 자신을 위한 헨든의 희생을 깨닫고는 상냥하게 말했다.

"그대는 내게 친절하구나. 그래, 참으로 친절하게 대해 주는군. 이제 그만 이 옷을 다시 입도록 하라. 난 더 이상 필요 없으니까."

그런 다음 아이는 일어나서 구석에 있는 세면대로 걸어가 그곳에 서서 가만히 기다렸다. 헨든이 활기찬 목소리로 말했다.

"자, 이제 맛좋고 따끈따끈한 음식이 차려져 있으니 배부르게 먹자꾸나. 잠도 잠깐 잤으니까, 식사까지 하면 조금 기운이 날 게야. 그러니 아무 걱정 말거라!"

소년은 아무런 대답도 하지 않고 수심 어리면서도 놀라움으로 가득하고 또 약간은 조바심이 깃든 흔들림 없는 시선으로 키 큰 기사를 바라봤다. 헨든이 당황해서 물었다.

"뭐가 잘못됐니?"

"경, 난 세수를 좀 해야겠소."

"오, 그래서 그러는 거냐! 뭐든 하고 싶은 게 있으면 나, 마일스 헨든의 허락을 구하지 않아도 된단다. 여기 있는 내 물건들을 얼마든지 쓰려무나."

그래도 아이는 가만히 서서 꿈쩍도 하지 않았다. 이제는 거기에 더해, 못 참겠다는 듯이 조그만 발로 바닥을 한두 번 탁탁 두드렸다. 헨든은 완전히 당혹스러웠다.

"아니, 대체 왜 그러는 거야?"

"잔말 좀 그만하고 어서 물이나 부어라!"

헨든은 터져 나오려는 웃음을 참으며 마음속으로 생각했다.

'맙소사, 장난이 아니군!'

그래도 헨든은 성큼성큼 앞으로 걸어가 무례한 꼬마의 명령을 수행한 다음 뭐에 홀리기라도 한 사람처럼 저도 모르게 옆에 대기하고 섰다. 그러다 "수건을 다오!" 하는 명령에 퍼뜩 정신이 들었다. 헨든은 아이가 보는 앞에서 수건을 집어 들어 아무 말 없이 건넸다. 그런 다음 자기도 세수를 시작했는데, 그가 양자로 삼다시피 한 아이는 이미 식탁에 앉아 막 식사를 시작하려 했다. 헨든은 신속하게 세수를 마친 후 다른 의자를 끌어당겨 탁자 앞에 앉으려고 했다. 그러자 아이가 분개해서 호통을 쳤다.

"무엄하도다! 감히 왕 앞에 앉겠다는 것인가?"

이 예기치 못한 충격에 헨든은 깜짝 놀라 휘청했다. 그는 속으로 중얼거렸다.

‘이런, 이 불쌍한 아이의 광기가 시간이 갈수록 심해지는구나. 우리 왕국에 큰 변고가 생기니 이 아이의 정신 상태도 같이 나빠져서 이제 자기가 왕인 줄 아나 봐! 좋았어, 그 상상에도 장단을 맞춰야겠군. 그 길밖에 다른 방도가 없으니. 이거야 참, 그렇게 하지 않으면 나를 런던탑에 가두라고 명령할 기세야!’

헨든은 이런 장난을 즐거워하며 식탁에서 의자를 치우고 왕의 뒤에 자리를 잡고 섰다. 그리고 최대한 공손하게 시중을 들었다.

왕은 식사를 하는 동안 고맙게도 몸과 마음의 원기가 회복되기 시작했다. 그러자 엄격한 위엄이 약간 누그러지고 만족감이 점점 커지면서 이야기를 나누고 싶은 마음이 생겼다. 그래서 왕은 입을 열었다.

“그대 이름이 마일스 헨든이라고 했던 것 같은데, 내가 맞게 들었는가?”

“그러하옵니다, 폐하.”

마일스는 이렇게 대답하며 속으로 생각했다.

‘이 불쌍한 아이의 광기에 장단을 맞춰 주기로 했으니 이왕이면 제대로 맞춰 주자. 폐하라고 깍듯이 부르고 어중간히 대충대충 하지 말자. 내가 맡은 역할에 속하는 일은 어떤 일도 주저하지 말자. 그렇지 않으면 내가 맡은 역할을 제대로 못해내서 이 자비롭고 친절한 계획을 그르치게 될 거야.’

왕은 포도주를 두 잔째 마시고 나니 마음이 훈훈해졌다.

“그대에 대해 알고 싶구나. 그대의 이야기를 해 보아라. 그댄 용감하고 기품 있던데, 귀족 출신인가?”

“저희 집안은 말단 귀족에 속하옵니다, 폐하. 저의 아버지는 준남작(*영국의 최하위 세습 작위로 남작보다는 낮고 기사보다는 위이지만 귀족은 아니다.)으로…… 준남작은 기사의 봉직에 따른 신분이 낮은 귀족 중의 하나지요……. 켄트의 몽크스 홀름 근방의 헨든 저택에 사는 리처드 헨든 경이옵니다.”

“못 들어 본 이름 같구나. 계속해 보거라. 그대 이야기를 계속해 봐.”

“폐하, 별 대단한 내용은 없사오나 아쉬운 대로 삼십 분 정도 소인의 이야기를 들으시면서 무료함을 달래 보시옵소서. 저의 아버지이신 리처드 경은 무척 부자인데 너그러운 성품을 지니셨습니다. 어머니는 제가 어렸을 적에 돌아가셨고요. 형제는 둘이 있는데 형님인 아서는 아버지의 성품을 많이 닮았고, 동생 휴는 성격이 아주 못됐습니다. 탐욕스럽고 신뢰할 수 없으며 포악하고 음흉하지요. 그야말로 파충류 같은 놈입니다. 날 때부터 그랬고 십 년 전에도 마찬가지였지요. 그때가 그 녀석을 마지막으로 봤던 때인데, 녀석은 열아홉 살이었지만 이미 아주 고약한 악당이었습니다. 그때 저는 스무 살, 아서 형님은 스물두 살이었지요.

우리 식구 말고는 사촌인 이디스가 있습니다. 그때 그 아인 열여섯 살이었으며 아름답고 상냥하고 착했습니다. 백작의 딸로 백작 가문의 마지막으로 남은 유일한 후계자여서 막대한 재산과 실효된 작위를 상속받을 예정이었지요. 저의 아버지가 이디스의 후견인이었습니다. 저는 이디스를 사랑했고 이디스도 저를 사랑했습니다. 하지만 이디스는 어린 시절부터 아서 형님과 정혼한 사이였고 저의 아버지 리처드 경은 파혼을 허용하지 않으려 했습니다. 아서 형님에게는 사랑하는 여인이 따로 있었지요. 형님

은 우리에게 힘내라며 시간이 좀 지나고 운도 따라 준다면 언젠
가 우리의 뜻한 바가 이루어질 것이라고, 희망을 꼭 붙들고 놓지
말라며 기운을 북돋워 줬습니다.

제 동생 휴는 이디스의 재산을 사랑했습니다. 밖에서는 자신
이 사랑하는 건 이디스라는 사람 그 자체라고 말하고 다녔지요.
하지만 휴는 늘 그런 식이었습니다. 언제나 겉으로 하는 말과 속
마음이 달랐어요. 하지만 이디스에게는 녀석의 술수가 통하지
않았습니다. 제 아버지는 속일 수 있었지만 다른 사람은 누구
도 속일 수가 없었던 것입니다. 아버지는 우리 가운데 휴를 가장
사랑했고 신뢰했으며 믿었습니다. 가장 어린 데다 다른 사람들
의 미움을 사는 것이 안쓰러웠던 것이지요. 부모님의 소중한 사
랑을 독차지하는 비결은 예나 지금이나 그 두 가지면 충분한 것
같습니다. 게다가 휴는 말주변이 좋아 거짓말하는 재주도 탁월
했습니다. 그러다 보니 아버지는 맹목적으로 휴를 사랑하게 되
었습니다. 저는 흥분을 잘하는 성격입니다. 솔직히 말하면 아주
다혈질이죠. 하지만 악의 없는 그런 류의 다혈질이어서 저 말고
는 어느 누구도 다치게 만들지 않았고, 누구에게도 창피를 주거
나 손해를 끼치지 않았습니다. 범죄나 비열함으로 오점을 남기
지도 않았으며 저의 고결한 명예에 어울리지 않는 일은 단 한 번
도 하지 않았습니다.

하지만 제 동생 휴는 저의 이런 단점을 이용했습니다. 아서
형님의 건강이 썩 좋지 않다는 사실을 알고 최악의 사태가 일어
났을 때 저만 쓸어내 버리면 자기가 재산을 독차지할 수 있을 거
라고 기대한 것이지요. 그래서…… 하지만 폐하, 그건 아주 긴

이야기인 데다 이야기할 가치도 없습니다. 그러니 간단히 말씀
드리겠습니다. 제 동생은 저의 단점을 교묘히 악용해 제가 범죄
를 저지른 것처럼 꾸몄습니다. 먼저 제 방에서 비단으로 만든 사
다리를 찾아냈지요. 물론 그 사다리는 그 녀석이 몰래 갖다 놓은
것이었고요. 사다리와 매수된 하인들의 증언 그리고 다른 악한
자들의 거짓말로 인해 아버지는 제가 자신의 뜻을 완전히 무시
하고 이디스를 채 가서 결혼하려 했다고 확신하게 되었습니다.

아버지께서는 제게 삼 년 동안 집으로 돌아올 생각일랑 말고
군인이 되거나 사나이답게 살며 세상 사는 지혜를 좀 배우라고
엄명을 내렸습니다. 저는 그 오랜 유예 기간 동안 유럽 대륙의
여러 전투에서 싸우면서 역경, 궁핍, 모험을 원 없이 겪었습니
다. 하지만 마지막 전투에서 그만 포로로 잡혀 그 후로 영고성쇠
를 거듭했던 칠 년 동안 타국의 지하 감옥에서 살아야 했습니다.
저는 기지와 용기를 발휘해 마침내 자유의 몸이 되어 곧장 이곳
으로 도망쳤습니다. 이제 막 이곳에 도착했는데 지갑도 텅 비고
입을 옷도 없었지요. 게다가 그 지루했던 칠 년 동안 헨든 저택
에 무슨 일이 있었는지, 또 그곳 사람들과 재산은 어떻게 되었는
지 전혀 알지 못합니다. 황송한 말씀이오나 폐하, 저의 변변찮
은 이야기는 이게 다이옵니다.”

“그대는 참으로 모진 고생을 하였구나!”

어린 왕이 눈을 반짝이며 말했다.

“하지만 내가 그대를 구제해 주겠노라. 십자가를 걸고 맹세하
지! 이건 왕의 약속이니라!”

그런 뒤 마일스의 불행한 사연을 듣고 자극을 받은 왕은 자신

이 최근에 겪은 불행한 사연을 줄줄이 쏟아 냈다. 왕의 이야기를 모두 들은 마일스는 깜짝 놀랐다.

'야, 정말 대단한 상상력이로군! 참으로 보통 머리가 아니야. 그렇지 않고서야 미쳤든 미치지 않았든, 공기처럼 아무것도 없는 상태에서 이토록 기발하고 잘 짜인 화려한 이야기를 지어낼 수는 없어. 머리가 돌아 버린 가엾은 꼬마, 내가 함께 살면서 친구가 되어 주고 피난처가 되어 줘야겠어. 늘 내 곁에 두고 귀여워해 주고 벗이 되어 줄 거야. 그리고 병도 고쳐 줄 거야! 그래, 깨끗이 싹 낫게 해 주겠어. 그러면 저 아인 이름을 떨치게 될 거야. 그럼 난 자랑스럽게 "맞아요, 이 아이를 이렇게 만든 건 나예요. 집도 없이 누더기를 걸치고 떠도는 아이를 데려오면서, 난 처음부터 이 아이에게 뭔가 특별한 게 있단 걸 알아채고는 언젠가 이름을 떨칠 거라고 장담했죠. 이 아이를 봐요. 잘 관찰해 봐요. 내 생각이 맞았지 않소?" 하고 말할 거야.'

왕이 생각에 잠긴 듯 신중한 목소리로 말했다.

"그대는 다치고 모욕당할 뻔한 나를 구했도다. 어쩌면 나의 목숨, 나아가 나의 왕위까지 구했는지도 모른다. 그런 충성스런 행동에는 보상이 뒤따라야 하는 법이지. 그대의 소원을 말해 보라. 국왕의 권력으로 들어줄 수 있는 소원이면 무엇이든 들어줄 터이니."

헨든은 이 환상적인 제안에 깜짝 놀라 몽상에서 깨어났다. 헨든은 왕에게 감사하다고 인사하며 자기는 자신의 의무를 다했을 뿐이며 보상은 바라지 않는다고 제안을 사양하려고 했다. 그러다가 더 좋은 생각이 떠올랐다. 그래서 헨든은 은혜로운 제안에 대해 생각할 시간을 잠시만 달라고 부탁했고, 왕은 중요한 문제를 다룰 때는 급히 서두르지 않는 것이 최선이라며 의젓하게 수락했다.

마일스는 잠시 동안 곰곰이 생각했다.

'그래, 바로 그거야. 아무리 다른 방법을 써 봤자 그걸 얻어내기란 불가능해. 그리고 지금 이 순간의 경험을 통해 계속 서 있는 건 대단히 지치고 불편한 일이란 사실을 확실히 깨달았어. 그래, 그걸 제안해야겠어. 하마터면 좋은 기회를 그냥 날려 버릴 뻔했군.'

그러고는 마일스가 한쪽 무릎을 꿇고 말했다.

"제가 폐하께 해 드린 하찮은 일은 그저 신하된 도리일 뿐 칭찬받을 일이 아니옵니다. 하지만 폐하께서 마땅히 보상을 받을 만한 일이라고 여기시니 용기를 내어 청하겠나이다. 폐하께서도 아시겠지만 약 사백 년 전에 영국의 존 왕과 프랑스의 왕 사이에 불화가 있었고 각 나라에서 뽑은 두 전사가 경기장에서 결투를 벌여 이른바 하느님의 중재로 분쟁을 끝내기로 결정했습니다. 두 왕과 증인 겸 심판을 맡은 스페인 왕 그리고 프랑스의 전사가 먼저 경기장에 등장했는데, 프랑스의 전사가 얼마나 가공할 만한 실력의 소유자였던지 우리 영국의 기사들은 그와 실력을 겨루기를 거부했지요. 그리하여 사태는 더욱 심각해져 영국의 왕이 부전패를 당하기 일보직전이 되었습니다.

그런데 그 당시 런던탑에는 영국의 최고 전사인 드 쿠르시 경이 명예도, 재산도 모두 잃고 오랫동안 수감된 채 야위어 가고 있었습니다. 그런 그에게 청이 들어갔고 그는 청을 수락해 싸울

채비를 하고 경기장으로 갔습니다. 프랑스 기사는 드 쿠르시 경의 거대한 체구를 힐끗 보고는 그의 유명한 이름을 듣자마자 줄행랑을 쳐 버렸고 프랑스 왕은 패배하고 말았습니다. 존 왕은 드 쿠르시 경의 작위와 재산을 회복시켜 주며 '그대의 소원을 말해 보아라. 내 왕국의 절반을 달라고 해도 들어줄 터이니.'라고 말했지요. 그러자 드 쿠르시 경은 지금 제가 하는 것처럼 무릎을 꿇고 '폐하, 그러하오시면 저의 청을 말씀드리겠사옵니다. 저와 저의 후손들이 영국의 왕실이 지속되는 한 영원히 왕 앞에서 모자를 벗지 않아도 되는 특권을 누리게 하여 주시옵소서.'라고 답했습니다. 폐하께서도 아시다시피 그의 청은 받아들여졌고, 지난 사백 년 동안 드 쿠르시 가문은 대가 끊겼던 때가 없었습니다. 그래서 오늘날까지도 그 오래된 가문의 장손은 폐하가 계시는 앞에서도 아무런 방해도 받지 않고 여전히 모자나 투구를 씁니다. 이는 다른 사람들에게는 어림도 없는 일이지요.(*드 쿠르시 경의 후손들인 킹세일의 귀족들은 아직도 이 기이한 특권을 누리고 있다.)

저의 청을 올리기 위해 이와 같은 전례가 있음을 고해 드리면서, 제게 다름 아니오라 오직 한 가지 특권을 내려 주시기를 청하옵니다. 저로서는 분에 넘치는 보상입니다만, 저와 저의 후손들이 영원히 영국 왕의 앞에서도 자리에 앉을 수 있도록 허하여 주시옵소서!"

"일어나게, 마일스 헨든 경, 나의 기사여."

왕이 헨든의 칼로 기사 작위 수여를 하며 근엄하게 말했다.

"일어나서 자리에 앉으라. 그대의 청을 들어주겠노라. 영국이

존재하고 왕좌가 계속되는 한은 그대의 특권은 소멸되지 않을
것이다.”

왕은 생각에 잠겨 식탁에서 먼 쪽으로 걸어갔고 헨든은 식탁
앞의 의자에 털썩 앉아 혼자 속으로 생각했다.

‘정말 기발한 발상이었어. 다리가 심하게 피곤했는데 덕택에
살았어. 이 방법을 생각해 내지 못했더라면 저 가엾은 아이가 병
이 나을 때까지 몇 주고 계속 서 있어야 했을 거야.’

그리고 헨든은 이렇게도 생각해 보았다.

‘그럼 이제 난 꿈과 그림자 왕국의 기사가 되었군! 나처럼 평
범한 사람에게는 참으로 기묘하고 낯선 신분이야. 그래도 웃지
말아야지. 그래, 그래선 안 돼! 이런 일들이 나에겐 굉장히 허무
맹랑하지만 저 아이에게는 현실이니까. 그리고 어떻게 보면 내
게도 이 일이 꼭 잘못된 일만은 아니야. 저 아이 안에 곱고 너그
러운 마음씨가 있단 걸 알게 되었으니까.’

헨든은 다시 생각을 이어 갔다.

‘아, 저 아이가 사람들 앞에서도 나를 그런 멋진 칭호로 부르
면 어떡하지? 그런 영광스런 지위에 이런 누추한 옷차림을 하고
있으면 웃음거리가 되겠는걸! 하지만 상관없어. 저 아이가 부르
고 싶은 대로 부르게 해야지. 난 아무래도 상관없으니까.’

13. 왕자의 실종

곧 두 사람에게 무거운 졸음이 쏟아졌다. 왕이 말했다.

"이 누더기를 벗기거라."

누더기란 자기가 입고 있는 옷을 뜻했다.

헨든은 아무런 반대나 대꾸 없이 아이의 옷을 벗겨 주고 이불을 잘 덮어 준 다음 방을 이리저리 둘러보며 침울하게 중얼거렸다.

"이 아이가 아까처럼 내 침대를 차지했군. 아이고, 나는 어떡하지?"

어린 왕은 헨든이 당혹스러워 하는 것을 알아채고는 당혹감을 덜어 주기 위해 졸음 가득한 목소리로 한마디 던졌다.

"그대는 문 앞에서 자면서 문을 지키게."

어린 왕은 그 말을 하기가 무섭게 모든 근심을 잊고 곯아떨어졌다.

"이런, 저 아이는 정말로 왕으로 태어났어야 하는데! 어쩌면 왕 연기를 저렇게 놀랍도록 잘할까?"

헨든이 감탄하며 중얼거렸다. 그런 뒤 문 앞의 마룻바닥에 몸을 쭉 펴고 누워 만족스럽게 중얼거렸다.

"칠 년 동안 이보다 훨씬 엉망인 곳에서도 머물러 놓고, 고작 이걸로 흠을 잡는다면 하늘에 계신 하느님께 배은망덕한 짓일 거야."

헨든은 이내 잠이 들었는데 이미 동이 터 오는 무렵이었다. 헨든은 정오쯤에 일어나 세상모르고 곤히 잠들어 있는 자신의 피보호자의 이불을 살짝살짝 걷어 내며 끈으로 몸 치수를 쟀다. 이 작업이 막 끝날 때쯤 왕이 잠에서 깼다. 그리고 왜 이리 춥냐고 투덜대다가 무엇을 하는 중이냐고 물었다.

"다 됐사옵니다, 폐하. 저는 밖에 용무가 있어서 얼른 다녀오 겠으니 폐하께서는 다시 주무시옵소서. 잠을 푹 주무셔야 하옵 니다. 자, 제가 머리까지 이불을 덮어 드리겠습니다. 그러면 금방 따뜻해질 것이옵니다."

이 말이 끝나기도 전에 왕은 다시 꿈나라로 돌아갔다. 마일스 는 슬며시 빠져나갔다가 삼사십 분쯤 지나 다시 슬며시 들어왔 는데 사내아이의 헌옷 한 벌을 들고 있었다. 싸구려 천으로 만 든 것으로 여기저기 닳아서 해진 데가 보였지만 깔끔하고 계절 에 맞는 옷이었다. 헨든은 자리에 앉아 자기가 사 온 옷을 자세 히 살펴보기 시작했다.

"호주머니가 좀 더 두둑했더라면 더 좋은 옷을 샀을 텐데. 하 지만 돈이 없으면 없는 대로 만족해야 하지 않겠어?"

우리 마을에 한 여인이 있었다네.

우리 마을에 살고 있었지…….

"아이가 뒤척거리는 것 같네. 노랫소리를 좀 더 낮춰야겠어. 아직 갈 길도 멀고 녹초가 되어 있는 아이인데 잠을 망쳐 놓는 건 좋지 않아. 불쌍한 것 같으니……. 그럼 옷을 한번 살펴볼까? 그런대로 쓸 만하겠군. 여기와 저기를 꿰매면 나름 괜찮겠어. 여기 이 옷이 더 나아 보이는군. 이것도 한두 군데 꿰매 주면 나쁘지 않겠어. 신발은 아주 좋고 온전해 보이니 이걸 신기면 작은 발이 따뜻하고 뽀송뽀송하겠어. 틀림없이 겨울이고 여름이고 늘 맨발로 다녔을 테니 이 신발은 저 아이에게 아주 낯설고 새로운 물건일 거야. 빵이 실처럼 값싸면 얼마나 좋을까? 그럼 동전 한 닢으로도 일 년 치를 살 수 있을 텐데. 그리고 거기에 맞는 멋진 큰 바늘도 덤으로 얻을 수 있을 테고. 이제 슬슬 바느질과 씨름해 볼까!"

헨든은 정말로 바느질과 씨름했다. 남자들이 늘 그래 왔던 것처럼 그리고 앞으로도 언제까지나 그럴 것처럼, 바늘을 가만히 잡고 실을 바늘귀에 꿰려고 한 것이다. 그건 여자들이 실을 꿰는 방법과 정반대되는 방법이었다. 몇 번이고 실은 목표를 빗나갔다. 실은 바늘귀의 오른쪽으로 비켜 나갔다가 다음번엔 바늘귀의 왼쪽으로 비켜 나가더니 때로는 바늘에 닿아 접히기도 했다. 하지만 그는 군인 시절 이런 일을 많이 겪어 봤기에 참을성 있게 계속 시도했다. 마침내 바늘귀에 실을 꿰는 데 성공해서 그동안 무릎 위에 얹어 두었던 옷을 들고 바느질을 하기 시작했다.

"여인숙비는 지불했어. 곧 나올 아침 식사까지 포함해서 말이야. 남은 돈으로 당나귀 두 마리를 사고 풍요로운 헨든 저택에 도착할 때까지 이삼일 동안만 버티면 돼."

그 여인은 자기 남편을 사랑했…….

"앗, 따가워! 손톱 밑을 찔렸네! 뭐, 별로 상관없어. 새로운 일도 아니잖아. 하지만 불편하기는 하네. 우리 집에 도착하면 우린 즐거운 시간을 보내게 될 거야, 꼬마 친구. 틀림없어! 그곳에서는 너의 근심도, 슬픈 병도 다 사라질 거야."

그 여인은 자기 남편을 무척 사랑했지만
또 다른 사내가…….

"바늘땀이 큼지막하니 훌륭한데!"
헨든은 바느질한 옷을 번쩍 들고 감탄스런 눈빛으로 바라보며 말했다.
"이렇게 고상하고 멋있게 손봐 놓으니 재단사의 하찮고 볼품없는 옷이 더 시시하고 천박해 보이는군."

그 여인은 자기 남편을 무척 사랑했지만
또 다른 사내가 사랑했다네. 그 여인을…….

"자, 이 옷도 다 됐어. 이 옷 역시 바느질 솜씨도 멋진데 마무리도 아주 빨리 끝냈어. 이제 저 아이를 깨워서 옷을 입히고 세수하게 물을 부어 주어야지. 그리고 밥을 먹인 다음 서둘러 서더크의 태버드 여인숙 근처에 있는 시장에 가야지. 일어나십시오, 폐하! ……대답을 않는군. 이보십시오, 폐하! ……잠이 깊이 들어 내 말이 들리지 않는 모양이니 신성한 몸에 손을 대는 불경을 저질러야겠군. 이런!"

헨든이 이불을 홱 젖혔는데 아이가 온데간데없이 사라진 것이 아닌가!

헨든은 너무 놀라 말문이 막힌 채 잠시 방 안을 두리번거리다가 그제야 자신의 피보호자의 누더기 옷도 함께 사라졌다는 것을 깨달았다. 헨든은 불같이 화를 내며 여인숙 주인을 소리쳐 불렀다. 바로 그때 하인이 아침 식사를 갖고 방으로 들어왔다.

"이 악마의 앞잡이 같은 녀석, 당장 털어놓지 않으면 끝장날 줄 알아!"

전쟁터에서 산전수전 다 겪은 전사가 고함을 치며 사납게 달려들자 종업원은 겁에 질리고 놀라서 아무 말도 하지 못했다.

"아이는 어디에 있지?"

하인은 떨리는 목소리로 더듬거리며 헨든이 바라는 정보를 주었다.

"나리께서 밖으로 나가시자마자 어떤 청년이 뛰어 들어오더니, 나리께서 아이를 곧장 서더크 쪽의 런던교 끝으로 데려오라고 분부를 내렸다는 거예요. 그래서 제가 그 청년을 방으로 안내했고 그가 아이를 깨워 그 말을 전했어요. 그러자 아이가, 아이의 표현을 그대로 빌리자면 '왜 이렇게 일찍부터' 수면을 방해하느냐고 조금 투덜댔지만 곧바로 누더기를 걸치고 청년을 따라 나갔어요. 낯선 자를 보낼 게 아니라 나리께서 직접 데리러 오는 게 더 올바른 예법이라고 중얼거리면서요. 그래서…….”

“이 바보 같은 녀석! 그렇게 쉽게 속아 넘어가다니 정말 바보로군! 너 같은 녀석들은 다 목을 매달아 버려야 해! 그런데 혹시 다치진 않았겠지? 그 애가 다치지는 않았느냔 말이야. 가서 그 아일 데려와야겠어. 식사 준비를 해 놔. 가만! 이불 속에 사람이 누워 있는 것처럼 해 놨던데…… 우연히 그렇게 된 건가?”

“전 잘 모릅니다, 나리. 그 청년이 이불을 만지작거리는 건 봤어요. 그러니까 아이를 데리러 왔던 그 청년 말입니다.”

“죽여도 시원찮을 놈 같으니! 나를 속이려고 그래 놨군. 시간을 벌려고 그런 짓을 한 게 분명해. 이봐, 그자가 혼자였나?”

“혼자였습니다, 나리.”

“확실한가?”

“그럼요, 나리.”

“심란한 마음을 가라앉히고 잘 생각해 봐. 시간을 갖고 찬찬히…….”

잠시 생각한 뒤 하인이 말했다.

“그 청년이 왔을 때 분명 함께 온 사람이 아무도 없었어요. 하지만 지금 생각해 보니 청년과 아이가 런던교의 인파 속으로 걸어 들어갈 때 악당처럼 보이는 사내가 근처에서 튀어나왔어요. 그리고 그 사내가 막 두 사람과 합류하려는 순간…….”

“순간 뭐? 어서 말해 봐!”

조바심이 난 헨든이 하인의 말을 가로막으며 소리쳤다.

"바로 그 순간 그들이 군중 속으로 들어가 휩쓸려 버렸어요. 그리고 전 더 이상 보고 있을 수 없었어요. 서기 나리가 주문한 고기 요리를 깜박하는 바람에 몹시 화가 난 주인어른께서 저를 부르셨거든요. 하지만 모든 성자들을 증인 삼아 맹세하건대 아이가 없어진 일로 저를 비난하시는 것은 태어나지도 않은 아기에게 죄를 묻는 것과 같아요."

"내 눈앞에서 당장 꺼져, 바보 같은 녀석! 네 녀석의 수다 때문에 머리가 돌아 버릴 지경이야! 잠깐! 그들이 어느 쪽으로 사라졌지? 잠깐도 못 본 거야? 그들이 서더크 쪽으로 갔나?"

"예, 맞아요. 하지만…… 좀 전에도 말씀드렸듯이 그 망할 고기 요리 탓이니 저를 비난하시는 건 태어나지도 않은 아기에게 죄를 묻는 것과 다를 바가 없……."

"그만 닥쳐! 또 수다를 떨어? 꺼져. 안 그러면 목을 졸라 버릴 테다!"

하인이 부리나케 자리를 떴다. 헨든이 하인을 뒤따라 나가더니 그를 지나 계단을 한 번에 두 칸씩 성큼성큼 내려가며 중얼거렸다.

"아이가 자기 아들이라고 우기던 그 야비한 악당 짓이 분명해. 머리가 돌아 버린 나의 가엾은 어린 주인, 너를 잃어버리고 말았구나. 생각만 해도 마음이 쓰라려. 너를 정말로 좋아하게 되었는데! 아니야! 미사에 쓰는 책과 종을 걸고 맹세하는데 결코 잃어버리지 않았어! 분명히 잃어버린 게 아니야. 온 나라를 샅샅이 뒤져서라도 너를 다시 찾아낼 테니까. 가엾은 아이, 방에 아

118

침 식사가 준비되어 있는데…… 내 식사도 함께. 하지만 이제는 배가 고프지 않아. 그러니까 그건 쥐들이나 먹으라지. 서두르 자! 어서 빨리! 지금 필요한 건 그거야!"

헨든은 런던교 위의 시끌벅적한 군중 사이를 빠르게 비집고 나아가면서, 생각만 해도 기분이 좋아지는 것처럼 몇 번이고 혼 잣말로 중얼거렸다.

"그 아이는 투덜거렸지만 따라나섰어. 마일스 헨든이 자길 불렀다고 생각했기 때문에 따라나선 거야, 귀여운 녀석 같으 니……. 다른 사람이 불렀다면 절대 쫓아가지 않았을 거야. 암, 그렇고말고."

14. 왕이 승하하셨도다, 새 국왕 만세

같은 날 아침 동이 틀 무렵 톰 캔티는 깊은 잠에서 깨어나 어둠 속에서 눈을 떴다. 잠시 가만히 누워 혼란스런 생각과 감정을 하나하나 짚어 보며 그것에서 뭔가 의미를 찾아내려고 했다. 그러다 갑자기 기쁨에 넘치면서도 누가 들을까 봐 조심스럽게 숨죽여 소리를 내질렀다.

"이제 알겠어! 이제 다 알겠어! 아, 고마워라. 마침내 내가 잠에서 깬 거야. 기쁨아, 어서 오렴! 슬픔아, 사라져라! 어이, 낸 누나! 벳 누나! 밀짚 이불을 차 내버리고 얼른 내 옆으로 와 봐. 마법 같은 꿈으로 사람의 영혼을 깜짝 놀라게 만드는 밤의 정령들도 생각해 낸 적 없는 허황되고 기막힌 꿈 이야기를 들려줄게. 도저히 믿기 어렵겠지만 누나들의 귀에 다 쏟아 내 줄 테니. 뭐 해, 낸 누나! 내가 부르잖아! 벳 누나!"

흐릿한 형체가 옆으로 다가와 말했다.

"내리실 분부라도 있사옵니까?"

"분부? 아, 슬프게도 들어 본 목소리인데! 말해 봐요, 내가 누구죠?"

"누구시라니요? 어젯밤까지는 왕세자였사오나 오늘부터는 가장 자비로우신 영국의 군주, 에드워드 왕이시지요."

톰이 베개에 얼굴을 파묻고 구슬프게 중얼거렸다.

"아아, 꿈이 아니었어! 그만 물러가서 쉬도록 해요. 나 혼자 슬퍼하게 놔두고."

톰은 다시 잠이 들었고 잠시 후 기분 좋은 꿈을 꾸었다. 여름날 같았는데 그는 굿맨스필드라고 불리는 멋진 들판에서 혼자 놀고 있었다. 그때 기다란 빨강 수염에 곱사등을 하고 키가 삼십 센티미터밖에 되지 않는 난쟁이 하나가 갑자기 나타나 말했다.

"저 그루터기 옆을 파 보렴."

난쟁이가 시키는 대로 하자 반짝이는 새 금화 열두 닢이 나왔다. 엄청난 돈이었다! 하지만 그게 다가 아니었다. 난쟁이가 또 말했다.

"난 널 잘 안단다. 넌 착한 아이니까 선물을 받을 자격이 있어. 네가 보상받는 날이 곧 올 테니 괴로움은 끝날 거야. 칠 일마다 여기를 파 보렴. 그때마다 늘 똑같은 보물을, 즉 반짝이는 새 금화 열두 닢이 나올 거란다. 아무에게도 말하지 말고 비밀로 해야 해."

그 말을 마치고 난쟁이는 사라졌고 톰은 난쟁이의 선물을 갖고 오펄코트로 달려가며 혼잣말했다.

"매일 밤 아버지한테 금화를 한 닢씩 줘야겠어. 내가 구걸해 온 줄 알고 흡족해서 나를 더 이상 때리지 않을 거야. 또 한 닢은 매주 나를 가르치는 고마우신 신부님에게 드려야지. 어머니와 낸 누나와 벳 누나한테는 나머지 네 닢을 주고. 이제 우리는 배고픔과 누더기와 안녕이야. 공포와 불안과 야만적인 학대에서도 벗어날 거야."

꿈속에서 톰은 숨을 헐떡이며 지저분한 자기 집에 도착했다. 하지만 그 눈빛에는 감사와 열정이 넘쳤다. 금화 네 닢을 어머니의 무릎에 던지며 소리쳤다.

"어머니, 받으세요! 다들 받아요! 어머니와 낸과 벳 누나 모두요. 구걸하거나 훔친 게 아니라 정직하게 얻은 거예요!"

깜짝 놀란 어머니가 톰을 품에 꼭 껴안고는 행복하게 외쳤다.

"늦었사옵니다. ……폐하, 이제 그만 일어나시겠사옵니까?"

아, 그건 톰이 기대하고 있던 대답이 아니었다. 꿈이 산산조각으로 흩어지며 잠에서 깼다.

톰이 눈을 뜨니 화려한 옷차림의 침실 수석 시종이 침대 옆에 무릎을 꿇고 있었다. 즐거웠던 꿈의 기억이 싹 사라지자 가엾은 소년은 자기가 여전히 포로이자 왕이란 사실을 깨달았다. 방 안은 애도를 나타내는 색상인 자줏빛 망토를 입은 신하들과 군주를 보살피는 귀족 신분의 시종들로 가득했다. 톰은 침대에서 일어나 앉았다. 그리고 두꺼운 비단 커튼 사이로 그들 무리를 물끄러미 바라봤다.

왕에게 옷을 입히는 번거로운 의식이 시작되었다. 신하들이 한 사람씩 차례로 무릎을 꿇고 예를 표하며 부왕을 잃어 상심이 크겠다는 애도의 말을 건네는 동안 어린 왕에게 옷을 입히는 절차가 진행되었다. 먼저 대기하고 있던 시종무관장이 셔츠를 집어

들어 사냥 담당 수석 시종에게 넘겼고, 그는 그것을 다시 침실 차석 시종에게 넘겼고, 침실 차석 시종은 그것을 다시 왕실 윈저 숲 관리장에게 넘겼으며, 그는 그것을 어깨걸이 담당 제3궁내관에게, 궁내관은 랭커스터 공작령 대법관에게, 대법관은 의상 보좌관에게, 보좌관은 노로이 문장관에게, 문장관은 런던탑 무관장에게, 무관장은 왕실 집사장에게, 집사장은 세습 냅킨 류 담당관에게, 냅킨 류 담당관은 함대 사령관장에게, 사령관장은 캔터베리 대주교에게, 대주교는 다시 침실 수석 시종에게로 넘겼고, 마지막으로 침실 수석 시종이 그것을 받아 톰에게 입혔다. 어안이 벙벙해진 가엾은 꼬마 아이는 그 모습을 보고 불이 났을 때 사람들이 손에서 손으로 양동이를 전달하는 광경을 떠올렸다.

옷 하나하나를 입을 때마다 이런 식으로 느리고 엄숙한 과정을 거쳐야 했다. 그 결과 톰은 이 의식에 심하게 넌더리가 났다. 어찌나 심하게 넌더리가 났던지, 긴 비단 양말이 줄을 따라 전달되기 시작하는 것을 보고 이 의식이 끝나 가고 있다는 사실을 알았을 때는 고마운 마음이 솟아나는 기분이었다. 하지만 좋아하기에는 아직 일렀다.

침실 수석 시종이 양말을 받아 들고 톰의 발에 신기려고 하다가 갑자기 얼굴을 붉히며 황급히 캔터베리 대주교의 손에 양말을 도로 넘겨주었다. 그리고 양말에 달린 뭔가를 가리키면서 몹시 놀란 표정으로 "이것 좀 보시지요!" 하고 속삭였다. 대주교는 얼굴이 창백해졌다가 벌게지면서 "이것 좀 보시지요!" 하고 속삭이며 양말을 함대 사령관장에게 건넸다. 사령관장은 그것을 다시 세습 냅킨 류 담당관에게 건네면서 숨도 제대로 쉬지 못하고 "이것 좀 보시지요!" 하는 소리를 간신히 내뱉었다. 양말이 뒷줄을 따라 한 사람 한 사람에게 넘겨질 때마다 사람들이 계속해서 화들짝 놀라며 겁에 질려 "이것 좀 보시지요! 이것 좀 보세요!" 했다. 그리고 그 와중에 왕실 집사장, 런던탑 무관장, 노로이 문장관, 의상 보좌관, 랭커스터 공작령 대법관, 어깨걸이 담당 제3궁내관, 왕실 윈저 숲 관리장, 침실 차석 시종, 사냥 담당 수석 시종에게로 건네졌고 마침내 시종무관장의 손에 들어갔다. 시종무관장이 창백한 얼굴로 이 모든 소동을 일으킨 물건을 가만히 바라보더니 쉰 목소리로 속삭였다.

"아니, 이럴 수가! 긴 양말의 끈 장식이 떨어졌잖아! 왕의 양말 수석 담당관을 런던탑에 가둬야겠어!"

이 말을 한 뒤 기운이 쏙 빠져 버린 시종무관장은 끈에 아무 이상이 없는 새 양말이 도착할 때까지 사냥 담당 수석 시종의 어깨에 기댔다.

하지만 모든 일에는 끝이 있기 마련이므로 이윽고 톰 캔티는 침대 밖으로 나올 수 있게 되었다. 세숫물 담당 시종이 물을 부어 주었고 세수 담당 시종이 얼굴을 씻겨 주었으며 수건 담당 시종이 수건을 들고 옆에서 대기했다. 이렇게 차차 깨끗이 씻는 단계가 무사히 끝나자 왕실 미용사의 작업이 준비되었다. 마침내 미용사의 손에서 풀려난 톰이 자주색 공단 망토와 바지를 입고 자주색 깃털이 달린 모자를 쓰자 품위 있는 모습이 여자아이만큼이나 예뻤다. 이제 톰은 아침 식사를 하는 방으로 당당하게 나아가며 모여 있는 신하들 사이를 지났다. 그러자 신하들은 뒤로 물러나 길을 내주며 무릎을 꿇었다.

아침 식사를 마친 톰은 고위 관료들과 전투용 금빛 도끼를 든 오십 명의 근위 기사단의 호위를 받으며 공식 알현실로 안내되었다. 그곳에서 톰은 국무를 돌봐야 했다. '외숙' 하트퍼드 경이 현명한 조언으로 왕을 보좌하기 위해 옥좌 옆에 자리를 잡고 섰다.

선왕이 유언집행인들로 지명했던 저명한 사람들이 나타나 자신들이 하려는 일―다소 형식적이지만 그래도 아직 섭정이 없었으므로 완전히 형식적이라고 할 수는 없는 일―에 대해 톰의 승인을 요청했다. 캔터베리 대주교가 선왕의 장례식에 관한 유언집행 위원회의 결정을 보고한 다음 거기에 서명한 유언집행인들의 명단을 읽으며 마무리해 나갔다. 캔터베리 대주교, 영국의 대법관, 세인트 존 윌리엄 경, 존 러셀 경, 에드워드 하트퍼드 백작, 존 라일 자작, 더럼의 커스버트 주교…….

톰은 그것을 듣고 있지 않았다. 좀 전에 받은 보고의 앞부분 조항이 잘 이해되지 않아 골똘히 생각 중이었던 것이다. 그래서 톰은 고개를 돌려 하트퍼드 경에게 나지막하게 물었다.

"장례식이 언제로 잡혔다고 했지요?"

"다음 달 16일이옵니다, 폐하."

"그것 참 이상하고 어리석은 일이로군요. 그때까지 시신이 온전하겠습니까?"

톰은 가엾게도 아직 왕실의 관습을 잘 모르고 있었다. 오펄코트에서는 비참한 삶을 살았던 사람이 죽으면 시신을 매우 신속하게 치워 버리는 게 관례였다. 하지만 하트퍼드 경은 한두 마디 말로 톰의 마음을 안정시켰다.

국무대신이 외국 대사들의 접견을 다음날 열한 시로 정했다는 추밀원의 의결 사항을 전하며 왕의 승낙을 구했다.

톰이 어찌할지 묻는 표정으로 하트퍼드를 쳐다보자 그가 속삭였다.

"승낙하시는 게 좋을 것 같사옵니다. 폐하와 우리 왕국에 닥친 크나큰 불행에 대하여 자기네 왕의 애도의 뜻을 대신 전하러 온 것이옵니다."

톰은 하트퍼드 경이 시키는 대로 했다. 또 다른 대신이 선왕의 왕실 지출 내역에 관한 보고서를 앞부분부터 읽어 나가기 시작했다. 지난 여섯 달 동안 지출액이 이만팔천 파운드에 달한다는 보고에 톰 캔티는 숨이 턱 막혔다. 그 가운데 이만 파운드는 앞으로 갚아야 할 빚이라는 내용이 나왔을 때 또한 숨이 턱 막혔다. 왕실 금고는 이제 거의 바닥난 상태라는 것, 천이백 명의 시종들도 봉급을 받지 못해 몹시 쪼들린다는 내용이 나왔을 때는 다시 한 번 더 숨이 막혔다. 톰은 근심에 가득 차 용기를 내어 말했다.

"이러다 우린 망하겠어요. 틀림없어요. 좀 더 작은 집에서 살고 시종들도 대폭 줄일 필요가 있어요. 쓸데없이 시간만 오래 걸리는 시중을 받으면 괜스레 불편하고 쑥스럽고 성가시기만 할 뿐이에요. 그러다간 자기 머리와 손으로는 아무것도 못하는 인형 같은 사람이 되고 말 거예요. 그러고 보니 빌링게이트 근처의 생선 시장을 등지고 있는 작은 집이 생각나는데……."

누군가 톰의 팔을 쿡 찌르자 톰은 바보 같은 말을 멈추고 얼굴을 붉혔다. 그러나 이 엉뚱한 말에 주목하거나 관심을 갖는 기색을 드러낸 사람은 아무도 없었다.

또 다른 대신이 나서서 선왕이 유언장을 통해, 하트퍼드 백작에게는 공작 작위를 수여하고 그의 동생인 토머스 시모어 경은 귀족 신분으로 올리고 또한 하트퍼드의 아들에게는 백작 작위를 수여하고 다른 훌륭한 신하들에게도 이와 유사한 신분으로 상승시켜 주라는 당부가 있었다고 전했다. 그래서 추밀원에서는 작위 수여식을 2월 16일에 거행하기로 결의했다고 보고했다. 한편 선왕이 공식 문서로 남기지는 않았으나, 위와 같은 작위에 걸맞은 토지가 하사되어야 마땅하다고 생각했을 것으로 사료되어 추밀원에서는 시모어에게 '오백 파운드 값어치의 땅'을, 하트퍼드의 아들에게는 '팔백 파운드 값어치의 땅과 공석이 될 다음 주교의 땅 가운데 삼백 파운드 값어치의 땅'을 하사하는 것이 적절하다고 판단했으며 물론 이는 현 폐하의 허락을 받아야 하는 일이라고 설명했다.

톰은 그런 식으로 모든 돈을 탕진하기 전에 선왕의 빚부터 먼저 갚는 게 타당하다는 말을 무심코 입 밖으로 낼 뻔했다. 하지만 때맞춰 사려 깊은 하트퍼드 경이 팔을 꾹 찔러 준 덕택에 경솔한 말을 내뱉지 않을 수 있었다. 그리하여 아무 말 없이 동의를 해 주었지만 마음속으로는 대단히 불편했다. 톰은 낯설고 복잡한 일들을 수월하게 처리하고 있다고 여겨 잠시 스스로가 흐뭇했다. 그러던 중 멋진 생각이 하나 떠올랐다. 자신의 어머니를 오펄코트의 공작부인으로 만들어 토지를 하사하면 어떨까? 하지만 그 멋진 생각은 곧바로 슬픈 생각에 휩쓸려 사라져 버렸다. 자신은 이름만 왕일뿐 지체 높은 귀족들이 자신의 상전이나 다름없었던 것이다. 그리고 그들에게 자신의 어머니는, 정신이 이상한 왕이 지어낸 상상의 인물에 불과할 것이다. 그러니 그런 제안을 해 봤자 그들은 불신 가득한 표정을 지은 채 건성으로 들다가 왕이 머리가 이상하다며 의사나 부를 게 뻔했다.

단조롭고 지루한 업무가 따분하게 이어졌다. 탄원서가 낭독되고 포고령, 특허, 그 외의 공무에 관한 온갖 종류의 장황하고 되풀이되는 지루한 서류들이 낭독되었다. 마침내 톰은 애처롭게 한숨을 쉬며 혼자 중얼거렸다.

"대체 내가 무슨 죄를 지었기에 훌륭하신 하느님께서 나를 들판과 자유로운 공기와 햇빛으로부터 떼어 내 이곳에 가두고 왕으로 만들어 이토록 괴롭히신단 말인가?"

톰은 혼란스런 머리를 잠시 끄덕거리다가 이내 어깨까지 축 늘어뜨렸고, 왕의 재가가 떨어지지 않자 왕국의 업무는 거기서 딱 멈추게 되었다. 잠든 아이 주위로 침묵이 감돌며 왕국의 현명한 신하들은 토의를 멈추었다.

아침나절 동안 왕실에 들이닥친 엄청난 변고로 엘리자베스 공주와 제인 그레이의 기분이 다소 가라앉아 있긴 했지만, 톰은 보호자인 하트퍼드 경과 세인트 존 경의 허락을 받아 그녀들과 즐거운 시간을 보냈다. 그리고 방문이 끝나 갈 무렵에는 훗날 역사에 '피의 메리'로 기록되는 그의 '손위 누이'가 엄숙한 면담으로 그를 오싹하게 만들었는데, 그가 보기에는 짧게 끝났다는 점이 그나마 다행이었다. 잠깐 혼자 있는 시간이 생겼지만 잠시 뒤 열두 살쯤 된 호리호리한 남자아이가 그를 알현하러 왔다. 그 아이는 순백색 주름 깃과 손목 부분의 레이스를 빼고는 상의, 긴 양말 할 것 없이 전부 검정색으로 차려 입었다. 애도의 뜻을 나타내는 기장을 달지 않았지만 어깨에는 자줏빛 리본 매듭이 달려 있었다. 그 아이는 모자를 벗어 머리를 숙이고 머뭇거리며 다가와 톰 앞에 한쪽 무릎을 꿇었다. 톰은 가만히 앉아 그 아이를 침착하게 응시하다가 말을 걸었다.

"일어나라, 애야. 너는 누구냐? 무슨 일로 왔느냐?"

소년은 일어나 공손하면서도 편안한 자세로 서 있었지만 얼굴에는 걱정하는 빛이 역력했다. 소년이 대답했다.

"폐하, 저를 모르실 리가 없을 텐데요. 저는 폐하의 회초리 시동(*왕자의 학우로서 왕자 대신 매를 맞는 소년.)이옵니다."

"나의 회초리 시동이라고?"

"그러하옵니다, 폐하. 소인은 험프리…… 험프리 말로라고 하옵니다."

톰은 여기 있는 이 아이가 보호자들이 미처 귀띔해 주지 못한 인물이란 것을 깨달았다. 대처하기 곤란한 상황이었다. 자신이 어떻게 해야 하나? 이 아이를 아는 척하면서 이런저런 이야기를 하다 보면 전에 한 번도 만난 적 없는 사이란 게 탄로 나지 않을까? 그래, 안 돼, 그 방법은 좋지 않아. 한시름 놓을 수 있게도 좋은 수가 떠올랐다. 하트퍼드 경과 세인트 존 경은 유언 집행 위원들이어서 급한 업무로 자기 옆을 지키지 못할 때가 많을 테니 이런 뜻밖의 상황은 앞으로도 얼마든지 자주 일어날 것 같았다. 그러니 비상 상황에서는 어떻게 대처할지 직접 계획을 세우는 게 좋았다. 그래, 그렇게 하는 것이 현명한 처신 같았다. 톰은 과연 성공을 거둘지 이 소년에게 한번 시험해 보기로 했다. 그래서 톰은 곤혹스런 표정으로 잠깐 이마를 어루만지다가 이윽고 입을 열었다.

"이제야 네가 조금 기억이 나는 것 같긴 하다만 큰일을 겪다

보니 머리가 무겁고 정신이 흐릿해서…….”

“아아, 가엾은 폐하!”

회초리 시동이 격정적으로 외치고는 속으로 생각했다.

‘정말 사람들이 수군대던 대로구나. 폐하께서 머리가 이상해지셨어. 아아, 가엾은 분! 하지만 내가 이러고 있으면 안 되지. 깜빡하고 있었네! 폐하를 이상한 눈길로 보면 안 된다고 신신당부를 받아 놓고는.’

“요즘 들어 이상하게도 내 기억이 나를 가지고 장난을 치는구나. 하지만 신경 쓰지 말거라. 빨리 호전되고 있으니……. 작은 실마리만 있어도 잊었던 일들과 이름들이 다시 기억나니까.(아무렴, 기억나는 게 어디 그것들뿐일까. 한 번도 들어 보지 못했던 것들도 기억나는 판국인데. 아마 이 아이도 곧 알게 되겠지만.) 무슨 일로 왔는지 말해 보거라.”

“폐하, 별로 중요한 문제는 아니옵니다만 폐하께서 괜찮으시다면 간단히 말씀드리고자 하옵니다. 이틀 전 오전에 폐하께서 그리스 어 수업을 받으시다가 세 번 틀리신 걸 기억하시옵니까?”

“그, 그래…… 기억나는 것 같구나.(이건 심한 거짓말은 아니야. 내가 그리스 어를 배웠다면 어디 세 번만 틀렸겠어, 마흔 번은 틀렸겠지.) 그래, 기억이 나는구나. 자, 계속 말해 보거라.”

“그리스 어 선생님이 폐하께서 공부하시는 게 어쩜 그렇게 게으르고 멍청하냐고 격노해서 그 벌로 저를 호되게 매질하겠다고 단언하셨습니다. 그래서…….”

“‘너’를 매질하다니! 내가 잘못했는데 대체 왜 ‘너’를 매질한단 말이냐?”

톰이 마음의 평정을 잃고 깜짝 놀라서 소리쳤다.

“아, 폐하께서 또 잊으신 모양이옵니다. 폐하께서 수업 시간에 틀리실 때마다 그분은 늘 소인을 매질하십니다.”

“그래, 그렇지. 내가 깜빡했구나. 네가 나를 은밀히 가르치는데…… 내가 틀리면 선생님은 네가 임무를 제대로 수행하지 않았다고 나무라시면서 너를…….”

“오, 폐하, 대체 무슨 말씀이시옵니까? 미천한 종인 소인이 어찌 감히 폐하를 가르치겠사옵니까?”

“그렇다면 왜 네 책임으로 돌린단 말이냐? 이 무슨 수수께끼 같은 소리냐? 내가 정말로 미친 것이냐 아니면 네가 미친 것이냐? 설명해 보거라. 좀 알기 쉽게 말해 봐.”

“하오나 폐하, 알기 쉽게 말하고 말고 할 것이 전혀 없사옵니다. 어느 누구도 왕세자의 귀하신 옥체에 손을 댈 수는 없으므로 왕세자께서 잘못을 할 때면 제가 대신 매를 맞는 것이옵니다. 그것이 마땅하고 지당한 일이온데, 그것이 바로 소인의 일이며 소인은 그 일을 해서 먹고사옵니다.”

톰은 그 아이의 차분한 모습을 물끄러미 바라보며 속으로 생각했다.

‘야, 참으로 놀랄 만한 일이네. 정말 이상하고 별난 직업이야. 나 대신 머리를 빗고 옷을 입어 주는 아이를 고용하지 않은 게 이상할 노릇이야. 그럼 얼마나 행복할까! 그래도 난 내가 맞을 매는 내가 직접 맞을 거야. 이런 변화를 주신 데 대해 하느님께 감사를 드리면서 말이지.’

톰은 이렇게 생각한 뒤 그 아이에게 큰 소리로 물었다.

“그래, 넌 약속한 대로 매를 맞았느냐, 가엾은 친구?”

“아니옵니다, 폐하. 오늘 매를 맞기로 했는데 선왕 애도 기간이라 적절치 않다는 이유로 취소가 될지도 모르겠사옵니다. 아무튼 소인은 알지 못합니다. 그래서 소인이 이렇게 실례를 무릅쓰고 폐하를 찾아온 것이옵니다. 소인을 위해 잘 말씀해 주시겠다던 폐하의 약속을 상기시키고자…….”

“선생님한테 말이냐? 너를 매질하지 말아 달라고?”

“아, 기억하고 계시는군요!”

“보다시피 나의 기억이 되살아나는구나. 안심하려무나. 너의 등은 무사할 테니. 꼭 그렇게 되도록 할 테니.”

“오, 고맙습니다, 폐하!”

소년이 다시 무릎을 꿇으며 외쳤다.

“기왕 이렇게 실례를 무릅쓰고 여기까지 말씀을 올린 김에 조금만 더…….”

험프리가 머뭇거리는 것을 보자 톰은 ‘흔쾌히 청을 들어주고 싶은 마음’이니 마음 놓고 어서 계속 이야기해 보라고 용기를 북돋워 주었다.

“그럼 소인, 마음속에 품고 있던 이야기를 허심탄회하게 올리겠사옵니다. 이제는 왕세자가 아니라 왕이시니 폐하께서 어떤 명령을 내리시든 아무도 반대할 사람이 없을 것이옵니다. 그러므로 더 이상 지루한 공부로 스스로를 혹사시킬 이유가 없사오니, 폐하의 책을 불사르고 덜 지루한 일에 마음을 쏟으시는 편이 좋을 줄로 아옵니다. 다만 그렇게 되면 소인은 망하겠지만요. 고아인 소인의 누이들도 함께요!”

"망하다니? 아니, 왜?"

"대신 매를 맞는 소인의 등이 소인의 밥줄이니까요, 폐하! 그 일을 하지 않게 되면 저는 굶어 죽게 됩니다. 폐하께서 공부를 그만두시면 폐하께 회초리 시동은 필요하지 않을 테니 소인의 일자리는 없어질 것입니다. 제발 소인을 버리지 말아 주세요!"

톰은 그 아이의 애처로운 고민에 마음이 아팠다. 톰은 왕답게 위엄 있는 목소리로 아량을 베풀었다.

"더 이상 불안해하지 말거라, 애야. 너의 임무는 너와 너의 후손들에게 영원히 이어질 터이니."

그러고 나서 톰은 칼의 평평한 부분으로 아이의 어깨를 가볍게 치며 큰 소리로 외쳤다.

"일어나라, 험프리 말로. 너는 이제 영국 왕실의 세습 회초리 시동이도다! 슬픔을 거두어라. 내 다시 책을 쥐고 많이 틀려 가며 아주 열심히 공부해서 너의 봉급을 세 배로 올리고 너의 일이 늘어나게 할 테니 말이다."

험프리는 고마운 마음에 몸 둘 바를 몰랐다.

"성은이 망극하옵니다, 은혜로우신 폐하. 돈을 벌겠다는 저의 병적인 꿈에 이렇게 하해와도 같은 아량을 베풀어 주시다니요. 이제 저는 평생 동안 행복할 것이며 말로 집안의 모든 후손들도 그러할 것이옵니다."

톰에게도 여기 이 아이가 자신에게 도움을 줄 수 있다는 사실을 인지할 만큼의 지혜는 있었다. 톰이 험프리에게 계속 말해 보라며 권하자 험프리는 거칠 것이 하나도 없었다. 험프리는 자기가 왕의 '치료'를 돕고 있는 것 같아 무척 신이 났다. 왕실의 학

습실이나 궁전 도처에서 있었던 이런저런 일들을 들려줄 때마다 왕이 그때의 기억을 또렷이 '떠올리는' 것 같았기 때문이다. 그렇게 한 시간쯤 지나자 어느새 톰은 궁전의 저명한 인사들과 사건에 대한 귀중한 정보를 많이 알게 되었다. 그래서 톰은 날마다 이 소식통에게서 정보를 얻어 내기로 마음먹었다. 그리고 톰은 이를 위해 자신이 다른 사람과 함께 있지 않으면 험프리를 사실로 들이라는 명령을 내렸다. 험프리가 물러가자마자 하트퍼드 경이 더 골치 아픈 문제를 가지고 톰을 찾아왔다.

하트퍼드 경이 추밀원 위원들의 의견을 전했다. 왕의 건강이 안 좋다는 소문이 외국까지 새어 나가지 않도록 하루 이틀 뒤부터는 공식적인 자리에서 식사를 하는 것이 좋겠다는 의견이었다. 왕의 건강한 혈색과 활기찬 걸음걸이, 신중하면서도 평온한 태도와 여유로우면서도 품위 있는 몸가짐을 공개 석상에서 보여 주면, 좋지 않은 소문이 퍼질 경우 그 어떤 방법보다 확실하게 모든 의혹을 가라앉힐 수 있다는 주장이었다.

그런 다음 하트퍼드 백작은 톰에게 이미 잘 알고 있겠지만 그저 '상기시키는' 것이라는 속이 빤히 보이는 구실을 대며, 품위 있는 행사에 알맞은 예법을 아주 세세하게 가르쳐 주었다. 그런데 매우 흐뭇하게도 톰은 하트퍼드 경의 도움이 별로 필요하지 않았다. 이미 험프리에게서 도움을 받고 있었기 때문이다. 험프리가 궁전 안에 빠르게 퍼진 소문을 들려주면서 며칠 내로 공식적인 자리에서 식사를 시작해야 할 것이라고 이미 언급한 바 있었다. 하지만 톰은 이 사실을 혼자서만 간직했다.

왕의 기억이 많이 나아졌다고 본 하트퍼드 백작은 왕의 증세가 얼마나 호전되었는지 알아보기 위해 우연을 가장하여 과감히 몇 가지 시험을 해 보기로 했다. 결과는 어느 한 부분, 그러니까 험프리가 정보를 준 부분에 대해서는 그럭저럭 만족스러웠다. 덕분에 하트퍼드 백작은 대체적으로 대단히 고무되었다. 얼마나 많이 고무되었던지 매우 희망찬 목소리로 크게 말했다.

"이제 폐하께서 조금만 더 기억을 찾으시면 국새의 행방에 얽힌 수수께끼를 풀 수 있겠다는 확신이 드옵니다. 국새를 잃어버린 게 대단히 중요했지만 선왕께서 돌아가시는 바람에 그 국새는 효력이 다한 관계로 지금은 하나도 중요하지 않사옵니다. 그래도 폐하, 한번 기억을 떠올려 보시겠습니까?"

톰은 막막해서 어쩔 줄을 몰랐다. '국새'는 처음 들어 보는 생소한 단어였다. 톰은 잠시 망설이다가 천진난만하게 고개를 들고 물었다.

"그게 어떻게 생겼나요, 백작?"

흠칫 놀란 하트퍼드 백작은 거의 들릴락 말락 하게 중얼거렸다.

"아아, 다시 정신이 나가셨어! 너무 무리하게 머리를 쓰게 만들다니, 내가 어리석었어."

백작은 재수 없는 국새 생각을 톰의 머리에서 지워 버리기 위해 재빨리 대화를 다른 주제로 돌렸다. 그리고 그의 의도는 쉽게 성공을 거두었다.

15. 톰의 왕 노릇

　다음날 외국 대사들이 화려한 수행원들을 거느리고 찾아왔다. 톰은 아주 당당하게 옥좌에 앉아 그들을 접견했다. 처음에는 화려한 장관이 펼쳐지자 눈이 즐겁고 상상력에 불이 붙었지만 접견이 너무나도 지루하게 이어졌고 대부분의 인사말 또한 마찬가지로 지루했다. 그래서 즐겁게 시작한 접견이 점점 지루하고 짜증 나게 되었다. 톰은 하트퍼드 백작이 이따금 일러주는 말을 그대로 따라 하며 만족스럽게 처신하려고 노력했다. 하지만 태어나서 처음 겪는 일인 데다 너무 거북해서 그저 무난한 정도 이상으로는 해낼 수 없었다. 톰은 겉으로 충분히 왕처럼 보였지만 자기 스스로는 왕처럼 느껴지지가 않았다. 그래서 의식이 끝났을 때 진심으로 기뻤다.

　왕의 집무와 관련된 일을 보며 하루의 대부분을 보냈지만 톰은 마음속으로 그것을 '시간 낭비'라고 불렀다. 기분 전환 겸 오

락 시간으로 주어진 두 시간조차도 여러 제약과 예법으로 어찌
나 족쇄를 채우던지, 톰에게는 다른 때보다 오히려 부담이 되었
다. 하지만 톰은 남의 눈을 피해 회초리 시동과 재미있는 시간을
보내며 필요한 정보도 얻었다.

톰 캔티가 왕위에 오른 지 사흘째 되는 날도 다른 날과 다름
없이 지나갔다. 하지만 한 가지 면에 있어서는 마음속에 드리운
구름이 걷혔다. 그건 바로 처음보다는 불편함을 덜 느꼈다는 점
이다. 자신이 처한 상황과 환경에 조금씩 적응하고 있었다. 속
박당하는 건 아직도 그를 성나게 만들었지만 늘 그런 것은 아니
었다. 시간이 지날수록 지체 높은 귀족들의 알현과 경의를 받는
것에 대하여 괴로움과 당혹감을 덜 받게 되었다.

‘공식 석상에서의 식사’라는 한 가지 걱정만 없었더라면 나흘
째 되는 날도 별 걱정 없이 맞이할 수 있었을 것이다. 하지만 바
로 그날부터 공식 석상에서 식사를 하기로 되어 있었다. 그날 일
정에는 그보다 더 중요한 행사들도 잡혀 있었다. 추밀원 회의를
주재해 가깝거나 먼 여러 나라들에 대하여 어떤 정책을 취할 것
인지 자신의 견해를 밝히고 명령을 내려야 했다. 또 그날은 공식
적으로 하트퍼드가 국왕의 섭정으로 선출될 날이기도 했다. 나
흘째 되는 그날에는 그 외에도 다른 중요한 일정이 많이 잡혀 있
었다. 하지만 톰에게는 그런 일정들쯤은 그에게로 쏠린 호기심
어린 수많은 시선 앞에서 혼자 식사해야 하는 호된 시련에 비하
면 전혀 대수롭지 않은 일들이있다. 수많은 사람들이 자신이 식
사하는 모습을 지켜보며 한 마디씩 평을 하고, 대단히 불운하게
도 혹시라도 자신이 실수를 저지르게 된다면 그 실수에 대해 입

방아를 찧어 댈 게 분명했다.

하지만 나흘째 되는 날이 오는 것을 막을 방법은 아무것도 없었고 드디어 그날이 오고야 말았다. 가엾은 톰은 풀이 죽어 넋이 나간 사람 같았으며 그런 기분이 계속되었다. 하지만 톰은 그런 기분을 떨쳐 낼 수가 없었다. 오전의 일상적인 업무가 지루하게 계속되는 바람에 지칠 대로 지쳤다. 톰은 다시 한 번 자기가 포로 신세라는 생각이 강하게 들었다.

톰은 오전 늦게 큰 접견실에서 하트퍼드 백작과 이야기를 나누면서, 지체 높은 관리와 신하들을 접견하기로 약속된 시간을 기다리고 있었다.

잠시 뒤 톰은 창가로 다가가 궁전 문 너머 큰길의 활기 넘치는 움직임을 관심 있게 지켜보기 시작했다. 그저 단순한 호기심이 아니라 저 혼란스럽고 자유로운 무리 속에 자신도 끼고 싶다는 갈망을 가지고 말이다. 그러다가 길 저쪽에서부터 야유하고 고함을 치며 무질서하게 몰려오는 미천하고 가난한 신분의 남녀와 아이들의 선봉이 눈에 띄었다.

“대체 무슨 일인데 저럴까!”

그런 일을 맞닥뜨리면 으레 소년들이 그러듯 호기심 가득한 목소리로 외쳤다.

“폐하께오선 왕이시옵니다! 제가 폐하의 뜻을 받들어 알아볼까요?”

하트퍼드 백작이 공손한 태도로 진지하게 말했다.

“오, 그럼 정말로 좋겠소! 오, 그래 주면 정말 기쁠 것이오!”

톰이 흥분해서 얼른 대답하고는 대단히 만족하여 생각했다.

‘사실 왕 노릇이 그리 지루한 것만은 아닌 것 같군. 때때로 보상도 받고 편리하기도 하고.’

하트퍼드 백작이 시동을 불러 근위 대장에게 다음과 같은 명령을 전하라고 일렀다.

“군중을 멈춰 세우고 이런 소동의 원인이 무엇인지 물어보도록 하라. 왕명이다!”

잠시 후 번쩍거리는 강철 갑옷을 입은 왕실의 근위병들이 궁전 문으로 길게 줄지어 나가 큰길의 군중을 막아섰다. 심부름 갔던 시동이 돌아와 군중은 왕국의 평화와 존엄을 해치는 죄를 지어 처형장으로 끌려가는 남자 한 명과 여자 한 명 그리고 여자아이 한 명을 따라가고 있다고 보고했다.

톰은 ‘그 가엾고 불운한 자들에게 죽음이, 그것도 끔찍한 죽음이 닥치겠구나!’ 하는 생각이 들어 마음이 찢어질 듯 아팠다. 동정심에 완전히 젖어서 다른 생각은 떠오르지 않았다. 톰은 세 죄인들이 법을 어겼다는 사실이나 희생자들에게 끼쳤을 슬픔과 손해에 대해서는 전혀 고려하지 않았다. 오직 단두대와 사형수들의 머리 위로 드리운 소름끼치는 운명에 대해서만 몰두했다. 심지어 이렇게 걱정하다가 자신이 진짜가 아니라 가짜 왕이라는 사실도 잠시 잊을 정도였고, 미처 그 사실을 깨닫기도 전에 톰은 저도 모르게 불쑥 명령을 내렸다.

“그자들을 여기로 데려오너라!”

그러고 나자 톰은 얼굴이 새빨개져서 뭐라고 둘러대려고 했다. 하지만 자기가 내린 명령에 하트퍼드 백작도, 기다리던 시동도 전혀 놀라지 않는 걸 보고 입을 다물었다. 시동은 아주 당연하다는 태도로 크게 절을 하며 그 명령을 전하기 위해 뒷걸음질로 방에서 물러갔다. 톰은 아주 뿌듯했고 왕 노릇을 하니 좋은 점도 있다는 사실을 다시 한 번 깨달았다. 톰은 생각했다.

'늙은 신부님의 책을 읽을 때 들었던 기분과 비슷해. 나 자신을 왕자라고 상상하며 "이것을 하도록 하라. 저것을 하도록 하라."라면서 모두에게 명령을 내리면 아무도 내 뜻을 거스르거나 반대하지 않았을 때 바로 이런 기분이었어.'

바로 그때 문이 활짝 열리더니 어마어마한 직함이 하나하나 호명되었고 그 직함의 명사들이 들어왔다. 이내 그곳은 귀족들과 화려하게 차려입은 사람들로 반쯤 채워졌다. 하지만 톰은 잔뜩 흥분한 데다 그보다 더 흥미로운 다른 문제에 푹 빠져서 사람들이 들어온 것도 거의 깨닫지 못했다. 톰은 옥좌에 멍하니 앉아 기대에 가득 찬 표정이 되어 문 쪽으로 시선을 향했다. 사람들은 그런 모습을 보고 감히 그를 방해할 엄두를 내지 못했고 그저 자기들끼리 나랏일이나 궁전에서 떠도는 소문에 대해 수군거리기 시작했다.

얼마 안 있어 병사들의 정확히 잰 듯한 발소리가 다가오더니 근위대 병사의 호위를 받으며 장교의 담당하에 죄인들이 모습을 드러냈다. 장교가 톰 앞에 무릎을 꿇은 다음 일어나 옆으로 비켜섰다. 운이 다한 세 사람도 무릎을 꿇고는 그 상태로 가만히 있었다. 근위대는 톰의 의자 뒤로 가서 섰다. 톰은 죄인들을 호기심 어린 눈길로 찬찬히 뜯어봤다. 남자의 옷차림새와 모습이 왠지 모르게 낯익었다.

'이 남자를 본 적이 있는 것 같아. 그렇지만 언제 어디에서 봤

는지 생각나질 않아.'

바로 그때 남자가 온순하게 고개를 들고 슬쩍 쳐다봤다가 경외심을 일으키는 군주의 외양에 기가 눌려 얼른 고개를 숙였다.

하지만 톰은 그 남자의 얼굴을 한 번 슬쩍 본 것만으로도 충분했다. 톰은 생각했다.

'이제 알겠어. 이자는 매서운 바람이 몰아치던 새해 첫날에 템스 강에서 가일스 위트를 건져 목숨을 구해 줬던 사람이야. 정말로 용감한 행동이었는데……. 애석하게도 어떤 비열한 짓을 저질러 이런 몹쓸 처지가 되고 말았구나. 난 그날을 잊을 수가 없는데. 그때 그 시간도. 그로부터 한 시간 뒤에 밤 열한 시 종이 울리자마자 할머니 손에 붙들려 어찌나 흠씬 두들겨 맞았던지, 그때 맞은 것에 비하면 다른 때 맞은 건 부드러운 애무 정도에 불과했으니까.'

톰은 여인과 여자아이더러 잠시 물러나 있으라고 명령했다. 그런 뒤 부관에게 물었다.

"그래, 이자의 죄목이 무엇인가?"

장교가 무릎을 꿇고 대답했다.

"폐하, 이자는 백성 한 사람을 독살하였사옵니다."

톰은 죄인에게 동정심을 품은 데다 물에 빠진 아이를 용감하게 구해 준 사람이어서 존경심까지 품고 있던 터라 그 사실에 대단히 충격을 받았다.

"이자가 그랬다는 확실한 증거가 있는가?"

"의심할 여지가 없사옵니다, 폐하."

그러자 톰은 한숨을 쉬며 말했다.

"이자를 데리고 가거라. 이자는 죽을 만한 죄를 지었구나. 애석한 일이로다. 용감한 자였는데……. 아니, 그게 아니라 '겉으로는' 용감해 보인다는 뜻이다!"

갑자기 죄인이 절망에 차서 두 손을 모아 깍지를 끼더니 '왕'에게 애원하듯 겁에 질린 목소리로 더듬거리며 호소하기 시작했다.

"오, 폐하. 폐하께옵서 나락에 떨어진 자들을 불쌍히 여기신다면, 제발 소인을 불쌍히 여겨 주시옵소서! 소인은 결백하옵니다! 소인이 그 죄를 지었다는 충분한 증거도 없사옵니다. 하지만 그것에 대해서는 말씀드리지 않겠습니다. 소인에게 불리하게 판결이 내려졌고 뒤집힐 리는 없어 보이니까요. 하지만 소인에게 내려진 선고가 소인이 감당할 수 있는 이상의 것이기에 소인, 마지막 가는 길에 청이 하나 있사옵니다. 부디 자비를, 소인에게 자비를 베풀어 주시옵소서, 폐하! 소인을 불쌍히 여겨 청을 들어 주시어…… 교수형에 처하라고 명령을 내려주시옵소서!"

톰은 깜짝 놀랐다. 톰이 예상했던 청이 아니었기 때문이다.

"그것 참, 대단히 해괴한 청이로구나! 너는 그렇게 죽기로 되어 있지 않더냐?"

"그렇지 않사옵니다, 폐하! 소인은 '산 채로 끓는 물에' 빠져 죽게 되어 있사옵니다!"

끔찍하도록 놀라운 말에 톰은 거의 의자에서 벌떡 일어날 뻔했다. 톰이 정신을 차리자마자 외쳤다.

"청을 들어주겠노라, 가엾은 이여! 백 명의 사람을 독살했다고 할지라도 그토록 비참한 죽음을 맞아서는 아니 되는 법이니.”

죄인은 바닥에 얼굴이 닿도록 절을 하고 열렬하게 감사의 말을 토해 냈다.

“혹시라도 폐하께서 불행한 일을 당하신다면…… 그런 일은 하느님께서 금해 주시기를! 오늘 제게 베풀어 주신 폐하의 은혜를 기억하고 반드시 보답하겠사옵니다!”

톰이 하트퍼드 백작을 향하여 말했다.

“하트퍼드 경, 이 사내가 그런 흉포한 죽음을 당할 마땅한 근거가 있소?”

“법에 명시되어 있사옵니다, 폐하. 독살범에게는 그런 처형을 내리도록 말이지요. 독일에서는 위조 화폐를 만든 죄인을 끓는 기름에 빠뜨려 죽입니다. 그것도 한 번에 재빨리 기름 속으로 빠뜨리는 것이 아니라 밧줄에 매달아 천천히 기름 속에 넣어 죽이지요. 처음에는 발을, 그다음에는 다리를, 그다음에는…….”

“오, 제발 그만하시오, 하트퍼드 경, 더는 들을 수가 없구려!”

톰은 눈앞에 생생이 떠오른 그 광경을 보지 않으려는 듯 두 손으로 눈을 가렸다.

“당장 그 법을 뜯어고치라고 명하시오. 오, 더 이상 불쌍한 사람들에게 그런 고문 같은 처벌을 해서는 아니 되오.”

하트퍼드 백작 또한 자비롭고 너그러운 사람이었다. 이것은 당시의 험악한 시대를 사는 비슷한 신분의 사람들에게서는 찾아볼 수 없는 그런 마음씨였다. 왕의 말을 들은 백작의 얼굴에 기쁜 빛이 떠올랐다. 백작이 입을 열었다.

“폐하의 고귀한 말씀으로 그런 판결은 봉인되었나이다. 이 일은 왕실의 명예로 역사에 길이 남을 것이옵니다.”

장교가 죄인을 데리고 나가려 하자 톰이 잠시 기다리라고 손짓을 하며 말했다.

“장교, 이 문제를 좀 더 자세히 알아봐야겠구나. 이자가 말하기를 그 죄를 지었다는 충분한 증거가 없다고 했다. 그대가 아는 것을 말해 보도록 하라.”

“폐하, 황공하오나 재판에서 드러난 바로는 이자가 이즐링턴이라는 작은 마을에서 어떤 병자의 집에 침입했다고 하옵니다. 목격자 세 사람에 따르면 그때가 오전 열 시였다고 하고, 다른 목격자 두 사람에 따르면 열 시를 조금 넘은 시간이었다고 합니다. 그 시각 병자는 혼자 잠을 자고 있었습니다. 얼마 안 있어 이자는 다시 그 집에서 나와 그곳을 떠났습니다. 그런데 그 후 한 시간도 지나지 않아 병자가 경련과 헛구역질을 하며 고통스럽게 죽었다 하옵니다.”

“독을 먹이는 것을 본 사람이 있는가? 독은 발견되었는가?”

“그렇지 않사옵니다, 폐하.”

“그렇다면 어떻게 독살했다는 것을 안단 말인가?”

“폐하, 그런 증상은 독을 먹고 죽어 가는 사람에게만 나타나는 것이라고 의사들이 증언했사옵니다.”

의학이 발달하지 않았던 그 당시에 의사들의 증언은 무시할 수 없는 중요한 증거였다. 톰은 그것이 만만찮은 증거라는 사실을 인식하고 이렇게 말했다.

“의사들은 자신들의 직업이니 잘 알고 있겠지. 의사들 말이 맞을지도 몰라. 이 불쌍한 자에게 상황이 안 좋게 돌아가는구나.”

“그뿐만이 아니옵니다, 폐하. 안 좋은 증언들이 더 있사옵니다. 많은 사람들이 증언한 바에 따르면, 마을을 떠나 아무도 모르는 곳으로 종적을 감춘 어떤 마녀가 사람들의 귀에 대고 그 병든 자가 ‘독살’될 것이라고 은밀히 예언을 한 적이 있다는 것입니다. 게다가 낯선 자가 독을 먹일 것이라고요. 그것도 갈색 머리에 해진 평민 복장을 한 낯선 자가요. 그리고 확실히 이 죄인은 기소장에 적힌 내용과 인상착의가 딱 들어맞습니다. 폐하, 그 사건이 예언된 것을 봐도 이자가 범행을 저질렀다는 정황이 더욱 뚜렷해지옵니다.”

미신을 믿던 그 당시에는 이런 주장이 엄청난 힘을 지니고 있었다. 톰은 이제 이 문제는 돌이킬 수 없다고 생각했다. 그런 중요한 증거가 있다면 이 가엾은 자의 죄는 입증된 셈이다. 그래도 톰은 죄인에게 기회를 주고 싶어 이렇게 말했다.

“너 자신을 변론할 말이 있다면 해 보거라.”

“이제 변론해 봤자 무슨 소용이 있겠사옵니까, 폐하. 소인은 죄가 없으나 그걸 증명할 길이 없사옵니다. 소인에겐 친구가 없습니다. 만약 친구가 있다면 소인이 그날 이즐링턴에 있지 않았으며, 또한 사람들이 주장하는 그 시간에 소인이 오 킬로미터 넘게 떨어진 웨핑올드스테어스에 있었다는 걸 증언해 줄 텐데 말이지요. 게다가 폐하, 소인이 사람 목숨을 앗았다고 목격자들이 가리킨 그 시간에 소인은 오히려 사람 목숨을 구해 주고 있었사옵니다. 어떤 아이가 물에 빠졌는데…….”

“가만! 장교, 그 사건이 일어난 날짜가 언제인가?”

“가장 빛나는 새해 첫날 오전 열 시 또는 그 몇 분 뒤이옵니다.”

“죄인을 풀어 줘라. 어명이다!”

톰이 갑자기 왕답지 않은 명령을 내리고는 또다시 얼굴이 새빨개져서 자신의 무례함을 최대한 숨기려고 얼른 덧붙였다.

“무의미하고 쓸데없는 그따위 증거를 가지고 사람을 처형하다니, 정말로 화가 나는구나!”

모여 있는 사람들 사이에서 나지막이 웅성웅성 감탄하는 소리가 퍼졌다. 사람들은 톰이 내린 어명에 감탄한 것이 아니었다. 유죄로 결정된 죄인을 사면하는 것은 타당하건 정략적이건 왕이라면 얼마든지 내릴 수 있는 결정이다. 그래서 그곳에 있는 어느 누구도 그것을 인정하고 말고 나설 일이 아니었던 것이다. 아니, 사람들이 감탄한 것은 톰이 보여 준 총명함과 기백 때문이었다. 어떤 사람들은 나지막한 목소리로 이렇게 수군거렸다.

“폐하께서는 미치지 않으셨어. 정신이 멀쩡하기만 하잖아.”

“질문은 또 얼마나 분별 있게 잘하시는지! 문제를 시원스레 단칼에 처리하시는 것도 옛날 모습 그대로인걸!”

“고맙게도 폐하의 병이 다 나은 모양일세! 이분은 허약한 병자가 아니라 진짜 왕이셔. 돌아가신 선왕 폐하와 어찜 저렇게 똑같으실까.”

칭찬의 속삭임들이 공기 중에 가득했고 톰의 귀에도 당연히 조금은 들렸다. 그러자 톰의 마음이 상당히 편안해졌고 온몸에 만족감이 충만해졌다.

하지만 어린이다운 호기심이 이런 유쾌한 생각과 감정보다 더 커졌다. 톰은 여자와 소녀가 무슨 죽을죄를 지었는지 무척 알고 싶었다. 그래서 명령을 내려 겁에 질린 채 흐느끼고 있는 두 사람을 자기 앞으로 데려오게 했다.

"이자들은 무슨 죄를 지었는가?"

톰이 장교에게 물었다.

"폐하, 이들은 아주 사악한 죄를 저질렀고 확실한 증거도 있사옵니다. 그래서 재판관들이 법에 따라 이들을 교수형에 처한다는 판결을 내렸사옵니다. 이들은 악마에게 자신들의 영혼을 팔았사온데 바로 그것이 죄이옵니다."

톰은 몸이 덜덜 떨렸다. 그런 사악한 짓을 한 사람들은 멀리해야 한다고 배웠기 때문이다. 그럼에도 불구하고 톰은 호기심을 만족시키는 즐거움을 멀리하지 않으려 했다. 그래서 톰이 물었다.

"언제 어디서 그런 죄를 지었는가?"

"12월의 어느 날 한밤중에 황폐한 교회에서이옵니다, 폐하."

톰은 또다시 몸이 덜덜 떨렸다.

"그곳에 누가 있었는가?"

"여기 이 두 사람밖에 없었사옵니다, 폐하. 그리고 그 '거래의 상대방'도요."

"이들이 자백을 했는가?"

"아뇨, 그렇지 않사옵니다, 폐하. 이들은 아니라고 부인하고 있사옵니다."

"그렇다면 어떻게 그 사실을 알게 되었는가?"

"두 사람이 그곳으로 가는 것을 본 목격자들이 있사옵니다,

폐하. 그로 인해 이들이 의심을 사게 되었는데 그 후로 무시무시한 사건이 일어나면서 의심을 사실로 확신하게 된 것이옵니다. 특히 그렇게 얻은 사악한 힘으로 폭풍우를 일으켜 주위의 모든 지역을 초토화시켰다는 증거가 있사옵니다. 폭풍우를 봤다고 증언한 목격자가 사십여 명이나 되옵니다. 어쩌면 천 명이 넘을지도 모릅니다. 다들 폭풍우로 피해를 입었으니 당연히 기억하고 있을 것이옵니다."

"확실히 심각한 문제로군."

톰은 그 사악하고 비열한 짓을 곰곰이 생각해 보고는 물었다.

"이 여인도 폭풍우로 피해를 입었느냐?"

모여 있는 사람들 가운데 나이가 지긋한 몇 명이 이 질문에 담긴 지혜를 알아채고는 고개를 끄덕였다. 하지만 장교는 질문 속에 담긴 중대한 뜻을 전혀 알아채지 못하고 단순명쾌하게 대답했다.

"예, 이 여인도 피해를 입었사옵니다, 폐하. 모두의 주장처럼 그런 피해를 당해도 쌉니다. 이들의 집이 날아가 버려 여인과 아이는 살 곳이 없어졌사옵니다."

"이 여인 자신에게도 엄청난 해를 입힌 힘이라니 대단한 대가를 치르고 얻은 힘인 것 같구나. 그럼 이 여인은 악마에게 속아서 동전 한 푼에 자신과 아이의 영혼을 팔아넘긴 모양인데, 그건 이 여인이 미쳤다는 얘기군. 만약 이 여인이 미쳤다면 자신이 무슨 짓을 하는지 모를 테니 죄를 물을 순 없는 노릇 아닌가."

또다시 나이 지긋한 신하 몇몇이 이 말 속에 담긴 톰의 지혜를 알아채고 고개를 끄덕였다. 한 신하는 이렇게 중얼거리기까지 했다.

"소문처럼 폐하께서 미쳤다고 해도 내가 알고 있는 정신이 온전한 몇몇 사람보다 훨씬 낫지 않은가. 신의 섭리로 그 사람들도 폐하의 지혜를 따라잡을 수 있다면 좋으련만."

"아이는 몇 살인가?"

톰이 물었다.

"아홉 살이옵니다, 폐하."

"영국의 법에 따르면 어린아이가 계약을 맺어 자신을 팔아넘길 수 있소, 법관?"

톰이 법에 정통한 법관을 보며 물었다.

"아이들은 아직 분별력이 미숙하여 어른들의 원숙한 머리와 사악한 음모를 당해 낼 수 없다고 여기고 있습니다. 그래서 영국의 법은 아이가 중요한 문제에 개입하거나 끼어드는 것을 허용하지 않고 있사옵니다, 폐하. 악마가 그러기를 원하고 아이가 동의한다면 악마가 아이를 살 수 있을지도 모르오나, 영국 아이는 그렇지 않사옵니다. 이 경우에는 계약이 무효가 되니까요."

"영국의 법이 악마에게 자신을 팔 수 있는 영국 백성들의 특권을 부정한다는 것은 그리스도의 정신에 위배되는 저속한 생각인 동시에 잘못되고 부자연스러워 보이는군!"

톰이 열을 올리며 소리쳤다.

이 사건에 대한 톰의 기발한 견해는 많은 사람들의 미소를 불러일으켰고 그들의 머릿속에 간직되있다. 또한 궁전 안에서는 톰의 정신 건강이 좋아졌을 뿐만 아니라 독창적인 사고를 가진 증거라는 이야기가 되풀이되었다.

여인이 흐느낌을 멈추고 흥미와 기대를 잔뜩 안고서 톰의 말에 귀를 기울였다. 톰이 이 사실을 알아챘으며 의지할 곳 하나 없이 위험한 상황에 처한 그녀에게 강한 연민이 일었다. 이윽고 톰이 물었다.

"이들 모녀가 폭풍우를 어떻게 일으켰다고 하더냐?"

"양말을 벗어서 그리했다고 하옵니다, 폐하."

이 말에 톰은 깜짝 놀랐고 호기심이 뜨겁게 불타올랐다. 톰이 물었다.

"굉장하구나! 양말을 벗기만 하는데 늘 그런 무서운 결과를 낳는단 말이냐?"

"늘 그러하옵니다, 폐하. 적어도 이 여자가 폭풍우를 일으키길 바라면서 필요한 주문을 마음속으로 혹은 입으로 외우기만 하면 그렇게 되옵니다."

톰이 여인 쪽으로 몸을 돌리고 열렬히 물었다.

"마력을 써 보아라. 내 직접 폭풍우를 봐야겠다!"

미신을 믿는 사람들의 얼굴이 창백해졌다. 또한 전반적으로 다들 아무런 표현을 하지는 않았지만 그곳에서 벗어나고 싶었다. 하지만 톰은 전혀 그렇지 않았다. 톰은 자신이 부탁한 대재앙 말고는 어느 것에도 흥미가 없었다. 깜짝 놀라 어쩔 줄 모르는 여인의 표정을 보고 톰이 흥분하여 덧붙였다.

"두려워할 것 없다. 네게 책임을 묻지 않을 것이니. 게다가 너를 풀어 줄 것이며 아무도 너에게 손을 대지 못하게 할 것이다. 그러니 어서 너의 힘을 써 보거라."

"오, 폐하, 쇤네에게는 그런 힘이 없사옵니다. 저는 억울하게 누명을 쓴 것이옵니다.”

“두려워서 그러는 모양이로군. 마음 편히 가지거라. 너는 아무런 해도 입지 않을 것이니. 폭풍우를 일으켜 보아라. 아주 작은 폭풍우라도 상관없다. 아주 크고 위력이 센 폭풍우를 일으켜 보라는 게 아니야. 오히려 정반대지. 폭풍우를 일으키면 네 목숨을 살려 주겠다. 그러면 너는 왕의 사면으로 딸아이와 함께 풀려나 이 땅 어디에서든 어떤 해악으로부터도 안전하게 살 수 있을 것이다.”

여인은 바닥에 엎드려 자신은 그런 기적을 일으킬 힘이 없다고 눈물로 호소했다. 자신에게 그런 힘이 있다면 소중한 은총을 받게 해 주시려는 왕명에 복종해 기꺼이 자기 목숨을 내놓고 아이의 목숨만이라도 구할 것이라고 주장했다.

톰이 재촉하였으나 여인은 계속 자신의 주장을 고수했다. 마침내 톰이 말했다.

“이 여인은 진실을 말한 것 같구나. 만약 나의 어머니가 이 여인의 입장이 되어 악마의 재주를 지니고 있다면 잠시도 지체하지 않고 폭풍우를 일으켜 온 나라를 쑥대밭으로 만들었을 것이다. 그것이 위기에 처한 자식의 목숨을 구하기 위해 당신이 치러야 할 대가라면 말이지! 그건 다른 어머니들도 마찬가지일 거야. 여인이여, 내 그대가 결백하다고 생각하므로 그대를 풀어 주겠노라. 그대의 딸과 함께. 이제 사면을 받았으니 전혀 두려워하지 말고 양말을 벗어 보거라! 그대가 폭풍우를 일으킬 수 있다면 그대를 부자로 만들어 주겠노라!”

목숨을 건진 여인은 큰 소리로 고맙다고 인사를 올린 다음 왕의 명령을 따르려 했고, 톰이 잔뜩 기대하면서도 살짝 불안한 마음으로 그 모습을 지켜봤다. 이와 동시에 신하들은 얼굴에 불편한 기색과 불안한 마음을 드러냈다. 여인은 자신의 양말을 벗고 딸아이의 양말도 벗겨서 대변동을 일으켜 왕이 베풀어 준 아량에 보답하려고 최선을 다했지만 실패로 돌아가 실망만이 남았다. 톰이 한숨을 쉬며 말했다.

"됐다, 착한 여인이여, 더 이상 애쓰지 말라. 그대의 힘이 그대에게서 떠난 모양이도다. 언제든 그 힘이 돌아오면 잊지 말고 나를 찾아와 폭풍우를 불러일으켜 다오."

16. 공식 만찬

저녁 만찬 시간이 다가왔지만 정말 신기하게도 톰은 만찬 생각을 해도 별로 마음이 불편하거나 두렵지 않았다. 그날 오전에 겪었던 일에 한껏 자신감이 고무되었던 것이다. 가엾은 어린 재투성이 고양이는 궁전에 들어온 지 나흘 밖에 되지 않았는데 벌써 잘 적응하고 있었다. 다 큰 어른도 그러려면 한 달은 꼬박 걸릴 텐데 말이다. 톰은 어리지만 어느 누구보다도 주위 환경에 잘 적응하는 모습을 보여 주고 있었다.

화려한 행사를 위해 시종들이 톰을 준비시키는 동안, 우리는 서둘러 대연회장으로 가서 먼저 슬쩍 엿보기로 하자. 널찍한 연회장의 둥근 기둥과 벽기둥에는 금이 입혀졌고, 벽과 천장에는 그림이 그려져 있었다. 문 앞에는 키 큰 근위병들이 그림처럼 호화로운 제복을 입고 미늘창을 든 채 조각상처럼 꼼짝도 않고 서 있었다.

높은 곳에 자리 잡은 관람석은 사방을 빙 에워쌌으며 아주 멋지게 차려입은 악단과 남녀 시민들이 함께 빽빽이 들어차 있었다. 그 아래 연회장 중앙의 조금 높은 단상에 톰의 식탁이 놓여 있는데 당시 연대기 기록자는 다음과 같이 기록하고 있다.

'장대를 든 시종과 식탁보를 든 시종이 나란히 연회장으로 들어와 함께 세 번 무릎을 꿇어 극진히 예를 표한 다음, 식탁에 식탁보를 깔고는 다시 무릎을 꿇고 나서 함께 물러갔다. 그런 뒤 다른 시종 둘이 들어왔는데 한 시종은 장대를 들고 다른 시종은 소금 그릇과 접시와 빵을 들고 있었다. 앞의 두 시종처럼 그들도 무릎을 꿇어 예를 표한 다음 가져온 것을 식탁 위에 내려놓고 처음과 마찬가지 예를 표하고 물러났다. 마지막으로 호화롭게 차려입은 귀족 두 사람이 들어왔는데 한 사람은 시식용 나이프를 들었다. 그들은 굉장히 우아한 태도로 세 번 바닥에 엎드려 절하고는 식탁으로 다가가 마치 왕이 그 자리에 있기라도 한 것처럼 대단한 경외심을 갖고 빵과 소금으로 식탁을 문질렀다.'

그렇게 해서 엄숙한 만찬 준비 과정이 끝났다. 소리가 울리는 복도 저쪽에서 커다란 나팔 소리와 함께 희미한 외침이 들렸다.

"국왕 폐하 납시오! 폐하께서 납시오니 길을 비키시오!"

외침이 계속되며 점점 더 가까워지더니 이윽고 사람들 바로 앞에서 "폐하께서 납시오니 길을 비키시오!" 하는 외침 소리가 들렸다. 바로 그 순간 빛나는 행렬이 나타나 딱딱 잰 듯이 행진하며 줄지어 연회장 안으로 들어왔다. 다시 연대기 기록자가 쓴 글을 보도록 하자.

'먼저 시종, 남작, 백작, 가터 훈작 기사들이 화려하게 차려입은 채 모자를 벗고 들어왔다. 다음으로 대법관이 양옆으로 두 사람을 대동하고 들어왔다. 한 사람은 왕의 홀(芴)을 들었고, 다른 한 사람은 황금 붓꽃 장식이 박힌 빨강 칼집에 든 보검을 위로 받들고 있었다. 그 뒤로 드디어 왕이 모습을 드러냈는데, 왕이 등장하자마자 열두 개의 트럼펫과 수많은 북이 크게 울리며 환영의 뜻을 표했고 관람석에 있던 사람들이 모두 자리에서 일어나 "국왕 폐하 만세!" 하고 외쳤다. 왕의 뒤를 이어 옆에서 왕을 모시는 귀족들이 들어왔고, 양옆에는 의장대인 오십 명의 국왕 근위 기사단이 전투용 금빛 도끼를 들고 국왕을 호위했다.'

이것은 실로 멋지고 기분 좋은 광경이었다. 톰의 맥박이 빠르게 고동쳤고 눈은 기쁨의 빛으로 반짝였다. 톰은 줄곧 점잖게 처신했는데, 주위의 즐거운 광경과 소리에 온통 마음을 뺏겨 자신의 행동에 대해서는 의식하지 않게 되었기에 가능한 일이다. 게다가 이제는 조금 익숙해진, 아름답고 몸에 딱 맞는 옷을 입으면 누구나 우아하게 처신하기 마련이다. 그 순간 자신이 그런 옷을 입고 있다는 사실을 의식하지 못한다면 특히 그러하다. 톰은 미리 사전에 교육받은 내용을 떠올리고는 깃털 달린 모자를 쓴 머리를 살짝 숙이고 정중하게 "고맙구나, 나의 착한 백성들이여."라며 답례를 했다.

톰은 모자를 벗지 않고 그대로 식탁 앞에 앉았는데 그 모습에 전혀 어색함이 없었다. 왜냐하면 모자를 쓰고 밥을 먹는 것이 왕실과 캔티 집안의 공통된 유일한 습관이었기 때문이다. 하지만 이 습관에 관하여 어느 한 집안이 상대 집안보다 빼어나거나 하지는 않았다. 만찬 행렬은 흩어져서 그림처럼 배치해 놓은 자리에 모자를 벗은 채로 앉았다.

그때 경쾌한 음악에 맞춰 왕실 근위병들이 들어왔다. 근위병들은 '영국에서 가장 키가 크고 힘센 사람들로 신중히 선발된' 사람들이었다. 이 부분에 관한 연대기 기록자의 글을 보도록 하자.

'등에 금빛 장미 무늬가 수놓아진 진홍색 옷을 입은 왕실 근위병들이 모자를 벗고 들어왔다. 이들은 부지런히 드나들며 코스별 요리가 담긴 접시를 하나씩 날랐다. 시종 한 사람이 들어온 순서대로 접시를 받아 식탁 위에 놓았고 그러는 동안 시식 담당관이 음식에 독이 들었을지 몰라 각 근위병에게 자신이 날라 온 음식을 한 입씩 먹어 보게 했다.'

음식 한 점을 입에 넣을 때마다 수백 개의 눈길이 자신에게 쏠린다는 사실을 의식했음에도 불구하고 톰은 저녁을 배불리 잘 먹었다. 톰이 먹는 음식이 치명적인 폭발물이어서 입에 갖다 대는 순간 톰의 몸뚱이가 폭파되어 사방으로 산산이 흩어질 것이라 예상하며 쳐다본다고 해도 그보다 더 강렬할 수는 없는 그런 눈길이었다. 톰은 서두르지 않으려고 조심했으며 또 무엇이든지 직접 하지 않고 담당 시종이 무릎을 꿇고 대신해 줄 때까지 기다리려고 주의를 기울였다. 그래서 실수를 하지 않고 무사히 식사를 마칠 수 있었다. 그야말로 흠 잡을 데 없는 귀중한 승리였다.

마침내 식사가 끝나자 톰은 요란한 나팔 소리, 우렁찬 북 소리, 우레 같은 갈채가 뒤섞인 행복한 소리를 들으며 눈부신 행렬한가운데서 행진하여 연회장을 빠져나갔다. 사람들 앞에서 식사하는 최악의 고충이 겨우 이 정도라면 하루에 몇 번이라도 기꺼이 감수할 수 있을 것 같았다. 어쨌든 그 시간만큼은 그보다 더 힘든 왕의 직무에서 해방될 수 있으니까 말이다.

17. 푸푸 1세

마일스 헨든은 런던교의 서더크 쪽 끝을 향해 서두르며 사라진 소년 일행을 찾아 사방을 빈틈없이 살폈다. 그는 금방 그들을 따라잡을 수 있기를 바라고 기대했다. 하지만 결과는 실망스러웠다. 여러 사람을 붙잡고 물어봤지만 소년 일행이 서더크에서 지나간 길의 일부만을 추적할 수 있었다. 거기에서부터 모든 종적이 끊겨 헨든은 이제 어떻게 해야 할지 난감했다. 그래도 헨든은 하루 종일 자신이 할 수 있는 최선을 다했다.

밤이 되자 다리는 지칠 대로 지치고 배도 몹시 고팠다. 하지만 소년 일행을 찾을 가망은 전혀 없어 보였다. 그래서 그는 태버드 여인숙에서 저녁을 먹고 잠자리에 들면서 내일 아침 일찍 출발하여 런던 시내를 샅샅이 뒤져 봐야겠다고 마음먹었다. 잠자리에 누워 이런저런 궁리를 하던 그는 이윽고 다음과 같이 추리했다.

'아이는 아버지라 우기는 그 악당에게서 어떻게든 도망치려고 할 거야. 그럼 아이는 런던으로 돌아와 예전에 자주 가던 곳을 찾을까? 아니, 그렇게는 하지 않을 거야. 다시 붙잡히고 싶지 않을 테니까. 그렇다면 그 아이가 어떻게 할까? 나 마일스 헨든을 만나기 전까지는 세상에 친구도 보호자도 하나 없었으니까, 런던 쪽에서 위험에 빠지지 않는다면 당연히 유일한 친구인 나를 찾으려 하겠지. 그럼 헨든 저택으로 향할지도 모르겠군. 그래, 그렇게 할 거야. 내가 집으로 돌아가는 길이었다는 걸 알고 있으니까 헨든 저택에서 나를 만날 수 있을 거라고 기대할 거야. 그래, 일이 그렇게 돌아가는 게 분명해. 서더크에서 더 이상 시간을 낭비할 게 아니라 당장 켄트로 움직여 몽크스 홀름으로 가야 해. 숲 속을 샅샅이 뒤지고 지나가는 사람들에게 물어가면서.'

이제 우리는 사라진 어린 왕에게로 돌아가 보도록 하자.

런던교에 있는 여인숙의 종업원이 봤다던 청년과 왕과 '막 합류하려던' 악당은 정확하게 말하자면 그들과 합류하지 않고 그들 뒤로 바싹 붙어 따라갔다. 그는 아무 말도 하지 않았다. 왼팔에 삼각건을 묶고 왼쪽 눈에는 커다란 녹색 안대를 했으며 약간 절뚝거리며 참나무 지팡이를 짚고 걸어갔다. 청년은 왕을 서더크의 구불구불한 길로 이끌었고 머지않아 저 멀리의 큰길로 들어섰다. 왕은 짜증이 한껏 나서 이제 더는 가지 않겠다고 선언했다. 자기가 헨든을 찾아갈 게 아니라 헨든이 자기를 모시러 와야 할 입장이라는 주장이었다. 왕은 그런 무례를 참을 수 없으며 지금 서 있는 이곳에서 한 발자국도 움직이지 않겠다고 했다. 그러자 청년이 말했다.

"네 친구가 다쳐서 저쪽 숲 속에 누워 있는데 넌 여기서 능장을 부리겠다고? 그럼 그렇게 하든가."

그 말에 왕의 태도가 곧바로 변했다. 왕이 큰 소리로 외쳤다.

"다쳤다고? 누가 감히 그런 짓을 저질렀단 말이냐? 하지만 그 문제는 나중으로 미루고 어서 가자꾸나! 어서 가자고! 이봐, 더 빨리! 신발에 납이라도 달렸느냐, 왜 그리 걸음이 느려 터졌어? 그가 다쳤다고? 그를 다치게 한 자가 공작의 아들이라 할지라도, 내 그자가 후회하게 만들 것이야!"

숲까지는 거리가 좀 되었지만 빠른 속도로 가로질러 갔다. 청년이 주위를 두리번거리다가 조그만 형겊 조각을 묶어 땅에 꽂은 나뭇가지를 발견했다. 그리고 일정한 간격으로 꽂혀 있는 비슷한 나뭇가지들을 따라 숲 속으로 앞장서서 들어갔다. 그 나뭇가지들은 그가 목표한 지점으로 길을 안내해 주는 표지판과 같은 구실을 하는 게 분명했다. 이윽고 탁 트인 장소에 이르렀는데, 새까맣게 탄 농가의 잔해가 있고 가까이에는 다 쓰러져 가는 헛간이 있었다. 어디에도 생명의 흔적은 없었고 깊은 정적만이 감돌았다. 청년이 헛간으로 들어가자 왕도 뒤따라 들어갔다. 하지만 헛간에는 아무도 없는 것이 아닌가! 왕은 놀라고 의심스런 눈초리로 청년을 흘낏 쏘아보며 물었다.

"그는 어디에 있느냐?"

조롱하는 듯한 비웃음이 청년의 대답이었다. 왕은 순식간에 화가 치밀어 올랐다. 장작개비 하나를 집어 들고 청년에게 달려들려는 순간 귓가에 또 다른 사람의 비웃음 소리가 들렸다. 이번

웃음소리의 주인공은 뒤따라왔던 절름발이 악당이었다. 왕이 돌아서며 화가 난 목소리로 물었다.

"넌 누구냐? 여기에는 무슨 일로 왔는가?"

"어리석은 짓 관두고 조용히 해. 네가 아비를 몰라볼 정도로 내 변장이 감쪽같진 않을 텐데."

사내가 대답했다.

"넌 내 아버지가 아니다. 난 너를 몰라. 나는 왕이다. 네가 내 신하를 숨겼다면 당장 내게로 데려오라. 그러지 않으면 넌 네가 한 짓 때문에 비통함을 맛보게 될 것이다."

그러자 존 캔티가 엄격하고도 신중한 목소리로 대꾸했다.

"네놈이 미친 게 분명하구나. 이제는 네놈을 벌주는 것도 지긋지긋하지만 네가 나를 도발한다면 어쩔 수 없이 손을 좀 봐줘야겠군. 여기에서야 너의 어리석은 소리를 들어 줄 사람이 없으니 네가 그렇게 재잘거려도 아무런 해가 되지 않지. 하지만 다른 장소에 갔을 때에도 해가 되지 않게 만들려면 입조심하도록 지금 너의 혀를 손봐 놓는 게 좋겠어. 난 살인을 저질렀기 때문에 이제 집에 머물 수 없어. 그건 너도 마찬가지야. 넌 내 시중을 들어야 하니까 말이지. 난 아주 영리하게도 이름을 바꿨어. 홉스로. 존 홉스. 넌 잭이야. 잘 기억해 두라고. 자, 그럼 말해 봐. 네 어미는 지금 어디 있지? 또 네 누이들은 어디에 있고? 모두 약속한 장소에 나타나지 않았어. 어디로 갔는지 넌 알지?"

그러자 왕이 부루퉁하니 대답했다.

"그런 알 수 없는 말로 나를 괴롭히지 말라. 나의 어머니는 돌아가셨고 내 누이들은 궁전에 있다."

옆에 있던 청년이 조롱 섞인 웃음을 터뜨렸다. 그냥 놔뒀더라면 왕이 청년을 공격했겠지만 캔티가 아니, 이제는 자칭 '홉스'가 청년을 자제시키며 말했다.

"그만 웃어, 휴고. 요 녀석을 약 올리지 마. 요 녀석은 머리가 돌아서 너의 행동에 안절부절못하는 거야. 잭, 너도 앉아서 조용히 있어. 곧 먹을 것을 한 조각 줄 테니."

홉스와 휴고는 자기들끼리 나지막하게 속닥거리기 시작했고 왕은 불쾌한 일행에게서 최대한 멀찍이 떨어진 곳으로 자리를 옮겼다. 어스름한 헛간의 한쪽 귀퉁이 쪽으로 가니 흙바닥에 삼십 센티미터 정도 높이로 밀짚이 쌓여 있었다. 왕은 그곳에 누워 이불 대신 밀짚을 끌어모아 덮고는 이내 이런저런 생각에 빠져들었다. 왕에게는 슬픈 일이 많았지만 사소한 슬픔들은 아버지가 돌아가셨다는 가장 큰 슬픔에 묻혀 거의 잊혀졌다. 세상 나머지 사람들에게 헨리 8세는, 이름만 들어도 벌벌 떨리고 그가 콧구멍으로 숨을 한 번 내쉴 때마다 파멸을 불러오며 손을 한 번 들 때마다 재앙과 죽음을 일으키는 도깨비 같은 존재였다.

하지만 이 소년에게 그 이름은 오직 즐거운 기분만을 불러일으켰으며, 매우 온화하고 애정이 깃든 표정의 얼굴을 떠올리게 만들었다. 왕은 아버지와 자신의 정다웠던 수많은 나날들을 연달아 떠올리며 애틋한 추억에 잠겼는데 마음속 슬픔이 얼마나 크고 깊던지 눈물이 하염없이 줄줄 흘러내렸다. 여러 가지 곤란한 일을 겪느라 지칠 대로 지친 아이는 날이 저물자 몸과 마음을 치유해 주는 평온한 잠 속으로 차츰 빠져들었다.

얼마나 시간이 흘렀는지 몰라도 꽤 시간이 흐른 뒤, 톰은 반쯤 잠에서 깬 눈을 감은 채로 누워 여기가 어디인지, 무슨 일이 벌어지고 있는 것인지 어렴풋이 헤아려 보았다. 바로 그때 졸졸거리는 듯한 소리와 빗방울이 투두둑 지붕을 두드리는 소리가 들려왔다. 톰은 빗소리에 저도 모르게 위안이 되면서 아늑한 기분에 젖어 들었다. 하지만 바로 다음 순간 날카롭게 킬킬거리는 소리와 거친 웃음소리 때문에 기분을 확 망쳐 버렸다. 불쾌한 소리에 놀란 그는 머리의 밀짚을 털어 내며 어디에서 방해하는 소리가 나오는지 쳐다봤다. 눈앞에 음산하고 꼴사나운 광경이 펼쳐져 있었다. 헛간 맞은편 바닥 한가운데에 밝은 모닥불이 활활 타올라 그 주위로 빨간 불빛이 기묘하게 비추고 있었다. 그리고 모닥불 주위로 그가 책에서 읽거나 상상만 해 보았던 누더기를 걸친 사회 밑바닥의 인간쓰레기와 악당 같은 왈짜패들이 남녀 할 것 없이 나른하게 서 있거나 아무렇게나 널브러져 앉아 있었다.

덩치가 크고 건장한 사내들은 햇볕에 검게 탄 피부와 치렁치렁한 긴 머리카락에 누더기 옷을 걸치고 있었다. 덩치가 보통인 험악한 인상의 청년들도 이와 비슷한 옷차림이었다. 눈에 안대를 하거나 붕대를 감은 눈먼 동냥아치들도 있었다. 목발이나 지팡이를 짚은 불구자도 보였다. 악당처럼 생긴 등짐 장사꾼도 눈에 들어왔다. 각자의 작업 도구를 들고 있는 칼갈이, 땜장이, 이발사 겸 외과 의사도 보였다. 여자들도 많았는데 아직 앳된 소녀들, 한창때인 아가씨들, 늙은 주름투성이 노파도 있었다. 그녀들은 하나같이 시끄럽고 뻔뻔하고 입이 걸었으며 지저분하고 단정치 못했다. 얼굴에 종기가 난 갓난아이도 셋 있었다. 먹지 못해 비쩍 마른 채 목줄을 두른 똥개도 두 마리 있었는데 장님들의 길 안내를 맡은 녀석들이었다.

밤이 찾아오자 방금 막 식사를 끝낸 패거리는 흥청망청 먹고 마시는 난잡한 술판을 벌이기 시작했다. 술통이 입에서 입으로 돌아다녔다. 그러더니 갑자기 일제히 소리쳤다.

"노래 한 곡 뽑아라! 장님과 절름발이가 한 곡 뽑아라!"

그러자 장님 한 사람이 일어나서 멀쩡한 눈에 하고 있던 안대를 풀고 자신이 눈멀게 된 사연을 절절히 적어 놓은 푯말을 내던지면서 노래 부를 준비를 했다. 절름발이는 목발을 내팽개치고 동료 불한당 옆에 온전하고 건강한 두 발로 자리를 잡고 섰다. 그런 뒤 둘은 흥겨운 노래를 목청껏 불러 댔고, 한 소절이 끝날 때마다 전원이 우렁차게 합창을 하며 따라 불러 흥을 돋웠다. 마지막 소절에 이르렀을 무렵에는 얼큰하게 취흥이 고조되어 다들 처음부터 끝까지 따라 불렀다. 형편없는 노랫소리가 어찌나 커졌던지 서까래가 들썩거릴 정도였다. 그들의 흥을 돋운 노래의 가사는 다음과 같다.

그럼 안녕히 주무시오. 마셔라, 여인이여, 선술집이여.
착한 그 사내는 가 버렸어.
식사 중인 런던의 멋진 신사들 옆에서 교수대에 목이 매달려
마침내 영원한 잠 속으로 빠져 버렸어.
착한 여인들이여, 나와서 잘 봐 둬. 잘 봐 두라고.
런던 시내에서 나와
너의 물건을 훔친 그 사내를 잘 봐 둬.

교수대에 매달린 그 사내를.

노래가 끝나자 그들은 대화를 이어 갔는데 노래를 부를 때처럼 도둑들의 은어를 사용하지는 않았다. 그들은 자신들을 싫어하는 누군가가 대화를 엿들을 위험이 있을 때에만 은어를 사용했기 때문이다. 그들의 대화를 들어 보니 '존 홉스'는 이들 무리에 오늘 처음 낀 것이 아니라 훨씬 오래전에 이 무리와 어울린 적이 있는 듯했다. 누군가가 요즘 어떻게 지내냐고 묻자 존 홉스는 '우연히' 사람을 죽였다고 대답했는데, 다들 그 대답에 상당한 만족감을 표시했다. 자기가 죽인 사람이 신부라고 덧붙이자 열렬한 박수갈채가 쏟아졌고 모두와 한 잔씩 걸쳐야 했다. 오래 알고 지낸 사람들은 그를 기쁘게 반겼고 처음 보는 사람들은 악수를 나누며 흡족해 했다. 누군가가 "왜 그렇게 여러 달 동안 보이지 않았느냐."고 묻자 그가 이렇게 대답했다.

"런던이 시골보다 낫기도 하고, 요 몇 년 사이에는 법이 훨씬 매섭고 엄격하게 집행되어서 안전하기도 하지. 그 사고만 없었더라면 난 아직도 런던에 있었을 거야. 더 이상 시골을 떠돌지 않고 런던에 계속 머물기로 결심했었는데……. 하지만 그 사고 때문에 그만 끝장나고 말았어."

이번에는 존 홉스가, 지금은 패거리가 몇 명이나 되냐고 물었다. 그러자 '왕초', 즉 우두머리가 이렇게 대답했다.

"건장한 옷 도둑, 소매치기와 그 일당, 날 때부터 비렁뱅이인 놈, 거지 녀석들에다가 여자들까지 합쳐서 스물 하고도 다섯이지. 대부분은 지금 여기에 있고 나머지는 겨울 날씨를 봐 가며 동쪽으로 떠돌아다니고 있어. 우리도 내일 새벽에 그들을 따라 갈 거야.”

“그런데 여기 있는 정직한 자들 틈에 혹부리 녀석이 보이지 않는군요. 그는 어디에 있소?”

“불쌍한 녀석. 지금쯤 지긋지긋할 정도로 유황불 맛을 봤을 거야. 너무 뜨거워서 무슨 맛인지도 잘 모르겠지만. 그 녀석은 지난 한여름 무렵 어딘가에서 싸움에 끼어들었다가 맞아 죽었 네.”

“참 안됐군요. 혹부리는 수완이 좋은 데다 용감하기까지 한 친구였는데 말이오.”

“맞아, 그랬었지. 그 녀석의 계집인 검둥이 베스가 아직 우리 패거리에 남아 있는데 동쪽으로 떠난 패거리를 따라가고 지금 여기엔 없어. 아무도 그 계집이 일주일에 나흘 이상 취한 건 본 적 없으니 그만하면 태도도 괜찮고 행실도 단정한 참한 계집이 지.”

“정말 엄격한 계집이었지요. 나도 아주 잘 기억하고 있어요. 단정한 처자여서 온갖 칭찬을 들을 만했지요. 하지만 그 어미는 아주 제멋대로인 데다 뛰어난 구석도 하나 없었잖아요. 성가시 고 성질이 고약한 노파였지요. 재주는 남달랐지만요.”

“그 남다른 재주 때문에 우린 그 노파를 잃었지. 손금은 물론 이고 다른 여러 종류의 점을 보는 재주 때문에 결국에는 마녀로 낙인찍히고 말았어. 약한 불에 서서히 태워 죽이라는 판결이 내 려졌지. 그 노파가 씩씩하게 자기 운명을 맞이하는 모습을 지켜 보는데 내 마음이 다 짠하더라니까. 불꽃이 집어삼킬 듯 얼굴로 치솟아 성긴 머리카락에 옮겨붙어 잿빛 머리까지 타다닥 소리를 내며 타고 있는데도 글쎄, 그 노파는 주위로 몰려들어 입을 딱 벌리고 쳐다보는 구경꾼들에게 악담을 퍼붓고 욕을 해 댔지. 그런 와중에도 욕을 퍼붓다니, 세상에, 불에 타면서도 욕을 퍼붓고 있더라니까! 자네가 천년을 살아도 욕설의 대가다운 그런 끝내주는 욕지거리는 절대 못 들을 거야. 아아, 애석하게도 그 노파와 함께 그녀의 욕 기술도 사라져 버렸어. 그걸 흉내 낸 시시하고 열등한 욕들이 남아 있긴 하지만 진정으로 불경스럽지는 않아.”

왕초가 한숨을 푹 쉬었다. 그러자 그 말을 듣고 있던 패거리들도 덩달아 한숨을 푹 쉬었다. 잠깐 동안 침울한 마음이 전체 패거리에게 들이닥쳤다. 이들처럼 무정한 부랑자들이라고 해도 감정이 완전히 메말라 버린 것은 아니었기 때문에 자주는 아니지만 이런 특별한 상황에서는 잠시나마 상실감과 고통을 느낄 수 있었다. 예를 들면 이번 경우처럼, 뛰어난 재주를 지닌 천재가 떠나면서 후계자를 남기지 않았을 때 그러했다. 하지만 돌아가며 한 잔씩 쭉 들이켜자 이내 초상집 분위기는 싹 사라졌다.

“그 노파 말고 우리 친구들 가운데 잘못된 사람은 없소?”

홉스가 물었다.

“몇몇 있지. 특히 새로 들어온 자들이 그랬지……. 소규모로 농사를 짓던 농부가 농지를 양 목장으로 바꾸려는 영주에게 땅을 뺏기는 바람에 꿈도 야망도 잃고 굶주리게 되었어. 그들은 구걸하러 다니다가 걸려서 마차 꽁무니에 묶인 채 피가 줄줄 흐를 때까지 맨살로 채찍질을 당했고. 그러고 나서는 족쇄에 채여 끌려 다니며 돌팔매질을 당했지. 하지만 그들은 다시 구걸을 나섰다가 또다시 채찍질을 당했고 이번에는 한쪽 귀까지 잘렸어. 그런데도 세 번째로 구걸하다가…… 불쌍한 자들, 그자들이 구걸말고 달리 뭘 할 수 있었겠어? 벌겋게 달군 쇠로 뺨에 낙인이 찍혀 노예로 팔려 갔지. 그들은 도망을 치다가 잡혀서 교수형을 당했어. 이건 아주 간략하게 줄여서 말한 거야. 우리 가운데도 그것보다는 약하지만 이런 일을 겪어 본 자들이 있어. 요컬, 번스, 호지, 일어나서 앞으로 나와 봐. 너희들 몸에 새겨진 훈장 좀 보여 줘!"

호명된 자들이 일어나서 몸에 걸치고 있던 누더기 몇 점을 벗자 등이 드러났는데 상태가 엉망인 오래된 채찍 자국이 십자모양으로 나 있었다. 한 사람은 머리카락을 들추어 왼쪽 귀가 잘려 나간 자국을 보여 주었다. 또 다른 사람은 어깨에 찍힌 V자 낙인과 함께 귀가 잘려 나간 자국을 보여 주었다. 세 번째 사람이 이렇게 말했다.

"난 요컬이라고 해. 한때 농사를 지었는데 제법 잘살았지. 사랑하는 아내와 자식들도 있었고……. 하지만 지금은 형편도, 직업도 달라졌어. 아내와 아이들도 죽었고. 그들은 천국에 있거나 어쩌면 지…… 천국 반대쪽 장소에 있을지도 모르지만, 그래도 난 내 식구들이 더 이상 영국에 살지 않게 된 것에 대해 인정 많은 하느님께 감사드려. 흠잡을 데 없이 착하기만 한 늙은 내 어머니가 병자들을 돌보면서 생계를 꾸려 가려고 애를 쓰셨지. 그런데 병자 가운데 하나가 죽었는데 의사들이 원인을 알아내지 못하자 내 어머니가 그만 마녀로 몰린 거야. 내 아이들이 지켜보며 울부짖는 가운데 화형당해 돌아가셨어.

그런 게 영국 법이야! ……다들 술잔을 높이 들게나! 자, 모두 다 함께 건배! ……내 어머니를 지옥 같은 영국에서 구제해 준 자비로운 영국 법을 위하여 건배! 고맙소, 동지들. 다들 고맙소. 난 집집마다 구걸하러 돌아다녔지. 아내와 함께. 굶주린 아이들을 데리고서. 하지만 영국에서는 굶주린 것도 죄더군. 놈들은 우리 옷을 벗기고 채찍질하며 마을 세 곳을 돌았어. 자비로운 영국 법을 위해 다시 건배! 그때 내 아내 메리는 채찍질 때문에 피를 너무 많이 흘려서 곧바로 신의 축복된 구조를 받았지. 내 아내는 온갖 위해에서 벗어나 안전하게 무연분묘(*관리해 줄 사람이 없는 무덤.)에 묻혀 있다네. 그리고 내 아이들은…… 내가 법에 따라 이 마을 저 마을에서 채찍질을 당하는 동안 내 아이들은 굶어 죽었어. 이보게들, 한 방울이라도 마셔 주게. 벌레 한 마리 죽이지 않았던 내 불쌍한 새끼들을 위해서 말일세. 난 다시 구걸을 했지. 빵 부스러기 하나 얻으려고 구걸을 나섰다가 족쇄에 채이고 한쪽 귀까지 잘렸다네. 여기 잘라 내고 남은 부분이 보이지? 그래도 나는 다시 구걸에 나섰고 그러다 나머지 한쪽 귀까지 잘려서 조금 남은 귓불을 볼 때마다 그때 일이 계속 생각나. 그래도 나는 또 구걸에 나섰다가 노예로 팔렸고…… 여기 내 뺨에다가, 지금은 얼굴에 낀 때 때문에 잘 안 보이지만 얼굴의 때를 깨끗이 씻어 내면 내 뺨에 인두로 지져 새긴 빨간 S자 낙인을 볼 수 있을 걸세! 바로 노예(Slave)란 표식이지! 그 단어, 다들 잘 알겠지! 노예란 단어 말이야! 너희 앞에 서 있는 이 몸이 바로 노예란 말이지. 난 주인에게서 달아났어. 그러니 붙잡히는 날엔…… 이런 법과 법을 집행하도록 명령하는 이 나라에 하늘의 가혹한 저주가 내리기를! 난 교수형에 처해질 거야!”

음울한 공기를 가르며 낭랑한 목소리가 들려왔다.

“당신은 그렇게 되지 않을 것이다! 오늘로서 그 법의 종말을 고하노니!”

모두 소리가 나는 쪽으로 고개를 돌리니 기이한 형상이 서둘러 다가오고 있었다. 그 형상이 불빛 속으로 들어왔고 모습이 또렷하게 드러나자 다들 일제히 질문을 쏟아 내며 수군거렸다.

“저 앤 누구야? 뭐하는 애지? 꼬맹이, 넌 누구냐?”

깜짝 놀라 캐묻는 듯한 시선으로 쳐다보는 사람들의 한가운데서 소년은 당당히 서서 왕답게 위엄을 갖추고 대답했다.

“나는 영국의 왕 에드워드다.”

한바탕 폭소가 터져 나왔는데, 그 탁월한 농담에 얼마간은 조롱하고 또 얼마간은 즐거워하는 듯한 웃음이었다. 왕은 기분이 상해 날카롭게 쏘아붙였다.

“이 버르장머리 없는 부랑자들 같으니! 왕이 약속한 혜택에 대한 보답이 겨우 이것이란 말이냐?”

왕은 화난 목소리로 흥분된 몸짓을 취하며 더 많은 말을 했지만 회오리바람처럼 몰아치는 웃음소리와 조롱에 파묻혀 버렸다. ‘존 홉스’는 떠들썩한 그 소음을 뚫고 몇 번을 시도한 끝에 다른 이들에게 자기 얘기를 전할 수 있었다.

“이보게들, 이 아인 내 아들인데 몽상가에 바보인 데다 완전히 미쳤어. 그러니까 애한텐 신경 쓰지 마. 애는 자기가 ‘왕’이라고 생각한다니까.”

“나는 진짜 ‘왕’이다.”

에드워드가 존 홉스 쪽으로 몸을 돌리며 이야기를 시작했다.

“때가 되면 넌 너의 죗값을 치르게 될 것이다. 살인했다고 자백했으니 넌 살인죄로 교수형에 처해질 것이야.”

“네가 나를 배신해? 감히 네 녀석이? 내 손으로 네놈을 그냥…….”

“쯧쯧!”

우람한 왕초가 때맞춰 끼어들어 왕을 구하고 주먹으로 홉스를 쓰러뜨리기까지 했다.

“네놈은 왕도, 왕초도 존중할 줄 몰라? 또 그렇게 내 앞에서 무례를 범했다간 내가 직접 네놈의 목을 매달아 버리겠어.”

그런 뒤 왕초는 왕에게 말했다.

“애야, 넌 그렇게 동료들을 위협하면 안 돼. 그리고 다른 곳에 가서는 그런 못된 말을 하지 않도록 입단속 잘해. 네 정신이 온전치 못해 그런 것이라면 얼마든지 왕처럼 굴어도 좋지만 그걸로 인해 해를 입어서는 안 돼. 그러니 네가 방금 말한 왕의 칭호는 입에 담지 마. 그건 반역죄니까. 우리는 일부 사소한 면에 있어서 나쁜 사람일지 모르지만 우리 가운데 누구도 왕에게 반역을 저지를 정도로 바닥인 사람은 없어. 그 점에 있어서 우리는 왕을 사랑하는 충성스런 마음을 지닌 백성들이지. 내 말을 명심해 둬. 자, 그럼 모두 함께 외쳐 볼까? 영국의 왕 에드워드 폐하 만세!”

“영국의 왕 에드워드 폐하 만세!”

어중이떠중이 다 모인 무리가 우레와 같은 함성을 내지르자 무너져 내릴 것 같은 헛간이 흔들렸다. 어린 왕의 얼굴에 잠시 기쁨의 빛이 띠었고 살짝 고개를 숙이고는 의젓하게 간략히 말했다.

“고맙구나, 나의 착한 백성들이여.”

이 예상치 못한 반응에 사람들은 모두 한바탕 배꼽을 잡고 웃었다. 이윽고 좀 조용해지자 왕초가 단호하지만 마음씨 좋은 어투로 말했다.

“애야, 그만두라니까. 그건 현명한 짓도, 잘하는 짓도 아니야. 네 상상에 맞춰 꼭 그래야만 한다면 왕 말고 다른 직위를 고르렴.”

땜장이가 큰 소리로 제안했다.

“바보 나라의 왕 푸푸 1세(*푸푸(foo-foo)는 바보란 뜻.)가 어떨까!”

즉시 그 직위가 ‘채택’되어 다들 목청껏 외쳤다.

“바보 나라의 왕 푸푸 1세 만세!”

우우 하고 야유하는 소리, 날카로운 휘파람 소리 그리고 떠나갈 듯한 웃음소리가 뒤따랐다.

“앞으로 모셔서 왕관을 씌워라!”

“왕의 옷을 입혀라!”

“왕의 홀을 쥐라!”

“왕좌에 앉혀라!”

이런 외침과 스무 가지 다른 외침들이 한꺼번에 터져 나왔다. 불쌍한 어린 희생자가 숨을 돌리기 전에, 사람들은 그의 머리에 양철 대야를 왕관처럼 씌우고 누더기 담요를 왕의 옷처럼 입히고 왕좌인양 통에 앉히고 땜장이의 납땜용 인두를 왕의 홀처럼 들게 했다. 그러더니 다들 그의 주위로 몰려들어 무릎을 꿇고 짐짓 통곡하는 척하기도 하고 가짜로 애원하는 척하며 놀리면서 연신 더럽고 남루한 소매와 치맛자락으로 눈물을 훔치는 시늉을 했다.

"은혜로우신 왕이시여, 저희에게 자비를 베풀어 주시옵소서!"

"폐하, 이렇게 애원하는 벌레 같은 저희들을 짓밟지 말아 주시옵소서!"

"폐하의 노예들을 불쌍히 여기시고 폐하의 지엄하신 발로 뻥 차서 위안을 주시옵소서!"

"오, 태양처럼 빛나는 군주시여. 폐하의 자비로운 빛으로 저희의 힘을 북돋워 주시고 따뜻하게 해 주시옵소서!"

"폐하의 발로 땅을 밟아 신성하게 해 주시옵소서! 그러면 저희는 그 흙을 먹고 품격이 높아질 것이옵니다!"

"오, 폐하, 저희에게 침을 뱉어 주시면 자손 대대로 그 은혜를 전하며 영원히 자랑스럽고 행복할 것이옵니다!"

하지만 그날 밤 최고 '인기인'의 영예를 차지한 사람은 바로 익살스런 땜장이였다. 땜장이는 무릎을 꿇고 왕의 발에 입을 맞추는 척하다가 화가 난 왕의 발길에 뻥 차였다. 땜장이는 발에 차인 얼굴 부위에 붙여 둘 넝마 조각을 구걸하며, 그 부위에 상스러운 공기가 닿지 않도록 잘 지켜서 한 번 보여 줄 때마다 백 실링을 받아 돈을 왕창 벌 것이라고 떠벌렸다. 그 모습이 어찌나 웃기던지 그는 왁자지껄한 무리의 부러움과 감탄의 대상이 되었다.

어린 군주는 수치와 분노의 눈물이 그렁그렁한 가운데 마음 속으로 이렇게 생각했다.

'내가 처음부터 강하게 나갔으면 이자들이 이리도 지독하게 굴지 않았을 텐데……. 하지만 내가 처음부터 친절하게만 대하는 바람에 그만…… 이자들이 나를 이딴 식으로 취급하는구나!'

18. 부랑자들을 따라나선 왕자

부랑자 패거리는 이른 새벽에 일어나 길을 나섰다. 머리 위의 하늘은 금방 눈이라도 내릴 듯 잔뜩 흐렸고 발밑의 땅은 질척거렸으며 공기 중에는 겨울의 냉기가 감돌았다. 간밤의 흥겨움은 모두 사라져 버려 부루퉁하니 말이 없는 사람도 있고 짜증이 나서 심통을 부리는 사람도 있었다. 기분이 좋은 사람은 아무도 없었으며 다들 갈증을 느꼈다.

왕초가 간단한 지시를 내리면서 '잭'을 휴고에게 맡기고는 존 캔티에게, 아이 가까이 다가가지 말고 혼자 내버려 두라고 명령했다. 또한 왕초는 휴고에게도 아이에게 너무 거칠게 대하지 말라고 경고했다.

잠시 뒤 날씨가 점점 포근해지고 구름도 조금 걷혔다. 패거리는 추위에 후들후들 떨리던 몸이 녹자 조금씩 활기를 되찾기 시작했다. 점점 쾌활해지더니 마침내 서로를 희롱하거나 길을 지나가는 사람들에게 집적거리기 시작했다. 이런 행동으로 보아 하니 그들은 삶에 대해 감사하고 기뻐하는 마음이 다시금 깨어나고 있는 듯했다. 다들 패거리에게 길을 비켜 주고 상스러운 욕설을 들어도 감히 아무런 말대답도 하지 못한 채 온순하게 받아들였다. 사람들이 이들 무리를 얼마나 두려워하는지 또렷이 알 수 있었다. 이따금 부랑자 패거리는 남의 집 울타리에 걸린 옷가지를 휙 걷어채 갔지만 집 주인은 그걸 보고 아무런 항의도 하지 않았다. 오히려 울타리까지 가져가지 않은 것만으로 고마워하는 듯했다.

이윽고 부랑자 패거리는 조그만 농가로 쳐들어가 제집인 양 편하게 자리 잡고 주인 노릇을 했다. 그러는 동안 농부의 가족들은 벌벌 떨며 식품 저장실을 싹 쓸어 와 무리를 위해 아침 식사를 준비했다. 패거리는 농부의 아내와 딸들에게 음식을 건네받으면서 그들의 턱 밑을 툭툭 치고 추잡한 농담을 지껄이고 모욕적인 언사로 희롱하고 너털웃음을 터뜨렸다. 농부와 아들들에게는 뼈와 채소를 던져 계속 피하게 만들었다. 그러다가 명중이라도 하면 요절복통을 하며 박수를 쳐 댔다. 패거리의 무례함을 참다못한 농부의 딸 하나가 화를 내자 패거리는 그녀의 머리에 버터를 발라 버렸다. 패거리는 농가를 떠나면서 자신들이 한 짓이 당국의 귀에 들어가기라도 했다간 다시 돌아와서 집을 불살라 버리겠다고 으름장을 놓았다.

오랫동안 떠돌다 지친 패거리는 정오 무렵이 되자 규모가 꽤 큰 마을 언저리의 울타리 뒤에서 걸음을 멈췄다. 패거리는 그곳에서 한 시간 쉰 다음 뿔뿔이 흩어져 마을로 들어가 여기저기에서 열심히 각자의 능력을 발휘하기로 했다. '잭'은 휴고와 함께 마을로 가게 되었다. 둘은 한동안 여기저기 정처 없이 돌아다녔고, 어디 건수가 없나 살피던 휴고가 아무것도 찾지 못하자 마침내 이렇게 말했다.

"훔칠 게 하나도 없잖아. 형편없는 마을이군. 그러니 우린 구걸이나 하자고."

"'우리'라니! 구걸은 너나 하도록 해……. 그건 너한테 어울리는 것 같으니. 짐은 구걸하지 않을 것이다."

"구걸하지 않겠다니! 이봐, 대체 넌 언제부터 그렇게 마음을 고쳐먹은 거야?"

휴고가 놀라서 왕을 빤히 쳐다보며 소리쳤다.

"그게 무슨 뜻이냐?"

"무슨 뜻이냐니? 넌 그럼 지금껏 런던 길바닥에서 구걸하면서 살지 않았단 말이야?"

"내가? 참으로 멍청한 놈이도다!"

"그런 칭찬은 삼가는 게 좋을걸. 그래야 그놈의 왕 노릇도 더 오래 할 수 있을 테니. 네 아버지 말로는 넌 평생을 구걸해 왔다더군. 물론 그가 거짓말을 했을 수도 있겠지. 그런데 너 또한 네 아버지가 거짓말을 했다고 대담하게 우기고도 남을 녀석이란 말이야."

휴고가 조롱하듯 말했다.

"어찌 그자를 내 아버지라 하는 게냐? 맞다, 그자가 거짓말을 한 것이다."

"자, 이만하면 됐으니 미치광이 놀이는 이제 제발 그만둬. 그런 놀이는 재미 삼아 해야지, 해를 입힐 정도는 안 돼. 내가 이 이야기를 네 아버지한테 일러바치면 그가 너를 잘게 다져 불에 태워 죽이려 들 거야.”

“넌 그런 수고를 할 것 없다. 내가 직접 그에게 말할 터이니.”

“네놈의 기백 하나는 정말로 맘에 드는군. 하지만 난 네놈의 판단은 칭찬할 수 없어. 이 세상을 살다 보면 뼈가 부러져 나가고 심하게 얻어맞을 일이 얼마나 많으냔 말이야. 그런데 왜 넌 일부러 그런 일을 초래하는 거야? 하지만 이 문제는 잠시 접어 두기로 하자. 난 네 아버지의 말을 믿으니까. 물론 그도 거짓말을 할 수 있겠지. 또 경우에 따라서 거짓말을 하기도 할 테고. 우리 가운데 가장 훌륭한 사람도 그러니까. 하지만 지금은 그럴 경우가 아니야. 지각 있는 사람이라면 아무것도 아닌 일에 거짓말을 해서 손해를 보고 그러진 않아. 그건 그렇고 네가 구걸하기 싫다고 하니 우린 어딜 가서 시간을 보내지? 어디, 부엌에 들어가서 먹을 거나 훔쳐 볼까?”

그러자 왕이 도저히 참지 못하겠다는 듯 소리쳤다.

“그 어리석은 소리 좀 집어치우지 못하겠느냐! 정말 지치는구나!”

휴고도 화가 나서 대꾸했다.

“잘 들어, 꼬마. 넌 구걸도 않겠다, 훔치지도 않겠다 그거냐? 그래, 그럼 그렇게 해. 하지만 네가 이건 해 줘야겠다. 내가 구걸하는 동안 넌 옆에서 바람잡이 노릇을 해. 어디 이번에도 감히 싫다고 할 테면 해 보시지!”

왕이 경멸하듯 막 대꾸하려는데 휴고가 끼어들었다.

“가만! 저기 인상 좋아 보이는 사람이 오는구나. 내가 이제 발작을 일으키며 쓰러질게. 저 사람이 나에게 달려오면 넌 대성

통곡을 하며 무릎을 꿇고 주저앉아 눈물을 흘리는 척해. 그런 다음 네 안에 있는 최악의 고통들을 다 토해 내듯이 절규하며 이렇게 말하는 거야. '오, 나리, 괴로워하는 저의 가엾은 형을 도와주세요. 우린 의지할 곳 하나 없답니다. 제발 나리의 자비로운 눈길로 병들고 버림받고 비참하고 가엾은 저의 형을 불쌍하게 봐주셔서, 하느님의 벌을 받아 언제 죽을지 모르는 형에게 동전 한 닢만 적선해 주세요!' 그리고 명심해. 계속해서 목 놓아 울어야 한단걸. 저 사람이 돈을 줄 때까지 절대 울음을 누그러뜨려서는 안 돼. 안 그러면 넌 나중에 후회하게 될 거야!"

휴고는 곧바로 신음 소리를 내고 끙끙 앓으며 눈알을 뒤집고 이리저리 비틀거리기 시작했다. 그리고 낯선 사내가 가까이 다가오자 비명을 지르며 그 사람 앞에 벌러덩 나자빠졌다. 또한 엄청나게 고통스러운 척 흙바닥에서 몸부림치며 뒹굴기 시작했다.

"오, 이런. 오, 이를 어째! 오, 가엾게도! 불쌍해라! 얼마나 고통스러울까! 자…… 일어날 수 있게 도와주마."

인정 많은 낯선 사내가 외쳤다.

"오, 고마우신 나리, 아니에요. 하느님께서 훌륭한 신사이신 나리께 은총을 베풀어 주시기를……. 하지만 이렇게 발작이 일어났을 때 누군가 제게 손을 대면 잔인할 만큼 고통스러워진답니다. 이런 발작이 닥칠 때면 제가 얼마나 고통을 겪는지 저기 제 동생이 나리께 말씀드릴 겁니다. 한 푼만, 나리, 한 푼만 적선해 주십시오. 먹을 것을 조금 사게요. 슬프지만 저는 이대로 내버려 두시고요."

"한 푼이라고! 세 푼이라도 줘야지, 불쌍한 녀석 같으니."

그는 허겁지겁 호주머니를 뒤져 동전 세 푼을 꺼냈다.

"자, 불쌍한 애야, 이걸 받아라. 애, 넌 이리 와서 고통스러워하는 네 형을 저쪽 집까지 옮기도록 나를 도와다오. 집으로 가서……."

"나는 이자의 동생이 아니오."

왕이 말허리를 잘랐다.

"뭐! 동생이 아니라고?"

"세상에, 저 애가 말하는 것 좀 들어 보세요! 자기 형을 보고 형이 아니라니……. 저 애는 정신이 이상해져서 오래 못 살 거예요!"

휴고는 끙끙 앓는 척 말했지만 몰래 이를 갈았다.

"애야, 이 아이가 네 형이라면 넌 정말로 매정한 아이로구나. 부끄럽지도 않느냐! 이 아인 지금 손도 발도 거의 움직이지 못하는데. 이 아이가 네 형이 아니라면 대체 누구란 말이냐?"

"거지에다 도둑이지! 당신에게서 돈을 받아 놓고는 당신 호주머니까지 털었을 것이오. 만약 당신이 치료의 기적을 행하고 싶다면 당신 지팡이로 이자의 어깨를 후려갈기시오. 그러면 나머지는 신께서 알아서 하실 것이오."

하지만 휴고는 어물거리며 그런 치료의 기적을 기다리지 않았다. 곧바로 일어나 바람처럼 달아났고 낯선 사내는 고래고래 고함을 치며 그 뒤를 쫓아갔다. 왕은 이렇게 해빙된 깃에 대해 하늘에 감사하며 크게 안도의 한숨을 쉬고는 반대 방향으로 재빨리 달아났다. 그리고 패거리의 손이 닿지 않는 곳에 이를 때까지 조금도 속도를 늦추지 않았다. 그러다 마주친 첫 번째 길로 접어들어 곧 그 마을에서 벗어났다. 그 뒤 몇 시간 동안 누가 쫓아오지는 않는지 어깨 너머로 뒤를 초조하게 살피며 최대한 빠른 걸음으로 걸어갔다. 그리고 마침내 공포가 사라지고 안도감이 그 자리를 대신했다. 그제야 그는 자신이 배가 고프고 또 몹시 지쳤다는 것을 깨달았다. 그래서 한 농가 앞에서 발길을 멈췄다. 하지만 미처 말을 꺼내기도 전에 문전 박대를 당하고 쫓겨났다. 그의 옷차림이 형편없었기 때문이다.

왕은 자존심이 상하고 분한 마음으로 계속 떠돌아다니며 더 이상은 그런 취급을 당하지 않겠다고 굳게 다짐했다. 하지만 굶주림을 면하는 것이 자존심보다 우선이었다. 그래서 저녁이 가까워지자 결국 그는 다른 농가를 기웃거리게 되었다. 하지만 이곳에서는 전보다 더한 취급을 받았다. 험한 욕까지 얻어먹고 당장 꺼지지 않으면 부랑자로 신고하겠다는 협박까지 받았던 것이다.

밤이 되자 공기는 차갑고 하늘은 우중충해졌다. 그래도 어린 군주는 아픈 발을 끌고 애써 계속 걸어갔다. 잠시라도 쉬기 위해 자리에 앉으면 이내 뼛속까지 추위가 스며들었기 때문에 계속 움직일 수밖에 없었다. 음산한 어둠 속에서 텅 빈 광활한 들판을 지나자니 감각도 경험도 모두 새롭고 낯설었다. 이따금씩 낯선 소리들이 가까이서 들리다가 스치고 지나가더니 어느새 침묵 속으로 사라지고는 했다. 그 소리의 주인공을 찾으려고 해도 형체 없이 허공에 뜬 뿌연 자취밖에 보이지 않았다. 마치 주위에 유령이나 뭔가 초자연적인 것이 있는 것 같아 왠지 오싹해졌다. 가끔은 반짝거리는 불빛이 보였는데 그 불빛은 늘 저 멀리 다른 세상에 있는 듯했다.

양의 목에 매달린 방울이 딸랑거리는 소리도 들렸지만 아주 멀리서 들리는 것처럼 희미했다. 소 떼가 나지막이 음매 하고 우는 소리가 밤바람에 실려 왔다. 그것은 점점 희미해지는 가락처럼 애절한 소리가 되어 아스라이 그에게 들려왔다. 때로는 광활하게 펼쳐진 숲과 들녘 너머로 개가 불평하듯 으르렁대며 짖는 소리도 들려왔다. 이런 소리들이 멀리서 아득히 들리자 어린 왕은 모든 삶과 활기가 자신에게서 훨씬 더 멀리 떨어져 있는 것만 같이 느껴졌다. 또 길동무 하나 없이 헤아릴 수 없는 고독의 한가운데에 홀로 서 있는 기분이 들었다.

왕은 이런 새로운 경험에 소름끼치도록 매혹된 채 비틀거리며 길을 걸었다. 이따금 머리 위에서 마른 나뭇잎들이 가볍게 바스락거리는 소리가 들렸는데 마치 사람이 소곤대는 것 같아 화들짝 놀라고는 했다. 이윽고 그의 눈앞에 갑자기 양철 초롱의 깜박거리는 불빛이 나타났다. 그는 어두운 곳으로 물러나 기다렸다. 초롱은 헛간의 열린 문 옆에 놓여 있었다. 왕이 한동안 기다렸지만 아무런 소리도 나지 않았고 인기척도 없었다. 가만히 서 있으니 너무나도 추웠다. 그래서 따뜻해 보이는 헛간에 들어가고 싶은 마음이 간절했고 마침내 모든 것을 감수하고 들어가 보기로 했다. 신속하고도 은밀하게 발걸음을 옮겨 헛간 문지방을 넘는 바로 그 순간, 뒤에서 목소리가 들렸다. 그는 헛간 안에 있던 통 뒤로 쏜살같이 피해 허리를 굽히고 몸을 숨겼다.

농장 일꾼 두 명이 초롱불을 들고 헛간 안으로 들어와 이야기를 나누면서 일을 하기 시작했다. 그들이 초롱불을 들고 이리저리 돌아다니는 동안 왕은 그 기회를 놓치지 않고 열심히 주위를 살폈고 저쪽 끝에 꽤 큰 외양간처럼 보이는 곳이 있음을 파악했다. 그리고 혼자 남겨졌을 때 그쪽으로 향하기로 마음먹었다. 또한 그쪽으로 가는 길 중간에 쌓여 있는, 말을 덮어 주는 담요의 위치도 잘 봐 뒀다. 그 담요를 영국 왕의 하룻밤 이불로 쓸 생각이었던 것이다.

이윽고 일꾼들이 작업을 끝내고 문을 잠그고 초롱불을 들고 갔다. 왕은 몸을 덜덜 떨면서 어둠 속에서 최대한 빠르게 담요가 놓인 쪽으로 다가갔다. 그러고는 담요를 여러 장 집어 들고 바닥을 더듬어 가며 안전하게 외양간 쪽으로 향했다. 담요 두 장은 바닥에 깔고 나머지 두 장은 이불로 덮었다. 담요가 낡고 얇아서 별로 따뜻하지 않은 데다가 숨 막힐 듯이 역겨운 말 냄새까지 강하게 풍겼지만 이제 왕은 세상 부러울 것 없는 군주였다.

어린 왕은 춥고 배고팠지만 몹시 피곤하고 졸린 탓에 그것을 잊고 꾸벅꾸벅 졸며 반쯤 무의식 상태가 되었다. 그러다 완전히 깊은 잠 속으로 빠져들려는 찰나 뭔가가 자기 몸을 건드리는 느낌이 나지 않는가! 순간 왕은 완전히 잠에서 깨었고 숨이 차 헐떡거렸다. 어둠 속에서 알 수 없는 손길이 닿자 극도의 공포가 엄습해 거의 심장이 멎을 것만 같았다. 왕은 꼼짝 않고 누워 숨을 죽인 채 귀를 기울였다. 하지만 아무런 기척도 없고 아무런 소리도 나지 않았다. 계속 귀를 기울이며 한참을 기다렸지만 여전히 아무런 기척도, 소리도 나지 않았다. 그래서 다시 꾸벅꾸벅 졸기 시작했다. 그런데 또 알 수 없는 손길이 느껴지는 게 아닌가! 소리도 없고 보이지도 않는 존재가 자신을 건드리는 것은 소름 끼치는 일이었고 어린 왕은 유령일까 봐 두려워 벌벌 떨었다.

어떻게 해야 할까? 그것이 문제였지만 그 문제에 대한 대답을 알지 못했다. 이 편안한 숙소를 버리고 헤아릴 길 없는 공포로부터 도망쳐야 할까? 그렇지만 어디로 도망쳐야 하나? 그는 헛간에서 나갈 수가 없었다. 그렇다고 사방이 벽으로 둘러싸인 깜깜한 헛간에서, 미끄러지듯 자기를 쫓아다니며 뒤돌아볼 때마다 뺨이나 어깨를 살짝살짝 건드리는 오싹한 유령을 무턱대고 피해 다닐 수만도 없는 노릇이었다. 그냥 지금 이대로 밤새 머물며 이 살아 있는 죽음을 견뎌 내는 건 어떨까? 그게 더 나을까? 아니, 그렇지 않다. 그렇다면 이제 어떤 방법이 남아 있는 것일까? 아, 딱 하나가 남아 있었다. 그는 그것을 아주 잘 알았다. 바로 자신이 먼저 손을 뻗어 그게 뭔지 만져 보면 되지 않겠는가!

생각해 내기는 쉬웠지만 마음을 다잡고 시도하기는 힘들었다. 세 번씩이나 어둠 속으로 조심스럽게 손을 뻗어 보았지만 그때마다 숨을 헐떡이며 손을 뒤로 빼 버리고는 했다. 그건 손에 뭔가가 닿아서가 아니라 닿을 것만 같다는 느낌이 강하게 들었기 때문이다. 하지만 네 번째는 더듬거리며 손을 조금 더 뻗었는데 뭔가 부드럽고 따뜻한 것을 살짝 스쳤다. 그는 소스라치게 놀라서 거의 돌처럼 굳어 버렸고 마음도 마찬가지였다. 방금 자기가 만진 건 죽은 지 얼마 되지 않아 아직 온기가 남아 있는 시체라고밖에 상상할 수 없었다. 그는 그걸 다시 만지느니 차라리 죽는 게 나을 거라고 생각했다. 하지만 그가 이런 생각을 한 건 사람의 호기심이란 게 얼마나 강한지 몰랐기 때문이다. 얼마 지나지 않아 그의 손이 덜덜 떨리는 가운데 주인의 판단을 거스르고 동의도 얻지 않은 채 앞으로 나갔다. 그리고 그전과 똑같이 계속 허공을 더듬었다. 손에 긴 털 다발 같은 게 닿자 몸서리가 쳐졌지만 그 털을 더듬어 올라가니 따뜻한 밧줄 같은 것이 만져지는 게 아닌가! 그리고 또 그 밧줄을 더듬어 올라가자 아무 죄 없는 송아지가 있는 게 아닌가! 사실 그 밧줄은 진짜 밧줄이 아니라 송아지의 꼬리였던 것이다.

왕은 잠자는 송아지처럼 보잘것없는 대상에게 겁을 먹고 우는 소리를 했던 자신이 진심으로 부끄러웠다. 하지만 그가 그 점에 대해 그렇게 부끄러워할 필요는 없었다. 왕이 겁을 먹은 대상은 송아지 자체가 아니라 송아지가 상징하는, 실재하지 않는 무시무시한 존재였으니까 말이다. 그리고 당시처럼 미신을 믿던 옛 시절에는 어떤 소년이라도 꼭 그처럼 행동하고 생각했을 것이기 때문이다.

왕은 정체불명의 존재가 송아지에 불과하단 사실을 알게 되어 기뻤다. 또한 벗 하나 없이 너무나도 외로웠기에 보잘것없는 동물이지만 송아지와 친구가 되어 무척 기뻤다. 그리고 같은 인간에게 얼마나 시달리고 무례한 취급을 받았던지 인간처럼 고상한 속성은 부족할지 몰라도 부드럽고 상냥한 동물 친구와 함께 있게 된 것만으로 큰 위로가 되었다. 그래서 왕은 신분을 고려하지 않고 송아지와 친구가 되기로 마음먹었다.

왕은 가까운 거리에 누워 있는 송아지의 매끄럽고 따뜻한 등을 어루만지다가 문득 이 송아지에게 더 많은 쓰임새가 있을지 모른다는 생각이 들었다. 그래서 그는 잠자리를 옮겨 송아지 옆에 바짝 붙었다. 그런 뒤 송아지의 등에 몸을 꼭 붙이고 이불을 당겨서 송아지와 함께 덮었다. 그렇게 몇 분이 지나자 웨스트민스터 궁전의 푹신푹신한 침대에 누웠을 때만큼이나 따뜻하고 안락해졌다.

곧바로 기분 좋은 생각들이 몰려왔고 삶이 전보다 유쾌해 보였다. 그는 예속과 범죄의 굴레에서 벗어나 자유의 몸이 되었고 비열하고 난폭한 무법자들 무리로부터 벗어났다. 몸은 따뜻했고 잠자리도 있었다. 한마디로 그는 행복했다. 점점 밤바람이 거세어지더니 변덕스런 돌풍이 불어와 낡은 헛간이 흔들리며 덜걱거렸다. 그런 뒤에 바람의 세기가 간격을 두고 서서히 잦아들더니 헛간 모퉁이와 돌출부 주위를 굽이돌면서 윙윙대며 울었다. 하지만 아늑하고 편안한 잠자리에 누운 왕의 귀에는 모두 달콤한 음악처럼 들렸다.

바람이 흩날리건 사납게 휘몰아치건 세게 두드리건 쾅쾅 부딪치건 윙윙거리건 울부짖건 그는 전혀 신경 쓰지 않고 오직 그 소리를 즐길 뿐이었다. 그는 따뜻한 만족감에 젖어 친구에게로 몸을 바짝 붙이고 더없이 행복한 무의식 상태로 흘러들어 갔다. 그리고 평온과 평화로 가득 찬 깊은 잠 속으로 빠져들었고 꿈조차 꾸지 않았다. 사나운 빗줄기가 지붕을 두드리는 가운데 멀리서 개들이 짖고 우울한 암소가 구슬피 울고 바람이 사납게 몰아쳤지만 영국의 군주는 전혀 방해받지 않고 조용히 단잠을 잤다. 폭풍우가 치든 말든, 왕이 바로 옆에서 자든 말든 좀처럼 개의치 않는 송아지도 단순한 동물답게 마찬가지였다.

19. 농민들과 함께한 왕자

이른 아침에 어린 왕이 잠에서 깨 보니, 간밤에 비에 젖은 쥐 한 마리가 헛간으로 기어들어와 왕의 가슴에 아늑한 잠자리를 마련해서 자고 있었다. 인기척에 놀란 쥐는 날쌔게 달아났다. 소년은 빙그레 웃으며 말했다.

"가엾지만 바보처럼 왜 그리 무서워하고그래? 나도 너만큼이나 비참한 신세인데. 나 자신도 의지할 곳 하나 없으면서 나와 똑같은 신세인 너를 해치면 그건 수치스러운 일이지. 게다가 오히려 내가 너한테 감사해야 하는걸. 쥐들조차 잠자리로 삼을 정도로 왕의 처지가 쇠했다는 건 이제 내 처지가 이보다 나빠지진 않을 거라는 증거니까. 곧 운이 회복될 좋은 징조지."

어린 왕이 자리에서 일어나 외양간에서 걸어 나가는데 아이들 소리가 들렸다. 헛간 문이 열리더니 조그만 여자아이 둘이 들어왔다. 두 여자아이는 그를 보자마자 재잘거리며 까르르대던 것을 딱 그치고 그 자리에 가만히 멈춰 서서 호기심에 가득 찬 시선으로 뚫어져라 쳐다봤다. 여자아이들은 이내 자기들끼리 속닥거리더니 조금 더 가까이 다가와서는 그를 빤히 쳐다보며 또 자기들끼리 속닥거렸다. 이윽고 여자아이들은 용기를 내 큰 소리로 논하기 시작했다. 한 아이가 말했다.

"예쁘장하게 생겼네."

그러자 다른 아이도 한 마디 거들었다.

"머리카락도 예뻐."

"하지만 옷이 형편없네."

"그리고 엄청 굶주려 보여."

이제 여자아이들은 더욱 가까이 다가와서 수줍게 소년 주위를 이리저리 돌았다. 마치 새로운 종류의 신기한 동물을 대하는 것처럼 구석구석 자세히 살폈다. 하지만 이 동물이 자신들을 물지 몰라 살짝 겁을 먹고는 신중하고 조심스럽게 살폈다. 마침내 여자아이들은 서로 손을 꼭 잡고 순진한 눈망울로 상당히 만족스럽게 쳐다봤다. 한 아이가 용기를 내어 솔직하게 물었다.

"애, 넌 누구니?"

"난 왕이니라."

어린 왕이 근엄하게 대답했다.

아이들이 놀라 눈이 휘둥그레지더니 아무 말도 못하고 그 상태로 삼십 초 정도 있었다. 그런 뒤 호기심이 침묵을 깨뜨렸다.

"왕? 어디 왕?"

"영국의 왕이다."

아이들은 놀랍고 당혹스런 표정으로 서로를 쳐다봤다가 소년을 쳐다보더니 그런 다음 또다시 서로를 쳐다봤다. 한 아이가 다른 아이에게 말했다.

"너도 들었지, 마저리? 얘가 왕이라고 했어. 사실일까?"

"사실이 아니면 달리 뭐겠니, 프리시? 얘가 거짓말을 하겠어? 내 말 잘 들어, 프리시. 그게 사실이 아니라면 거짓말일 거야. 틀림없이 그래. 자, 잘 생각해 봐. 사실이 아닌 것은 전부 거짓말이야. 그러니까 얘 말은 사실일 수밖에 없는 거야."

그것은 어디 한 군데 새는 곳 없이 빈틈없는 주장이었다. 그 주장에 반신반의하던 프리시는 아니라고 주장할 만한 근거를 잃어버렸다. 프리시는 잠시 곰곰이 생각한 다음 간단한 말로 왕에게 명예를 걸고 서약하게 했다.

"네가 정말로 왕이라고 서약하면 나는 너를 믿을게."

"난 정말로 왕이야."

이렇게 그 문제는 해결되었다. 아이들은 더 이상 묻지도, 따지지도 않고 그를 왕으로 받아들였다. 두 소녀는 곧바로 그가 어떻게 해서 이곳까지 오게 되었는지, 왜 전혀 왕답지 않게 옷을 입었는지, 지금 어디로 가는 길인지를 비롯해 그의 모든 것에 대해 질문을 던졌다. 왕은 조롱과 의심 없이 자신이 겪은 불행을 털어놓을 수 있다면 자신에게 큰 위안이 될 것 같았다. 그래서 그는 배고픔도 잠시 잊은 채로 감정을 듬뿍 담아 자신의 이야기를 들려주었다. 다정한 꼬마 아가씨들은 그 이야기에 아주 깊은 애정과 연민을 느꼈다. 하지만 가장 최근에 겪은 일을 듣던 중 왕이 얼마나 오랫동안 굶주렸는지를 깨닫고는 이야기를 갑자기

끊고 아침 식사를 마련해 주기 위해 농가로 서둘러 데려갔다.

왕은 이제 기분이 좋고 행복했다.

"궁전으로 다시 돌아가게 되면 내가 어려울 때 이 아이들이 내 이야기와 신분을 믿어 준 것을 기억해야지. 그리고 어린아이들을 늘 존중해야겠어. 반면 자신들이 더 현명하다고 생각하는 어른들은 나를 조롱하고 거짓말쟁이 취급을 했지."

아이들의 어머니는 동정심을 가득 담아 왕을 친절하게 맞았다. 오갈 데 없는 처지인 데다 제정신이 아닌 것 같은 왕의 모습이 여인의 마음을 자극했던 것이다. 가난한 과부인 아이들의 어머니는 자신이 고생을 많이 겪었기 때문에 불행한 사람들을 보면 딱한 마음이 들었다. 그녀는 이 정신 나간 소년이 친구나 보호자들과 떨어져 혼자 떠돌아다닌다고 생각했다. 그래서 소년을 돌려보낼 조치를 취하기 위해 어디에서 왔는지 알아내려고 했다. 하지만 인근의 동네나 마을 이름을 대 보면서 이런저런 질문을 해 봤지만 허사였다. 사내아이의 표정이나 대답을 보아 하니 아이에게는 그녀가 언급한 동네나 마을이 생소한 모양이었다. 아이는 진지하고 천진난만하게 궁전 이야기를 늘어놓았다. 그러다가 '자기 아버지'인 선왕 이야기를 할 때면 자꾸 이야기를 멈추곤 했다. 그리고 대화가 보다 '천한' 주제로 바뀔 때면 흥미를 잃고 조용해지곤 했다.

여인은 무척 당혹스러웠지만 포기하지 않았다. 그녀는 음식을 만들면서도 아이의 허를 찔러 진짜 비밀을 털어놓게 할 방법을 계속해서 고민했다. 소 이야기를 꺼냈는데 아이가 아무런 관심을 보이지 않자 다음에는 양 이야기를 꺼냈다. 하지만 결과는 마찬가지였기 때문에 양치기였을 거란 짐작은 틀린 모양이라고 생각했다.

방앗간 이야기를 비롯해서 직조공, 땜장이, 대장장이, 온갖 종류의 장사와 장사꾼들 이야기, 정신 병원, 감옥, 자선 보호 수용소 이야기도 꺼내 봤지만 아무 소용이 없었다. 그녀는 굉장히 당혹스러웠다. 그래도 완전히 절망하지는 않았는데 가사 일로 범위가 좁혀졌다고 생각했기 때문이다. 그랬다. 그녀는 이제 자신이 제대로 방향을 잡았다고, 이 아이는 집안일을 거들던 하인이었음에 틀림없다고 확신했다. 그래서 그녀는 그쪽으로 대화를 이끌었다. 하지만 결과는 실망스러웠다. 빗자루로 바닥을 쓰는 일에 대해 이야기를 꺼내자 아이는 지루해하는 듯했다. 불 피우는 이야기에도 반응하지 않았다. 마룻바닥을 박박 문질러 닦는 이야기에도 전혀 열의를 보이지 않았다. 여주인은 희망이 꺼져 가는 상태에서 형식적으로 요리 이야기를 꺼냈다. 그런데 대단히 놀랍고 기쁘게도 왕의 얼굴이 곧바로 밝아지는 것이 아닌가! '아, 마침내 알아냈구나.' 하고 그녀는 생각했다. 에둘러 가며 약삭빠르고 요령 있게 해낸 것이 무척 뿌듯하기도 했다.

이제 그녀는 지칠 대로 지친 혀를 좀 쉬게 할 기회를 얻었다. 지독히 배가 고팠던 왕이 지글지글 음식 끓는 소리와 맛있는 냄새에 자극을 받아 혀가 슬슬 풀리면서 어떤 음식에 대한 이야기를 유창하게 늘어놓은 덕택이었다. 채 삼 분도 지나지 않아 여인은 속으로 중얼거렸다.

'그래, 내 추측이 맞았어. 이 아이는 부엌에서 일을 도왔던 거

야!’

왕의 이야기 속에서 음식 차림표는 늘어만 갔는데 그 평가가 어찌나 자세하고 생생하던지 여주인은 이렇게 생각했다.

‘어머나! 어떻게 이 아인 이다지도 많은 음식을 알고 있을까? 그것도 하나같이 고급 요리들을? 부자나 귀족들 식탁에만 오르는 요리들일 텐데. 아, 이제 알겠다! 이 아이가 누더기를 걸치고 있긴 하지만 머리가 돌기 전에는 궁전에서 일을 했던 게 틀림없어. 맞아. 왕의 수라간에서 일을 거들었던 아이가 틀림없어! 내가 한번 시험해 봐야겠다.’

자신의 총명함을 증명하려는 열의가 넘친 여주인은 왕에게 잠깐 요리를 봐 달라고 부탁했다. 그리고 원한다면 한두 가지 요리를 직접 만들어도 좋다고 넌지시 암시를 주고는 아이들에게 따라 나오라는 손짓을 하며 밖으로 나갔다. 왕이 혼자 투덜거렸다.

“옛날에 이런 부탁을 받은 영국 왕이 또 한 분 계셨지. 알프레드 대왕께서 자신을 낮추고 하셨던 일이니 내가 한다고 해서 왕의 위엄에 어긋나는 건 아니야. 하지만 알프레드 대왕님보다는 더 잘해 내야지. 그분께선 빵을 태워 버리셨잖아.(*알프레드 대왕이 전쟁 중 참패하여 초가집에 숨어 있을 때의 일화로, 빵을 굽던 농부의 아내가 잠시 빵을 봐 달라고 부탁했는데 전쟁에 대한 생각으로 머리가 꽉 찼던 그는 그만 빵을 태우고 말았다.)”

의도는 좋았지만 결과는 의도대로 되지 않았다. 어린 왕도 알프레드 대왕과 마찬가지로 금방 깊은 생각에 빠져 골몰하다가 요리를 태워 버리는 똑같은 재앙을 낳았다. 때마침 여인이 돌아와 완전히 못 먹게 돼 버릴 뻔한 걸 가까스로 살렸다. 그리고 다정한 마음에서 우러난 호된 꾸짖음으로 왕을 몽상에서 깨어나게 했다. 그는 자신을 믿고 맡긴 일을 망쳐 놓았다고 무척 괴로워했고 여인은 그 모습을 보고 곧바로 마음을 누그러뜨리고 그에게 한껏 친절하고 다정하게 대해 주었다.

배불리 만족스러운 식사를 하자 소년의 기분은 한결 상쾌해지고 좋아졌다. 그 식사는 양측 모두 신분 생각을 접어 뒀다는 묘한 특징을 가지고 있었다. 그러나 호의를 받은 쪽은 어느 누구도 자신에게 그런 호의가 베풀어졌는지 알지 못했다. 여주인은 다른 떠돌이 부랑자나 개에게 그러하듯 이 떠돌이 아이도 구석에서 남은 음식이나 먹게 할 생각이었다. 하지만 그녀는 조금 전에 너무 호되게 꾸짖은 것이 무척 마음에 걸렸다. 그래서 후회하며 속죄하는 셈치고 자기 가족과 똑같이 대하는 척하며 함께 식탁에 앉아 좋은 음식을 먹게 했다.

반면 왕은 자신이 존엄한 몸이니 혼자서 식탁을 차지하고 여인과 아이들로 하여금 서서 시중을 들게 해야 마땅했지만, 그 집 식구들이 자신에게 친절하게 대해 주었고 자신이 맡은 일을 해내지 못한 게 마음에 걸렸다. 그래서 속죄하는 셈치고 자신을 그 집 식구 수준으로 겸허히 낮췄던 것이다. 때로는 이처럼 서로를 낮추는 것이 우리 모두에게 이로운 법이다. 착한 여인은 떠돌이 아이에게 너그럽게 친절을 베푼 것이 뿌듯해서 자신에게 박수갈채를 보내며 하루 종일 행복했고, 왕도 비천한 농가의 여인네에게 자비로운 은혜를 베풀었다고 혼자 흡족했다.

아침 식사가 끝나자 여주인은 왕에게 설거지를 시켰다. 이 명령에 왕은 잠시 휘청거릴 정도로 큰 충격을 받았고 싫다며 반발하려다가 속으로 생각했다.

'알프레드 대왕께서는 빵 굽는 걸 지켜보셨으니 틀림없이 설거지도 하셨을 거야. 그렇다면 나도 못할 것 없지.'

왕의 설거지 솜씨는 형편없었다. 그리고 나무 숟가락과 접시 닦는 일쯤은 아주 쉬울 것이라 여겼는데 그렇지 않아 놀라기도 했다. 설거지는 지겹고 성가신 일이었지만 마침내 그는 설거지를 마쳤다. 그는 이제 다시 길을 떠나고 싶어서 안달이 났다. 검소한 그 여인을 따돌리는 것은 그리 쉬운 일이 아니었다. 여인은 왕에게 이런저런 허드렛일을 시켰고, 왕은 시킨 일을 그럭저럭 나름대로 훌륭하게 해치웠다. 그러자 여인은 왕과 딸들에게 겨울 사과를 깎으라고 시켰다. 하지만 왕이 아주 서툴자 관두고 식칼을 갈아 달라고 부탁했다. 그 뒤엔 계속해서 양털 빗기는 일을 시켰다.

급기야 왕은 이야기책이나 역사책에서 생생하게 읽었던 위대한 알프레드 대왕의 사소하지만 영웅적인 행위들을 자신이 빛바래도록 만들고 있단 생각이 들기 시작해서 그만두고 싶었다. 그리고 점심을 먹고 난 뒤 여주인이 새끼 고양이들이 든 바구니를 건네주며 물에 빠뜨려 죽이라고 시켰을 때 왕은 정말로 일을 그만두었다. 적어도 막 그만두려고 했다. 어느 시점에서 분명한 선을 그어야 한다고 생각하고 있었는데 고양이를 익사시키라는 명령이 선을 긋기에 적당하게 여겨졌기 때문이다. 그가 막 그만두려고 하는데 바로 그때 훼방꾼들이 나타났다. 그들은 바로 등짐 장사꾼처럼 등에 봇짐을 멘 존 캔티와 휴고였다!

　왕은 이 악당들이 자신을 발견하는 것보다 먼저 그들이 앞문으로 다가오는 것을 발견했다. 그래서 왕은 선을 긋는 문제에 대해서는 아무 말도 하지 않고 대신 얼른 새끼 고양이들이 든 바구니를 집어 슬쩍 뒷문으로 빠져나갔다. 그는 새끼 고양이들을 헛간에 내려놓고 뒤쪽의 좁은 오솔길을 따라 서둘러 걸음을 옮겼다.

20. 왕자와 은둔자

이제 집에서는 높은 울타리에 가려 어린 왕이 보이지 않았다. 극도의 공포에 질린 그는 있는 힘을 다해 멀리 떨어진 숲을 향해 달려갔다. 절대 뒤돌아보지 않았다. 거의 숲에 다다를 때쯤에서야 뒤를 돌아보니 멀리 있는 두 사람의 모습이 어렴풋이 눈에 들어왔다. 그것만으로도 충분했다. 그는 두 사람을 살피느라 위태롭게 시간을 지체하지 않고 서둘러 발길을 재촉했고 깊은 숲 속으로 한참 들어간 후에야 속도를 늦췄다. 그런 뒤 웬만큼 안전하다고 확신이 들고서야 멈춰 섰다. 어린 왕은 열심히 귀를 기울였지만 깊고 엄숙한 정적만이 감돌아 기분이 끔찍하면서도 차분하고 우울해졌다. 쫑긋 세운 그의 귀에 아주 띄엄띄엄 소리가 감지되었는데, 너무 멀리 떨어진 데다 희미하고 확실치 않아서 죽은 사람의 혼령들이 신음하고 구슬피 우는 소리 같았다. 그래서 침묵을 깨는 그 소리가 침묵보다 훨씬 더 으스스했다.

196

처음에는 그냥 그곳에서 그날의 나머지 시간을 보낼 생각이었지만 이내 땀을 흘린 몸에 한기가 들었다. 따뜻해지기 위해서는 결국 다시 움직일 수밖에 없었다. 곧 길이 나오리라고 기대하며 똑바로 숲을 걸었지만 실망스럽게도 길은 나오지 않았다. 계속해서 걸어갔지만 걸으면 걸을수록 숲이 더 울창해지기만 했다. 점점 어둠이 짙어지기 시작했고 왕은 밤이 오고 있음을 깨달았다. 이런 오싹한 장소에서 밤을 보낼 걸 생각하니 몸이 덜덜 떨렸다. 그래서 그는 걸음을 재촉하려 했지만 오히려 걸음이 점점 느려졌다. 어둠 속에서 잘 보이지 않아 발을 어디에 디딜지 신중해야 했기 때문이다. 그는 자꾸만 뿌리에 걸려 넘어지고 덩굴과 찔레 덤불에 몸이 얽히고는 했다.

마침내 희미하게 깜박이는 불빛이 눈에 들어왔을 때 왕은 얼마나 기뻤는지! 그는 자주 멈춰 서서 주위를 살피고 귀를 기울여 가며 조심스레 불빛이 보이는 쪽으로 다가갔다. 그 불빛은 허름한 오두막의 유리가 끼워지지 않은 창문에서 새 나오고 있었다. 사람 목소리가 들리자 달아나 숨고 싶었지만 분명 기도를 하는 목소리였기 때문에 곧바로 마음을 고쳐먹었다. 어린 왕은 유리가 없는 창문으로 다가가 까치발을 하고 서서 안을 슬쩍 훔쳐봤다.

방은 작았고 바닥은 맨땅이었지만 사람이 많이 밟아서 단단히 다져진 상태였다. 한구석에는 골풀로 만든 침대와 다 해진 담요 한두 장이 놓여 있었다. 침대 옆에는 들통 하나, 컵 하나, 대야 하나와 솥과 냄비 두세 개가 있었다. 키 낮은 긴 의자와 세발 의자도 하나씩 놓였고 난로에는 타다 만 장작불에서 연기가 나고 있었다. 촛불 하나를 밝혀 놓은 제단 앞에 노인이 무릎을 꿇고 있었는데, 옆에는 낡은 나무 상자 위에 펼쳐진 책 한 권과 사람 해골이 놓여 있었다. 노인은 체구가 컸지만 뼈만 앙상했다. 머리카락과 수염은 아주 길고 눈처럼 새하얗고 목에서 발뒤꿈치까지 내려오는 긴 양가죽 가운을 걸쳤다.

"경건한 은둔자로군. 정말로 운이 좋아."

왕이 혼자 중얼거렸다.

무릎을 꿇고 있던 은둔자가 일어나자 왕은 문을 두드렸다. 그러자 굵직한 목소리가 대답했다.

"들어오시오! 하지만 당신이 서 있게 될 여기 이 땅은 성스러운 곳이니 죄는 뒤에다 두고 들어오시오!"

왕은 안으로 들어가 멈춰 섰다. 은둔자가 눈동자를 반짝거리며 불안스럽게 왕을 바라보다가 물었다.

"너는 누구냐?"

"나는 왕이오."

왕이 차분하게 간단히 대답했다.

"잘 오셨소, 왕이여!"

은둔자가 열광하며 외쳤다. 그러고는 흥분해서 부산스레 움직이며 "잘 오셨소. 잘 왔어." 하고 계속 말했다. 그러면서 난로 옆의 긴 의자를 정돈해 왕을 앉히고 난로에 장작을 몇 개 더 던져 넣더니 급기야 초조한 걸음걸이로 방 안을 서성이기 시작했다.

"잘 오셨소! 많은 사람들이 여기 성스러운 장소를 찾았으나 그럴 만한 자격이 없는 사람들이라 들이질 않고 돌려보냈소이다. 하지만 일생을 신성함과 육신의 고행에 봉헌하기 위해 왕관을 벗어던지고 왕위라는 헛된 영예를 경멸하며 누더기를 걸친 왕이라, 정말로 자격이 있지. 잘 오셨소! 이곳에서 평생 죽을 때까지 머물러도 괜찮소.”

왕이 서둘러 끼어들어 해명하려 했지만 은둔자는 왕에게 전혀 신경을 쓰지 않았다. 아예 왕의 목소리가 들리지 않는 모양인지 목청을 돋우고 점점 더 기운 넘치게 자기 할 말만 계속했다.

“그리고 당신은 이곳에서는 안심하고 지낼 수 있을 것이외다. 당신이 버리도록 하느님께서 허락해 주신 공허하고 어리석은 삶으로 돌아오라고 귀찮게 할 사람은 아무도 없을 겁니다. 이곳에서 당신은 기도를 하고 성경을 공부하고 속세의 어리석음과 망상에 대해 그리고 앞으로 다가올 숭고한 세상에 대해 묵상할 수 있을 것입니다. 빵 조각과 약초를 먹고 살아가고 날마다 채찍질로 육신을 다스려 영혼을 정화시킬 수 있습니다. 몸에는 헤어 셔츠(*털이 섞인 거친 천으로 만든 셔츠. 과거 종교적인 고행을 하던 사람들이 입었다.) 하나만 걸치면 될 것이고 마시는 것은 오직 물뿐입니다. 그러면 당신은 평화롭게 될 것입니다. 그것도 완전한 평화지요. 누가 당신을 찾아온다 한들 당신을 찾지도 못하고 괴롭히지도 못한 채 허탕을 치고 다시 돌아가게 될 테니까요.”

노인은 방 안을 이리저리 왔다 갔다 했고 큰 소리로 말하는 것을 멈추고 중얼거리기 시작했다. 왕은 이 기회를 놓치지 않고 불안과 우려를 섞어 웅변하듯 자신의 입장을 밝혔다. 하지만 은둔자는 계속 중얼거리기만 할 뿐 왕의 말에는 유의하지 않았다. 그리고 여전히 중얼거리며 왕에게로 다가와 인상 깊은 한마디를 던졌다.

"쉿! 내가 비밀을 하나 알려드리겠소!"

노인은 허리를 굽히고 멈추더니 가만히 귀를 기울이는 자세를 취했다. 잠시 뒤 노인은 유리가 없는 창문 쪽으로 살금살금 걸어가서 고개를 내밀고 으스름한 숲 속을 이리저리 응시했다. 그러더니 다시 발끝으로 살금살금 돌아와 왕의 귀 가까이에 대고 속삭였다.

"나는 천사장이라오!"

왕이 소스라치게 놀라며 속으로 생각했다.

'맙소사 또 무법자한테 걸려들었잖아. 아, 이젠 미치광이의 포로 신세가 되고 말았어!'

왕의 불안이 점점 커져 급기야 얼굴에 확연히 드러났다. 은둔자가 흥분된 목소리로 나직하게 말했다.

"이제야 나의 기운이 느껴지나 보군! 당신 얼굴에 경외심이 가득하군! 이런 기운 속에 있으면 누구라도 다 그렇게 되기 마련이지. 이 기운은 바로 하늘의 기운이니까 말이야. 나는 눈 깜짝할 사이에 하늘 나라로 올라갔다가 돌아올 수 있어. 난 오 년 전 바로 이 자리에서 대단한 지위를 부여하기 위해 하늘에서 내려오신 천사들에 의해 천사장이 되었지. 천사들이 내려와 눈부시게 밝은 빛으로 이곳을 가득 채웠지. 그리고 천사들이 내게 무릎을 꿇었어, 왕이여! 그래, 정말로 천사들이 내게 무릎을 꿇었어! 왜냐하면 내가 천사들보다 더 위대한 존재였으니까. 나는 하늘의 궁전을 거닐며 성경 속 인물들과 이야기를 나누기도 했지. 내 손을 만져 봐. 겁내지 말고 만져 봐. 자, 이제 당신은 아브라함,

이삭 그리고 야곱과 악수를 했던 손을 만진 거야! 또 난 황금 궁전을 거닐다 하느님을 직접 만나기도 했지!"

노인은 이 말에 극적 효과를 주기 위해 잠시 말을 멈췄다. 그러더니 갑자기 낯빛을 확 바꾸어 자리에서 일어나 화가 난 듯 열을 내기 시작했다.

"그래, 난 천사장이야. 한낱 천사장에 불과해! 난 교황이 되었어야 할 몸이라고! 정말이야. 이십 년 전 꿈속에서 하느님에게 그런 계시를 받았다고. 아, 그래, 난 교황이 될 몸이었어! 하느님께서 그렇게 말씀하셨으니, 아무렴, 교황이 됐어야 하고말고. 하지만 왕이 나의 교회를 폐쇄해 버리는 바람에 나는 의지할 곳 하나 없는 가엾은 무명의 수도자가 되었어. 나의 강력한 운명을 뺏긴 채 집도 없이 세상으로 내쳐진 거야!"

이쯤에서 노인은 헛된 분노를 터뜨리며 주먹으로 자기 이마를 치기 시작했다. 가끔은 독기 서린 저주를 내뱉기도 하고 애처로이 "그래서 내가 고작 천사장이 되고 만 거지. 교황이 되었을 몸인데 말이야!" 하고 한탄하기도 했다.

노인은 그런 식으로 한 시간 동안 이야기를 계속했고 그동안 가엾은 어린 왕은 가만히 앉아 고충을 겪어야 했다. 그런데 갑자기 노인의 광기가 사라지더니 한없이 온화한 사람이 되었다. 목소리가 부드러워지고 어두운 기색도 사라졌다. 꾸밈없이 수다를 떨기 시작하자 왕은 이내 노인에게 완전히 마음을 뺏겼다. 늙은 열성 신도는 소년을 난롯가로 가까이 데려가 편안히 앉히고 소년의 몸 여기저기에 난 작은 멍과 상처를 능숙하고 다정한 손길로 치료해 주었다. 그런 뒤 저녁 식사를 준비하기 시작했다. 그러는 동안 내내 즐겁게 수다를 떨며 가끔 아이의 뺨을 어루만지고 머리를 쓰다듬고는 했다. 그 손길이 어찌나 부드럽고 따뜻하던지 천사장이라는 말을 듣고 생겼던 모든 두려움과 혐오감이 어느덧 존경과 애정으로 바뀌었다.

이런 행복감은 두 사람이 저녁 식사를 먹는 동안에도 계속되었다. 은둔자는 저녁 식사를 마친 뒤 제단 앞에서 기도를 올린 다음 소년을 옆에 딸린 작은 방으로 데려가 어머니처럼 포근하고 다정하게 이불을 덮어 주며 재웠다. 그리고 소년 곁을 떠나 홀로 난롯가에 멍하니 앉아 장작을 이리저리 쿡쿡 찔렀다. 이윽고 동작을 멈추더니 마치 잊어버린 뭔가를 생각해 내려는 듯 손가락으로 이마를 몇 번 톡톡 두드렸다. 하지만 성공하지 못한 듯했다. 이제 노인은 재빨리 자리에서 일어나 손님방으로 들어가더니 이렇게 물었다.

"그대가 왕이라고 했소?"

"그렇소."

왕이 졸린 듯 대답했다.

"어느 나라 왕이오?"

"영국의 왕이오."

"영국의 왕이라고! 그렇다면 헨리가 죽은 것이로군!"

"아아, 애석하게도 그렇다오. 내가 그분의 아들이라오."

은둔자가 험악하게 인상을 확 찌푸리더니 앙심을 품은 듯 뼈만 앙상한 손으로 주먹을 꽉 쥐었다. 잠시 가만히 서서 씩씩거리며 거칠게 숨을 몰아쉬더니 쉰 목소리로 말했다.

"우리를 집도 절도 없는 세상으로 내몬 장본인이 네 아비란 사실을 아느냐?"

하지만 왕에게서는 아무런 대답이 없었다. 노인은 허리를 숙여 소년의 평온한 얼굴을 찬찬히 살피고 고른 숨소리에 귀를 기울였다.

"잠들었군. 그것도 아주 깊이 잠들었어."

은둔자의 얼굴에서 찌푸린 인상은 사라지고 사악한 만족감이 그 자리를 대신했다. 꿈꾸는 소년의 얼굴 위로 미소가 살짝 스쳐 지나갔다.

"그래, 마음이 아주 행복한 모양이군."

은둔자가 중얼거리고는 돌아섰다. 그는 살금살금 방 안을 돌아다니며 뭔가를 찾아 여기저기 뒤지다가 가끔은 멈춰 귀를 기울이기도 하고 고개를 휙 돌려 침대 쪽을 힐끗 쳐다보기도 했다. 그리고 그러는 동안 내내 중얼중얼 혼잣말을 했다. 마침내 그가 찾는 물건을 발견했는데 그건 바로 오래되어 녹슨 식칼과 숫돌이었다. 그는 난롯가의 자기 자리로 돌아가 식칼을 숫돌에 부드럽게 갈기 시작했다. 그리고 그러는 동안에도 여전히 계속 뭐라 중얼거리거나 웅얼거리다 갑자기 소리를 지르기도 했다. 이 으슥한 곳 주위로 바람이 탄식하듯 불었고 정체 모를 밤의 소리들이 멀리에서 떠다녔으며 대담한 생쥐들이 눈을 반짝거리며 집 안 구석구석의 틈새와 쥐구멍 안에서 노인을 유심히 쳐다봤다. 하지만 노인은 칼을 가느라 여념이 없었기 때문에 이런 것들을 하나도 알아채지 못했다.

노인은 가끔씩 엄지로 칼날을 문질러 보고는 만족스럽게 고개를 끄덕였다.

"점점 날카로워지는구나. 그래, 점점 날카로워지고 있어."

노인은 자신만의 생각에 젖어 시간 가는 줄도 모르고 혼자 즐거워하며 조용히 칼을 갈았다. 그리고 가끔씩 혼잣말을 툭툭 내뱉고는 했다.

"저놈 아비가 우리를 못살게 굴고 파멸시키더니 드디어 영원한 불구덩이 속으로 떨어졌나 보군! 그래, 지옥의 영원한 불구덩이 속으로! 그자가 우리를 피했지만…… 그건 신의 뜻이었어. 맞아, 신의 뜻이야! 그러니 우리는 불평해서는 안 돼. 하지만 그자는 지옥의 불구덩이를 피하지 못했군! 그래, 그 불구덩이를 피하지는 못했어. 엄청나게 강렬하고 무자비하며 가차 없는 그 불덩이를. 그 불덩이는 영원히 타오르니까!"

노인은 그렇게 칼을 갈고 또 갈면서 계속 중얼거렸고 때로는 귀에 거슬리도록 킬킬거리고 웃기도 했다.

"그 모든 짓을 저지른 자는 바로 저놈의 아비야. 나는 지금 고작 천사장이야. 하지만 그놈이 없었더라면 교황이 됐을 거야!"

자고 있던 왕이 꼼지락거렸다. 은둔자는 조용히 침대 옆으로 달려갔다. 그리고 무릎을 꿇고 칼을 치켜들어 엎드려 있는 아이 위로 허리를 굽혔다. 소년이 또 꼼지락거리더니 순간 눈을 떴지만 잠결이라 아무런 생각도 하지 못하고 아무것도 보지 못했다. 이윽고 고른 숨소리가 나는 것으로 보아 소년은 다시 한 번 깊은 잠에 빠져든 모양이었다.

은둔자는 그 자세 그대로 거의 숨도 쉬지 않고 잠시 동안 어린 왕을 지켜보고 귀를 기울였다. 그런 다음 천천히 팔을 내리고 살금살금 기어서 자리를 뜨며 중얼거렸다.

"자정이 한참 지났군. 녀석이 소리를 못 지르게 만드는 게 좋겠어. 혹시라도 누가 지나갈지 모르니까."

노인은 가축우리 같은 집에서 이리저리 미끄러지듯 움직이며 이쪽에서 넝마 한 조각, 저쪽에서 가죽 끈 하나, 또 저쪽에서 다른 끈 하나를 주워 모았다. 그런 뒤 왕이 잠든 방으로 돌아가 깨지 않도록 조심스럽게 살살 다루어 발목을 묶었다. 다음으로 손목을 묶으려고 했다. 하지만 양쪽 손목을 서로 모아서 끈으로 묶으려고 하면 매번 아이가 이쪽 손이나 저쪽 손을 빼곤 했다. 하지만 천사장이 거의 체념하려던 순간 왕이 잠결에 양쪽 손목을 모았고 곧바로 손을 묶을 수 있었다. 이제 그는 자고 있는 왕의 턱 아래로 붕대를 넣어 머리 위로 빼낸 다음 아주 살살, 서서히 능수능란하게 모아서 매듭을 단단히 묶었다. 소년은 매듭을 다 묶을 때까지 꼼지락거리지도 않고 계속 평온하게 잠을 잤다.

21. 구출하러 온 헨든

노인은 몸을 굽히고 고양이처럼 슬그머니 방을 빠져나갔다가 나지막한 긴 의자를 가지고 왔다. 의자에 앉은 노인의 몸 절반은 깜박거리는 불빛에 흐릿하게 드러났고 나머지 절반은 어둠 속에 묻혀 있었다. 노인은 갈망하는 눈동자로 자고 있는 소년을 내려다보았다. 그리고 시간 가는 줄도 모르고 그곳을 지키고 앉아서 부드럽게 식칼을 갈며 중얼거리고 킬킬댔다. 노인의 모습과 자세가 흡사 거미줄에 걸려 옴짝달싹 못하는 운 나쁜 벌레를 흡족하게 바라보는 소름끼치고 끔찍한 거미 같았다.

노인은 한참 뒤에도 여전히 왕을 응시했지만 마음은 꿈을 꾸듯 딴 데 팔려 있었다. 그래서 미처 알아채지 못했는데 갑자기 소년이 눈을 뜨고 있는 모습이 눈에 들어왔다. 그것도 눈이 휘둥그레져서 아주 빤히! 공포에 질려 얼어붙은 채 칼을 올려다보고 있었다. 노인의 얼굴에 만족스러운 악마의 미소가 번졌다. 노인이 자세를 바꾸지도, 하던 일을 멈추지도 않고 말했다.

"헨리 8세의 아드님, 기도는 올리셨나?"

소년은 묶인 채로 헛되이 몸부림을 쳤다. 그리고 붕대에 묶인 턱을 움직여 억지로 억눌린 소리를 냈는데, 은둔자는 그 소리를 자신의 질문에 긍정하는 대답으로 해석하기로 했다.

"그렇다면 다시 기도를 올려. 이번엔 죽음을 앞두고 올리는 기도로 말이야!"

아이의 온몸이 바들바들 떨렸고 얼굴이 파랗게 질렸다. 아이는 밧줄을 풀고 빠져나가기 위해 이리저리 몸을 돌리고 비틀고 미친 듯이 사납게 노력하며 필사적으로 몸부림을 쳤지만 아무 소용이 없었다. 그러는 동안 내내 늙은 괴물은 아이를 내려다보며 싱긋이 웃고는 고개를 끄덕이고 태연하게 칼을 갈았다. 그러면서 이따금 이렇게 중얼거렸다.

"순간순간은 소중한 법이지. 얼마 남지 않았으니 한순간 한순간이 아주 소중해. 죽음을 앞두고 드리는 기도를 올려!"

아이는 절망 어린 신음 소리를 내며 몸부림치던 것을 멈추고 숨을 헐떡거렸다. 그러자 눈물이 맺히고 방울방울 얼굴을 타고 흘러내렸다. 하지만 이 애처로운 광경에도 흉포한 노인은 전혀 마음이 약해지지 않았다.

이제 동이 트고 있었다. 은둔자가 그 사실을 깨닫고 초조와 불안이 가득한 목소리로 날카롭게 외쳤다.

"이 황홀한 순간을 더 이상 탐닉할 수 없겠군! 밤이 벌써 다 지나가 버렸어. 정말 순식간에 지나가 버린 것 같아. 단 한순간 밖에 안 된 것 같은데. 이 황홀한 순간이 일 년쯤 지속되면 좋으

런만! 교회를 망쳐 버린 자의 자손아, 쳐다보는 것이 두렵거든 그 빌어먹을 눈을 감고……."

나머지 말은 웅얼거리는 바람에 알아듣기 힘들었다. 노인은 손에 칼을 든 채 무릎을 꿇고 신음하는 아이 위로 몸을 숙였다.

바로 그때 오두막 근처에서 사람 목소리가 들렸다. 그 바람에 노인이 칼을 떨어뜨렸다. 그는 아이를 양가죽으로 덮어 놓고 벌떡 일어나 몸을 덜덜 떨었다. 목소리가 점점 커지더니 이윽고 화가 난 듯 거칠어졌고 구타하는 소리에 이어 도와 달라고 외치는 소리가 들렸다. 그런 다음 잽싸게 도망가는 발소리가 났다. 곧바로 오두막의 문을 세게 두드리는 소리가 들렸고 외침이 뒤따랐다.

"여보시오! 문을 여시오! 좋은 말로 할 때 어서 빨리 여시오!"

오, 왕의 귀에는 이 목소리가 음악을 연주하는 소리처럼 실로 즐겁게 들렸다. 왜냐하면 그건 마일스 헨든의 목소리였으니까!

은둔자는 무력한 격분에 휩싸였고 이를 갈며 재빨리 침실 문을 닫고 나갔다. 그리고 곧바로 왕의 귀에 '예배당'에서 나누는 대화 소리가 들렸다.

"경의와 함께 인사를 올립니다, 신부님! 아이는, '제 아이'는 어디에 있습니까?"

"이보시오, 무슨 아이 말이오?"

"무슨 아이라니! 제게 거짓말하지 마십시오, 신부님. 저를 속이려 들지 마세요! 저는 지금 그럴 기분이 아닙니다. 이 집 근처에서 그 아이를 훔쳐 간 불한당 녀석들을 붙잡아 자백을 받아 냈습니다. 그자들 말로는 도망친 아이의 뒤를 밟아 신부님의 집 문 앞까지 쫓아왔다고 했습니다. 그자들은 제게 아이의 발자국도 보여 줬어요. 그러니 더 이상 얼렁뚱땅 넘어가려 하지 마세요, 신부님. 그런데도 아이를 내놓지 않으시겠다면 그땐……. 아이는 어디에 있습니까?”

“오, 이보시게. 그러고 보니 아마도 간밤에 여기에 머물렀던 누더기 옷을 걸친 떠돌이 왕을 말하는 모양이로군. 당신이 찾고 있는 아이가 바로 그 아이라면 내가 심부름을 보냈소. 곧 돌아올 거요.”

“곧이요? 얼마나요? 아니, 여기서 이러고 시간을 낭비할 게 아니라…… 제가 아이를 따라잡을 수 있을까요? 언제쯤 아이가 돌아옵니까?”

“그리 흥분할 것 없소. 금방 돌아올 테니까.”

“그럼 그렇게 하지요. 기다리겠습니다. 하지만 잠깐만요! 당신이 그 아이를 심부름 보냈다고요? 당신이 말이죠! 그건 틀림없이 거짓말이로군요. 그 아이는 심부름을 가려고 하지 않았을 테니까요. 당신이 그와 같은 무례한 제안을 했다면 그 아이는 당신의 수염을 잡아 뜯어 놓았을 거요. 이봐요, 당신은 거짓말을 했어요! 확실히 거짓말이고 말고요! 그 아이는 당신을 위해서도, 다른 그 어떤 이를 위해서도 심부름을 하려고 들지 않았을 거예요.”

“다른 그 어떤 ‘사람’이라고……. 그래. 그럴지도 모르지. 하지만 난 사람이 아니오.”

“뭐라고요! 사람이 아니면 도대체 당신은 뭐란 말입니까?”

“이건 비밀인데……. 이 비밀을 누설하지 않도록 해야 하네. 나는 천사장일세!”

마일스 헨든에게서 엄청난 절규가 튀어나왔는데 욕설이 아주 없었다고 하기는 어렵다. 그런 뒤 헨든은 이렇게 중얼거렸다.

"어쩐지 지나치게 상냥하더라니! 그럼 분명 인간의 하찮은 일에는 손발 꼼짝 안 하려 들겠군. 하지만 천사장이 명령을 내리면 왕도 복종해야만 하잖아! 가만…… 쉿! 이게 무슨 소리지?"

이런 대화가 오가는 동안 어린 왕은 저쪽의 침실에서 두려움과 희망으로 번갈아 덜덜 떨었다. 또한 어린 왕은 헨든의 귀에 들어가기를 바라며 끙끙대는 괴로운 신음을 있는 힘껏 토했다. 하지만 비통하게도 매번 실패했으며 최소한의 낌새조차 알아차리도록 만들지 못했다는 사실을 깨달았다. 그래서 헨든의 마지막 말은 죽어 가는 사람에게 상쾌한 들판에서 부는 한 줄기 소생의 바람처럼 다가왔다. 어린 왕은 기운을 내서 있는 힘을 다해 한 번 더 소리를 냈는데 바로 그때 은둔자가 말했다.

"소리라니? 내 귀엔 바람 소리밖에 안 들리는데."

"어쩌면 바람 소리였는지도 모르죠. 그래요, 틀림없이 바람 소리였을 겁니다. 계속 희미하게 들렸으니까……. 아니, 그 소리가 또 나질 않습니까! 이건 바람 소리가 아니에요. 기이한 소리로군요! 자, 어디서 나는 소린지 한번 찾아봅시다!"

이제 왕은 기뻐서 참을 수가 없었다. 그는 희망에 가득 차 지친 폐로 전력을 다했다. 하지만 턱이 묶였고 양가죽에 덮여 소리도 약해졌기 때문에 그 노력은 슬프게도 성과를 거두지 못했다. 그때 은둔자가 하는 말을 듣고 가엾은 어린 왕의 마음이 무너져 내렸다.

"아, 그건 여기 안에서 나는 소리가 아니라 저기 바깥의 숲 속에서 들려오는 소리 같소이다. 자, 가 봅시다. 내가 길을 안내하겠소."

왕은 두 사람이 이야기를 나누며 밖으로 나가는 소리를 들었다. 그들의 발소리가 빠르게 멀어져 갔다. 그러자 왕은 불길하고 음울하고 끔찍한 정적 속에 홀로 남겨졌다.

가까워지는 발소리와 목소리가 왕의 귀에 다시 들리기까지는 한참의 세월이 지난 것만 같았다. 그런데 이번에는 다른 소리도 같이 들렸는데 또각거리는 발굽 소리 같았다. 그때 헨든이 말했다.

"더는 기다리지 않을 겁니다. 더 이상 기다릴 수 없어요. 그 아이는 이 울창한 숲 속에서 길을 잃은 겁니다. 아이가 어느 방향으로 갔습니까? 어서요. 제게 아이가 간 방향을 가르쳐 주세요."

"아이는…… 잠깐만 기다리시오. 내가 같이 가겠소."

"좋습니다, 좋아요! 이런, 정말이지 당신은 보기보다 좋은 사람이군요. 당신처럼 이렇게 선량한 마음을 지닌 천사장은 또 없을 겁니다. 한데 이걸 타고 가시겠습니까? 그 아이를 위해 준비한 작은 당나귀를 타시겠습니까? 아니면 제가 타려고 마련한 성질 사나운 노새에 당신의 성스러운 다리를 올려놓으시겠습니까? 사실 이 노새는 사기로 뺏은 거나 다름없어요. 일자리를 잃은 땜장이한테 동전 한 푼 빌려 주고 받은 한 달 치 고리대금을 주고 샀으니까 말입니다."

"괜찮소. 당신이 노새를 타고 당나귀를 끌고 가시오. 난 더 안전한 내 발로 걸어갈 테니."

"그럼 제가 목숨을 걸고 이 커다란 노새에 올라타는 동안 이 작은 당나귀 좀 봐주십시오."

그런 뒤 발로 차는 소리, 찰싹 치는 소리, 짓밟는 소리, 쿵 떨어지는 소리가 어지럽게 이어졌다. 벼락 치듯 쏟아지는 욕설도 함께 들려왔고 마침내 노새에게서 비통한 울음소리가 터져 나왔는데, 그 순간부터 노새가 반항을 멈춘 것으로 보아 노새의 기가 꺾인 게 분명했다.

꽁꽁 묶인 어린 왕은 이루 말할 수 없는 괴로움에 사로잡힌 채 목소리와 발소리가 차츰 멀어지며 사라져 가는 것을 들었다. 그 순간 모든 희망이 그를 저버리고 음울한 절망이 그의 가슴에 내려앉았다.

'나의 유일한 벗이 거짓말에 속아서 가 버렸구나. 이제 곧 은 둔자가 돌아와서는……'

왕은 숨이 탁 막혀 말을 잇지 못했다. 곧바로 결박을 풀려고 다시 미친 듯이 몸부림을 쳤고 그 바람에 숨 막히게 하던 양가죽이 떨어져 나갔다.

그런데 바로 그때 문 열리는 소리가 들리는 것이 아닌가! 그 소리에 어린 왕은 등골이 오싹해지며 벌써부터 목에 칼이 와 닿는 것만 같았다. 왕은 공포심에 눈을 질끈 감았다가 다시 눈을 떴다. 그런데 눈앞에 서 있는 건 존 캔티와 휴고가 아닌가!

턱이 붕대에 묶여 있지만 않았어도 그는 "하느님, 감사합니다!"라고 외쳤을 것이다.

잠시 뒤 결박되었던 왕이 풀려났고 두 사내는 왕을 양쪽에서 한 팔씩 붙잡고 전속력으로 숲 속으로 달아났다.

22. 배반의 희생자

또다시 '국왕 푸푸 1세'는 부랑자와 도망자 무리와 떠돌아다니면서 거친 농담과 놀림의 대상이 되었다. 때로 왕초가 한눈을 팔 때면 존 캔티와 휴고의 악의 가득한 손에 몰래 얻어맞는 희생자가 되었다. 캔티와 휴고를 빼고 실제로 왕을 싫어하는 사람은 아무도 없었다. 몇몇은 그를 좋아하기도 했으며 모두가 그의 용기와 기백을 칭찬했다. 이삼 일 동안 왕의 감시와 관리를 맡은 휴고는 남의 눈에 띄지 않게 아이를 골탕 먹였다. 그리고 으레 진탕 먹고 마시며 술판을 벌이는 밤이면 휴고는 아이에게 살짝살짝 모욕을 주는 것으로 무리를 즐겁게 했는데 늘 우연인 것처럼 가장했다.

왕의 발을 밟았을 때도 물론 실수인 것처럼 그랬다. 왕은 왕답게 경멸하듯 모른 척 무시했다. 하지만 휴고가 세 번째로 그렇게 대하자 왕은 몽둥이를 휘둘러 그를 땅바닥에 쓰러뜨렸다. 그러자 무리들이 굉장히 즐거워했다. 휴고는 분노와 수치심에 휩싸인 채 벌떡 일어나 격노하며 몽둥이를 하나 꽉 움켜잡고 꼬마 적수에게로 돌진했다. 곧바로 사람들이 두 검투사 주위를 동그랗게 에워싸고 내기를 걸고 환호성을 질러 대기 시작했다. 하지만 휴고는 가엾게도 전혀 승산이 없었다. 미친 듯이 아무렇게나 휘둘러 대는 풋내기 같은 솜씨로는, 유럽 최고의 대가들에게 목검술과 육척 봉술을 비롯한 온갖 종류의 검술을 익힌 아이의 상대가 되지 못했다.

어린 왕이 경계 태세를 취하는 가운데 우아하고 편안한 자세로 빗발치듯 쏟아지는 공격을 정확하고 수월하게 피하자 잡다하게 뒤섞인 구경꾼들은 몹시 흥분하여 감탄을 금하지 못했다. 그리고 때로는 어린 왕이 숙련된 눈으로 허점을 간파한 뒤 번개처럼 재빠르게 휴고의 머리를 탁 내려칠 때마다 사람들에게서 환호와 웃음이 터져 나왔다. 그곳을 휩쓴 폭풍과도 같은 소리는 참으로 들어 볼 만했다. 십오 분이 지난 뒤 흠씬 두들겨 맞아 상처투성이가 된 휴고는 구경꾼들의 인정사정없는 조롱의 폭격을 맞으며 그곳에서 살금살금 빠져나왔다. 그리고 상처 하나 입지 않은 결투의 영웅은 크게 기뻐하는 무리에게 붙잡혀 그들의 어깨에 실린 채 왕초 옆 상석으로 옮겨졌다. 그곳에서 그는 성대한 의식과 함께 '싸움닭 왕'으로 다시 즉위식을 치렀다. 동시에 푸푸 1세라는 짓궂은 호칭은 엄숙히 취소되어 폐기되었으며 이후로 그 이름을 입 밖에 내는 자는 무리에서 추방한다는 결정이 선포되었다.

그들은 어린 왕을 무리에 쓸모 있는 사람으로 만들려고 온갖 시도를 했으나 실패로 돌아갔다. 왕은 그렇게 행동하기를 고집스레 거부했으며 틈만 나면 도망치려고 애썼다. 무리로 돌아왔던 첫날, 그들은 왕을 주인이 자리를 비운 부엌에 억지로 밀어넣었다. 하지만 왕은 빈손으로 나왔을 뿐만 아니라 그 집 사람들을 모두 깨우려고까지 했다. 또한 땜장이의 일을 도우라고 함께 내보냈지만 왕은 일하려 하지 않았다. 더구나 납땜용 인두로 땜장이를 위협하기까지 했다. 그리하여 마침내 휴고와 땜장이는 왕이 도망치지 못하게 감시하는 단순한 일 때문에 다른 일에는 손을 댈 엄두도 못 내게 되었다. 왕은 자신의 자유를 제한하거나 강제로 일을 시키려 드는 모든 사람들에게 우레와 같은 불호령을 내렸다. 왕은 휴고의 감시하에 단정치 못한 여인과 병든 아기와 함께 구걸을 나갔지만 결과는 별로 신통치 않았다. 구걸을 거부한 것은 물론이고 어떤 식으로든 그들 무리의 일에 끼지 않으려 했던 것이다.

이런 식으로 며칠이 지나갔다. 포로가 되어 버린 어린 왕은 비참하게 떠돌아다니며 피곤하고 더럽고 비열하고 천박하게 사는 생활을 참아 내기가 점점 힘들어졌다. 그리하여 그는 은둔자의 칼에서 벗어났지만 그건 기껏해야 일시적인 사형 집행 유예에 지나지 않았다는 생각이 들기 시작했다.

하지만 밤이 되면 꿈속에서 모든 고통을 잊고 왕좌에 올라 다시 이 나라의 주인이 되었다. 물론 이런 꿈은 잠을 깨는 순간의 고통을 가중시킬 뿐이었다. 그래서 휴고와 결투를 벌이기 전 며칠 동안 아침마다 겪는 고통은 점점 더 쓰라리고 견디기 힘들었다.

싸움을 벌인 다음날 아침, 휴고는 왕에게 앙심을 가득 품고 잠자리에서 일어났다. 휴고는 특별히 두 가지 계획을 세웠다. 하나는 오만하고 자신을 왕이라고 '상상'하는 아이에게 단단히 창피를 주어 괴롭히는 것이다. 만약 이 계획이 성공하지 못하면 왕에게 죄를 뒤집어씌운 다음 무자비한 법의 마수에 빠지게 하는 다른 계획도 있었다.

첫 번째 계획의 실행을 위해 휴고는 왕의 다리에 '지방'을 만들기로 했다. 그러면 왕은 일생 최고의 굴욕을 느낄 것이라고 기대했다. 그리고 지방이 생기자마자 캔티의 도움을 받아 큰길에서 강제로 왕의 다리를 드러내게 만들어 구걸을 시킬 작정이었다. '지방'은 인위적으로 만든 종기를 가리키는 은어였다. 지방을 만들기 위해서는 생석회, 비누, 녹슨 쇳가루를 반죽이나 습포로 만들어서 가죽 조각에 바른 다음 다리에 단단히 묶어야 했다. 그러면 금방 피부에 생채기가 나서 살갗이 벗겨지고 빨갛게 부어올랐다. 그런 다음 다리에 피를 발라 그것이 완전히 마르면 거무튀튀하고 역겨운 색을 띠게 된다. 여기에 더럽고 해진 천으로 만든 붕대를, 보기엔 대충 감은 듯하지만 끔찍한 종기가 슬쩍 보이도록 솜씨 좋게 감으면 지나가는 사람의 동정심을 불러일으킬 수 있는 것이다.

휴고는 왕에게 납땜용 인두로 위협을 받았던 땜장이의 도움을 받았다. 그들은 땜질 일을 하러 갈 때 아이를 데리고 나갔고 무리로부터 멀리 떨어지자마자 아이를 넘어뜨렸다. 땜장이가 아이를 붙잡고 있는 동안 휴고가 아이의 다리에 습포를 붙여 단단히 묶었다.

왕은 분개하여 호통을 치며 다시 왕좌로 돌아가면 반드시 그

둘을 교수형에 처하겠다고 다짐했다. 하지만 두 사람은 무력하게 발버둥치는 그의 모습을 보며 즐거워하고 그의 협박을 조롱했다. 습포가 효력을 발휘하기 시작할 때까지 이런 상황이 계속되었다. 만약 중간에 방해를 받지 않았더라면 습포가 효력을 발휘해 왕의 다리에 종기가 생겼을 것이다. 하지만 중간에 방해하는 자가 나타났다. 영국의 법에 대해 비난 연설을 했던 '노예'가 현장에 나타나 그 일을 중단시키고 습포와 붕대를 떼 버린 것이다.

왕은 자신을 살려 준 사내의 몽둥이를 빌려 그 자리에서 두 악당을 맘껏 후려갈기고 싶었다. 하지만 사내는 그러다 문제를 일으킬 수도 있으니 안 된다며 일단 밤까지 사태를 지켜보자고 말렸다. 밤이 되어 패거리 전부가 모이면 바깥세상 사람들은 감히 간섭하거나 방해하지 못할 것이라는 얘기였다. 사내는 세 사람을 무리가 모여 있는 곳으로 데려가 왕초에게 그 사건을 보고했다. 왕초는 귀 기울여 듣고 곰곰이 생각하더니, 왕은 더 높고 나은 일에 어울리는 사람이 분명하니 다시는 왕에게 구걸을 시키지 말라고 결정했다. 그러고는 바로 그 자리에서 왕을 구걸 담당 직위에서 절도 담당 직위로 격상시켰다!

휴고는 뛸 듯이 기뻤다. 그는 이미 전에도 왕에게 도둑질을 시키려고 했지만 실패한 적이 있었다. 하지만 이제 더 이상 그런 종류의 말썽은 없을 것이다. 왕초가 직접 내린 명령을 거역하는 것은 꿈도 못 꿀 일이기 때문이다. 그래서 휴고는 곧바로 그날 오후에 습격을 단행하기로 계획을 세웠다. 습격 도중 왕을 법의 손아귀에 걸려들게 만들 작정이었다. 그러려면 뜻하지 않게 걸려든 것처럼 보이도록 아주 기발한 전략을 꾸며야 했다. '싸움닭 왕'은 이제 그들 패거리 사이에서 인기가 많았다. 그런 왕을 공동의 적인 법의 손아귀에 넘기는 심각한 배반 행위를 패거리 사람들이 곱게 봐줄 리 없었다.

아주 좋은 기회였다. 곧 휴고는 자신의 먹잇감을 데리고 이웃 마을로 어슬렁거리며 향했다. 두 사람은 천천히 이 거리 저 거리를 누비며 이리저리 돌아다녔다. 한 사람은 자신의 사악한 목적을 달성할 확실한 기회를 호시탐탐 엿보고 있었고, 다른 한 사람은 잽싸게 도망가 불명예스런 억류 상태에서 영원히 벗어날 기회를 호시탐탐 노리고 있었다.

둘은 꽤 괜찮아 보이는 기회를 몇 번 날려 버렸다. 각자 이번에는 일처리를 확실하게 하리라고 굳게 다짐했는데, 둘 모두 너무나 열렬히 바라고 있던 터라 불확실한 기회에 섣불리 모험하지 않을 작정이었기 때문이다.

휴고에게 먼저 기회가 찾아왔다. 한 여인이 뭔가 두툼한 꾸러미가 담긴 바구니를 들고 다가왔다. 휴고가 사악한 기쁨으로 눈을 반짝거리며 혼잣말했다.

"좋았어. 내가 저걸 훔치고 이 녀석한테 뒤집어씌우는 거야. 이제 작별이니 하느님의 가호가 있길 빌겠어, 싸움닭 왕!"

휴고는 겉으로 느긋한 척했지만 속으로는 흥분에 사로잡힌 채 그 여인이 지나갈 때까지 지켜보았다. 드디어 때가 무르익자 소리 죽여 나지막이 속삭였다.

"내가 돌아올 때까지 여기서 기다려."

그러고는 먹잇감을 쫓아 몰래 쏜살같이 달려갔다. 왕의 마음은 기쁨으로 가득 찼다. 휴고가 조금만 더 멀리 가면 이제 도망을 칠 수 있는 것이다.

하지만 왕에게 그런 행운은 오지 않았다. 휴고는 여인의 뒤로 살금살금 다가가서 꾸러미를 낚아채 팔에 두르고 있던 낡은 담요 조각으로 둘둘 말아 다시 왕을 향해 달려왔다. 여인은 비록 도둑질을 하는 장면을 직접 보지는 못했지만 짐이 가벼워져서 물건을 도둑맞은 사실을 순간적으로 알아챌 수 있었다. 여인이 "도둑이야!" 하고 외쳤고 휴고는 왕의 손에 그 꾸러미를 찔러주며 이렇게 말했다.

"이제 넌 다른 사람들과 함께 내 뒤를 쫓으면서 '도둑놈 잡아라!' 하고 외쳐. 단 사람들을 다른 쪽으로 끌고 가!"

휴고는 모퉁이를 돌아 구불구불한 골목길을 달려 내려갔다. 그런데 곧바로 어슬렁거리며 다시 나타나더니 순진하고 무관심한 표정으로 기둥 뒤에 자리를 잡고서 어떻게 되는지 지켜봤다.

모욕당한 왕이 꾸러미를 땅바닥에 집어던져 버렸다. 담요가 펼쳐져 꾸러미가 드러나는 순간 여인이 점점 늘어나는 구경꾼들과 함께 그 자리에 도착했다. 여인은 한 손으로 왕의 손목을 꽉 움켜쥐고 다른 손으로는 자신의 꾸러미를 얼른 집어 들었다. 그리고 아이에게 한바탕 욕설을 퍼붓기 시작했다. 그러는 동안 아이는 여인의 손아귀에서 벗어나려고 몸부림을 쳤지만 성공하지 못했다.

휴고는 자신의 적이 붙잡혀 법의 심판을 받게 되었으니 이 정도면 충분히 지켜봤다고 생각했다. 그는 슬그머니 자리를 떠나 의기양양하게 킬킬 웃으며 자신의 패거리가 있는 곳을 향해 걸어갔다. 그는 왕초 일당에게 이 일을 어떻게 둘러댈까 생각을 짜냈다.

왕은 여인의 강한 손아귀에 잡힌 채 계속 몸부림을 치며 분통을 터뜨렸다.

"손을 놓지 못하겠느냐, 이 어리석은 여인아. 너의 하찮은 물건을 훔친 사람은 내가 아니란 말이다."

구경꾼들이 주위를 에워싸며 왕을 위협하고 욕했다. 가죽 앞치마를 두르고 소매를 팔뚝까지 걷어 올린 건장한 대장장이가 따끔하게 혼쭐내 주겠다고 으름장을 놓으며 손을 뻗어 왕을 붙잡으려 했다. 하지만 바로 그때 긴 칼이 공중에서 번쩍하더니 평평한 면으로 대장장이의 팔을 가로막았다. 그와 동시에 칼의 멋진 주인이 곱게 말했다.

"이런, 여러분. 그렇게 악감정을 품고 몰인정한 말만 하지 말고 점잖게 처리를 합시다. 이 일은 법으로 해결해야 할 문제지, 여기 모인 사람들끼리 아무렇게 처리할 일이 아니오. 그러니 아이를 놔 주시오, 부인."

대장장이는 건장한 병사를 가늠하듯 흘끔 보더니 팔을 문지르면서 투덜거리며 물러났다. 여인도 마지못해 아이의 손목을 놓아주었다. 구경꾼들은 낯선 병사를 마뜩찮게 쳐다봤지만 신중하게 입을 다물었다. 왕은 뺨이 발갛게 상기된 채 눈을 반짝거리며 자신을 구해 준 사람 옆으로 펄쩍 뛰어갔다.

"심하게 꾸물대기는 했으나 때마침 잘 와 주었구나, 마일스 경. 어서 여기 이 무리를 싹 물리쳐 주게나!"

23. 죄인이 된 왕자

헨든은 억지로 미소를 지어 보이며 허리를 숙여 왕의 귀에 대고 속삭였다.

"살살, 조용히 말씀하시지요, 왕자님. 말씀을 조심하셔야 합니다. 아니, 아예 말씀을 하지 마십시오. 저를 믿으십시오. 그러면 모든 일이 순조롭게 잘 해결될 겁니다."

그러고는 생각했다.

'마일스 경이라니! 저런, 난 내가 기사란 사실을 까맣게 잊고 있었군그래! 맙소사, 정신이 이상한 아이가 기억력은 어쩜 저리 좋은지, 참으로 놀라운 일이야! 기사라는 이름뿐이고 어리석은 작위이긴 하지만 값어치 있는 것 같아. 실제 왕국에서 비열한 백작이 되는 것보다 이 아이의 꿈과 그림자 왕국에서 유령 기사가 되는 것이 훨씬 가치 있고 명예로운 일인 것 같으니까 말이야.'

구경꾼들 사이를 뚫고 경관이 다가와 왕의 어깨에 손을 얹어 놓으려고 하자 헨든이 말했다.

"이보시오, 살살 다뤄 주시오. 그 손은 치워 주시구려. 그러지 않아도 아이는 순순히 따라갈 테니 말이오. 그 점은 내가 책임지리다. 앞장서시오. 우리가 따라갈 테니."

경관이 꾸러미를 든 여인과 함께 앞장서자 마일스와 왕이 그 뒤를 따랐고 구경꾼들도 따라갔다. 왕은 가지 않겠다고 저항하고 싶었지만 헨든이 목소리를 낮춰 속삭였다.

"자, 잘 생각해 보십시오, 폐하. 폐하의 법은 왕권을 뒷받침하는 유익한 공기 같은 것이온데, 그 법의 근원이신 분이 법을 거역하면서 백성들에게는 법을 지키라고 요구할 수 있겠사옵니까? 보아 하니 누군가 법을 어긴 것이 분명하옵니다. 훗날 폐하께서 왕좌로 돌아가시게 되었을 때 왕이라는 사실을 숨기고 신분을 낮춰 일반 백성 행세를 하던 시절에 법의 권위에 충성스럽게 복종했던 사실을 떠올리시면 흐뭇하지 않겠사옵니까?"

"그대 말이 맞도다. 그러니 더 이상 말하지 않아도 되노라. 영국의 왕이 백성에게 법으로 어떤 벌을 받기를 요구하려면 왕 자신도 또한 백성의 신분으로 있는 한 그 벌을 받아야 한다는 사실을 그대는 똑똑히 보게 될 것이다."

여인은 증언을 하기 위해 치안 판사 앞에 불려 갔고 피고석의 꼬마가 도둑질을 한 장본인이라고 주장했다. 누구도 그 반대로 볼 수 없었으므로 왕은 꼼짝 없이 죄를 뒤집어쓸 판이었다. 꾸러미를 펼치자 그 안에는 요리할 수 있게 손질된 포동포동한 새끼 돼지가 들어 있었다. 판사가 곤혹스런 표정을 지었다. 그와 동시에 헨든도 얼굴이 창백해지면서 크게 당황하여 전기 충격을 받은 것처럼 몸을 부르르 떨었다. 하지만 왕은 상황이 어찌 돌아가는지 모르는 탓에 전혀 흔들림이 없었다. 판사는 불길하게 곰곰이 생각에 잠겼다가 여인을 향해 질문했다.

"이 돼지의 가치가 얼마라고 생각하느냐?"

여인이 공손히 절을 하며 대답했다.

"3실링하고도 8펜스입니다, 판사님. 한 푼도 깎지 않고 솔직하게 그대로 말씀드리는 것입니다."

판사는 불편한 듯 구경꾼들을 흘끗 둘러보더니 경관에게 고개를 끄덕이며 말했다.

"법정에서 사람들을 내보내고 문을 닫으라."

경관은 판사의 명령을 그대로 집행했다. 법정에는 경관 둘, 피고, 원고, 마일스 헨든만 남았다. 헨든의 얼굴은 딱딱하게 굳고 핏기가 없었다. 이마에는 커다란 식은땀이 송골송골 맺히더니 한데 뭉쳐서 뺨을 타고 흘러내렸다. 판사는 다시 여인을 향해 동정 어린 목소리로 말했다.

"불행한 사람들에겐 가혹한 시기이다 보니 아무것도 모르는 가엾은 아이가 너무 굶주려서 그런 짓을 저지른 모양이오. 잘 보시오. 이 아이의 얼굴에는 악한 빛이 없잖소. 배가 너무 고프다 보니 그리된 것이지. 착한 여인이여! 13펜스 반이 넘는 물건을 훔친 이는 법에 따라 교수형에 처해야 한다는 사실을 알고 있소?"

어린 왕이 깜짝 놀라 눈이 휘둥그레졌지만 얼른 마음을 가라앉히고 침묵을 지켰다. 하지만 여인은 그렇지 못했다. 여인은 공포로 몸을 벌벌 떨면서 벌떡 일어나 외쳤다.

"오, 맙소사, 내가 무슨 짓을 저질렀담! 제발 저 때문에 이 가

없은 아이를 목매달지 말아 주세요! 아, 판사님, 이 상황에서 저를 구해 주세요. 제가 어떻게 할까요? 어떻게 하면 되죠?"

판사는 법관답게 평정을 유지하며 간단히 대답했다.

"아직 기록에 올리지 않았으니 돼지의 값을 수정하면 되오."

"그렇다면 하느님께 맹세하건대 돼지의 값은 8펜스입니다. 하느님, 이 끔찍한 일에서 제 양심을 구한 오늘을 축복하여 주소서!"

마일스 헨든은 기쁜 나머지 예절이고 뭐고 다 잊어버린 채 왕을 두 팔로 꽉 껴안았다. 그 바람에 왕을 놀라게 하고 위엄을 상하게 했다. 여인은 고마워하며 작별 인사를 고한 뒤 돼지를 들고 뛰어나갔다. 경관이 여인을 위해 문을 열어 주고는 여인을 뒤따라 좁은 복도로 나갔다. 판사는 기록부에 판결을 적기 시작했다. 언제나 빈틈없는 헨든은 왜 경관이 여인을 따라 나갔을까 궁금했다. 그래서 슬그머니 어둑어둑한 복도로 빠져나가 귀를 기울였다. 그의 귀에 이런 대화가 들렸다.

"통통한 돼지가 아주 먹음직스러워 보이는군. 내가 그 돼지를 살 테니 여기 8펜스 받으시오."

"아니, 8펜스라니요! 당치도 않아요. 난 이 돼지를 3실링하고도 8펜스를 주고 샀어요. 선왕 시절에 유통되던 진짜 돈으로요. 얼마 전에 죽은 내 남편 해리조차도 감히 손대지 못했던 돈이라고요. 쳇, 8펜스가 뭐예요!"

"법정에 다시 서겠다 그 말이야? 선서를 해 놓고는 법정에서 그 돼지의 값이 8펜스라고 거짓 증언을 했단 말이로군. 즉시 나와 함께 판사님에게 돌아가서 그 죄의 대가를 치르시지! 그러면 그 아이의 목이 달아나겠지."

“잠깐, 잠깐, 이봐요, 됐어요. 더 이상 아무 말도 하지 말아요. 좋아요. 8펜스 이리 주고 이 일에 대해서는 입 다물어 줘요.”

여인이 울면서 자리를 떴다. 헨든은 슬그머니 다시 법정으로 돌아왔고 경관도 어딘가 가까운 곳에 그가 취한 상품을 숨긴 뒤 이내 뒤따라 들어왔다. 판사가 조금 더 뭔가를 기록한 다음 왕에게 현명하고 다정하게 훈계했다. 그리고 잡범들의 감옥에 단기 수감한 뒤 공개 태형에 처한다는 판결을 내렸다. 왕이 경악해서 입을 딱 벌렸다. 그리고 착한 판사의 목을 그 자리에서 당장 베어 버리라고 명령을 내릴 참이었다. 하지만 헨든이 왕에게 경고의 신호를 보내자 왕은 아무 말도 하지 않고 다시 입을 다물었다. 헨든은 이제 왕의 손을 잡고 판사에게 경례를 한 뒤 왕과 함께 경관을 뒤따라 감옥으로 향했다. 거리로 나서자마자 격앙된 군주는 걸음을 멈추고 헨든의 손을 확 뿌리치며 소리쳤다.

“바보 같으니, 내가 살아서 잡범들의 감옥에 들어갈 성 싶더냐?”

헨든은 허리를 숙이고 다소 날카롭게 말했다.

“저를 믿어 주시겠습니까? 그럼 조용히 하십시오! 위험한 말로 일을 더 악화시키지 마십시오. 신이 뜻하신 일이라면 어떻게든 일어나게 되어 있으니 폐하께서 서두르신다고 바뀌지는 않사옵니다. 그러니 인내심을 갖고 기다리십시오. 일단 일이 돌아가는 상황을 지켜보고 난 뒤 화를 내시든 기뻐하시든 해도 늦지 않사옵니다.”

24. 탈출

짧은 겨울 해가 저물고 있었다. 거리에는 인적이 드물었고 귀
가가 늦은 사람 몇몇만 보였다. 그 사람들도 앞만 보며 바삐 길
을 재촉했는데, 어서 빨리 용무를 끝내고 거세지는 바람과 짙
어지는 어스름을 피해 아늑한 집으로 돌아가기를 간절히 바라
는 표정이었다. 그들은 좌우 어느 쪽으로도 눈길을 주지 않았으
며 우리 무리에게 주의를 기울이지도 않았다. 아니, 아예 무리
를 보지도 못한 것 같았다. 에드워드 6세는 왕이 감옥으로 끌려
가는 광경을 보고도 사람들이 이토록 놀랍도록 무관심했던 적이
있을까 궁금했다. 이윽고 경관은 텅 빈 시장 광장에 도착해 그곳
을 가로질러 나갔다. 그곳 중간쯤에 도착했을 때 헨든은 경관의
어깨에 손을 얹으며 나지막한 목소리로 말했다.

"이보시오, 잠깐만 기다리게. 주위에 듣는 사람이 아무도 없
으니 내 당신에게 한 마디 해야겠소."

"내 업무상 그럴 수는 없소이다. 제발 나를 방해하지 마시오. 날이 어두워지고 있으니까."

"그래도 잠깐만 시간을 내주시오. 당신하고도 상관있는 일이니까. 잠시 등을 돌리고 못 본 척해 주시오. '이 가엾은 아이가 달아날 수 있게' 말이오."

"대체 무슨 소리요! 공무 집행 방해로 당장 당신을 체포……."

"아니, 그리 성급하게 굴지 마시오. 어리석은 실수는 하지 않도록 조심하는 게 좋을 거요."

그러면서 목소리를 죽여 경관의 귀에 대고 소곤거렸다.

"8펜스에 산 돼지 때문에 당신 목이 날아갈지도 모르니까!"

불시에 기습을 당한 가엾은 경관이 처음에는 아무 말도 못하다가 겨우 말문이 열려 고래고래 고함을 치고 으름장을 놓기 시작했다. 하지만 헨든은 경관이 숨이 차서 말을 못할 때까지 인내심을 갖고 평온하게 기다렸다.

"이보시오, 친구. 난 당신이 맘에 드오. 그래서 당신이 다치는 걸 보고 싶지 않소. 내 말 잘 들으시오. 난 당신이 하는 말을 전부 들었소. 한 단어도 놓치지 않고 말이오. 내가 그 사실을 증명해 주겠소."

헨든은 경관과 여인이 법정의 복도에서 나눴던 대화를 한 마디도 놓치지 않고 그대로 되풀이하고는 다음과 같은 말로 이야기를 마쳤다.

"자, 내가 옳게 읊었지 않소? 필요하다면 판사 앞에서 내가 이대로 똑같이 못 읊을 것 같소?"

경관은 두려움과 괴로움으로 잠깐 동안 말문이 막혔다. 하지만 곧 조롱하며 짐짓 아무렇지도 않게 말했다.

"농담한 걸 가지고 괜히 큰 문제로 만들고 그러시오. 그냥 재미 삼아 그 여자를 좀 괴롭혔을 뿐이오."

"재미 삼아 그 여인의 돼지를 가로챘다?"

그러자 경관이 날카롭게 대꾸했다.

"이보시오, 달리 뭐가 있겠소? 그냥 장난 좀 친 거라니까 그러시오."

"당신이 그렇게 주장하니 그런 것 같기도 하오만."

헨든이 조롱 반 진담 반의 알쏭달쏭한 말투로 말을 이어 갔다.

"하지만 여기서 잠깐 기다리고 있으시오. 내가 판사님께 달려가서 여쭙고 올 테니. 판사님은 법에 식견이 높으신 분이니 그게 장난인지 아닌지…….."

헨든은 이렇게 이야기하며 그 자리를 떠나고 있었다. 경관은 머뭇거리다가 안절부절못하며 욕설을 한두 마디 내뱉더니 소리쳤다.

"이보시오, 잠깐, 멈춰요. 조금만 기다려 주시오. 판사님이라니! 이런, 세상에, 그분은 장난이라면 시체만큼이나 질색하는 분이란 말이오! 자, 이야기를 더 나눠 봅시다. 에잇! 재수 더럽게 걸린 것 같군. 그냥 별생각 없이 재미 삼아 한 일이란 말이오. 난 식구가 딸린 몸이오. 아내와 어린 자식들이 있소이다. 이보시오, 탁 터놓고 말해 보시오. 대체 내게 바라는 게 뭐요?"

"당신은 그저 눈 딱 감고 입 꼭 다물고 꼼짝 않고 가만히 서서 숫자를 십만까지 세기만 하면 되오. 아주 천천히 말이오."

헨든이 별것 아닌 부탁을 청하는 사람처럼 말했다.

"그랬다간 난 끝장이오!"

경관이 절망하여 외쳤다.

"아, 이봐요, 제발 이성적으로 생각해 봐요. 이 문제를 모든 면에서 살펴봐요. 그러면 정말이지 그게 단지 장난에 불과하단 걸 아실 겁니다. 정말로 명백하고도 확실하다니까요. 그리고 장난이 아니라고 여긴다 할지라도 그건 아주 작은 실수에 지나지 않아요. 그것이 불러올 가장 엄격한 처벌이라고 해 봤자 판사님의 힐책과 경고뿐일 겁니다."

그러자 헨든은 주위에 찬바람이 쌩쌩 일 정도로 엄숙한 표정이 되어 대꾸했다.

"당신이 장난이라 우기는 그런 행동이 법률상 어떤 죄목으로 불리는지 잘 알 텐데?"

"난 전혀 몰랐어요! 내가 생각이 짧았던 것 같아요. 나는 그런 행동에 죄목이 있는 줄 몰랐어요. 아, 하느님 맙소사, 정말 그런 죄목이 있는 줄은 꿈에도 몰랐다고요."

"맞아, 그런 행동에는 죄목이 있지. 법에서는 그 죄를 '논 콤포스 멘티스 렉스 탈리오니스 시크 트란시트 글로리아 문디'(*특정한 죄목이 아니라 라틴 어 구절을 의미 없이 나열한 것.)라고 부르지."

"아, 맙소사!"

"그리고 그 범죄에 대한 처벌은 사형이야!"

"하느님, 이 죄인에게 자비를 베푸소서!"

"잘못이 분명하고 심각한 위험에 처해 있으며 자비를 바라는 마음을 이용하여, 당신은 13펜스 반 이상 나가는 물건을 헐값에 강탈했소. 그리고 이런 행위는 법률상으로 추정수회죄, 대역범 은

닉죄, 배임죄, '애드 호미넴 엑스퍼가티스 인 스타투 쿠오'(*앞의 경
우처럼 아무런 뜻 없이 라틴 어 구절을 나열한 것.)에 해당하오. 그에
대한 처벌은 교수형뿐이고 보석, 감형, 성직자 특권(*성직자가 법정
대신 교회에서 재판을 받을 수 있는 권리.) 같은 건 기대하지 마시오."

"이보시오, 나 좀 잡아 줘요, 나 좀 잡아 줘. 다리가 후들거려
서 서 있을 수가 없구려! 제발 자비를 베풀어 주시오. 제발 내가
그런 형벌을 당하지 않게 해 주시오. 등을 돌리고 아무것도 못
본 걸로 할 테니까요."

"좋소! 이제야 머리가 좀 돌아가는 것 같군. 그리고 그 돼지
도 돌려줄 거요?"

"그럼요, 그러고 말고요. 하늘이 보내어 천사가 가져다준 것
이라고 해도 손끝 하나 건드리지 않겠습니다. 어서 가세요. 당
신을 위해서 이제 난 장님이 될 테니⋯⋯. 나는 아무것도 보이지
않아요. 당신이 습격해서 죄인을 강제로 데려갔다고 보고하겠습
니다. 감옥 문이 아주 낡아서 흔들거리니까요. 감옥 문은 오늘
자정과 내일 아침 사이에 제가 직접 부숴 놓겠습니다."

"좋아요. 그렇게 하시오. 그런다고 피해 볼 사람은 없을 테니.
판사님도 이 아이를 가엾게 여기고 있으니 이 아이가 달아났다
고 해도 눈물을 흘리거나 간수의 뼈를 부러뜨리지 않을 거요."

25. 헨든 저택

헨든은 경관이 시야에서 보이지 않게 되자마자 왕에게, 자신은 여인숙으로 가서 계산을 마치고 올 테니 마을 밖의 어떤 장소에서 기다리고 있으라고 부탁했다. 삼십 분 뒤 기분이 좋아진 두 사람은 헨든의 초라한 말을 타고 동쪽으로 천천히 말을 몰았다. 왕은 누더기를 벗어 던지고 헨든이 런던교에서 구입한 헌 옷을 입었기 때문에 따뜻하고 편안했다.

헨든은 아이가 너무 피로하지 않게 보살펴 주고 싶었다. 그는 힘든 여행과 불규칙적인 식사, 불편한 잠자리가 아이의 온전치 못한 정신에 악영향을 미칠 것이라고 판단했다. 반면에 휴식과 규칙적인 생활, 적절한 운동은 아이의 병을 빨리 낫게 할 것이라고 확신했다. 헨든은 병에 걸린 아이의 지성이 다시 회복되어 고통받는 머리에서 병적인 몽상이 사라지기를 간절히 바랐다. 그래서 그는 밤이고 낮이고 달려 오랫동안 추방당했던 집으로 속히 돌아가고 싶었지만 꾹 참고 편안하고 천천히 이동하기로 마음먹었다.

십오 킬로미터쯤 길을 가니 꽤 규모가 큰 마을이 나왔다. 그들은 그곳에서 멈춰 좋은 여인숙에서 하룻밤을 묵기로 했다. 두 사람의 관계는 예전 상태로 돌아갔다. 왕이 식사를 하는 동안 헨든은 왕의 의자 뒤에 서서 시중을 들었다. 왕이 잠자리에 들 때는 옷을 벗겨 주었다. 그런 뒤 마룻바닥을 잠자리 삼아 문 앞에 비스듬히 누워 담요를 돌돌 말고 잠을 잤다.

다음날도 또 그 다음날도 두 사람은 서로 헤어진 이후 겪었던 모험담을 즐겁게 나누며 느긋하게 말을 몰았다. 헨든은 왕을 찾기 위해 자기가 온갖 곳을 헤매고 다닌 이야기를 세세하게 들려주었다. 천사장이 자기를 숲 여기저기 엉뚱한 곳으로 데리고 다니다가 그를 제거할 수 없다는 것을 알자 다시 오두막으로 데려간 이야기도 생생히 묘사했다. 헨든의 말에 따르면, 침실로 들어갔던 노인이 비탄에 잠긴 표정으로 비틀거리며 나와서는 아이가 돌아와 침실에서 누워 쉬고 있을 줄 알았는데 그렇지 않다고 말했다고 한다. 헨든은 하루 종일 오두막에서 기다렸고 왕이 돌아올 가능성이 점점 희박해지자 다시 왕을 찾아 길을 나섰다고 했다.

"제단까지 차려 놓고 아주 성스러운 척하는 그 늙은이가, 폐하께서 돌아오시지 않자 정말 많이 아쉬워하더군요. 그게 얼굴에 다 드러나더라고요."

"그래, 분명 그러고도 남았을 거야!"

왕이 이렇게 외치고는 자신이 천사장에게 당한 일을 들려주었다. 그 이야기를 들은 뒤 헨든은 천사장을 죽이지 못한 걸 무척 유감스러워했다.

여행의 마지막 날에는 헨든의 기분이 몹시 들떴다. 헨든은 쉴 새 없이 혀를 놀렸다. 자신의 아버지와 아서 형에 대해 이야기하며 그들의 고결하고 관대한 성품을 보여 주는 여러 가지 일화를 들려주었다. 이디스에 대한 열정적인 사랑에 대해서도 말해 주었는데 얼마나 기분이 좋았던지 심지어 동생 휴에 대해서도 다정하게 감싸는 말을 할 정도였다. 헨든은 곧 저택에서 있을 가족과의 만남을 떠올렸다. 다들 얼마나 놀랄까, 또 하느님에 대한 감사 인사와 기쁨의 말들이 얼마나 많이 터져 나올까, 상상의 나래를 펼쳤다.

그곳은 작은 집들과 과수원들이 점점이 흩어져 있는 아름다운 지역이었고 넓은 목초지 사이로 길이 나 있었다. 뒤로 넓게 뻗은 목초지는 오르막과 내리막이 완만하게 이어져 마치 파도가 넘실대는 것 같았다. 오후가 되자 돌아온 탕아 헨든은 얼핏이라도 자기 집을 볼 수 있을까 싶어 자꾸만 길에서 벗어나 언덕 쪽으로 가곤 했다. 마침내 자기 집이 보이자 헨든은 흥분해서 소리쳤다.

"저기 마을이 보입니다, 왕자님. 저 부근에 헨든 저택이 있어요! 여기에서도 저택의 탑들이 보일 거예요. 저기 숲도 보이시죠? 저곳이 바로 소인의 부친의 정원입니다. 아, 저곳이 얼마나 훌륭하고 웅장한지 이제 곧 아시게 될 거예요! 방은 일흔 개나 되고…… 생각해 보십시오! 하인들도 스물일곱 명이나 되고요! 우리 같은 사람이 묵기에 딱 안성맞춤인 저택이지요. 그렇지 않습니까? 자, 어서 서두르시지요. 마음이 다급해서 더 이상 지체할 수가 없사옵니다!"

최대한 열심히 서둘러 갔지만 세 시가 지나서야 마을에 도착했다. 두 나그네가 급히 마을을 지나갔는데 헨든은 그러는 동안에도 쉴 새 없이 혀를 놀렸다.

"여기가 교회입니다. 옛날과 똑같이 담쟁이덩굴로 덮여 있군요. 하나도 달라진 것 없이 그때 모습 그대로예요."

"저기가 '붉은 사자'라는 여인숙입니다. 저쪽이 시장이고요."

"여기에 오월제 기념 기둥인 메이폴이 있군요. 여기에는 펌프가 있고…… 아무것도 변하지 않았어요. 아무튼 사람들만 빼놓고 아무것도 변하지 않았어요. 십 년이면 사람도 변한다는데, 저 사람들 가운데 몇몇은 알 것 같아요. 하지만 아무도 소인을 알아보지 못하는군요."

이런 식으로 헨든은 계속 수다를 떨었다. 이윽고 두 사람은 마을 끝자락에 다다랐다. 그러고는 높은 울타리가 있는 구불구불한 좁은 길로 들어서서 빠르고 힘차게 일 킬로미터쯤 나아갔다. 그런 다음 가문의 문장이 새겨진 거대한 돌기둥들이 있는 인상적인 출입구를 지나 어마어마한 꽃밭으로 들어섰다. 그들 앞에 웅장한 대저택이 서 있었다.

"폐하, 헨든 저택에 오신 것을 환영하옵니다!"

헨든이 외쳤다.

"아, 정말로 멋진 날이옵니다! 소인의 아버지와 형님과 이디스가 너무나도 기쁜 나머지 소인에게만 집중하여 폐하께오서는 별로 환영받지 못한다고 여기실지도 모르겠사옵니다. 하지만 신경 쓰지 마십시오. 곧 상황이 달라질 테니까요. 폐하는 소인이 지켜 드리는 분이며 또 소인이 폐하를 얼마나 애지중지하는지 사람들에게 설명하면, 저 마일스 헨든을 위해 폐하를 꼭 끌어안고 폐하의 집처럼 마음 편히 영원토록 머물게 해 줄 것이옵니다!"

다음 순간 헨든은 커다란 문 앞에 말을 세우고 훌쩍 뛰어내렸다. 그리고 왕이 말에서 내리는 것을 도운 뒤 왕의 손을 잡고 급히 문 안으로 들어갔다. 몇 걸음 걸어가니 널찍한 방이 하나 나왔다. 그 방으로 들어가 예도 제대로 갖추지 못하고 급하게 왕을 자리에 앉힌 다음 활활 타오르는 장작불 곁 책상에 앉아 있는 젊은이에게 달려갔다.

"나를 안아 다오, 휴."

헨든이 외쳤다.

"그리고 내가 돌아와서 기쁘다고 말해 다오! 그리고 아버지를 불러 다오. 전처럼 아버지와 손을 맞잡고 얼굴을 뵙고 목소리를 듣기 전에는 집에 돌아온 걸 실감할 수 없으니까!"

휴는 순간적으로 깜짝 놀라는 표정을 짓더니 뒷걸음질 치며 침입자를 빤히 쳐다보기만 했다. 처음에는 기분 상한 듯 근엄한 표정이었지만 마음속으로 뭔가 의도가 생겼는지 진짜와 가짜 연민이 뒤섞인 호기심 가득한 표정으로 바뀌었다. 이윽고 휴가 부드러운 목소리로 말했다.

"불쌍한 나그네 양반, 정신이 온전치 못해 보이는군요. 틀림없이 궁핍한 생활을 하며 세파에 거칠게 시달린 모양입니다. 당신의 모습과 옷차림이 그걸 증명하는군요. 내가 누구라고 생각한 것입니까?”

“네가 누구라고 생각하냐니? 네가 너지, 누구란 말이냐? 난 너를 휴 헨든이라고 생각해.”

마일스 헨든이 날카롭게 말했다.

상대방이 여전히 부드러운 어조로 말했다.

“그럼 당신은 당신 자신이 누구라고 생각하십니까?”

“생각하고 말고 할 게 어디 있어! 넌 네 형, 마일스 헨든을 모른 척하겠다는 것이냐?”

휴의 얼굴에 놀라면서도 즐거운 표정이 스쳤다.

“뭐라고! 지금 나를 놀리는 겁니까? 죽은 사람이 살아서 돌아와요? 만약 그럴 수만 있다면 참으로 고마운 일이지요. 돌아가신 불쌍한 우리 형님이 그 모든 잔혹한 세월을 보낸 뒤에 우리의 품으로 다시 돌아올 수 있다면 말이오! 아, 그러면 너무 좋아서 꿈만 같겠죠. 정말 꿈만 같을 겁니다. 경고하는데 나를 불쌍히 여겨 갖고 놀지 마십시오! 어서…… 밝은 쪽으로 오십시오. 당신을 좀 자세히 볼 수 있게!”

휴는 마일스의 팔을 붙잡고 창 쪽으로 끌고 가서는 마일스를 이리저리 돌렸다. 그리고 그의 주위를 거침없이 돌면서 머리에서 발끝까지 열심히 뜯어봤다. 그러는 동안 돌아온 탕아는 기쁨으로 빛나는 얼굴에 미소를 띠며 소리 내어 웃기도 하고 고개를 끄덕이기도 했다.

“계속해, 동생. 계속해. 두려워할 것 없어. 팔다리든 이목구비든 네 시험에 통과하지 못할 건 없을 테니. 네가 만족할 때까지 실컷 조사하고 살펴봐, 내 착한 동생아. 정말로 난 네 형 마일스야. 집을 나갔던 그때와 똑같은 너의 형 마일스야. 그렇지 않니? 아, 참으로 기쁜 날이구나. 정말로 기쁜 날이야. 네 손 좀 만져 보자꾸나. 네 뺨도. 아아, 너무나도 좋아서 죽을 것만 같구나!"

마일스 헨든은 동생을 끌어안으려고 했지만 휴는 손을 들어 제지했다. 그리고 슬픔에 잠겨 고개를 푹 떨구고 감정에 북받쳐 말했다.

"아, 자비로운 하느님이시여, 제게 이 가혹한 실망을 견뎌 낼 힘을 주소서!"

마일스는 놀라서 잠시 아무 말도 하지 못하다가 평정을 되찾고 소리쳤다.

"실망이라니? 내가 네 형이 아니란 것이냐?"

휴가 애처롭게 고개를 끄덕이며 말했다.

"하늘에 간절히 바라건대, 당신이 내 형이라면 얼마나 좋겠습니까? 아니, 누구든 당신이 내 형이라고 증명해 준다면 더할 나위 없이 좋겠습니다. 아아, 하지만 그 편지에 적힌 내용이 사실이었군요."

"무슨 편지 말이냐?"

"예닐곱 해 전에 바다 건너 외국에서 온 편지요. 그 편지에 우리 형님이 전사했다고 적혀 있었지요."

"그건 거짓말이야! 아버지를 모셔 오너라. 아버지께선 나를 알아보실 거야."

"돌아가신 분을 어찌 모셔 오겠습니까?"

"돌아가셨다고?"

마일스의 목소리가 착 가라앉으면서 입술이 바르르 떨렸다.

"아버지께서 돌아가셨다니! 오, 정말 가혹한 소식이로구나. 이제 내 새로운 기쁨의 절반이 사라졌구나. 그럼 아서 형을 만나게 해 다오. 아서 형은 나를 알아볼 거야. 나를 알아보고 위로해 줄 거야."

"아서 형님도 돌아가셨습니다."

"자비로운 하느님께서 어찌 제게 이런 고통을 주시옵니까! 돌아가셨다니…… 두 분 다 돌아가셨다니…… 제게 소중한 분들은 앗아가시고 쓸모없는 자들만 남겨 놓으셨군요! 아! 하느님의 자비를 간절히 구하옵니다! 설마 이디스까지…….."

"죽었냐고요? 아니, 그녀는 살아 있습니다."

"하느님, 감사합니다. 저의 기쁨이 다시 살아났습니다! 휴, 어서 빨리…… 이디스를 내게로 데려와! 만약 이디스마저 나를 부정한다면……. 아냐, 이디스는 그러지 않을 거야. 그래, 절대 아냐. 이디스는 나를 알아볼 거야. 바보 같이 의심하다니. 그녀를 데려와. 옛날 하인들도 데려와. 그들도 나를 알아볼 거야."

"하인들은 모두 떠나고 피터, 핼시, 데이비드, 버나드, 마거릿 이렇게 다섯 명밖에 남지 않았어요."

휴가 그렇게 말하며 방을 나갔다. 마일스는 골똘히 생각하며 서 있다가 혼잣말을 중얼거리며 방 안을 거닐기 시작했다.

"충실하고 정직한 하인 스물두 명은 모두 떠나고 제일 교활한 악당 같은 다섯 명만 살아남았다…… 거 참, 이상한 일이로군."

마일스는 왕이 옆에 있다는 사실도 까맣게 잊고 계속 이리저리 걸어다니며 중얼거렸다. 이윽고 왕이 진심으로 동정하는 어투로 진지하게 말했다. 비록 그 말이 반어적으로 해석될 소지가 있기는 했지만 말이다.

"그대의 불행을 너무 언짢아 마. 자기 정체가 부정되고 어떤 주장을 해도 조롱받는 사람이 세상에 어디 자네뿐이겠나? 자네와 같은 처지인 사람들이 많아."

"아, 폐하."

헨든이 살짝 얼굴을 붉히며 외치고 말을 이어 갔다.

"소인을 나무라지 마시옵소서. 잠깐만 기다리면 알게 되실 것이옵니다. 소인은 사기꾼이 아니옵니다. 이디스가 증명해 줄 것입니다. 영국에서 가장 어여쁜 입술에서 그 말을 듣게 될 것이옵니다. 소인이 사기꾼이라고요? 어린아이가 자신의 놀이방을 훤히 알고 있듯이, 소인은 이 오래된 저택과 조상들의 초상화와 주위의 모든 것들을 훤히 알고 있사옵니다. 소인은 이곳에서 나고 자랐사옵니다, 폐하. 소인은 진실을 이야기하고 있습니다. 저는 폐하를 속이지 않을 것이옵니다. 다른 사람들은 소인을 믿지 않는다 하여도 폐하께서는 부디 저를 의심하지 말아 주시옵소서……. 소인, 그것만큼은 정말 견딜 수가 없사옵니다."

"나는 그대를 의심하지 않네."

왕이 어린아이처럼 천진난만하면서도 믿음직하게 말했다.

"폐하, 진심으로 감사하옵니다!"

헨든이 감동받은 티를 내며 열성적으로 외쳤다. 그러자 왕은 앞서와 똑같이 천진난만하면서도 다정하게 덧붙였다.

"그대는 나를 의심하느냐?"

헨든은 죄책감이 엄습하고 당혹스러웠는데 때마침 문이 열리면서 휴가 들어왔다. 덕분에 왕의 곤란한 질문에 대한 대답을 피할 수 있었다.

화려한 옷차림의 아름다운 여인이 휴의 뒤를 따라 들어왔고, 여인 뒤로 제복을 입은 하인 몇 명도 들어왔다. 여인은 고개를 숙이고 바닥에 시선을 고정한 채 천천히 걸어왔다. 얼굴은 이루 말할 수 없을 정도로 슬픈 표정이었다. 마일스 헨든은 앞으로 다가서며 소리쳤다.

"오, 나의 이디스, 내 사랑……."

하지만 휴가 정색하며 손을 흔들어 그를 제지했다.

"이 사람을 잘 보시오. 아는 사람이오?"

이디스는 마일스의 목소리를 듣고 살짝 놀라 뺨이 발갛게 상기되었다가 이제는 몸을 벌벌 떨었다. 그녀는 잠깐 동안 우두커니 아무 말도 못하고 서 있었다. 그러더니 천천히 고개를 들고 겁에 질리고 돌처럼 굳은 시선으로 헨든을 쳐다봤다. 그녀의 얼굴에서 핏기가 한 방울 한 방울 사라지더니 마침내 죽은 사람처럼 창백해졌다. 그녀는 얼굴빛만큼이나 생기 없는 목소리로 "난 이 사람을 몰라요!" 하고 말했다. 그러더니 신음과 흐느낌을 억누르고 돌아서서 비틀거리며 방을 나갔다.

마일스 헨든은 의자에 털썩 주저앉아 두 손에 얼굴을 파묻었다. 잠시 후 그의 동생이 하인들에게 말했다.

"다들 이 사람을 잘 봤겠지. 아는 사람인가?"

하인들이 고개를 내젓자 주인이 말했다.

"하인들도 당신을 모른다는군요. 뭔가 착각을 하신 모양입니다. 당신도 방금 보셨다시피 제 아내도 당신을 모른다고 했고요.”

“네 아내라니!”

순식간에 마일스는 휴의 멱살을 단단히 잡고 벽으로 밀어붙였다.

“오, 이 여우 같이 교활한 놈, 이제 다 알겠어! 네놈이 거짓 편지를 써서 내 신부와 재산을 빼앗았구나. 어서…… 썩 꺼져 버려. 너 같이 보잘것없는 녀석을 죽여 군인으로서의 내 명예를 더럽히긴 싫으니까!”

숨이 막혀 얼굴이 새빨개진 휴가 비틀거리며 가장 가까이에 있는 의자에 털썩 주저앉았다. 그러고는 하인들에게 자신을 죽이려 든 낯선 자를 잡아서 묶으라고 명령했다. 하지만 하인들은 머뭇거렸고 그중 한 명이 말했다.

“주인님, 이자는 무장을 하고 있는데 저희는 무기가 없습니다.”

“무장? 그게 무슨 상관이야. 너희가 인원이 훨씬 많은데? 어서 붙잡지 않고 뭐해!”

하지만 마일스는 하인들에게 경고하면서 덧붙여 말했다.

“너희들은 옛날의 나를 잘 알고 있겠지. 난 하나도 변하지 않았어. 그러니 덤빌 테면 덤벼 봐.”

이렇게 기억을 상기시켜 주자 하인들은 덤벼들 용기가 나지 않는지 여전히 망설였다.

“썩 나가, 이 아무짝에 쓸모없는 겁쟁이들아. 나가서 무장을 하고 문을 지켜. 그동안 나는 사람을 보내 경비대를 불러올 테니.”

휴가 소리치고는 문지방에서 몸을 돌리더니 마일스에게 말했다.

"쓸데없이 도망가려고 해서 내 기분을 상하게 만들지 않는 게 좋을 거요."

"도망가다니? 그게 네가 걱정하는 거라면 괜한 걱정 사서 하지 마. 이 마일스 헨든은 헨든 저택과 이 저택에 딸린 모든 재산의 주인이니까. 어디에도 가지 않고 여기 꼼짝 않고 있을 테니…… 그 점에 대해선 전혀 걱정할 것 없어."

26. 연이 끊긴 신세

왕은 잠시 생각에 잠겨 있다가 고개를 들고 말했다.

"이상하구나. 참으로 이상해. 도무지 이해가 가질 않는구나."

"아뇨. 이상할 것이 없사옵니다, 폐하. 저는 녀석을 잘 알고 있는데 이건 아주 자연스러운 행동입니다. 저 녀석은 날 때부터 못된 놈이었어요."

"오, 난 그자에 대해 말하는 것이 아닐세, 마일스 경."

"녀석에 대해 말하는 게 아니라고요? 그렇다면 누구를 말씀하시는 것입니까? 무엇이 그리 이상하단 말씀이시옵니까?"

"왕이 없어졌는데 아무도 찾질 않는 것 말이네."

"네? 뭐라고요? 무슨 말씀이신지 잘 모르겠사옵니다."

"정말로 모르겠는가? 온 나라에 나를 찾는 밀사들이 가득하고 나의 용모를 묘사한 방들이 나붙지 않는 것이 그대는 이상하지 않단 말이냐? 한 나라의 원수가 사라졌는데 아무런 소동이나 걱정이 없을 수 있단 말이더냐? 내가 실종되었는데도?”

“맞는 말씀이시옵니다, 폐하. 소인이 깜빡했사옵니다.”

헨든은 이렇게 대답한 뒤 한숨을 쉬며 속으로 생각했다.

‘불쌍하게 이리도 돌아 버리다니. 애처롭게 아직도 꿈속에 빠져 있구나.’

“하지만 내게 우리 두 사람 모두의 신원을 바로잡아 줄 계획이 하나 있네. 라틴 어, 그리스 어, 영어, 이렇게 세 가지 언어로 편지를 한 장 써 줄 테니 그대가 아침에 그 편지를 갖고 런던으로 서둘러 가도록 하게. 그걸 다른 사람은 말고 꼭 나의 외숙인 하트퍼드 경에게 전하게. 하트퍼드 경이 그 편지를 보면 내가 편지를 썼단 사실을 바로 알아볼 것이네. 그러면 하트퍼드 경이 내게 사람을 보낼 것이니라.”

“폐하, 소인의 신원을 증명하고 소인의 소유지에 대한 권리를 찾을 때까지 이곳에서 기다리는 것이 가장 낫지 않겠사옵니까? 그러면 제가 더 잘…….”

왕이 오만하게 헨든의 말을 딱 잘랐다.

“조용히 하거라! 국가의 안녕과 왕좌의 보전에 관한 문제 앞에서 그대의 보잘것없는 소유지와 하찮은 이해관계 따위가 뭐가 중요하단 말이냐!”

그러고는 너무 엄하게 소리친 게 미안한 듯 부드러운 목소리로 덧붙였다.

“두려워 말고 내 명을 따르라. 내 그대의 신원을 바로잡아 줄 터이니. 온전히 원래대로 돌려줄 터이니 말이다. 그래, 그 이상으로 해 주겠다. 꼭 기억해 뒀다 보답하겠노라.”

왕은 펜을 들어 편지를 쓰기 시작했다. 헨든은 잠시 왕을 사랑스럽게 바라보다가 속으로 중얼거렸다.

'어두운 데서 목소리나 말투만 들었다면 틀림없이 왕이라고 여겼을 거야. 그걸 부인할 길이 없어. 기분이 내킬 때면 진짜 왕처럼 불호령을 내렸다가 또 기분을 풀어 줬다가 하는군. 어디서 저런 솜씨를 익혔을까? 알지도 못하는 저런 꼬불꼬불한 글자들을 라틴 어와 그리스 어라고 상상하며 흐뭇하게 갈겨쓰는 것 좀 봐. 저 아이의 관심을 다른 데로 돌려놓을 좋은 방책을 생각해 내지 못하면 내일 어쩔 수 없이 저 편지를 갖고, 저 아이가 나를 위해 날조해 낸 미친 심부름을 떠나는 척해야겠군.'

마일스 경의 주의는 방금 겪은 일로 집중되었다. 너무 골똘히 생각에 빠진 나머지 왕이 이윽고 편지를 다 써서 건넸을 때 무의식적으로 편지를 받아서 호주머니에 넣었다. 헨든은 혼자서 중얼거렸다.

"이디스의 행동이 정말로 이상해. 이디스가 나를 알아본 것 같아. 또 어찌 보면 나를 알아보지 못한 것 같기도 해. 자꾸만 이런 생각들이 상충하니까 조율을 할 수가 없어. 그렇다고 명백하게 반대되는 두 가지 생각을 무시할 수도 없고 어느 한쪽에만 치우칠 수도 없어. 문제를 간단히 정리해 보자. 이디스는 내 얼굴, 내 모습, 내 목소리를 알아본 게 틀림없어. 어떻게 알아보지 못할 수가 있겠어? 하지만 그녀는 나를 알지 못한다고 말했어. 그녀는 거짓말할 사람이 아니니까 그건 완벽한 증거야.

하지만 가만 있자. 뭔가 좀 알 것 같아. 어쩌면 휴가 이디스를 협박하고…… 명령해서…… 거짓말하도록 강요했을지 몰라.

그래, 바로 그거야! 수수께끼가 풀렸어. 이디스는 공포에 질려 죽은 사람처럼 하얗게 질렸어. 맞아, 이디스는 휴한테 강요당한 거야. 이디스를 찾아봐야겠어. 휴가 없으니 이디스가 진심을 말할 거야. 우리가 소꿉동무였던 옛 시절을 떠올리면 마음의 긴장도 누그러지고 더 이상 나를 배신하지 않으려고 고백할 거야. 이디스의 몸에는 배신의 피가 흐르지 않으니까……. 그래, 이디스는 언제나 정직하고 진실했어. 그녀는 그때 당시 나를 사랑했어……. 그래, 이것만 믿고 부딪쳐 보는 거야. 자신이 사랑했던 사람을 배신하지는 않을 테니까.”

헨든은 간절한 마음을 안고 문 쪽으로 발걸음을 옮겼다. 그런데 바로 그 순간 문이 열리며 이디스가 들어왔다. 이디스의 얼굴은 아주 창백했지만 걸음걸이는 흔들림 없이 확고했으며 태도는 우아하고 품위 있었다. 얼굴은 아까처럼 슬퍼 보였다.

마일스는 행복한 마음이 들어 자신 있게 이디스를 맞으러 달려 나갔다. 하지만 이디스는 살짝 거부하는 몸짓으로 그를 제지했고 그는 그 자리에 그대로 멈춰 섰다. 이디스는 자리에 앉더니 마일스에게도 앉으라고 권했다. 그녀는 이런 식으로 아주 간단히 마일스에게서 옛 친구에 대한 우정을 앗아가 버리고 그를 그저 낯선 사람이자 손님으로 바꿔 버렸다. 예상치 못한 그녀의 행동에 마일스는 깜짝 놀라고 당황했다. 그래서 한순간 스스로도 자기가 마일스 헨든이 아닌 게 아닐까 하는 의심이 들 정도였다. 이디스가 먼저 입을 열었다.

“손님, 저는 당신에게 경고하기 위해 찾아왔습니다. 미친 사람을 망상에서 벗어나게 할 방법은 없겠지만 위험을 피하도록

설득할 수는 있을 것입니다. 당신이 품고 계신 망상이 당신에게
는 틀림없는 진실로 여겨질 테지요. 그러니 그것을 범죄라고 할
수는 없을 것입니다. 하지만 그런 망상을 지닌 상태로 이곳에 머
물러 계시면 안 됩니다. 이곳은 위험한 곳이니까요.”

그녀는 잠시 마일스의 얼굴을 물끄러미 바라보더니 인상적으
로 덧붙였다.

“돌아가신 그분이 살아 계셨더라면 꼭 당신과 같은 모습이었
을 것 같단 사실 때문에 더 위험한 거예요.”

“맙소사, 이디스. 하지만 내가 바로 그 사람이란 말이오!”

“손님께서 분명 그렇게 믿으시리라 생각해요. 그 점에 있어서
는 당신이 정직하단 사실을 전혀 의심하지 않아요. 하지만 당부
드리는데, 그게 다예요. 제 남편은 이 지역의 주인이에요. 그의
권력은 거의 한계가 없어요. 제 남편의 말 한 마디에 이곳 사람
들은 풍족해지기도 하고 굶어 죽기도 해요. 만약 당신이 주장하
는 그분과 닮지만 않았더라면 제 남편은 당신이 꿈속에서 혼자
즐기도록 내버려 뒀을지도 몰라요. 하지만 제 말을 믿으세요.
저는 제 남편을 잘 알아요. 어떤 짓을 저지를지 잘 알아요. 그는
당신이 미친 사기꾼에 불과하다고 모두에게 말하고 다닐 테고
그러면 곧바로 모든 사람들은 그를 믿을 거예요.”

이디스는 다시 한 번 마일스를 물끄러미 바라보더니 덧붙였
다.

“당신이 정말로 마일스 헨든이고 제 남편과 이 지역 사람들
모두가 그 사실을 인정한다 하더라도…… 제가 지금 드리는 말
씀을 잘 새겨듣고 신중히 생각하세요. 당신은 똑같은 위험에 처

할 거고 처벌받는 것도 마찬가지일 게 확실해요. 제 남편은 당신을 부인하고 비난할 거고, 그러면 당신의 편을 들어 주기 위해 대담하게 나서는 사람은 아무도 없을 거예요."

"나도 그럴 것이라 생각하오."

마일스가 비통하게 말을 이었다.

"평생 사귄 친구를 배신하고 또 의절하라는 명령에 복종하게 만들 수 있는 권력 앞에서라면, 먹고사는 일이 달려 있는데 그 권력에 복종하는 게 당연하지요. 거미줄처럼 얽힌 충성이나 명예에 관한 일이 아닐 때는 더더구나 그렇겠죠."

이디스의 뺨에 잠깐 동안 홍조가 감돌더니 눈을 내리깔고 바닥을 보았다. 그녀는 아무런 감정도 드러나지 않은 목소리로 말을 이어 갔다.

"경고 드렸습니다만 또다시 경고해야겠군요. 어서 이곳을 떠나세요. 그러지 않으면 제 남편이 당신을 파멸시킬 거예요. 그는 동정심이라고는 모르는 폭군이에요. 그에게 구속된 노예나 다름없는 저는 그 사실을 잘 알고 있어요. 불쌍한 마일스도 아서도 그리고 저의 후견인이었던 리처드 경도 이제 남편에게서 벗어나 편히 쉬고 있습니다. 그 악한의 손아귀에 묶여 이곳에 있는 것보다는 그분들과 함께 있는 게 더 나아요. 그의 입장에서, 당신의 주장은 자신의 작위와 재산에 대한 위협이에요. 당신은 그의 집에서 그를 모욕했어요. 그러니 이대로 계속 계시다간 파멸이에요. 어서 떠나세요. 머뭇거리지 마세요. 돈이 부족하다면 부탁이니 이 지갑을 가져가서 하인들을 매수해서라도 이곳을 빠져나가세요. 오, 가엾은 분, 다시 한 번 경고할게요. 도망칠 수 있을 때 어서 도망가세요.”

마일스는 몸짓으로 지갑을 거절하고 이디스 앞에 섰다.

“한 가지만 부탁하겠소. 당신 눈동자가 흔들리지 않는지 확인할 수 있도록 나를 똑바로 쳐다봐 주시겠소? 자…… 이제 대답해 봐요. 내가 마일스 헨든이지요?”

“아뇨, 나는 당신을 모릅니다.”

“맹세할 수 있소?”

대답하는 목소리는 나직했지만 분명했다.

“맹세해요.”

“오, 믿을 수 없어!”

“달아나세요! 왜 귀중한 시간을 낭비하려는 거예요? 어서 달아나 목숨을 구하세요.”

바로 그 순간 관리들이 방 안으로 난입했고 격렬한 몸싸움이 시작되었다. 하지만 헨든은 이내 제압당해 끌려 나갔다. 왕도 붙잡혔고 두 사람 모두 꽁꽁 묶여 감옥으로 끌려갔다.

27. 감옥에서

감방은 하나같이 사람들로 붐볐다. 그래서 두 친구는 쇠사슬에 묶인 채 잡범을 가두는 커다란 방에 수감되었다. 그 방에는 두 사람 말고도 수갑이나 족쇄를 찬 남녀노소 스무 명 정도의 죄수가 있었는데 참으로 음탕하고 시끄러운 무리였다. 왕은 존엄한 몸인 자신이 이런 엄청난 치욕을 겪게 되어 몹시 짜증이 나 있었지만 헨든은 침울한 얼굴로 아무 말이 없었다. 헨든은 완전히 당혹스러웠다. 다들 자신을 미친 듯이 반가워할 것이라 기대하며 의기양양한 탕아가 되어 집으로 돌아왔는데 그러기는커녕 냉대를 받고 감옥에 갇히는 신세가 되고 말았으니까. 기대와 현실의 차이가 너무나도 컸던 탓에 망연자실한 상태가 되어 버린 것이다. 이걸 비극적이라고 해야 할지 기이하다고 해야 할지 판단하기도 힘들었다. 평원에서 무지개를 기대하며 즐겁게 춤을 추다가 돌연 번개를 맞은 것 같은 기분이었다.

하지만 헨든은 혼란스럽고 고통스런 생각이 점차 정리되어 갔다. 그러자 그의 마음은 이디스에게 집중되었다. 그는 이디스의 행동을 곰곰이 생각하며 모든 관점에서 살펴봤지만 만족스런 결론은 하나도 나오지 않았다. 이디스가 자신을 알아봤을까? 아니면 전혀 알아보지 못한 것일까? 그건 골치 아픈 수수께끼였고 그는 오랫동안 그 문제에 몰두했다. 그는 마침내 이디스가 자신을 알아봤지만 자기 잇속을 챙기기 위해 부인했다고 확신하기에 이르렀다. 그는 이디스의 이름에 온갖 저주를 퍼붓고 싶었지만, 아주 오랫동안 그에게 신성시되었던 이름이기에 차마 자신의 혀로 그 이름을 더럽힐 수 없었다.

헨든과 왕은 감옥에 있는 더럽고 해진 담요를 둘둘 말고 힘든 하룻밤을 보냈다. 뇌물을 받은 간수가 죄수 몇몇에게 술을 들여보냈다. 당연한 결과로 상스러운 노래를 부르고 싸우고 고함치고 흥청망청 마셔 댔다. 결국 자정이 조금 지난 뒤 어떤 남자가 여자에게 달려들어 수갑으로 여자의 머리를 내리쳤는데, 간수가 구하러 오지 않았다면 여자는 아마 죽었을 것이다. 간수가 그 남자의 머리와 어깨를 곤봉으로 사정없이 내리쳐서 질서를 회복했고 그것으로 술판도 끝나 버렸다. 그런 뒤에야 다친 두 사람이 내는 끙끙 앓는 소리가 성가시지 않은 사람들만 겨우 눈을 붙일 수 있었다.

그다음 한 주 동안 사건 면에 있어서는 똑같이 단조로운 낮과 밤이 계속되었다. 낮이면 헨든이 얼굴을 기억하는 자들이 다가와 그를 '사기꾼'이라며 노려보거나 모욕했고, 밤이면 술판과 싸움판이 규칙적으로 번갈아 계속되었다. 하지만 마침내 상황이

바뀌었다. 간수가 어떤 노인을 데리고 들어오더니 그 노인에게
말했다.

"그 악당이 이 감방 안에 있네. 영감의 늙은 눈으로 한번 둘
러보고 어느 놈인지 말해 보도록."

그 소리에 헨든이 흘끗 올려다보았는데 감옥에 들어온 뒤 처
음으로 기분이 좋아졌다. 헨든은 혼자 중얼거렸다.

"저 노인은 내 아버지의 집에서 평생 하인 노릇을 했던 블레
이크 앤드루스잖아. 올곧은 마음을 지닌 심성이 착한 사람이지.
예전에는 그랬는데. 하지만 지금은 어느 누구도 진실하지 않아.
모두가 거짓말쟁이야. 이 노인이 나를 알아봐도…… 나머지 사
람들처럼 나를 모른다고 시치미를 떼겠지."

노인은 감방 안을 유심히 둘러본 다음 사람들 얼굴을 차례로
들여다보더니 마침내 말했다.

"이곳엔 시시껄렁한 불량배들과 길거리의 인간쓰레기들밖에
안 보이는데요? 그자가 어디 있다는 겁니까?"

간수가 깔깔 웃으며 말했다.

"여기 있잖아. 이 커다란 짐승 같은 놈을 유심히 보고 의견을
말해 봐."

노인이 다가와서 헨든을 오랫동안 열심히 훑어본 다음 고개
를 가로저으며 말했다.

"저런, 이자는 헨든 도련님이 아닙니다. 전혀 아니에요!"

"좋았어! 노인네 눈이 아직은 쓸 만하군. 내가 휴 나리라면
저 너저분한 시골뜨기를 잡아다가……."

간수는 발끝을 들고 서서 교수형 밧줄에 목이 매달린 시늉을

하는 동시에 숨이 막히는 것처럼 캑캑거리는 소리를 내면서 뒷말을 마쳤다. 노인이 앙심을 품은 듯 말했다.

"저자는 더 나쁜 처벌을 받지 않은 걸 하느님께 감사해야 해요. 내게 저 악당을 처리하라고 한다면 난 저자를 불에 구워 버릴 거예요. 그러지 않으면 난 사람도 아니에요!"

간수가 아주 즐거운 듯이 하이에나처럼 끽끽거리며 웃었다.

"이봐, 저놈한테 영감의 생각을 좀 들려줘. 다들 그렇게 하니까. 아마 좋은 오락거리가 될 거야."

간수는 그렇게 말하고 대기실로 어슬렁어슬렁 사라졌다. 그러자 노인은 무릎을 꿇고 나지막이 속삭였다.

"하느님, 감사합니다. 주인님께서 다시 돌아오셨군요! 일곱 해 동안 주인님이 돌아가신 줄 알았는데 아아, 여기 이렇게 살아 계시다니! 처음 보는 순간 저는 주인님인 줄 바로 알아봤습니다. 그런데도 시시한 불량배와 길거리의 인간쓰레기들밖에 안 보이는 척 무표정한 얼굴을 하느라 얼마나 힘들었는지 모릅니다. 저는 늙고 불쌍한 늙은이입니다, 마일스 나리. 하지만 제게 분부만 내리시면 제가 목이 졸려 죽는다 해도 사람들에게 진실을 밝히고 다니겠습니다."

"아니, 그러지 말게나. 그러다 자네만 망가지고 나한테 별로 도움도 안 돼. 하지만 고맙네. 자네 덕택에 잃어버린 믿음을 조금이나마 되찾게 되었다네."

늙은 하인은 헨든과 왕에게 아주 귀중한 존재가 되었다. 노인은 하루에도 몇 번씩 들러서 헨든에게 '욕을 퍼붓는' 척하며 맛있는 음식을 몰래 넣어 주어 감옥의 음식으로부터 구출해 주었다. 또 떠도는 소식도 전해 주었다. 헨든은 그 음식을 왕에게 떼어 주었다. 왕은 간수가 제공하는 조악하고 형편없는 음식을 도저히 먹을 수 없었기 때문에 그 음식이 없었더라면 살아남지 못했을지도 모른다. 앤드루스는 의심을 피하기 위해서 아주 잠깐만 들렀다 가곤 했다. 하지만 올 때마다 꽤 고급스런 정보를 알려 주었다. 헨든을 위해 나지막한 목소리로 슬쩍 정보를 건네면서 중간중간 감방 안의 다른 죄수들에게 들리도록 큰 목소리로 모욕적인 욕설을 퍼부었다.

그리하여 헨든 집안의 비밀이 조금씩 드러났다. 마일스의 형 아서는 육 년 전에 죽었다. 맏아들이 죽은 데다 둘째 아들인 마일스에게서 아무런 소식이 없자 부친의 건강이 나빠졌다. 자신의 죽음을 예감한 그는 자신이 죽기 전에 휴와 이디스를 결혼시키고 싶어 했다. 하지만 이디스는 마일스가 돌아오길 바라며 조금만 미뤄 달라고 열심히 간청했다. 그런데 그때 마일스의 전사 소식을 알리는 편지가 도착했다. 리처드 경은 충격으로 쓰러지고 말았다. 자신의 죽음이 임박했다고 믿은 그와 휴는 결혼을 고집했지만 이디스는 애원해서 한 달의 말미를 얻었다. 그런 뒤 또 한 달의 말미를 더 얻고, 마지막으로 또 한 달의 말미를 더 얻었다. 결국은 죽어 가는 리처드 경 옆에서 결혼식이 치러졌다. 결혼 생활은 행복하지 못했다.

그 지방 사람들 사이에 파다하게 퍼진 소문에 따르면, 결혼식 직후 신부가 남편 휴의 서류 틈에서 대충 틀만 잡은 가짜 전사 통지서 초안을 발견했다고 한다. 그리하여 신부 이디스가, 편지를 위조하여 결혼과 리처드 경의 죽음을 앞당긴 남편의 사악한 계획을 비난했다고 한다. 또한 휴가 이디스와 하인들에게 잔혹하게 대한다는 이야기가 사방팔방에서 들렸다. 그리고 아버지가 돌아가신 뒤로 휴는 착한 척하던 가면을 벗어던지고, 먹고살기 위해서 어떤 식으로든 그와 그의 영토에 의지하는 사람들의 무자비한 주인이 되었다.

앤드루스가 전해 준 세상 이야기 가운데는 왕이 적극적으로 관심을 갖고 귀를 쫑긋 세울 만한 이야기도 있었다.

"왕이 미쳤다는 소문이 있어요. 하지만 제발 부탁이니 제가 이런 이야기를 했다는 말을 하지 말아 주세요. 그런 말을 입에 담은 자는 사형에 처한다고 하니까요."

왕이 노인을 쏘아보며 말했다.

"왕은 미치지 않았느니라. 이런 불온한 수다보다는 노인장의 일에나 관심을 갖는 것이 좋을 것이다."

"저 아이가 무슨 소리를 하는 겁니까?"

앤드루스가 예상치 못한 자에게 갑작스런 공격을 받자 놀라서 물었다. 헨든이 노인에게 몸짓을 하자 노인은 더 이상 묻지 않고 자신이 알고 있는 소식을 계속 전해 줬다.

"돌아가신 선왕께서는 하루 이틀 뒤 윈저 성에 묻히신답니다. 그러니까 이번 달 16일에 말이지요. 그리고 새 왕은 20일에 웨스트민스터 사원에서 즉위식을 올린다고 합니다."

"그러기 전에 먼저 새 왕을 찾아야 할 텐데."

왕이 중얼거리더니 확신을 갖고 덧붙여 말했다.

"그래, 그들은 그러려고 생각하고 있을 거야. 나 또한 그렇게 할 테니까."

“아니, 무슨…….”

노인이 말을 꺼내다 말았다. 헨든이 경고하는 신호를 보내자 하던 말을 멈춘 것이다. 노인은 세상 이야기나 마저 더 풀어 놓기로 했다.

“휴 나리도 대관식에 참석한다는군요. 원대한 기대를 안고 말이죠. 자신이 섭정의 눈에 들었기 때문에 귀족이 되어 귀향할 것이라고 확신하고 기대한답니다.”

“무슨 섭정 말이냐?”

왕이 노인에게 물었다.

“서머싯 공작님 말이란다.”

“어떤 서머싯 공작 말인가?”

“아니, 그야 시모어 하트퍼드 공작 말고 누가 또 있겠어?”

왕이 날카롭게 물었다.

“언제부터 그 사람이 공작이 되고 섭정이 되었느냐?”

“1월 마지막 날부터란다.”

“누가 그를 그런 자리에 앉혔단 말인가?”

“본인하고 추밀원이지. 왕도 돕고.”

왕은 굉장히 놀라 소리쳤다.

“왕이라니! 무슨 왕?”

“아니, 무슨 왕이라니? 맙소사, 어디 아픈 거 아냐? 우리에겐 왕이 한 분밖에 없으니 대답하기 어렵지 않지. 바로 위대하신 왕 에드워드 6세 폐하시지. 신이시여, 폐하를 지켜주소서! 게다가 그분은 사랑스럽고 자애로운 어린 개구쟁이기도 하시지. 미쳤든 그렇지 않든 간에. 그리고 사람들 말로는 나날이 회복되고 있대. 다들 입술이 닳도록 폐하를 칭송하고 있어. 또한 모든 사람들이 폐하를 축복하며 오래도록 영국을 통치할 수 있게 해 달라고 기도를 올리고 있어. 왜냐하면 그분께서 늙은 노퍽 공작의 목숨을 살려 주면서 자비를 베풀기 시작하시더니 이제는 사람들을 괴롭히고 탄압하는 가장 잔인한 법률을 없애는 데 힘을 쏟고 계시거든.”

이 소식에 왕은 깜짝 놀란 나머지 그만 말문이 막혔고 깊고 음울한 상념에 푹 빠져들어 노인이 전해 주는 이야기들이 더 이상 귀에 들어오지 않았다. 노인이 말한 ‘어린 개구쟁이’가 궁전에서 자기 옷을 입혀 주고 떠나온 그 거지 아이가 아닐까 하고 생각했다. 그런데 그건 불가능한 일 같았다. 그 아이가 왕세자인 척했더라도 태도와 말투를 보면 분명 진짜가 아닌 게 탄로 났을 테니까. 그러면 그 아이는 쫓겨나고 진짜 왕자를 찾아 나서야 하는 게 말이 되었다.

혹시 궁에서 왕족인 귀족 아이를 자신의 자리에 대신 앉혀 놓은 게 아닐까? 아니, 그건 그의 외숙이 허락하지 않을 것이다. 그의 외숙은 막강한 권력을 지니고 있으니 당연히 그런 음모쯤은 진압할 수 있고 또 진압했을 것이다. 소년은 아무리 생각해 봐도 아무런 답을 얻지 못했다. 수수께끼를 풀려고 하면 할수록 점점 더 당혹스러워졌고 머리도 지끈거려서 잠을 제대로 이루지 못했다. 런던으로 돌아가고 싶은 마음이 시시각각으로 커져만 갔고 그래서 그렇게 잡혀 있는 상황을 견디기 더욱 힘들었다.

헨든은 왕을 달래 보려고 온갖 애를 썼지만 모두 실패했다. 어떻게 해도 위로가 되지 못했다. 하지만 쇠사슬에 묶인 두 여인이 왕을 다정하게 위로해 줘서 기분이 풀렸다. 여인들이 상냥하게 돌봐 주자 왕은 안정을 찾고 어느 정도 인내심을 회복했다. 왕은 두 여인에게 아주 고마워하며 그녀들을 매우 좋아하게 되었다. 왕이 그 여인들에게 왜 감방에 오게 되었냐고 묻자, 그들은 자신들이 침례교 신자이기 때문이라고 대답했다. 왕은 미소지으며 물었다.

"그게 감방에 갇힐 만한 죄란 말인가? 그럼 애석하지만 우린 곧 헤어져야 하겠구려. 그런 사소한 일로 당신들을 오래 붙잡아 두지는 않을 테니."

여인들은 아무런 대답도 하지 않았다. 여인들의 얼굴에 떠오른 표정을 보자 왕은 마음이 불안해져서 물었다.

"왜 대답이 없는 것이냐. 그러지 말고 내게 말해 보아라. 이것 말고 다른 처벌을 또 받는 것이냐? 제발 그럴 염려는 없다고 나한테 말해 다오."

여인들은 화제를 바꾸려고 했지만 두려운 생각이 든 왕이 계속 캐물었다.

"저들이 그대들을 채찍질하는 것이냐? 아냐, 아냐, 저들이 그렇게까지 잔인하진 않을 거야! 그렇지 않다고 말해 다오, 어서. 설마 저들이 그렇게 하진 않겠지, 그렇지?"

여인들은 당혹스럽고 괴로워하는 기색이 역력했지만 이제는 도저히 대답을 하지 않을 수가 없었다. 결국 한 여인이 감정이 복받쳐 울먹이며 말했다.

"오, 착하기도 하지. 네가 우리를 이렇게 걱정해 주니 우리 마음이 찢어질 것 같아! 하느님께서 우리를 도와주실 거야. 우리가 견뎌…….”

“이제야 털어놓는구나!”

왕이 끼어들었다.

“그러니까 저들이 그대들을 채찍질할 것이란 말이로구나. 냉혹한 놈들 같으니! 하지만 오, 제발 울지 말거라. 내가 견딜 수 없으니. 용기를 내거라. 내가 다시 내 자리를 찾게 되면 그대들을 이 억울한 상황에서 구해 줄 것이니, 내 반드시 그럴 것이다!”

그런데 다음날 아침 왕이 일어나 보니 그 여인들이 사라지고 없었다.

“그 여인들이 풀려났구나!”

왕이 기쁨에 겨워 외쳤지만 곧 풀이 죽어 이렇게 덧붙였다.

“하지만 아쉽기도 하네! 그 여인들한테 위로를 많이 받았는데.”

여인들은 추억의 증표로 각자 리본 한 조각씩을 왕의 옷에 꽂아 두고 떠났다. 왕은 그 리본 조각들을 언제나 간직하겠다고 다짐했다. 그러고는 곧 소중하고 착한 친구들을 찾아내어 자신이 보호해 주겠다는 다짐도 했다.

바로 그때 간수가 부하 몇 명과 함께 들어와서 죄수들에게 감옥 마당으로 나오라고 명령했다. 왕은 뛸 듯이 기뻤다. 파란 하늘을 보고 상쾌한 공기를 마시는 것은 축복받은 일이었다. 왕은 관리들이 느려 터져서 속이 타고 짜증이 났지만 마침내 자기 차례가 되었고 족쇄에서 풀려나 헨든과 함께 다른 죄수들 뒤를 따라가라는 명령을 받았다.

사방으로 건물이 둘러싸고 있는 안마당의 바닥에는 돌이 깔려 있었고 하늘은 탁 트여 있었다. 죄수들은 돌로 된 거대한 아치형 길을 지나 안마당으로 들어가서 벽에 등을 대고 한 줄로 늘어섰다. 그들 앞에는 기다란 밧줄이 놓였고 또한 간수들의 감시를 받고 있었다. 금방 눈이라도 내릴 듯 험악하고 싸늘한 아침이었는데 간밤에 살짝 내린 눈이 크고 텅 빈 공간을 하얗게 덮어 더욱 음산한 분위기를 자아냈다. 이따금 겨울바람이 그곳을 지나가며 눈을 여기저기로 소용돌이치듯 흩날렸다.

안마당 가운데에 두 여인이 기둥에 묶인 채 서 있었다. 왕이 그쪽을 흘끗 봤는데 그녀들은 자신의 착한 친구들이었다. 왕이 몸을 부르르 떨며 생각했다.

'맙소사! 내 기대처럼 그들은 풀려난 게 아니었어. 이렇게 착한 여인들이 채찍을 맞아야 하다니! 그것도 영국에서! 아아, 참으로 부끄럽구나! 이교도의 나라도 아닌 기독교의 나라 영국에서 여인들이 채찍질을 당할 것이라니. 저 여인들에게 위로를 받고 친절하게 보살핌을 받은 내가 이토록 큰 잘못을 가만히 지켜봐야만 하다니. 이 넓은 왕국의 유일한 권력자인 내가 저 여인들을 보호해 줄 수가 없다니 기이한 일이로다. 참으로 기이한 일이야! 하지만 저 악한 놈들은 몸조심하는 게 좋을 거야. 언젠가 이 일로 무거운 심판을 받을 날이 올 테니까. 지금부터 너희가 한 대를 칠 때마다 너희는 그 백배로 당하게 될 것이다.'

커다란 문이 활짝 열리더니 백성들이 떼를 지어 쏟아져 들어왔다. 그들이 두 여인 주위로 몰려드는 바람에 여인들의 모습이 보이지 않게 되었다. 목사 한 사람이 들어와 군중 속을 비집고 들어가자 목사의 모습 또한 보이지 않게 되었다. 왕에게는 누군가 질문을 하면 누군가가 답을 하는 것처럼 주거니 받거니 하는 말소리만 들렸는데 대화 내용은 알아들을 수 없었다. 그다음에는 관리들이 여자들 뒤쪽에 서 있는 군중 사이로 부지런히 들락거리며 뭔가 준비를 했고 그러는 동안 사람들 사이에는 점점 깊은 침묵이 엄습했다.

그때 누군가 명령을 내리자 군중들이 갈라서며 길을 터 주었다. 그러자 왕의 눈에 뼛속까지 얼어붙게 만드는 무서운 광경이 들어왔다. 두 여인 주위에 장작더미가 쌓여 있었으며 한 사내가 무릎을 꿇고 거기에 불을 붙이는 것이 아닌가!

두 여인은 고개를 숙이고 두 손으로 얼굴을 감쌌다. '탁탁, 치지직.' 소리를 내며 장작이 타들어 갔고 노란 불꽃이 위로 치솟기 시작했으며 시퍼런 연기가 바람에 소용돌이치듯 흩날렸다. 목사가 두 손을 들고 기도를 올리기 시작했는데 바로 그때 어린 여자아이 두 명이 귀청이 찢어질 듯한 비명을 내지르며 커다란 문으로 달려 들어와 기둥에 묶인 두 여인에게로 몸을 던졌다. 즉시 관리들이 아이들을 떼 냈는데, 한 아이는 관리가 단단히 붙잡았지만 다른 한 아이는 관리의 손을 뿌리치며 자기 어머니와 함께 죽을 거라고 소리쳤다. 그리고 미처 제지하기 전에 자기 어머니의 목을 두 팔로 꽉 끌어안았다. 관리가 그 아이를 떼 냈는데 아이의 옷에 불이 붙었다. 관리 두세 명이 아이를 붙들어 아이 옷의 불붙은 부분을 찢어서 내던졌다. 그러는 동안에도 아이는 그들의 손아귀에서 벗어나려고 발버둥을 치면서, 자기 혼자만 세상에 남겨지느니 차라리 자기도 어머니와 함께 죽게 해 달라고 애원했다.

두 여자아이는 계속 소리를 지르며 관리들의 손에서 빠져나가려고 몸부림쳤다. 하지만 이런 소란은 가슴을 찢는 단말마의 고통스런 비명이 잇따라 들려와 묻혀 버렸다. 왕은 극도로 흥분한 여자아이들에게서 기둥으로 시선을 휙 돌렸다가 곧바로 고개를 돌렸다. 그리고 창백해진 얼굴을 벽에 기대고는 더 이상 그쪽을 쳐다보지 않았다. 왕이 혼잣말을 중얼거렸다.

"그 짧은 한순간에 본 장면은 평생 내 기억에서 없어지지 않고 남아 있을 거야. 그리고 내가 죽을 때까지 평생, 낮에는 눈앞에 생생이 떠오르고 밤에는 꿈에서 나타나겠지. 차라리 내가 장님이었다면 좋았을걸!"

헨든은 왕을 지켜보고 있었다. 그는 만족스러운 듯 속으로 생각했다.

'저 아이의 정신이 돌아오고 있어. 뭔가 달라졌고 더 온화해졌어. 옛날 같았으면 이 악당 같은 녀석들에게 호통을 쳤을 거야. 자기가 왕이라고 주장하며 여인을 털끝 하나 건드리지 말고 풀어 주라고 명령했겠지. 이제 곧 망상이 사라져 잊힐 것이고 그러면 불쌍한 머리도 다시 온전해지겠지. 어서 빨리 그날이 왔으면!'

그날 죄수 여러 명이 감방으로 끌려와 밤을 보냈다. 그들은 자신들의 죄에 대한 처벌을 받기 위해 영국의 여러 장소로 호송되는 중이었다. 왕은 그자들과 대화를 나눴는데, 그는 기회가 생기는 대로 죄수들에게 질문하면서 훗날 왕의 업무를 수행하는 데 도움이 되도록 스스로 공부하고 있었던 것이다. 왕은 그들의 슬픈 사연에 가슴이 찢어졌다.

그 가운데 한 사람은 정신이 박약한 불쌍한 여자였는데 베 짜는 이에게서 천 한두 마를 조금 훔쳤고 그 벌로 교수형을 당할 예정이었다. 또 다른 사람은 말을 훔친 혐의로 기소된 사내였다. 그자의 말로는 증거가 없어서 교수형당하지 않을 것이라고 생각했는데 아니었다고 한다. 전에 왕의 사유지에서 사슴을 한 마리 죽인 혐의로 기소되었다가 겨우 풀려난 적이 있는데 이 일이 자신에게 불리한 증거가 되었다는 것이다. 이제 그는 교수대로 끌려가는 중이라고 했다. 상인의 견습생의 사연에 왕은 특히 마음이 아팠다. 그 청년의 말로는, 어느 날 저녁 주인에게서 도망친 매를 발견해 자기가 데려가도 되는 줄 알고 집으로 데려갔는데 법원에서 훔친 것으로 유죄 판결을 내려 사형을 선고했다는 것이다.

왕은 이런 비인간적인 처사에 몹시 화가 나서 헨든에게 감옥을 부수고 나가 웨스트민스터 궁으로 함께 달아나자고 했다. 그러면 다시 왕좌에 올라 이 불쌍한 사람들에게 자비를 베풀고 그들의 목숨을 구할 수 있을 것이라고 했다.

"불쌍한 녀석."

헨든은 한숨을 푹 쉬며 말을 이었다.

"이 애처로운 사연들 때문에 아이의 병이 다시 도졌구나. 아아, 이런 불행한 일만 없었더라면 얼마 안 있어 나았을 텐데."

이 죄수들 사이에 늙은 변호사가 한 사람 있었는데 강한 인상에 의연한 태도를 지니고 있었다. 삼 년 전 그는 대법관의 불공정을 비난하는 글을 썼다가 형틀이 채워진 채 두 귀가 잘리고 변호사 자격을 박탈당하는 처벌을 받았고 이에 더해 삼천 파운드의 벌금과 종신형 선고를 받았다. 최근 들어 그는 똑같은 죄를 저질렀다. 그 결과 그나마 남아 있던 귀밑 부분까지 다 잘리고 오천 파운드의 벌금을 물었으며 양 뺨에 인두로 낙인이 찍혀 평생을 감옥에서 지내야 하는 선고를 받았다.

"이것들은 명예로운 흉터야."

늙은 변호사가 이렇게 말하며 백발 머리카락을 뒤로 넘겨 한때 귀가 있었던 자리에 훼손된 채 남은 부분을 보여 주었다.

왕의 눈이 노여움으로 이글이글 불타올랐다.

"아무도 나를 믿지 않으니 그대도 마찬가지겠지. 하지만 상관없다. 한 달 안에 그대는 자유의 몸이 될 것이다. 그리고 그대의 명예를 더럽히고 영국의 이름을 수치스럽게 한 법들도 영국의 법령집에서 싹 쓸어 낼 것이니라. 세상이 잘못되어 가고 있구나. 왕들도 가끔씩 자신의 법에게서 가르침을 받고 자비심을 깨우쳐야 하느니라."

28. 희생

한편 마일스는 감옥에 갇혀 아무것도 하지 않고 지내는 게 점점 지겨워졌다. 그래서 자신의 재판이 다가오자 대단히 만족스러웠다. 감옥에 갇혀 있는 것만 아니라면 어떤 선고라도 기꺼이 받아들일 수 있다고 생각했으니까. 하지만 그것은 잘못된 판단이었다. 자신을 '건장한 부랑아'라고 비난하며 헨든 저택의 주인을 공격한 데 대한 벌로 두 시간 동안 형틀을 차고 있으라는 선고를 받았을 때 그는 분노가 치솟았다. 검사에게 자신이 헨든가의 자식이니 헨든가의 명예와 재산에 대한 정당한 상속 권한이 있다고 주장했으나 조사해 볼 가치도 없는 사안이라며 가차 없이 묵살당했다.

헨든은 처벌을 받으러 가는 길에 격렬히 화도 내고 위협도 해봤지만 아무 소용없었다. 오히려 불손하게 굴었다고 간수들에게 난폭하게 잡아 채여 끌려가며 이따금 얻어맞기까지 했다.

왕은 떼 지어 따라가는 무리 사이로 뚫고 지나갈 수가 없었기 때문에 좋은 친구이자 시종인 헨든과 멀리 떨어져서 뒤따라가야 했다. 왕은 그런 나쁜 사람과 어울렸다는 이유로 형틀에 묶일 뻔했지만 나이가 어리다는 점을 감안해 훈계와 경고만 받고 방면된 상태였다. 마침내 군중들이 멈춰 서자 왕은 군중의 바깥 가장자리 주위를 이리저리 돌아다니며 어디 비집고 들어갈 틈이 없나 열심히 살피다가 한참이 지난 뒤에야 아주 어렵게 성공을 거뒀다. 불쌍한 자신의 심복 부하가 상스러운 군중의 야유와 조롱을 받으며 수치스러운 형틀을 차고 앉아 있었다. 영국 왕의 시종이 말이다! 에드워드는 선고가 내려질 때 듣긴 했지만 실제로 그것이 뜻하는 바를 절반도 이해하지 못했던 것이다. 자신이 받은 이 새로운 모욕감이 통렬하게 와 닿자 왕은 분노가 치밀어 오르기 시작했다. 그런데 달걀 하나가 허공을 날아와 헨든의 뺨에 맞고 깨지는 모습과 그걸 보고 군중들이 즐거워 내지르는 환호성에 분노가 극에 달했다. 왕은 사람들 사이의 빈틈으로 휙 뛰쳐나가 담당 관리에게 맞서 소리쳤다.

"부끄러운 줄 알라! 이 사람은 나의 시종이니 어서 풀어 주어라! 나는 바로……."

"오, 그만두세요!"

헨든이 크게 당황하여 외쳤다.

"그러다 다치시옵니다. 이 아이한테 신경 쓰지 마시오, 간수 양반. 정신이 온전치 못한 아이니까."

"이봐, 내가 저놈한테 신경을 쓰건 말건 그건 네놈이 걱정할 바가 아니야. 저 녀석한테 신경 쓸 생각은 별로 없어. 하지만 버릇을 가르치는 일이라면 아주 구미가 당기는군."

그가 자기 부하에게 돌아서서 명령을 내렸다.

"이 바보 꼬마 녀석을 채찍으로 한두 대 쳐서 버릇을 고쳐 놔."

"여섯 대는 쳐야 정신이 바짝 들지."

처벌 장면을 구경하기 위해 말을 타고 도착한 휴가 제안했다.

왕은 꼼짝없이 붙잡혔다. 그는 신성한 자신의 몸에 그런 극악무도한 짓을 제안당했다는 생각만으로도 온몸이 마비되어 발버둥조차 칠 수 없었다. 영국 역사는 이미 왕이 채찍질을 당한 기록으로 더럽혀진 적이 있었다. 그런 수치스런 역사의 한 페이지를 똑같이 되풀이한다고 생각하니 견딜 수가 없었다. 올가미에 걸렸는데 도와줄 사람은 아무도 없는 처지였다. 이 처벌을 받든지 용서해 달라고 빌어야만 했다. 이런 어려운 상황에서 그는 매를 맞기로 결정했다. 차라리 매를 맞고 말지, 왕이 용서해 달라고 빌 수는 없는 노릇이었다.

한편 마일스 헨든은 그 어려운 상황을 풀려고 애썼다.

"아이를 풀어 줘. 이 냉혹한 인간들, 저 아이가 얼마나 어리고 연약한지 안 보인단 말이야? 아이를 풀어 줘. 내가 대신 채찍을 맞을 테니."

"이런, 아주 좋은 생각일세. 알려 줘서 고마운걸."

휴가 얼굴에 만족스런 빛을 띠며 가소롭다는 듯 말했다.

"저 꼬마 거지를 풀어 주고 대신에 이자를 열두 대 쳐. 정확히 열두 대를 힘껏 후려갈겨."

왕은 격렬하게 저항했지만 휴의 다음 말을 듣고 입을 다물었다.

"그래, 얼마든지 떠들어 봐. 네 맘껏 떠들어 보라고. 단, 네가 한 마디 할 때마다 저자가 여섯 대씩 더 맞게 된다는 것만 잘 기억해 둬."

헨든은 형틀에서 풀려나 등을 훤히 드러냈다. 채찍질이 가해지는 동안 가엾은 어린 왕은 고개를 돌리고 왕답지 않게 두 뺨에 눈물을 줄줄 흘리며 중얼거렸다.

"아, 정말로 착하고 용감한 마음씨로구나! 이 충성스런 행동을 난 결코 잊지 않을 거야. 절대 안 잊을 거야. 그리고 저자들도 절대 잊지 않게 해 주겠어!"

그는 격앙되어 마지막 말을 힘주어 덧붙였다. 생각하면 할수록 헨든의 도량 넓은 행동이 그의 마음속에 자리를 잡았고 고마움도 마찬가지로 커져만 갔다. 이윽고 그가 중얼거렸다.

"상처 입고 죽을지도 모르는 상황에 처한 군주를 구한 자는…… 그래, 그가 내게 그렇게 해 줬지. 훌륭한 일을 한 것이다. 하지만 수치스런 상황에 처한 군주를 구한 그의 행동에 견주면 그건 아주 하찮은 일이야. 아무것도 아닌 일이지! ……아니, 아무것도 아닌 것보다 더 못한 일이야!"

헨든은 심한 채찍질을 당했지만 군인답게 의연히 아무런 소리도 내지 않고 견뎌 냈다. 채찍을 맞아 아이를 구한 행동과 더불어 이런 의연한 모습은 그곳에 모인 버림받고 타락한 군중들의 존경심을 불러일으켰다. 군중들의 조롱과 야유가 점차 약해지더니 이제는 채찍을 내려치는 소리 말고는 아무런 소리도 나지 않았다. 헨든이 다시 형틀에 묶였을 때 그곳에 드리운 정적은 조금 전까지 그곳에 만연했던 시끌벅적하고 모욕적인 외침과 강한 대조를 이뤘다. 왕이 헨든의 옆으로 슬며시 다가와 귀에 대고 속삭였다.

"착하고 훌륭한 영혼을 가진 자여, 왕들도 그대를 그토록 고결하게 만들 수는 없네. 왜냐하면 왕보다 높으신 유일한 그분께서 이미 그대를 고결하게 만드셨으니 말일세. 하지만 왕은 백성들 앞에서 그대에게 고결한 신분을 내릴 수는 있지."

왕은 땅바닥에 있는 채찍을 집어 들었다. 그리고 헨든의 피가 나는 어깨를 채찍으로 살짝 건드리며 속삭였다.

"영국의 에드워드 왕은 그대를 백작으로 봉하노라!"

헨든은 감동을 받았다. 두 눈에 눈물이 왈칵 치솟았지만 동시에 지금 처한 소름끼치는 상황을 생각하여 눈물을 삼켰다. 그가 할 수 있는 전부는 마음속의 즐거움을 밖으로 내보이지 않는 것이었다. 웃통을 벗은 채 피투성이가 되어 형틀에 묶여 있다가 갑자기 백작이라는 훌륭한 지위로 높게 치솟아 올라가다니, 그에게는 참으로 기이한 일이었다. 그는 속으로 생각했다.

'이제 난 정말이지 멋지게 변신했구나! 꿈과 그림자 왕국의 유령 기사에서 유령 백작이 되었으니 말이야! 깃털도 다 나지 않은 날개로 정말 아찔하게 비약하는군! 이런 식으로 계속 나가다간 머지않아 멋진 장식품과 가짜 훈장이 주렁주렁 매달린 오월제 기둥인 메이폴처럼 되겠어. 하지만 난 그런 것들이 모두 가치 없다 할지라도 소중하게 여길 거야. 그런 것들을 준 아이의 사랑스런 마음을 생각해서 말이지. 인색하고 이해타산적인 권력에 비굴하게 복종하면서 얻은 진짜 작위보다, 부탁하지 않았지만

깨끗한 손과 진실한 마음을 지닌 아이에게서 받은 이 초라한 가
짜 작위가 난 더 좋아.’

공포의 대상인 휴가 말의 방향을 바꾸더니 자리를 떠나기 위
해 박차를 가했다. 벽처럼 둘러서 있던 사람들이 조용히 흩어져
길을 터 줬다가 그가 지나가고 나자 다시 조용히 모여 섰다. 하
지만 거기까지일 뿐 아무도 감히 나서서 죄인을 편들어 주거나
칭찬하는 말까지 하지는 못했다. 하지만 상관없었다. 욕설을 퍼
붓지 않은 것 자체만으로도 충분히 경의를 표한 것이다. 현장에
늦게 도착해서 정황을 듣지 못한 어떤 이가 ‘사기꾼’이라고 비웃
으며 엄한 비판을 쏟아 내려다가 곧바로 사람들에게 이유 한 마
디 듣지 못한 채 얻어맞고 발로 차였다. 그런 뒤 다시 한 번 깊
은 정적에 휩싸였다.

29. 런던으로

헨든은 형틀을 차고 있어야 하는 형벌 시간을 모두 채운 뒤에
야 풀려났다. 그러면서 그 지방을 떠나 다시는 돌아오지 말라는
명령을 받았다. 칼을 돌려받고 노새와 당나귀도 돌려받았다. 헨
든이 노새에 올라타 출발하고 왕도 그 뒤를 따르자 구경꾼들은
조용하고 정중하게 길을 터서 그들이 지나가게 해 주었다. 그리
고 그들의 모습이 더 이상 보이지 않자 뿔뿔이 흩어졌다.

헨든은 곧 생각에 빠져들었다. 답을 찾아야 할 아주 중요한
질문들이 있었다. 앞으로 어떻게 해야 할까? 어디로 가야 할까?
어딘가에서 자신을 도와줄 강력한 힘을 지닌 사람을 찾지 못한
다면 유산도 포기하고 사기꾼이라는 오명까지 안고 살아가야 했
다. 과연 어디에서 자신을 도와줄 사람을 찾기를 기대할 수 있을
까? 과연 어디에서? 그것은 해결하기 무척 곤란한 문제였다. 이
윽고 실현 가능한 생각이 떠올랐다. 물론 실낱같이 희미한 가능

성이긴 했지만 달리 뾰족한 수가 없었기 때문에 고려해 볼 만한 가치는 있었다. 그는 늙은 하인 앤드루스가 전해 준, 어린 왕이 선한 마음을 지니고 있으며 부당한 취급을 받거나 불행한 사람들을 넓은 아량으로 옹호해 준다던 말이 떠올랐다. 그분을 찾아가 이야기할 기회를 얻어 정의를 실현시켜 주십사고 애원해 보는 게 어떨까? 아, 그게 좋겠어. 하지만 이런 처참한 거지꼴을 하고 존귀한 군주를 알현하도록 들여보내 주기나 할까? 그건 신경 쓰지 말자. 그 문제는 어떻게든 해결될 거야. 그건 그곳에 도착할 때까지는 고민할 필요가 없는 문제잖아.

그는 전쟁터에서 산전수전 다 겪은 터라 술책과 계략을 세우는 데 익숙했다. 틀림없이 그는 방법을 찾아낼 수 있을 것이다. 그래, 수도로 가는 거야. 어쩌면 부친의 오랜 벗인 험프리 말로 경이 헨든을 도와줄지도 모른다. '마음씨 좋은 험프리 경, 선왕의 주방인지 마구간인지 뭔지를 담당하는 수석 시종'인 험프리 말로 경이 말이야. 마일스는 말로 경의 정확한 직책이 기억나지 않았다. 하지만 달성해야 할 뚜렷하고 구체적인 목표로 주의를 돌리자 그의 마음에 자욱하게 낀 굴욕감과 우울함의 안개가 말끔히 걷혔다.

그는 고개를 들어 주위를 둘러보았다. 그는 자신이 얼마나 멀리까지 왔는지 깨닫고 깜짝 놀랐다. 고향 마을이 뒤로 아득히 멀어져 있었다. 왕은 당나귀를 천천히 몰며 고개를 푹 숙인 채 헨든을 따라오고 있었다. 왕도 또한 계획을 짜느라 깊은 생각에 잠겨 있었다. 이제 갓 기분이 좋아진 헨든의 마음이 애처로운 걱정으로 흐려졌다. 자신이 짧은 평생 동안 학대받고 찢어지게 가난

했던 기억밖에 없는 런던으로 아이가 돌아가려고 할까? 피해서
는 안 될 질문이었기에 일단 물어봐야 했다. 그래서 헨든은 고삐
를 당겨 노새를 멈추고 아이에게 소리쳤다.

"어디로 갈지 여쭙는다는 걸 소인이 깜빡했사옵니다. 명을 내
려 주십시오, 폐하!"

"런던으로 가자!"

헨든은 그 대답에 아주 만족하여 다시 움직이기 시작했다. 하
지만 또한 몹시 놀라기도 했다.

두 사람이 런던까지 가는 동안 큰 사건은 일어나지 않았다.
하지만 끝에 가서 사건 하나가 터지고 말았다. 2월 19일 밤 열
시 무렵, 두 사람이 런던교로 접어들었고 북새통을 이루어 야
단법석을 떨고 환호하는 사람들 한가운데로 들어섰다. 얼큰하
게 술에 취한 사람들의 얼굴이 가지각색의 횃불 불빛 속에서 선
명하게 드러났다. 바로 그 순간 예전에 공작이나 다른 고관대작
을 지냈던 이의 썩은 머리통 하나가 사람들 사이로 굴러떨어지
며 헨든의 팔꿈치를 치고 바닥으로 떨어졌다. 그리고 어지럽게
분주히 오가는 사람들 발길에 이리저리 차였다. 이 세상에서 사
람이 하는 일이란 참으로 덧없고 헛된 것이 아닌가! 선왕이 사망
한 지 삼 주, 무덤에 묻힌 지는 삼 일밖에 되지 않았는데, 선왕
이 유명한 사람들 가운데 골라 이 웅장한 다리에 장식처럼 매달
아 놓은 머리통이 벌써 떨어지고 있는 것이다.

길을 가던 사람이 머리통에 발이 걸려 넘어지면서 앞사람의
등에 머리를 박았다. 그러자 앞사람이 뒤로 휙 돌아서며 주먹을
날렸고 그러자 주먹을 맞은 이의 친구가 앞사람을 때려눕혔다.

내일 아침에 있을 대관식 축제 행사가 이미 시작되었기 때문에 난투극을 벌이기에는 마침 아주 적당한 때였다. 다들 잔뜩 취한 데다 애국심으로 가득했다. 오 분도 채 지나지 않아 여러 곳에서 난투극이 벌어졌고 십여 분도 채 지나지 않아 난투극은 더 멀리까지 퍼져서 거의 폭동 수준이 되었다. 이때쯤 헨든과 왕은 소란스런 인파에 떠밀려 어찌할 도리 없이 흩어져 서로를 놓치고 말았다. 그러니 우리는 여기서 잠시 이 두 사람에게서 벗어나 보자.

30. 톰의 진전

진짜 왕 에드워드는 형편없는 옷차림에 잘 먹지도 못하고 다녔다. 때로는 부랑자들에게 얻어맞고 조소를 당했다. 또 때로는 도둑과 살인자들과 감옥에서 함께 지내기도 하고 사람들에게서 바보에 사기꾼 소리를 듣기도 했다. 진짜 왕이 이런 수모를 겪으며 온 나라를 헤매고 돌아다니는 동안 가짜 왕 톰 캔티는 그와는 아주 다른 경험을 즐기고 있었다.

우리가 톰을 마지막으로 봤을 때 톰은 왕의 신분에 밝은 면이 있다는 사실을 막 알아 가고 있었다. 이 밝은 면이 날마다 점점 더 밝아졌다. 그리고 얼마 지나지 않아 그것은 거의 온통 햇살이 되고 기쁨이 되었다. 두려움은 사라지고 불안은 점점 줄어들어 사라졌다. 어색한 태도는 사라지고 그 자리를 편안하고 자신감 있는 태도가 대신했다. 톰은 회초리 시동이란 광산에서 점점 더 많은 이득을 캐내고 있었다.

톰은 함께 놀거나 이야기를 나누기 위해 엘리자베스 공주와 제인 그레이를 자기 옆으로 불러들이거나, 볼일이 다 끝난 뒤에 그들에게 물러가라고 명령하는 일이 아주 익숙해졌다. 이제는 고귀한 저명인사들과 헤어질 때 그들이 자신의 손에 입을 맞추는 것이 당혹스럽지 않았다.

그리고 밤에 시종들이 여러 격식을 갖추어 잠자리 시중을 들어주는 것도, 아침에 복잡하고 엄숙한 의식을 갖추어 옷을 입혀주는 것도 즐기게 되었다. 저녁 식사를 위해 고관대작들과 근위 기사단의 화려한 행렬을 대동하고 행차하는 일도 자랑스러운 즐거움이 되었다. 그래서 근위 기사단의 수를 두 배인 백 명으로 늘릴 정도였다. 톰은 긴 복도를 따라 울려 퍼지는 나팔 소리와 그 소리에 응답하여 멀리서 "폐하께서 납시오. 길을 비키시오!"라고 시종이 외치는 소리를 듣는 것도 좋았다.

심지어 추밀원 회의에 나가 옥좌에 앉아 섭정의 꼭두각시 역할 이상의 존재처럼 보이는 것도 즐기게 되었다. 훌륭한 대사들과 아주 멋진 수행원들을 영접하는 일도 좋았고 자신을 '형제'라고 부르는 저명한 군주들이 보낸 다정한 전갈을 듣는 것도 좋았다. 오, 최근까지 오펄코트에 살던 톰 캔티가 이렇게 행복해질 줄이야!

톰은 자신의 화려한 옷이 맘에 들어 더 많이 주문했다. 자신의 위엄을 세우기에는 사백 명의 시종이 너무 적다며 그 수를 세 배로 늘렸다. 굽실거리며 경의를 표하는 신하들의 아첨이 톰의 귀에는 달콤한 음악처럼 들렸다. 톰은 변함없이 친절하고 상냥했으며 억압받는 모든 사람들에게 튼튼하고 결연한 투사가 되어주었고 부당한 법률에 대항해 지칠 줄 모르는 전쟁을 치렀다. 하지만 그러다 때로 공격을 당하면 백작은 물론 심지어 공작에게도 매섭게 맞서고 몰아붙여 상대를 벌벌 떨게 했다.

한 번은 아주 고약한 '누이' 메리 공주가 찾아와 톰에게 따졌다. 감옥으로 보내거나 교수형에 처하거나 화형시켰어야 할 자들을 그토록 많이 사면시키는 것이 합당한 처사냐는 것이었다. 그러면서 존엄한 선왕 시절에는 감옥에 육만 명까지 죄수들이 수감된 적도 있었으며 선왕의 훌륭한 재위 기간 동안 칠만이천 명의 도둑과 강도들이 사형당했다는 사실을 상기시켰다. 소년은 크게 분노해 메리 공주에게 당장 그녀의 방으로 물러가라고 명령을 내렸다. 그리고 그녀의 가슴에 박힌 차가운 돌덩이를 가져가고 대신 따뜻한 인간의 심장을 달라고 하느님께 간청하라고 호통쳤다.

톰 캔티는 자신에게 그토록 다정하게 대해 주고 궁전 문 앞에서 건방진 보초병을 혼내 준 정의로운 진짜 왕자가 전혀 걱정스럽지 않았을까? 물론 걱정스러웠다. 궁전에 들어온 처음 얼마 동안은 밤이고 낮이고 행방불명된 왕자 걱정에 사로잡혀 고통스러웠고 왕자가 하루 빨리 돌아와 자신의 타고난 권리와 영예를 되찾기를 간절히 바랐다. 그러나 시간이 흘러도 왕자가 나타나지 않자 톰의 마음은 점점 새롭고 황홀한 경험들에 사로잡히기 시작했고 사라진 군주에 대한 걱정이 조금씩 사라져 갔다. 그러다가 마침내 톰은 왕자에 대한 생각이 떠오를 때면 죄의식이 느껴지고 수치스러운 기분이 들어서 왕자가 반갑지 않은 유령처럼 느껴졌다.

톰은 자신의 가엾은 어머니와 누이들에 대해서도 똑같은 마음속 변화를 겪었다. 처음에는 그들을 그리워하고 슬퍼하며 간절히 보고 싶었다. 하지만 나중에는 그들이 더러운 누더기 차림으로 나타나 무심코 자신에게 입맞춤하여 자신을 고결한 자리에서 끌어내리고 궁핍하고 타락한 빈민가로 다시 끌고 갈지 모른다는 걱정이 들었다. 그런 생각을 할 때면 톰은 온몸이 부들부들 떨렸다. 마침내 톰은 그런 골치 아픈 생각들을 아예 하지 않기로 했다. 그러자 그는 만족스러웠고 심지어는 기쁘기까지 했다. 왜냐하면 비난하는 듯한 애처로운 식구들의 얼굴이 눈앞에 떠오를 때마다 자신이 땅 위를 기어다니는 벌레보다 더 비열하게 느껴졌기 때문이다.

2월 19일 자정 톰 캔티는 충성스런 시종들이 지키고 왕가의 화려한 장식에 둘러싸인 채 궁전의 화려한 침대에 누워 잠자리에 들었다. 소년은 더할 나위 없이 행복했다. 바로 내일이 정식으로 영국의 왕으로 즉위하는 대관식 날이기 때문이다. 같은 시각, 진짜 왕인 에드워드는 폭동의 한가운데에 있었던 결과로 누더기처럼 너덜너덜하게 찢어진 옷을 걸치고 때가 묻어 더러운 얼굴을 한 채 여행과 허기와 갈증으로 지쳐 터벅터벅 걸어갔다. 그는 웨스트민스터 대성당을 개미처럼 부지런히 들락거리는 일꾼 무리를 아주 흥미롭게 지켜보는 사람들 사이로 끼어들었다. 일꾼들은 왕의 대관식을 위한 막바지 준비를 하고 있었다.

31. 즉위 행렬

다음날 아침, 톰 캔티가 일어나니 우레와 같은 웅성거림이 공기 중에 그득했다. 모든 공간이 그 소리로 가득 차 있었다. 그것은 톰에게 음악처럼 들렸다. 그 소리는 영국의 온 백성이 밖으로 나와 위대한 날을 맞이하여 충성스럽고 열렬히 환영하고 있다는 뜻이었기 때문이다.

이윽고 톰은 다시 한 번 템스 강 위를 떠내려가는 멋진 행렬의 중심인물이 되었다. 런던 시내를 통과하는 '즉위 행렬'은 관습에 따라 런던탑에서 출발해야 했기 때문에 지금 톰은 그곳으로 가는 길이었다.

런던탑에 도착하자 그곳의 유서 깊은 요새의 측면이 갑자기 수천 조각으로 갈라지는 것 같았다. 그리고 그 갈라진 틈 하나하나에서 시뻘건 불꽃이 길게 피어오르며 하얀 연기를 내뿜었다. 이어 귀청이 터질 듯한 축포 소리가 뒤따랐다. 하지만 군중의 함

성이 이를 삼키고 땅을 흔들어 놓았다. 불꽃이 분출되고 연기가
치솟고 축포가 울리는 과정이 놀랄 정도의 빠른 속도로 되풀이
되었다. 이내 오래된 런던탑은 자신이 내뿜은 거대한 연기 속에
파묻혀 자취를 감추어 버리고 '하얀 탑'이라고 불리는 높은 건물
의 꼭대기만 보였다. 깃발이 펄럭거리는 하얀 탑의 꼭대기는 산
봉우리가 조각구름 떼 위로 삐죽 모습을 내민 것처럼 짙은 연기
층 위로 튀어나와 있었다.

　화려하게 차려 입은 톰 캔티는 의기양양한 군마에 올라탔다.
군마에 장식한 화려한 마구들이 거의 땅에 끌리다시피 했다. 그
의 '외숙'이자 섭정인 서머싯 공작도 비슷하게 꾸민 군마에 올
라 왕의 뒤에 자리를 잡았다. 윤이 나는 갑옷 차림을 한 왕의 근
위 연대가 양쪽에 일렬로 정렬해 섰다. 섭정 뒤에는 시종들을
거느린 귀족들의 눈부신 행렬이 끝없이 뒤따랐다. 이들 뒤로 런
던 시장과 런던 시의원들이 진홍색 벨벳 예복을 입고 가슴에 금
사슬을 두른 채 따라왔다. 그리고 이들 뒤에는 런던의 모든 길
드 조합의 간부와 회원들이 호화로운 복장을 하고 소속 조합을
상징하는 화려한 깃발을 들고 따라왔다. 또한 이 행렬에는 런
던 행진의 특별 의장병으로 '고대 명예 포병 중대'도 끼어 있었
는데, 당시 삼백 년의 역사를 자랑하던 이 조직은 영국에서 의
회의 명령 없이도 독자적으로 행동할 수 있는 특권을 지닌 유일
한 군사 조직이었다(오늘날에도 이 조직은 여전히 특권을 지니
고 있다.). 그것은 참으로 눈부신 광경이었다. 행렬이 수많은 백
성들 사이를 위풍당당하게 지나가자 줄을 따라 일제히 환호성
이 터져 나왔다. 이 장면을 연대기 기록자들은 이렇게 기록하고

있다.

'왕이 런던 시로 들어서자 백성들은 기도, 환영 인사, 환호성, 상냥한 말을 비롯해서 군주에 대한 진심 어린 사랑을 보여 주는 온갖 신호로 환대했다. 그러자 왕은 멀리 떨어져 있는 백성들에게 기쁨에 찬 얼굴을 보여 주고, 가까이 있는 백성들에게는 아주 다정하게 말을 걸며 백성들이 표하는 호의를 매우 감사하게 받아들였다. 왕은 행운을 빌어 주는 모든 이들에게도 감사 인사를 했다. "폐하께 신의 가호가 함께하시길 바라옵니다!"라고 외치는 백성들에게 "온 백성들에게 신의 가호가 함께하기를 바라노라!"라고 답하며 "진심으로 고맙구나."라고 덧붙였다. 백성들은 왕의 다정한 대답과 몸짓에 기뻐서 어쩔 줄을 몰라 했다.'

펜처치 거리에서는 '값비싼 옷차림의 어여쁜 아이' 하나가 무대에 올라 런던 시에 들어온 왕을 환영했다. 아이의 환영 인사 마지막 구절은 다음과 같다.

환영하옵니다. 오, 왕이시여, 온 마음을 다하여.
다시 한 번 환영하옵니다. 온 언어를 다하여.
절대 줄어들지 않을 기쁜 말과 마음으로 환영하옵니다!
폐하께 신의 가호가 깃들기를, 늘 행운이 함께하기를 기원하옵니다!

사람들은 한목소리로 아이의 말을 따라하며 기쁨의 환호를 터뜨렸다. 톰 캔티는 물결치는 인파의 열띤 얼굴들을 둘러보자

벅찬 기쁨에 가슴이 부풀어 올랐다. 그리고 이 세상을 살아가면서 가치 있는 일이 하나 있다면 그것은 왕이 되어 한 나라의 우상이 되는 것이란 생각이 들었다. 곧이어 저 멀리 누더기를 걸친 오펄코트의 친구 둘이 서 있는 모습이 눈에 들어왔다. 그 가운데 한 친구는 톰의 예전 가짜 궁전에서 해군 사령 장관이었고 다른 친구는 침실 수석 시종이었다. 그러자 톰의 자부심이 어느 때보다 더 크게 부풀어 올랐다. 오, 지금 저 아이들이 자기를 알아볼 수 있다면! 만약 저 아이들이 자기를 알아보고, 빈민가와 뒷골목에서 조롱받던 가짜 왕이 저명한 공작과 귀족들을 미천한 하인처럼 거느리고 영국 전체를 자기 발밑에 둔 진짜 왕이 되었다는 사실을 깨닫는다면 이루 말할 수 없이 영광스러울 텐데!

하지만 톰은 친구들이 자기를 알아보면 얻는 것보다 잃는 것이 더 많음을 알았기 때문에 자기 자신을 억제하고 그런 욕망을 꾹 참았다. 그래서 그는 꾀죄죄한 두 아이로부터 고개를 돌리고 자신들이 아낌없이 찬사를 퍼붓는 상대가 누구인지도 모른 채 계속 소리치면서 아첨하도록 그냥 내버려 뒀다.

가끔 "자비를 베푸소서! 자비를!" 하는 외침이 들리면 톰은 빛나는 새 동전을 한 움큼 집어 서로 받으려는 사람들한테 흩뿌려 주었다.

연대기 기록자들은 이렇게 기록하고 있다.

'런던 시에서 그레이스처치 거리 위쪽 끝의 독수리 표지 앞에 화려한 아치형 구조물을 세웠다. 그 아치형 구조물 아래에 길 이쪽 끝에서 저쪽 끝까지 뻗은 무대가 있었다. 이것은 새 왕의 직계 조상들을 표현한 모형으로 역사적인 장면을 보여 주기 위한 무대였다. 거대한 하얀 장미꽃 한가운데에 요크의 엘리자베스(* 헨리 7세의 왕비이자 주인공 에드워드 6세의 할머니.) 모형이 앉혀져 있었는데, 장미 꽃잎들을 둘러 정교한 옷단 장식들을 표현했다.

그녀 옆에는 헨리 7세 모형이 거대한 붉은 장미 속에서 나오고 있었는데 역시 장미 꽃잎으로 장식되었다. 서로 꽉 잡은 왕과 왕비 부부의 손에는 결혼반지가 과시하듯 드러나 있었다. 그 붉은 장미와 하얀 장미에서 줄기가 뻗어 나와 두 번째 무대로 이어졌다. 두 번째 무대에는 헨리 8세의 모형이 새 왕의 모친인 제인 시모어의 모형과 함께 붉은색과 하얀색이 섞인 거대한 장미에 자리 잡고 있었다. 이 부부로부터 가지 하나가 뻗어 나와 세 번째 무대로 올라갔다. 바로 그 세 번째 무대에 위치한 옥좌에 에드워드 6세 자신의 모형이 앉혀져 있었다. 그리고 무대 전체의 테두리는 붉은색과 하얀색의 장미 화환들로 장식되어 있었다.'

흥에 겨운 사람들이 이 진기하고 화려한 구경거리에 압도되어 환호성을 내질렀다. 무대 옆에서 왕가의 족보 내용을 운을 살려 읊으며 찬미하는 아이의 작은 목소리가 그 환호성에 완전히 덮여 버렸지만 톰 캔티는 전혀 애석하지 않았다. 괴성과도 같은 환호성이 그에게는 어떤 다른 시보다 더 달콤한 음악처럼 들렸기 때문이다. 톰이 행복에 겨운 얼굴을 이쪽저쪽으로 돌리자 그때마다 왕의 실물이 모형과 똑같다는 사실을 확인한 백성들이 또다시 박수갈채를 쏟아 냈다.

거대한 행렬은 계속해서 앞으로 나아가 개선문을 하나 지나고 또 하나를 지났다. 그리고 장관을 이루는 상징적인 화려한 그림들을 잇달아 지나쳤는데 그 그림들 하나하나가 어린 왕의 미덕과 재능과 장점을 상징하고 찬양하는 것이었다. 연대기 기록자들에 따르면 '칩사이드 거리 전체에 옥상과 창문마다 깃발과 장식 리본이 내걸렸고 가장 화려한 카펫과 직물, 금실로 짠 천이 태피스트리처럼 내걸렸는데 그것은 거대한 부를 이룬 상점들에서 내건 견본이었다. 칩사이드 거리의 화려함은 다른 어느 거리와 비교해도 손색이 없었으며 오히려 어떤 점에서는 훨씬 능가했다.'라고 한다.

"이 모든 경이로움과 기적들이 나를 환영하기 위한 것이라니……. 바로 나를!"

톰 캔티가 중얼거렸다.

흥분한 가짜 왕의 뺨이 빨갛게 물들었고 눈이 반짝반짝 빛났으며 기분은 벅찬 환희에 젖었다. 톰이 또다시 동전을 한 움큼 흩뿌리려고 손을 드는 순간, 군중의 두 번째 줄에서 목을 길게 빼고 자신에게 강렬한 시선을 던지는 얼굴이 보였다. 그 얼굴은 깜짝 놀란 듯 창백했다. 톰은 가슴이 철렁 내려앉았다. 자기 어머니를 알아보았던 것이다! 곧바로 그는 손을 들어 손등으로 눈을 가렸다. 그건 기억도 나지 않는 아주 오랜 습관으로 무의식중에 나오는 몸짓이었다. 그러자 순식간에 톰의 어머니가 북새통을 이룬 사람들 사이를 비집고 나오더니 경비병들을 지나 톰의 옆으로 다가왔다. 그녀는 톰의 다리를 끌어안고 다리에 연거푸 입을 맞추더니 기쁨과 사랑이 가득한 얼굴을 들어 올려다보며 "오, 애야, 사랑스런 내 아들아!" 하고 외쳤다. 바로 그 순간 왕의 근위 연대의 한 장교가 욕설을 퍼부으며 그녀를 낚아채 왕에게서 떼어 냈다. 그리고 원래 자리로 강하게 밀쳐 넣었다.

"나는 그대를 모르노라, 여인이여!"

이 애처로운 일이 일어났을 때 톰의 입에서 튀어나온 말은 그게 다였다. 하지만 어머니가 그런 취급을 당하는 것을 보자 마음이 엄청나게 아팠다. 군중 속으로 휩쓸려 시야에서 사라지던 어머니가 마지막으로 고개를 돌려 톰을 힐끗 쳐다보았다. 심하게 다치고 상심한 듯한 어머니의 표정에 톰은 수치심이 치솟아 어느새 뿌듯한 마음은 재가 되어 사라져 버리고 훔친 왕좌에서 누리던 즐거움도 시들해졌다. 자신의 화려한 옷과 장식들이 갑자기 무가치해져서 썩은 넝마처럼 그의 몸에서 떨어져 나가는 것 같았다.

행렬은 화려함을 더하고 점점 더 많은 환영을 받으며 계속해서 앞으로 나아갔다. 하지만 톰 캔티에게는 그런 것들이 하나도 눈에 들어오지 않는 듯했다. 톰에게는 아무것도 보이지도, 들리지도 않았다. 이제는 왕이라는 신분이 우아하지도, 달콤하지도 않았으며 자신의 화려한 모습이 치욕스러웠다. 회한으로 가슴이 찢어졌다. 그는 혼잣말을 중얼거렸다.

"신이시여, 원컨대 포로 같은 이 상황에서 벗어나게 해 주시옵소서!"

억지로 왕자가 되었던 처음 며칠 동안 되풀이했던 말을 무의식중에 다시 내뱉은 것이다.

눈부신 행렬은 끝없이 길고 화려한 뱀처럼 고풍스런 옛 시가

지의 구불구불한 길을 따라 나아가며, 만세를 외치고 환호하는 군중들 사이를 지나갔다. 하지만 왕은 아직도 고개를 숙인 채 멍한 시선으로 말 위에 앉아 있었다. 그의 눈앞에는 오직 어머니의 얼굴과 상처 입은 표정만이 어른거릴 뿐이었다.

"자비를 베푸소서! 자비를!" 하고 외치는 소리가 들렸지만 톰의 귀에는 들리지 않았다.

"영국의 왕 에드워드 폐하 만세!"

땅이 요동칠 것만 같은 우렁찬 함성이 들려왔지만 왕은 아무런 반응이 없었다. 그에게 그 소리는 아주 먼 거리에서 아득히 들려오는 파도 소리 같았다. 더 가까이에서 들려오는 마음속 소리에 덮여 버린 것이다. 그의 마음속에서 "나는 그대를 모르노라, 여인이여!"라는 말이 양심을 비난하고 수치스럽게 되풀이해서 들려왔다.

그 소리가 왕의 영혼을 강타했다. 마치 친구의 장례식에서 애도하는 종이 울리자 죽은 친구를 몰래 배신해 고통을 안겨 준 일이 떠오르는 것과 같았다.

길모퉁이를 돌 때마다 새로운 장관이 펼쳐졌다. 새로운 경탄과 놀라움이 눈앞에 불쑥불쑥 모습을 드러냈다. 때가 오기를 기다리며 대기 중이던 축포가 요란한 소리를 내며 쏘아 올려졌다. 기다리던 군중들의 목구멍에서 황홀한 감탄사가 터졌다. 하지만 왕은 아무런 반응을 보이지 않았다. 그에게는 오직 자신의 아픈 가슴에서 나는 신음 같은 비난만이 들렸다.

이윽고 백성들의 얼굴에 어렸던 기쁜 표정도 조금씩 변해 갔고 근심 어린 불안한 빛을 띠기 시작했다. 박수 소리도 눈에 띄게 줄어들었다. 섭정은 이런 변화를 재빨리 눈치챘다. 그리고 그 원인도 그만큼 재빠르게 알아차렸다. 그는 말에 박차를 가해 왕의 옆으로 다가가서 안장에 앉은 채로 모자를 벗고 고개를 숙이며 말했다.

"폐하! 지금은 상상에 빠져 있을 때가 아니옵니다! 백성들이 폐하께서 고개를 숙이고 침울한 표정을 하고 있는 것을 보고 그것을 불길한 징조로 받아들일지도 모르옵니다! 부디 통촉하시옵소서. 태양 같이 찬란한 왕의 풍모를 드러내 보이시어 그 빛으로 불길한 기운을 흩어지게 해 주시옵소서. 고개를 들고 백성들에게 웃어 보이소서!"

공작은 동전 한 움큼을 좌우로 흩뿌린 뒤 자기 자리로 돌아갔다. 가짜 왕은 기계적으로 공작이 시킨 대로 했다. 그의 미소에는 진심이 담겨 있지 않았지만 그것을 간파할 정도로 예리하거나 가까이서 지켜보는 사람은 없었다. 깃털 장식 모자를 쓴 머리를 끄덕여 백성들에게 인사하는 모습에는 기품과 자애가 가득했다. 백성들에게 동전도 아낌없이 던져 줬다. 그리하여 백성들의 불안이 사라지고 다시 전과 같이 커다란 환호성이 터져 나왔다.

공작은 행진이 끝나기 직전에 한 번 더 앞으로 말을 몰고 나와 충고를 해야만 했다.

"오, 황공하오나 폐하, 제발 그 침울한 기분을 떨쳐 내시옵소서! 세상의 모든 눈이 폐하를 향해 있사옵니다!"

그리고 짜증 섞인 날카로운 목소리로 덧붙였다.

"그 미친 거지 여인에게 지옥에 떨어지는 벌이 내릴 것이옵니다! 폐하의 심기를 어지럽혔으니 말입니다."

화려한 옷차림의 왕이 멍한 시선으로 공작을 바라보며 생기 없는 목소리로 말했다.

"그 여인은 내 어머니요!"

"맙소사!"

섭정이 말을 조종해 자기 자리로 돌아가면서 신음하듯 말했다.

"불길한 예감이 맞아떨어졌어. 폐하가 다시 미치신 거야!"

32. 대관식 날

우리는 몇 시간 전으로 돌아가 대관식 날 새벽 네 시의 웨스트민스터 사원 안으로 들어가 보자. 그런데 구경하러 온 사람은 우리만이 아니었다. 아직 밤인데도 횃불을 밝힌 위층 관람석에는 벌써 사람들로 가득 차 있었다. 그 사람들은 앞으로 일고여덟 시간을 기다려야 했지만 평생에 한 번 볼까 말까 한 왕의 대관식을 구경하기 위해 기꺼이 자리를 지키고 앉아 있었다. 그랬다. 새벽 세 시에 예포가 울려 퍼진 뒤로 런던과 웨스트민스터 사원은 활기를 띠었고, 부유하지만 작위가 없는 사람들이 위층 관람석에 앉을 수 있는 권리를 구입해 마련된 입구로 떼 지어 들어갔다.

시간이 몹시 지루하게 느릿느릿 흘러갔다. 모든 관람석이 한참 전에 꽉 찼기 때문에 분주한 움직임과 떠들썩한 흥분은 아까부터 가라앉아 있었다. 우리도 지금 틈이 있을 때 자리에 앉아서 구경하고 감상해 보자. 대성당 안의 으스름한 빛 속에서 여기저기를 언뜻언뜻 보니 위층의 관람석과 발코니석은 사람들로 빽빽이 가득 차 있었고 다른 부분들은 중간에 기둥과 돌출된 건축 구조물에 시야가 가로막혀 보이지 않았다.

북쪽의 널찍한 좌우 날개 부분에 위치한 귀빈석 전체가 한눈에 들어왔는데, 그곳은 텅 비워진 채 영국의 특권층을 기다렸다. 또한 화려한 천으로 덮인 널찍한 단상에는 옥좌가 마련되어 있었다. 옥좌는 단상의 한가운데에 놓였는데 계단 네 개를 밟고 올라가도록 되어 있었다. 옥좌 안에는 '스쿤의 돌'이라 불리는 거칠고 납작한 돌 하나가 놓여 있었다. 그 돌은 스코틀랜드 왕들이 여러 세대에 걸쳐 대관식 때마다 앉았던 것으로, 이제 영국 군주들도 똑같은 용도로 사용할 정도로 신성시되었다. 왕좌와 발을 얹는 받침은 금실로 짠 천으로 덮여 있었다.

정적이 그득했고 횃불이 지루하게 깜박거렸으며 시간이 아주 더디게 지나갔다. 하지만 마침내 아침 햇살이 밝아 오자 횃불은 꺼지고 부드럽고 아름다운 광채가 그 커다란 공간을 뒤덮었다. 이제 건물의 웅장한 모습이 또렷이 드러났다. 하지만 구름이 해를 살짝 가리어 부드러우면서도 꿈결 같은 감미로운 느낌을 주었다.

일곱 시가 되자 처음으로 나른하고 지루한 분위기가 깨졌다. 일곱 시를 알리는 종소리가 울리자마자 솔로몬 왕처럼 화려하게 차려입은 귀부인이 처음으로 귀빈석에 들어섰다. 그러자 공단과 벨벳으로 만든 옷을 차려입은 관리가 그녀를 지정석으로 안내했고 그러는 동안 또 다른 관리가 그 귀부인의 긴 옷자락을 잡고 뒤를 따라갔다. 그리고 귀부인이 자리에 앉자 옷자락을 무릎 위에 얹어 주었다. 그러고는 귀부인이 원하는 곳에 발을 얹는 받침을 놓아 주고, 귀족들이 머리에 보관(*寶冠, 귀족이나 귀부인들이 격식을 갖춘 행사 때 쓰는 작은 왕관 모양 머리 장식.)을 써야 할 시간이 됐을 때 찾기 편한 곳에 그녀의 보관을 놓아 주었다.

이때쯤 화려한 차림의 귀부인들이 잇따라 밀려들었고, 공단 차림의 관리들은 여기저기 돌아다니면서 귀부인들에게 자리를 안내하고 시중을 들었다. 이제 그곳은 활기가 넘쳤다. 떠들썩하니 생기가 넘치고 어디에나 화려한 색상이 넘실거렸다. 잠시 후 귀부인들이 모두 도착해 제자리에 착석하자 다시 정적이 감돌았다. 그야말로 그곳은 다채로운 색상들로 눈부시게 빛나는 드넓은 인간 꽃밭 같기도 하고 다이아몬드로 반짝거리는 은하수 같기도 했다.

이곳에는 온갖 연령대의 귀부인들이 모여 있었다. 주름진 갈색 피부와 백발의 노부인들은 과거로 한참 거슬러 올라가 리처드 3세의 대관식과 이제는 잊힌 불안했던 옛 시절을 회상할 수 있는 연령대였다. 매력적인 중년 귀부인들과 사랑스럽고 우아한 젊은 부인들도 와 있었다. 빛나는 눈동자와 생기 넘치는 혈색의 상냥하고 아름다운 어린 아가씨들도 있었다. 아가씨들은 이런 자리가 처음인 데다가 그 중요한 시간이 되면 대단히 흥분하여 보석 박힌 보관을 머리에 제대로 쓰지도 못하고 허둥댈지 몰랐다. 하지만 이 아가씨들은 신호가 떨어지면 머리에 보관을 재빨리 쓸 수 있도록 각별히 신경 써서 머리를 손질해 놨기 때문에 그런 불상사는 일어나지 않을 것 같았다.

우리는 지금까지 귀부인들 무리가 다이아몬드로 빽빽하게 아로새겨진 것 같은 화려한 모습을 보았다. 또한 그것은 놀랄 만한 장관이었다. 하지만 정말로 깜짝 놀랄 광경은 지금부터 펼쳐졌다. 아홉 시쯤 되자 갑자기 구름이 걷히더니 한 줄기 햇살이 부드러운 분위기를 깨뜨리며 귀부인들의 줄을 따라 천천히 움직였다. 햇살이 닿는 모든 줄이 휘황찬란하고 화려하며 다채로운 불꽃으로 타올랐다. 이 놀랍고도 아름다운 장관에 어찌 우리의 온몸이 전율로 손끝까지 찌릿찌릿하지 않겠는가! 이윽고 동방의 머나먼 외딴 나라에서 온 특사가 한 무리의 대사와 함께 길게 드리운 햇살을 가로질러 성큼성큼 걸어 나아갔다. 특사가 머리에서 발끝까지 보석으로 치장한 덕분에 그가 살짝만 움직여도 주위에 온통 춤을 추는 듯한 광채가 쏟아졌다. 군중은 특사 주위에 흐르고 반짝이며 고동치는 찬란한 아름다움에 완전히 압도당해 숨을 죽였다.

편의를 위해 시제를 현재에서 과거로 바꿔 적은 것이니 양해를 바란다. 한 시간, 두 시간, 또 두 시간 하고도 삼십 분이 흘렀다. 바로 그때 우렁찬 축포 소리가 울리며 왕과 그의 웅장한 행렬이 마침내 도착했음을 알렸다. 그러자 기다리던 사람들이 환호했다. 엄숙한 의식을 위해서 왕이 준비를 하고 옷을 갈아입어야 하기 때문에 다들 좀 더 기다려야 한다는 사실을 잘 알았다. 하지만 그 정도쯤이야 위풍당당한 차림새의 왕국 귀족들의 모습을 구경하며 즐겁게 기다릴 수 있었다.

귀족들은 자기 자리로 격식을 갖춘 안내를 받았고 그들이 머리에 쓸 보관도 집기 편한 위치에 놓였다. 한편 위층 관람석을 가득 메운 구경꾼들은 흥미를 보이며 활기를 띠었다. 그들 대부분에게 이 자리는, 오백 년 동안 역사 이야기를 통해서나 만날 수 있었던 가문의 공작, 백작, 남작을 실제로 볼 수 있는 최초의 기회였기 때문이다. 마침내 귀족들이 모두 자리에 앉자 위층 관람석과 구경이 용이한 자리에서 볼 수 있는 광경이 완전해졌다. 그야말로 한 번 보면 절대 잊지 못할 멋진 광경이었다.

이제 예복을 입고 주교관을 쓴 교회의 고위 성직자들과 그들의 수행원들이 단상 위로 줄지어 올라와 지정된 자리에 앉았다. 그 뒤를 섭정과 다른 고위 관리들이 따랐고 또 이들 뒤에는 갑옷으로 무장한 왕실 근위대가 따랐다.

모두들 잠시 기다리며 가만히 있었다. 그런 뒤 신호를 받아 위풍당당한 음악이 터져 나왔고 금실로 짠 긴 가운을 입은 톰 캔티가 입구에 등장해 단상으로 걸어 올라갔다. 모든 사람들이 일어나 왕에게 인사를 했다.

그런 뒤 웅장한 축가의 낭랑한 선율이 웨스트민스터 사원에 울려 퍼졌다. 이렇게 식이 시작되었다. 톰 캔티는 열렬한 환영을 받으면서 왕좌로 안내되었다. 사람들이 지켜보는 가운데 예로부터 전해져 오는 의식들이 대단히 엄숙하게 거행되었다. 의식의 끝이 점점 가까워질수록 톰 캔티는 점점 더 창백해졌다. 자꾸만 깊어지는 고뇌와 낙담이 그의 정신에도, 후회로 가득한 마음에도 무겁게 내려앉았다.

마침내 마지막 의식이 거행되려 했다. 캔터베리 대주교가 쿠션 위에 놓인 영국의 왕관을 집어 들어 덜덜 떨고 있는 가짜 왕의 머리 위로 들어 올렸다. 바로 그 순간 무지갯빛 광채가 널찍한 귀빈석을 따라 번쩍거렸다. 한데 모인 귀족 한 사람 한 사람이 일제히 보관을 집어 머리 위로 들어 올렸기 때문이다. 그들은 그 자세 그대로 멈춘 채 기다렸다.

웨스트민스터 사원에 깊은 침묵이 드리웠다. 그런데 이 장엄한 순간에 깜짝 놀랄 만한 유령 같은 존재가 그 현장을 침범했다. 대관식에 마음을 뺏긴 나머지 어느 누구도 그 존재의 출현을 알아차리지 못했다. 그러다가 그 존재가 커다란 중앙 복도를 따라 걸어올 때에야 비로소 알아차린 것이다. 유령 같이 등장한 그 존재는 모자를 쓰지 않고 너덜너덜한 신발을 신고 누더기가 된 조잡한 평민 옷을 입은 남자아이였다. 아이는 꾀죄죄하고 초라한 몰골과는 어울리지 않게 근엄히 손을 들고 이렇게 경고의 말을 했다.

"그 자격 없는 아이의 머리에 영국의 왕관을 얹지 말라. 내가 바로 왕이도다!"

곧바로 분개한 사람들의 손이 아이를 덮쳤다. 하지만 이와 동시에 군왕의 예복을 걸친 톰 캔티가 재빠르게 앞으로 나와 쩌렁쩌렁한 목소리로 외쳤다.

"그를 놓아주고 행동을 삼가라! 그분이 바로 왕이시다!"

모여 있던 사람들이 깜짝 놀라 일종의 공황 상태에 빠졌다. 사람들은 자리에서 엉거주춤 일어나, 자기가 제정신으로 깨어 있는지 아니면 잠들어서 꿈을 꾸고 있는 것인지 헷갈리는 것처럼 당혹스런 표정으로 서로를 쳐다보거나 이 장면의 주요 인물들을 쳐다봤다. 섭정도 나머지 사람들만큼이나 놀랐지만 재빨리 정신을 가다듬고 권위 있는 목소리로 소리쳤다.

"폐하의 병환이 다시 도지셨으니 방금 하신 말씀은 신경 쓰지 마라. 어서 저 부랑아를 잡아라!"

근위대가 섭정의 명령을 따르려는데 가짜 왕이 발을 쾅쾅 구르며 고함을 쳤다.

"목숨이 아깝지 않거든 어디 한번 해 보거라! 그분에게 손을 대서는 안 된다. 그분이 왕이시라니까!"

근위대가 손을 멈칫했다. 사원 전체가 마비된 듯했다. 어느 누구도 움직이지 않았고 어느 누구도 입을 열지 않았다. 어느 누구도 그토록 기이하고 놀라운 비상 사태에 어떻게 행동해야 할지 또 뭐라고 말해야 할지 몰랐던 것이다. 다들 혼란스런 마음을 추스르려고 고군분투하는데, 그 아이만은 의기충천한 태도와 자신감 넘치는 표정으로 앞으로 척척 걸어왔다. 처음부터 한 번도 멈춰 서지 않았다. 혼란에 빠진 사람들이 아직도 마음을 추스르지 못하고 속수무책으로 허둥대고 있는 동안 아이는 단상으로 올라갔다. 그러자 가짜 왕이 반가운 얼굴로 달려가 그를 맞이하고는 그의 앞에 무릎을 꿇으며 말했다.

"오, 폐하. 이 미천한 톰 캔티가 가장 먼저 폐하께 충성의 맹세를 하고 '왕관을 쓰시고 다시 옥좌에 오르시라고' 아뢰게 해 주십시오!"

섭정의 엄한 눈길이 처음 본 아이의 얼굴로 향했다. 하지만 곧바로 단호한 기색은 사라지고 이상하게 여기는 듯 놀라워하는 표정이 떠올랐다. 다른 고위 관리들에게도 이와 똑같은 반응이 일어났다. 그들은 서로를 흘끗흘끗 살피며 다들 하나 같이 무의식적으로 한 걸음 뒤로 물러섰다. 각자의 마음에 떠오른 생각은 똑같았다.

'어쩜 저렇게 이상하리만치 닮았을까!'

섭정이 당황해서 잠깐 곰곰이 생각하다가 근엄하고도 공손하게 말했다.

"괜찮다면 몇 가지 질문을 했으면 하는데……."

"얼마든지 하시오."

공작은 아이에게 궁전, 선왕, 왕자, 공주에 대한 여러 질문을 했고 아이는 망설임 없이 정확하게 대답했다. 아이는 궁전의 호화로운 방들, 선왕이 쓰던 방들, 왕세자 자신이 쓰던 방들을 술술 정확히 묘사했다.

"참으로 기이해."

"진짜 놀라워."

"그래, 도무지 설명할 길이 없어."

아이가 하는 이야기를 들은 사람들은 하나같이 그렇게 말했다. 여론의 흐름이 바뀌기 시작하자 톰 캔티의 희망도 고조되었는데 바로 그때 섭정이 고개를 저으며 말했다.

"굉장히 놀랍기는 하군. 하지만 그건 우리의 폐하께서도 다 알고 계신 사실일 뿐이다."

톰 캔티는 자신을 아직도 폐하라고 부르고 있다는 사실에 슬퍼졌다. 희망이 모두 무너져 내리는 것 같았다.

"그런 건 전혀 증거라 할 수 없다."

섭정이 덧붙여 말했다.

그러자 여론의 흐름이 다시 변했다. 잘못된 방향으로 무척 빠르게 변하고 있었다. 가엾은 톰 캔티를 왕좌에 그대로 앉혀 두고 다른 쪽은 바다로 쓸어내 버리자는 쪽으로 변하고 있었던 것이다. 섭정은 깊은 생각에 잠겨 있다가 고개를 저었는데 자꾸만 이런 생각이 떠올랐다.

'나라의 운명이 걸린 중차대한 문제를 그냥 이렇게 넘겨 버린다는 건 나라와 우리 모두에게 아주 위험해. 자칫 잘못하다간 이 나라를 분열시키고 왕조의 기반을 약화시킬 수 있어.'

섭정은 고개를 돌리며 이렇게 말했다.

"토마스 경, 이자를 체포……. 아니, 잠깐!"

섭정의 얼굴이 밝아지더니 누더기를 걸친 왕 후보를 보며 이렇게 물었다.

"국새가 어디에 있느냐? 이 질문에 사실대로 대답하여라. 그러면 이 수수께끼가 풀릴 것이다. 오직 왕세자였던 분만이 이 질문에 대답할 수 있으니까! 그토록 하찮은 물건에 왕위와 왕조의 운명이 달려 있다니!"

그것은 운 좋게 떠오른 생각이었지만 참으로 적절했다. 고위 관리들이 서로 밝은 눈짓을 힐끗힐끗 주고받으며 말없이 박수갈채를 보내고 있는 것을 보면 그들도 그렇게 생각하고 있는 것이 분명했다.

'그래, 오직 진짜 왕자만이 사라진 국새의 행방에 얽힌 비밀을 풀 수 있을 거야. 의지할 곳 없어 보이는 이 꼬마 사기꾼이 어디서 주워들은 정보로 왕실에 대해 잘 아는 척을 했지만 정보를 흘린 자도 이런 것까지는 알지 못했을 테야. 그러니 이 녀석도 질문에는 대답하지 못하겠지. 아, 정말 훌륭해. 참으로 훌륭한 생각이야. 이제 곧 이 성가시고 위험한 상황에서 벗어날 수

있겠어!'

고위 관리들은 흡족한 듯 눈에 띄지 않게 살짝 고개를 끄덕이며 속으로 미소 지었다. 이 어리석은 아이가 죄책감을 느끼고 당혹스러워 어쩔 줄 몰라 하는 모습을 보게 되리라 기대한 것이다. 그런데 자신들이 기대한 종류의 일이 전혀 일어나지 않자 그들은 얼마나 놀랐는지 모른다. 게다가 그 아이가 확신에 찬 흐트러짐 없는 목소리로 대답하는 것을 듣고 어찌나 놀랐는지 모른다.

"전혀 어려울 게 없는 문제로군."

그러고는 누구에게 허락을 구하지도 않고 돌아서서 이런 일에 익숙한 사람처럼 느긋한 태도로 명령을 내렸다.

"세인트 존 경, 궁전의 내 사실로 가 보도록 하시오. 그대보다 그 방을 잘 알고 있는 사람은 없을 테니 말이오. 대기실로 통하는 문에서 가장 먼 왼쪽 구석, 바닥 가까운 곳의 벽을 보면 놋쇠 못대가리가 하나 있을 것이오. 그대는 몰랐겠지만 그것을 누르면 보석을 넣어 두는 작은 벽장이 휙 열릴 것이오. 아니, 그건 그대만 모르는 게 아니라 이 세상 어느 누구도 모르는 보석 벽장이오. 오직 단 두 사람, 나와 나를 위해 그 보석 벽장을 만들어 준 믿음직한 가구 장인만이 알고 있소. 국새는 그 벽장이 열리자마자 눈에 들어올 것이오. 그걸 이리로 가져오시오."

이 말에 다들 크게 놀랐다. 게다가 어린 거지가 귀족을 지목하면서 망설이거나 잘못 지목했을까 봐 두려워하는 기색이 전혀 없었기 때문에 더욱 놀랐다. 마치 자기가 평생 알아 온 사람이라는 듯 차분하고 확신 가득한 태도로 귀족의 이름까지 부르자 더 크게 놀랐다. 그 귀족도 깜짝 놀라 명령에 따를 뻔했다. 세인트 존 경은 당장 달려갈 것처럼 자세까지 취했다가 얼른 평정심을 되찾았지만 자신의 실수를 깨닫고 얼굴을 붉혔다. 톰 캔티가 세인트 존 경 쪽으로 몸을 돌리며 날카롭게 소리쳤다.

"왜 망설이십니까? 폐하의 분부를 듣지 못했습니까? 어서 가세요!"

세인트 존 경은 허리를 크게 숙여 인사하고는 자리를 떴다. 어느 쪽도 아닌 두 사람의 중간쯤에 대고 조심스럽고도 어정쩡하게 인사한 것이다.

이제 화려한 입자와도 같은 관리 무리가 거의 감지할 수 없을 정도로 천천히, 하지만 한결같고 끊임없이 움직이기 시작했다. 그것은 화려한 형체 하나를 구성하는 요소들이 뿔뿔이 흩어졌다가 다시 뭉쳐서 또 다른 형체를 이루는, 느리게 돌아가는 만화경을 들여다볼 때와 비슷한 움직임이었다. 그리고 지금은 톰 캔티 주위에 모여 있던 군중이 조금씩 흩어졌다가 새로 등장한 아이의 근처로 모여들었다. 톰 캔티는 이제 거의 혼자가 되었다. 극도의 긴장감과 기다림의 순간이 뒤따랐다. 그동안 아직 톰 캔티 곁에 남아 있던 겁쟁이 몇 명이 용기를 긁어모아 다수가 모여 있는 쪽으로 슬그머니 옮겨 갔다. 마침내 톰 캔티는 왕의 옷과 보석을 두르고 넓은 공간을 차지한 채 이 세상에서 완전히 외톨이가 되어 서 있게 되었다.

그때 세인트 존 경이 돌아오는 모습이 보였다. 그가 중간 복도 저쪽에서 다가오자 사람들의 호기심 어린 나지막한 대화가 완전히 잦아들면서 깊은 침묵과 숨 막힐 듯한 정적이 뒤따랐다. 이런 침묵과 정적 속에서 세인트 존 경의 발소리가 멀리서 들리는 것처럼 둔탁하게 울려 퍼졌다. 그가 걸어오자 모두의 시선이 그에게로 쏠렸다.

그가 단상에 도착해 잠시 멈췄다가 톰 캔티 쪽으로 돌아서서 허리를 깊이 숙이고 인사했다.

"폐하, 국새는 그곳에 없었사옵니다!"

아마 전염병 환자 앞에서도 그렇게 재빠르게 멀찌감치 떨어지진 못할 것이다. 새파랗게 겁에 질린 귀족 무리는 다 해진 옷을 걸치고 왕이라 사칭하는 어린아이 앞에서 부리나케 떨어졌다. 순식간에 아이는 친구나 편들어 주는 사람 하나 없이 지독한 경멸과 매서운 분노의 표적이 되었다. 섭정이 사납게 소리쳤다.

"저 거지 녀석을 당장 길거리로 내쫓아 온 시내를 돌아다니며 채찍질하도록 하라. 이런 하찮은 악당 녀석은 조금도 봐줄 필요가 없어!"

근위대 장교들이 섭정의 명령에 따르기 위해 얼른 뛰어나왔지만 톰 캔티가 손을 들어 제지하며 말했다.

"썩 물러서지 못할까! 그분을 건드리는 자는 목숨을 보전치 못할 줄 알라!"

섭정이 극도로 당황해 세인트 존 경에게 물었다.

"경, 잘 찾아본 것이오? 하긴 물어봤자 아무 소용없지만. 참으로 이상한 것 같아서 말이오. 작고 하찮은 물건이라면 없어져도 눈에 잘 띄지 않고 또 그리 놀랄 일도 아니겠지. 하지만 영국의 국새처럼 부피가 큰 물건이 사라졌는데 아무도 그 행방을 모른다니…… . 엄청나게 큰 원반 모양으로 된 황금…… ."

톰 캔티가 두 눈을 반짝거리며 앞으로 불쑥 나왔다.

"잠깐, 이제 알겠어요! 둥글게 생겼다고요? 두께가 두껍고요? 그 위에 글자와 무늬가 새겨져 있지요? 그렇지요? 오, 그렇게 걱정하고 법석을 떨며 찾았던 국새가 어떤 건지 이제 알았어요! 나한테 진즉에 국새가 어떻게 생겼는지 설명해 줬으면 삼 주 전에 찾았을 텐데. 그게 어디 있는지 내가 잘 아니까요. 하지만 국새를 그곳에 놔둔 건 내가 아니에요. 그러니까 '맨 처음' 국새를 그곳에 둔 사람은 내가 아니에요."

"그렇다면 누구이옵니까, 폐하?"

섭정이 물었다.

"저기에 서 계신 저분…… 영국의 적법한 왕이시지요. 저분께서 여러분에게 국새가 어디 있는지 직접 말씀해 주실 것입니다. 그러면 여러분은 저분께서 누구에게 들어서가 아니라 직접 알고 계신다는 사실을 믿게 될 것입니다. 폐하, 잘 생각해 보십시오. 기억을 잘 더듬어 보십시오. 폐하께서 그날 저를 모욕한 병사를 혼내시겠다며 제 누더기를 걸치고 궁전에서 뛰쳐나가기 바로 전 '마지막으로' 하신 일을요."

그러자 침묵이 감돌았고 누구 하나 꿈쩍하지도, 수군거리지도 않은 채 모두의 시선이 누더기를 입은 아이에게 고정되었다. 아이는 이맛살을 찌푸리며 고개를 숙이고 선 채로 기억을 더듬어 나갔다. 여러 가지 쓸데없는 기억들 가운데서 잡히지 않는 단 하나의 작은 일에 대한 기억을 떠올리려 애썼다. 그 일에 대한 기억을 찾으면 왕좌에 다시 오를 것이고, 찾지 못하면 영원히 거지이자 부랑자 신세로 남게 될 것이다. 한순간 한순간이 지나 몇 분이 흘렀지만 아직도 말없이 생각해 내려고 안간힘을 썼다. 하지만 아무런 소득이 없어 보였다. 결국 아이는 한숨을 푹 내쉬고 고개를 천천히 내젓더니 입술을 떨며 낙담한 목소리로 말했다.

"그 장면은 기억이 나…… 전부 다……. 하지만 국새는 어디에 뒀는지 모르겠어."

그는 잠시 말을 멈췄다가 다시 고개를 들고 차분하고 위엄 있게 이어 갔다.

"나의 신하들이여. 짐이 증거를 제시할 수 없다는 이유로 그대들이 정당한 군주에게서 자리를 뺏는다면, 난 아무런 힘이 없으니 그대들을 막아 내지 못할 것이오. 하지만……."

"오, 아니 되옵니다. 오, 그런 바보 같은 생각은 마시옵소서, 폐하!"

톰 캔티가 크게 당황하여 소리쳤다.

"잠깐만요! 잘 생각해 보세요! 포기하지 마세요! 아직 끝나지 않았어요! 절대 그렇게 되지 않을 거예요! 제 말을 귀담아들어 주세요. 한 마디도 놓치지 말고 들어주세요. 제가 그날 아침에 있었던 일을 모두 말씀드릴 테니까요. 그때 있었던 모든 일을요. 우리는 이야기를 나눴어요. 제가 폐하께 제 누나 낸과 벳에 대해 말씀드렸죠. 아, 그래요. 기억나는 모양이시군요. 그리고 저의 할머니에 대해서도 말씀드렸죠. 그리고 오펄코트 아이들이 하는 거친 놀이들에 대해서도요. 좋아요, 이런 것들도 다 기억하시는군요. 아주 좋아요. 계속 제 이야기를 듣다 보면 전부 다 기억나실 거예요. 폐하께서 제게 먹을 것과 마실 것을 주시고 왕자답게 정중히 시종들을 물리셨지요. 행여 미천한 출신인 제가 시종들 앞에서 부끄러워할까 봐 배려해서 말이지요. 아, 좋아요, 이것도 기억하시는군요.”

톰이 하나씩 세세히 짚어 주면 다른 아이가 기억난다는 듯이 고개를 끄덕였다. 구경꾼과 관리들은 그 모습에 놀라움을 금치 못하고 어리둥절하며 뚫어져라 쳐다봤다. 그 이야기는 진짜처럼 들렸지만 왕자와 거지 소년이 어떻게 이렇게 엮일 수 있단 말인가? 이토록 당혹스러우면서도 흥미롭고 놀라운 일은 난생 처음이었다.

“왕자님과 저는 장난삼아 옷을 바꿔 입었지요. 그런 뒤 거울 앞에 섰는데 우리가 너무나 똑같이 생겨서 옷을 바꿔 입은 줄 전혀 모르겠다고 말했지요. 그래요, 기억하시는군요. 그러다가 폐하께서 병사가 제 손에 입힌 상처를 보고…… 보세요! 여기 그 상처가 있죠. 아직 손가락이 많이 뻣뻣해서 이쪽 손으로는 글씨도 못 써요. 폐하께서 이 상처를 보시고 그 병사에게 앙갚음을 해 주겠노라며 벌떡 일어나시어 문을 향해 뛰어갔어요. 그때 탁자를 지나셨는데…… 국새라 불리는 물건이 그 탁자에 놓여 있었습니다. 왕자님이 얼른 그것을 집어 드시더니 어디 숨길 만한 장소가 없나 살피듯 이리저리 열심히 둘러보셨는데…… 그때 왕자님의 시선이 닿으신 곳이…….”

“됐다, 거기까지만 설명해도 충분해! 하느님, 감사합니다!”

왕이라고 주장하는 누더기 차림의 아이가 굉장히 흥분해서 외쳤다.

“세인트 존 경, 어서 가 보도록 하라. 벽에 걸린 밀라노 갑옷의 팔 부분을 보게. 거기에 국새가 있을 것이네!”

“맞습니다, 폐하! 맞사옵니다!”

톰 캔티가 소리쳤다.

"이제야말로 영국의 왕위가 폐하의 것이 되었사옵니다. 이렇게 확실한 증거가 있는데 감히 누가 이의를 제기하겠습니까! 세인트 존 경, 어서 빨리 발에 날개가 달린 듯이 다녀오십시오!"

이제 그곳에 모인 모든 사람들이 불안하고 걱정하면서도 또한 강렬한 흥분에 사로잡혀 거의 제정신이 아닌 상태로 자리에서 일어났다. 갑자기 단상 위아래에서 귀청이 터질 듯한 웅성웅성 떠드는 소리가 터져 나왔다. 얼마 동안은 옆 사람의 귀에 대고 외쳐야 겨우 대화가 통할 정도였지만 아무도 그 외에는 관심을 기울이지 않았다. 시간이 얼마나 흘렀는지 누구도 신경 쓰지 않았지만 눈에 띄지 않게 시간이 훌쩍 지나갔다. 마침내 사원 안에 갑작스런 침묵이 찾아들었고 바로 그 순간 세인트 존 경이 단상에 나타나 손에 쥔 국새를 높이 들어 올렸다. 그러자 함성이 터져 나왔다!

"진짜 폐하 만세!"

오 분 동안 함성과 요란한 악기 소리로 대기가 진동했고 다들 손수건을 흔들어 대는 바람에 온통 하얀 물결이 일었다. 그런 가운데 영국에서 가장 저명한 인물이 된 누더기를 입은 아이는 행복과 뿌듯함으로 홍조를 띤 얼굴이 되어 널찍한 단상 한가운데에 섰다. 왕국의 지체 높은 신하들이 왕의 주위에 무릎을 꿇었다.

그런 뒤 모두가 일어나자 톰 캔티가 소리쳤다.

"오, 폐하. 이제 왕의 옷을 돌려받으시고 폐하의 종인 이 미천한 톰의 누더기 옷을 돌려주시옵소서."

섭정이 큰 소리로 외쳤다.

"저 어린 악당 놈의 옷을 벗겨 런던탑에 가두어라."

하지만 새 왕, 즉 진짜 왕이 말했다.

"난 그렇게 하지 않을 것이니라. 이 아이가 아니었다면 나는 왕위를 다시 찾지 못했을 것이다. 아무도 이 아이에게 손을 대거나 다치게 하지 말라. 그리고 나의 외숙인 섭정. 이 아이가 경을 공작으로 만들어 주었다고 들었는데, 이 가엾은 아이에게 조금이라도 고마운 마음이 있다면 이러면 안 되는 것 아니오?"

섭정이 얼굴을 붉혔다.

"게다가 이 아이가 왕이 아니니 경의 훌륭한 작위도 무효가 아니겠소? 경은 내일 이 아이를 통해 나에게 정식으로 경의 작위를 인정해 줄 것을 청하시오. 그러지 않으면 경은 공작이 아니라 그냥 백작으로 남아야 할 것이오."

서머싯 공작은 이렇게 힐책을 받자 살짝 뒤로 물러섰다. 왕은 톰에게로 돌아서며 다정하게 말을 건넸다.

"가엾은 아이야, 나조차도 어디에 숨겼는지 모르는 국새의 행방을 네가 어떻게 기억할 수 있었단 말이냐?"

"아, 폐하. 제가 그것을 여러 날 사용했으니 전혀 어려울 것 없었사옵니다."

"그것을 사용했다면서…… 그게 어디에 있는지 사람들에게 말하지 않았단 말이냐?"

"사람들이 찾고 있는 것인지 몰랐사옵니다. 어떻게 생긴 물건인지 설명해 주지 않았으니까요, 폐하."

"그럼 그것을 어디에 사용했단 말이냐?"

그러자 톰의 뺨이 서서히 붉게 달아오르더니 눈길을 떨구고는 아무 말도 못하고 가만히 있었다.

"거리낌 없이 말해 보아라, 애야. 두려워할 것 없느니라. 영국의 옥새를 어디에다 사용했느냐?"

애처로운 톰은 당황한 나머지 잠시 말을 더듬거렸다.

"호두를 까는 데 사용했사옵니다!"

이 말을 듣고 사람들이 한바탕 웃음을 터뜨리는 바람에 불쌍한 톰은 하마터면 그 자리에 털썩 주저앉을 뻔했다. 아직도 톰 캔티가 존귀한 물건에 대해 잘 알고 있으니 영국의 왕일지 모른다는 의혹을 품고 있는 사람이라면 이 대답으로 의혹이 말끔히 해소됐을 것이다.

그사이 국왕의 화려한 가운은 톰의 어깨에서 왕의 어깨로 옮겨 갔고 누더기 옷은 가운에 가려 보이지 않게 되었다.

그런 뒤 대관식이 다시 계속되었다. 진짜 왕의 머리에 성유(聖油)가 발라진 다음 왕관이 씌워졌다. 그러는 동안 런던 시내에 축포가 울리며 그 소식이 알려졌고 온 런던이 들썩거릴 듯한 박수갈채가 터져 나왔다.

33. 왕이 된 에드워드

마일스 헨든은 런던교에서 폭동에 휩쓸리기 전에도 충분히 시선을 끌 만한 행색이었는데, 폭동에서 벗어날 때쯤에는 꼴이 훨씬 더 말이 아니었다. 폭동에 휘말릴 때는 얼마 되진 않아도 돈이 있었지만 폭동에서 벗어날 때는 빈털터리가 되었다. 소매치기한테 마지막 한 푼까지 몽땅 다 털리고 만 것이다.

하지만 상관하지 않고 아이를 찾아 나섰다. 헨든은 군인 생활을 했던 사람답게 마구잡이로 찾지 않았고 무엇보다 먼저 치밀하게 작전을 세운 뒤 행동에 옮겼다.

그 아이는 자연스럽게 무엇을 하려 할까? 자연스럽게 어디로 가려 할까? 헨든의 생각에는 아무래도 전에 드나들던 곳에 가는 것이 자연스러운 것 같았다. 그건 정신이 온전치 못한 사람들의 본능이니까 말이다. 집도 없이 버림받았을 때 정신이 온전한 사람들과 마찬가지로 그들도 그렇게 할 것 같았다. 그렇다면 아이가 자주 드나들던 곳은 어디일까? 아이가 걸친 누더기 옷, 아이를 아는 것은 물론이고 심지어 아이의 아버지라고 주장하기까지 했던 질 낮은 불한당으로 미루어 볼 때 아이의 집은 런던에서 가장 가난하고 초라한 동네에 있을 것 같았다. 아이를 찾는 일이 어렵거나 오래 걸리지 않을까? 아니, 쉽고 간단할 것 같았다. 아이가 아니라 무리를 찾아다니면 될 것이다. 조만간 큰 무리건 작은 무리건 그 무리의 한가운데서 불쌍한 어린 친구를 틀림없이 찾아낼 수 있을 것이다. 평소처럼 자기가 왕이라고 주장할 그 아이를 지저분한 무리의 사람들이 괴롭히고 짜증 나게 만들면서 즐거워하고 있을 것이다. 그러면 마일스 헨든은 몇몇 녀석의 다리를 분질러 놓고 자신의 어린 피보호자를 구출해 애정 어린 말로 아이의 기운을 북돋워 주고 두 번 다시는 아이와 떨어지지 않을 것이다.

그리하여 헨든은 아이를 찾아 나섰다. 그는 몇 시간 동안 패거리나 군중을 찾아 뒷골목과 지저분한 거리를 헤매고 다녔고, 한없이 많은 패거리와 군중을 발견했지만 아이의 흔적은 어디에도 없었다. 무척 놀라긴 했지만 그렇다고 낙담하지는 않았다. 자신의 작전에는 문제가 없다고 생각했다. 유일하게 잘못 판단한 게 있다면 금방 끝날 줄 알았던 수색이 점점 길어지고 있다는 점이었다.

마침내 날이 밝아 올 때쯤 헨든은 몇 킬로미터를 걸어다니며 수많은 군중을 조사한 상태였다. 하지만 유일하게 얻은 결과물이라고는 간신히 견딜 수 있을 만큼의 피로와 심한 허기 그리고 참기 힘든 졸음뿐이었다. 아침을 먹고 싶었지만 구할 방도가 없었다. 아침을 구걸해야겠다는 생각은 아예 하지도 않았다. 칼을 전당포에 잡힐까 고민해 봤지만 그렇게 했다간 자신의 명예를 내버린 것이나 마찬가지일 것 같았다. 여분의 옷을 팔까 고려해 봤다. 하지만 그런 옷을 살 사람을 찾기는 질병을 살 사람을 찾기만큼 어려울 것 같았다.

정오에도 헨든은 여전히 길을 헤맸다. 이제는 왕의 행렬을 따라가는 왁자지껄한 무리 사이에 있었다. 왕의 행렬이 정신이 온전치 못한 그 아이의 호기심을 강렬하게 끌었을 것이라고 생각했기 때문이다. 그래서 그는 행렬을 뒤따라 런던의 꼬불꼬불한 길들을 지나고 웨스트민스터 지역에 도착해 웨스트민스터 사원까지 이르렀다. 사원 인근에 모인 무리 속에서 한참을 피곤하게 이리저리 휩쓸려 다니다 보니 당황스럽고 곤혹스러웠다. 그래서 결국에는 그곳에서 빠져나와 자신의 작전을 더 잘 수행할 수 있는 방법이 없을까 곰곰이 생각에 잠겼다.

이윽고 깊은 생각에서 벗어나 정신을 차려 보니 시내를 한참 벗어났고 날이 저물고 있었다. 그가 있는 곳은 강 근처의 시골로 상류층 저택들이 모여 있는 지역이었다. 그와 같은 옷차림을 한 자를 반겨 줄 리 없는 그런 동네였다.

날씨는 전혀 춥지 않았다. 그래서 그는 산울타리가 바람을 막아 주는 곳 땅바닥에 몸을 쭉 뻗고 누워서 쉬었다. 이내 졸음이 밀려오기 시작했는데 멀리서 들려오는 희미한 축포 소리가 귓가에 맴돌자 "새 왕이 즉위하셨구나." 하고 혼잣말을 중얼거리고 바로 곯아떨어졌다. 서른 시간 넘게 자지도, 쉬지도 못한 상태였던 것이다. 그는 다음날 아침 반나절이 지나서야 잠에서 깼다.

그는 다리가 결리고 온몸이 뻐근했으며 배가 고파 죽을 지경인 상태였다. 강에서 세수를 하며 물로 잠깐이나마 허기를 달래고 웨스트민스터 쪽을 향해 터덜터덜 걸어갔다. 그러면서 그렇게 시간을 많이 허비한 것에 대해 자책하며 투덜거렸다. 배고픔 덕에 새로운 생각이 떠올랐다. 험프리 말로 경을 찾아가 돈을 조금 빌린 다음에…… 일단은 거기까지만 계획을 세우기로 했다. 다음 계획을 세울 시간은 첫 단계를 성공시킨 후에도 충분히 있을 것 같았기 때문이다.

그는 열한 시 무렵 궁전에 도착했다. 그의 주위에 같은 방향으로 향하는 현란한 옷차림의 사람들이 많았지만 오히려 그가 눈에 더 잘 띄었다. 그의 옷차림이 그러고도 남았던 것이다. 이런 행색으로 직접 궁전에 들어가는 건 도무지 어림도 없는 일이었으므로, 그는 험프리 말로 경에게 자신이 찾아왔다고 기꺼이 전해 줄 만한 너그러운 인물을 찾길 바라며 사람들의 얼굴을 자세히 쳐다봤다.

이윽고 우리의 회초리 시동이 헨든의 옆을 지나가다가 휙 돌아섰다. 그리고 헨든의 모습을 자세히 뜯어보며 혼자 중얼거렸다.

"저 사람이 폐하께서 그리도 염려하는 방랑자가 아니라면 나를 바보라고 불러도 좋아. 물론 그전에도 바보 같았던 적이 있기는 하지만 말이야. 폐하께서 누더기를 걸친 아이와 인상착의가 똑같은 바람에 그만……. 신이 두 사람을 똑같은 생김으로 만드신 건 부질없는 반복으로 기적의 가치를 떨어뜨리는 일일 텐데 말이지. 아무튼 저 사람한테 말이라도 걸어 봐야겠어.”

그런데 마일스 헨든이 시동의 수고를 덜어 주었다. 뒤에서 누군가가 자신을 뚫어져라 넋을 놓고 바라볼 때 으레 사람들이 그러하듯 헨든도 뒤돌아선 것이다. 헨든이 아이의 눈길에 호기심이 가득 담긴 걸 알아채고 아이 쪽으로 다가가 먼저 말을 걸었다.

“넌 지금 막 궁전에서 나오는 길인 것 같은데, 궁전에서 일하니?”

“예, 어르신.”

“험프리 말로 경을 알고 있니?”

소년은 깜짝 놀라 속으로 생각했다.

‘맙소사! 돌아가신 우리 아버지신데!’

소년이 큰 소리로 대답했다.

“아주 잘 알지요, 어르신.”

“잘됐군. 그분께선 안에 계시니?”

소년은 “예.” 하고 대답하고는 속으로 ‘무덤 안에 계시죠.’라고 덧붙였다.

“부탁이 있는데 그분께 내 이름과 함께 드릴 말씀이 있다고 전해 줄 수 있겠니?”

“기꺼이 당장 그렇게 하겠습니다, 어르신.”

“그럼 리처드 경의 아들인 마일스 헨든이 찾아왔다고 그분께 전해 다오. 어린 친구, 네게 큰 신세를 지는구나.”

소년의 얼굴에 실망스런 빛이 어리더니 혼잣말로 중얼거렸다.

"폐하께서 말씀하신 이름은 이게 아니었는데. 하지만 그건 중
요하지 않아. 이분이 폐하께서 찾는 분의 쌍둥이 형제일지도 모
르잖아. 그러니 폐하께 다른 '누더기 경'의 소식이라도 전해 드
려야지."

그래서 소년은 헨든에게 이렇게 말했다.

"제가 말씀을 전하고 돌아올 때까지 잠시 저곳에서 기다리고
계시지요, 어르신."

헨든이 아이가 가리킨 곳으로 물러났다. 그곳은 궁전 담벼락
안으로 움푹 들어간 곳이었다. 거기에는 돌의자가 하나 놓여 있
었는데 날씨가 험악할 때 보초병들이 몸을 피하는 장소였다. 헨
든이 의자에 앉자마자 장교 하나가 미늘창을 든 병사 몇과 함께
지나갔다. 장교가 헨든을 보고 부하들을 멈춰 세우더니 헨든에
게 앞으로 나오라고 명령했다. 헨든이 앞으로 나가자 그들은 헨
든을 궁전 경내에서 어슬렁거리는 수상쩍은 인물로 보고 즉시
체포했다. 사태가 심상치 않게 돌아가기 시작했다. 가엾은 헨든
이 설명하려고 했지만 장교가 입을 다물라고 거칠게 쏘아붙이고
는 부하들에게 헨든의 무기를 빼앗고 몸을 샅샅이 수색하라고
명령했다.

"자비로우신 하느님, 이자들이 뭐라도 찾게 해 주시옵소서.
전 샅샅이 뒤져 봤지만 실패했으니까요. 뭔가를 발견하는 건 이
자들보다 내게 더 필요한 일이니까."

불쌍한 헨든이 중얼거렸다.

헨든의 몸에서는 편지 한 장 말고 아무것도 나오지 않았다.
장교가 편지의 봉투를 뜯자 헨든은 그게, 그 암담했던 날 헨든

저택에서 잃어버린 어린 친구가 꼬불꼬불하게 짐짓 멋을 부려 쓴 편지라는 것을 알아채고 씩 웃었다. 하지만 영어로 된 부분을 읽어 나가는 장교의 얼굴이 점점 어두워졌고 그것을 듣고 있는 헨든의 얼굴은 반대로 하얗게 질렸다.

"왕이라고 주장하는 자가 또 나타났군! 정말이지 요즘엔 어찌나 그런 놈들이 득실거리는지! 내가 이 엄청난 편지를 궁전 안으로 전달해 폐하께 올리는 동안 너희들은 이놈을 단단히 지키고 있도록!"

장교는 부하들에게 죄인을 꽉 붙잡고 있도록 맡겨 놓은 뒤 서둘러 자리를 떴다.

"드디어 나의 악운이 끝나겠구나. 저 편지글 때문에 틀림없이 교수형에 처해질 테니까. 그러면 나의 불쌍한 아이는 어떻게 될까! 아, 오직 하느님만이 아시겠지!"

곧 장교가 부리나케 돌아오는 모습이 보였다. 헨든은 사나이답게 자신의 운명을 당당히 맞이하려고 용기를 끌어모았다. 장교는 부하들에게 죄인을 풀어 주고 칼을 돌려주라고 명했다. 그러더니 정중하게 절을 하며 말했다.

"저를 따라오십시오."

헨든은 장교를 따라가며 속으로 생각했다.

'만약 내가 죽음의 심판을 받으러 가는 게 아니라면 그래서 앞으로 지을 죄를 짓지 않아도 되는 게 아니라면, 네놈이 거짓으로 공손하게 대하며 나를 조롱했으니 목이 졸릴 줄 알아.'

둘은 사람들로 붐비는 궁전 마당을 가로질러 거대한 출입문 앞에 도착했다. 그곳에서 장교는 한 번 더 절을 하고 화려한 옷을 입은 관리에게 헨든을 인도했다. 그 관리는 헨든을 대단히 정중하게 맞이했다. 그리고 앞장서서 눈부신 제복을 입은 시종들이 양옆으로 죽 줄지어 서 있는 거대한 홀을 지나고(그들은 두 사람이 지나가자 공손하게 절을 했지만 헨든이 등을 보이는 순간 허수아비 행색을 하고 있는 우리의 위풍당당한 사내를 보고는 다들 소리 내지 않고 웃느라 죽을 만큼 힘들어 했다.) 훌륭한 옷차림의 사람들이 양옆으로 늘어선 널찍한 계단을 올라 마침내 큼지막한 방으로 안내했다. 그리고 그곳에 모여 있는 귀족들 사이를 헤치고 나아가더니 절을 한 다음 헨든에게 모자를 벗으라고 일러 주고는 헨든을 그대로 서 있게 놔두고 방을 나갔다. 그러자 모두의 시선이 헨든에게 쏠렸다. 무척 화가 난 듯 인상을 쓰는 사람들도 많았고 또 즐거워하며 조롱하듯 웃음을 띤 사람도 꽤 있었다.

마일스 헨든은 완전히 당혹스러웠다. 다섯 걸음 떨어진 곳에는 호화로운 캐노피 아래에 어린 왕이 앉아 있었다. 그는 고개를 한쪽으로 숙인 채 극락조처럼 화려한 차림의 공작으로 보이는 사람과 대화를 나누고 있었다. 헨든은 한창 나이에 사형 선고를 받는 것만으로도 충분히 힘든데 공개적인 장소에서 이렇게 굴욕까지 당하고 있다며 속으로 투덜댔다. 그는 왕이 어서 사형 선고를 내려 주기를 바랐다. 근처의 화려한 옷차림을 한 몇몇 사람은 점점 더 불쾌해 하는 것 같았다. 바로 그 순간 왕이 고개를 살짝 들었고 헨든은 왕의 얼굴을 확실히 볼 수 있었다. 하마터면 헨든은 숨이 멎을 뻔했다! 헨든은 그 자리에 못 박힌 사람처럼 어린 왕의 예쁘장한 얼굴을 멍하니 바라보며 서 있었다. 그러더니 이

으고 갑자기 소리쳤다.

"세상에, 꿈과 그림자 왕국의 왕이 왕위에 올랐잖아!"

헨든은 왕을 바라보고 경이로워 하면서 뭐라고 띄엄띄엄 몇 마디를 중얼거렸다. 그러더니 주위를 두리번거리며 화려한 사람들과 눈부신 홀을 유심히 살펴보았다.

"하지만 전부 진짜잖아! 정말로 진짜가 맞아. 분명 꿈이 아니야."

헨든은 다시 왕을 응시하며 생각했다.

'이게 꿈이 아닐까? 아니면 저분은 내가 가엾게 여기던, 친구 하나 없는 미치광이 거지 아이가 아니라 진짜 영국의 군주가 아닐까? 누가 나를 위해 이 수수께끼를 풀어 줄 수는 없을까?'

헨든은 갑자기 좋은 생각이 번뜩 떠올랐다. 벽 쪽으로 성큼성큼 걸어가서 의자를 하나 가져오더니 거기에 앉는 것이 아닌가!

분노의 웅성거림이 터져 나왔고 거친 손 하나가 헨든을 덮치더니 누군가가 소리쳤다.

"일어서지 못할까! 이 버르장머리 없는 광대 녀석 같으니! 감히 폐하 앞에서 자리에 앉는단 말이냐?"

이 소동은 왕의 주의를 끌었고 왕은 한 손을 뻗으며 소리쳤다.

"그자에게 손대지 말라. 그것은 그의 특권이노라!"

신하들이 깜짝 놀라 뒤로 물러섰다. 왕이 말을 이어 갔다.

"대소 신료들은 다들 잘 들으라. 이자는 짐이 가장 믿고 아끼는 신하 마일스 헨든이다. 이자는 짐이 다치거나 어쩌면 죽을지도 모르는 상황에서 칼을 들어 짐을 구해 주었도다. 그리고 그

공을 치하해 짐은 왕의 권한으로 이자를 기사로 임명했느니라. 또한 잘 들으라. 이자는 짐 대신 채찍질과 치욕을 겪으며 자신의 군주를 구해 더 큰 공을 세웠기에, 이자를 켄트 백작에 봉해 영국의 귀족으로 지위를 올려 주고 그 지위에 걸맞도록 금과 토지를 내릴 것이니라. 거기에 더해…… 이자가 방금 행한 특권은 짐의 윤허를 받은 것이다. 그리고 향후 이자의 후손 가운데 장자들도 영국의 왕조가 계속되는 한 영원히 영국의 왕 앞에서 자리에 앉을 수 있는 특권을 지닐 것이라고 이미 약조하였느니라. 그러니 이자를 괴롭히지 마라."

때를 놓쳐 오늘 아침에야 시골에서 올라와 오 분 전에 겨우 이 방에 도착한 두 사람이 이 설명을 듣고는 망연자실하니 어쩔 줄 몰라 하며 왕과 허수아비 꼴을 하고 있는 자를 번갈아 쳐다봤다. 그 두 사람은 바로 휴와 이디스였다. 하지만 새로 백작에 봉해진 헨든은 두 사람을 보지 못했다. 헨든은 아직도 멍하니 군주를 뚫어져라 쳐다보면서 혼자 중얼거리고 있었다.

"오, 세상에! 이분이 나의 거지 소년이라니! 이분이 나의 미치광이 소년이라니! 내가 우리 저택에 방이 일흔 개나 되고 하인도 스물일곱 명이나 된다며 정말 웅장하다고 자랑했던 그 아이라니! 옷이라고는 누더기뿐이고, 위안이라고는 그나마 걷어차이는 것뿐이고, 음식이라고는 찌꺼기 말고는 아무것도 모르던 그 아이라니! 이분이 내가 양자로 삼아 훌륭하게 키우려던 그 아이라니! 정말이지 창피해서 어디든 숨어 버리고 싶구나!"

헨든은 갑자기 예의를 차려야 한단 생각이 들어 무릎을 꿇고 자신의 두 손을 왕의 손 사이에 넣고는 충성을 맹세하고 토지와 작위를 내려준 데 대해 경의를 표했다. 그런 다음 일어나 공손히 옆으로 비켜섰다. 여전히 모든 사람의 시선은 그에게로 향해 있었는데 이제는 몹시 부러워하는 시선이었다.

그때 왕의 눈에 휴가 띄었다. 왕이 눈을 이글거리며 분노에 찬 목소리로 호통을 쳤다.

"이 도둑놈의 거짓 탈을 벗기고 훔친 재산을 몰수한 다음 내가 따로 명할 때까지 감옥에 단단히 가둬 두어라."

그렇게 휴는 모든 것을 잃고 끌려 나갔다.

그때 방의 다른 쪽에서 술렁거리는 소리가 났다. 모여 있던 사람들이 갈라서자 톰 캔티가 기묘하지만 호화로운 옷을 입고 의전관의 안내를 받아 살아 있는 벽 같은 사람들 사이로 걸어오고 있었다. 톰이 왕 앞에 무릎을 꿇자 왕이 입을 열었다.

"지난 몇 주 동안 있었던 이야기를 듣고 짐은 너에게 대단히 감사했노라. 너는 정말 왕처럼 관대하고 자비롭게 이 왕국을 다스렸더구나. 그래, 너의 어머니와 누이들은 다시 찾았느냐? 잘됐구나. 앞으로 내가 그들을 보살필 것이니라. 그리고 네가 원하고 법이 허락한다면 너의 아비는 교수형에 처할 것이다. 다들 짐의 말을 귀담아듣도록 하라. 오늘부터 그리스도 자애원에 머물며 왕의 보조금을 받는 아이들은 육체뿐만 아니라 정신과 마음까지 함양되도록 보살핌을 받게 될 것이다.

그리고 이 아이는 그곳에 거주하며 평생 그곳의 명예 운영위원회 회장을 맡을 것이다. 그리고 이 아이는 한때나마 왕이었으니 보통의 관례와는 다른, 합당한 권리를 마땅히 누려야 할 것이니라. 그러므로 이 아이가 입은 화려한 옷을 잘 봐 둬라. 이제

이 옷은 이 아이를 상징할 것이니 어느 누구도 똑같은 옷을 따라 입어서는 아니 된다. 그러면 이 아이가 어디를 가든 백성들은 이 옷을 보고 이 아이가 한때는 왕이었다는 사실을 상기할 것이며, 어느 누구도 이 아이에게 경의를 표하는 것을 거절하거나 절하는 것을 잊지 않을 것이니. 이 아이는 왕의 보호와 지지를 받고 있으니 '왕의 보살핌을 받는 자'라는 명예로운 칭호로 부르도록 하라."

톰 캔티는 자랑스럽고 행복한 마음으로 일어나 왕의 손에 입을 맞추고는 안내를 받아 자리를 떴다. 톰은 조금도 지체하지 않고 어머니에게 쏜살같이 달려가 어머니와 낸과 벳 누나에게 그동안 있었던 일과 멋진 소식을 모두 들려주고 함께 기뻐했다.

뒷이야기 – 정의와 응징

휴 헨든의 자백으로 마침내 모든 수수께끼가 말끔히 풀렸다. 그날 헨든 저택에서 이디스가 마일스를 모른다고 한 것은 남편 휴의 명령 때문이었다는 사실이 드러났다. 휴는 그녀에게 마일스 헨든을 모른다고 말하고 끝까지 입장을 고수하지 않으면 목숨을 빼앗겠다고 으름장을 놓으며 명령했다. 하지만 그녀는 자기 목숨쯤 앗아 가는 건 아무렇지도 않다며 얼마든지 앗아 가라고 저항했다. 그러면서 자기는 마일스를 모른다고 하지 않을 것이라고 말했다. 그러자 이번엔 그녀의 목숨을 보존하는 대신 마일스를 암살하겠다는 협박을 했다고 한다! 이것은 완전히 다른 문제였고 그녀로서는 어찌할 수 없었다. 그래서 그녀는 휴와 약속을 했던 것이다.

휴는 아내를 협박하고 형의 재산과 작위를 훔쳤다. 하지만 그의 형과 아내가 휴에게 불리한 증언을 하려 들지 않았기 때문에 기소되지 않았다. 설령 이디스가 그렇게 하고 싶어 했다 할지라도 마일스가 그것을 허락하지 않았을 것이다. 휴는 아내를 버리고 유럽 대륙으로 건너갔다가 얼마 뒤 그곳에서 죽었다. 그리고 켄트 백작은 미망인이 된 이디스와 결혼했다. 이들 부부가 헨든 저택을 다시 찾아간 날, 헨든 마을에는 떠들썩한 축하 잔치가 벌어졌다.

톰 캔티의 아버지는 그 뒤로 전혀 소식이 들리지 않았다.

왕은 인두로 낙인이 찍혀 노예로 팔린 농부를 찾아내어 왕초 패거리의 부도덕한 삶에서 벗어나 편안하게 살 수 있도록 해 주었다.

왕은 또한 감옥에 갇혀 있던 늙은 변호사도 풀어 주고 벌금도 면제해 주었다. 화형당한 두 침례교도 여인의 딸들에게 좋은 보금자리를 마련해 주었으며 마일스 헨든의 등에 채찍질을 가했던 관리는 엄벌에 처했다.

또한 왕은 길 잃은 매를 데려갔다가 붙잡혀 교수형을 당할 뻔한 소년과 베 짜는 이의 자투리 천을 훔친 여인도 구해 주었다. 하지만 왕의 사유지에서 사슴을 죽여 유죄 선고를 받은 사내는 이미 사형이 집행된 뒤라 구해 주지 못했다.

왕은 돼지를 훔친 혐의를 받았을 때 자신을 불쌍하게 여겼던 치안 판사에게 호의를 베풀었다. 그리고 왕은 그 치안 판사가 대중의 존경을 얻어 훌륭하고 명예로운 인물이 되는 모습을 지켜보며 대단히 흐뭇했다.

왕은 살아생전 자신의 모험담을 들려주길 즐겼다. 맨 처음 궁전 출입문에서 보초병에게 쫓겨나던 순간부터, 마지막 날 한밤중에 부지런히 들락거리는 일꾼들 사이에 섞여 웨스트민스터 사원으로 몰래 들어간 일, 그런 뒤 참회왕 에드워드의 무덤에 몸을 숨겼다가 그만 다음날까지 한참 동안 잠이 들어 하마터면 대관식을 놓칠

뻔한 일까지, 하나도 빠짐없이 전부 말이다. 그는 이렇게 말하곤
했다. 그 소중한 교훈을 자꾸 되풀이하는 이유는 교훈의 가르침을
통해 백성들을 이롭게 하려는 자신의 목적의식을 더욱 굳건히 할
수 있기 때문이라고. 그는 자신의 목숨이 붙어 있는 동안 그 이야
기를 되풀이했고, 그럴 때마다 비참했던 광경들이 기억 속에 생생
하게 되살아나 마음속에 연민의 샘물이 다시 차오르곤 했다.

마일스 헨든과 톰 캔티는 짧은 통치 기간 동안 왕이 가장 아꼈
던 사람들이고, 왕이 사망했을 때는 가장 진심으로 애통해 한 사
람들이다. 선한 켄트 백작은 지각 있는 사람이었기에 자신의 특권
을 남용하지 않았다. 우리가 앞에서 목격한 이후로 세상을 떠나기
전까지 단 두 번만 그 특권을 행사했을 뿐이다. 한 번은 메리 여왕
의 즉위식에서였고 또 한 번은 엘리자베스 여왕의 즉위식에서였
다. 그의 후손은 제임스 1세의 즉위식에서 그 특권을 행사했다.

다음으로 후손의 후손이 그 특권을 행사하기까지는 거의 25
년의 세월이 흘렀고 '켄트 가문의 특권'은 사람들의 기억에서 점
차 희미해졌다. 그리하여 켄트 가문의 장손이 찰스 1세와 궁전
사람들 앞에서 자리에 앉아 자기 가문의 특권을 주장하자 한바
탕 소동이 일어났지 뭔가! 하지만 설명을 통해 그 문제는 잘 해
결되었고 특권도 확인되었다. 그러나 청교도 혁명 때 켄트 가문
의 마지막 백작이 왕의 편에서 싸우다가 목숨을 잃게 되어 그 이
상한 특권은 거기에서 끝나 버렸다.

톰 캔티는 머리가 하얗게 셀 때까지 살아서 의젓하면서도 인
자하고 인물이 훤한 노인이 되었다. 살아 있는 동안 그는 사람들
에게 예우와 존경을 받았다. 눈에 띄는 독특한 의상이 백성들로

하여금 그가 '한때는 왕이었던 분'이란 사실을 상기하도록 만들었기 때문이다. 그래서 사람들은 그가 나타날 때마다 길을 비켜 주면서 서로 속삭이곤 했다.

"모자를 벗어. '왕의 보살핌을 받는 자'시잖아!"

사람들이 절을 하면 그는 다정하게 미소로 답했다. 사람들은 그 미소도 소중히 여겼는데 그의 것은 뭐든 영광스러운 역사의 일부분이었기 때문이다.

그렇다. 에드워드 6세는 가엾게도 겨우 몇 년밖에 더 살지 못했지만 가치 있는 삶을 살았다. 부유하고 지위 높은 신하 여럿이 몇 번이고 왕의 관대한 처벌에 반기를 들었다. 왕이 최선을 다해 고치려는 특정 법률은 그 목적에 비해 처벌이 너무 가벼워, 강한 벌을 줄 필요가 있는 사람에게 고통과 압박감을 전혀 주지 못한다는 주장을 펼친 것이다. 그러자 어린 왕은 애절함을 담은 연민 어린 눈길로 그 신하를 보며 이렇게 대답했다.

"그대가 고통이나 압박감에 대해 대체 뭘 안단 말이냐? 나와 나의 백성들은 알지만 그대는 절대 모른다."

에드워드 6세의 통치 기간은 가혹했던 그 시절에 유일하게 자비로운 시기였다. 그에게 작별을 고하는 지금 그 사실을 우리 마음에 새기도록 하자.

뒤바뀐 신분, 두 시선에 비친 서로의 세상

1. 타인의 삶 속으로

우리는 누구나 '만약에……'하는 상상을 자주한다. 그중에는 짧게라도 타인의 삶을 살아 보면 어떨까 하는 상상도 있다. 예를 들면 만약에 내가 왕자나 공주의 삶을 산다면 어떨까 하는 것처럼 말이다. 이러한 상상은 예나 지금이나 여전히 인기 있는 이야기 소재가 된다. 천만 관객을 동원하며 흥행한 영화 〈광해, 왕이 된 남자〉나 비슷한 소재의 다른 영화 〈나는 왕이로소이다〉를 보아도 그렇다. 비단 국내뿐만이 아니라 외국에서도 이런 소재를 다룬 영화가 끊임없이 쏟아지고 있는 것을 보면 서로의 삶을 바꿔 살아 본다는 상상은 동서고금을 막론하고 보편적으로 흥미진진한 소재이다. 그리고 이 모티프를 마크 트웨인의 『왕자와 거지』에서 얻었다는 사실을 모르는 사람은 없을 것이다. 그런데 과연 『왕자와 거지』를 제대로 읽어 본 사람이 얼마나 될까? 모두가 알고 있지만 제대로 읽어 본 사람은 드문 이야기, 그게 바로 『왕자와 거지』일 것이다.

《《《

　사실 서로의 신분이 뒤바뀐 아이들의 이야기로만 기억하기에는 이 작품의 매력이 너무나 다채롭다. 오랜 세월을 뛰어넘어 오늘날까지 사랑받는 이 작품의 매력과 진가를 느끼기에는 완역본이 제격일 것이다. 단순한 이야기의 얼개만이 아니라 제대로 된 이야기와 그 속에 깔린 사상, 역사적 배경이나 시대상, 작가가 전하는 메시지까지 오롯이 엿볼 수 있기 때문이다. 그러므로 아동용 축약본으로만 읽었거나 만화나 영화로 접했던 독자들은 완역본을 통해 미처 깨닫지 못한 고전의 새로운 매력을 맛볼 수 있을 것이다. 한 가지 재미있는 사실은 재기 넘치는 명언을 많이 남긴 마크 트웨인이 '고전은 누구나 한 번은 읽었다고 생각하지만 사실은 제대로 읽은 사람이 없는 책이다.'라고 정의 내렸다는 것이다. 과연 그는 자신의 작품이 고전의 반열에 오를 줄 알았을까?

2. 미국 현대문학의 아버지

　마크 트웨인이란 필명으로 널리 알려진 이 작가의 본명은 '새뮤얼 랭혼 클레멘스'이다. 1835년 미국 미주리 주에서 태어난 그는 미시시피 강가의 작은 마을에서 어린 시절을 보냈다. 열두 살 때 아버지가 세상을 떠난 뒤 어려운 가정 형편 때문에 인쇄소 견습공으로 일하기 시작했다. 그는 제대로 된 교육을 받지 못했지만, 식자공(인쇄용 활자를 원고에 맞게 짜는 일을 하는 사람.)
으로 일하는 틈틈이 도서관에서 책을 읽고 글을 쓰는 연습을 한
덕택에 기고가로 일하며 작가가 될 수 있는 발판을 마련했다. 일
자리를 찾아 여러 도시를 떠돌던 그는 미시시피 강을 운항하는
증기선의 수로 관리인으로 몇 년간 일한 적이 있다. 그때 수로
관리인들은 조타수를 향해 '배 밑으로 수심이 두 길(5~6m)이니
지나가도 안전하다.'는 뜻으로 '마트 트웨인!'이라 외쳐 배가 지
나가도 좋다는 신호를 줬는데, 그는 그 말에서 따와 자신의 필명
을 '마크 트웨인'으로 지었다. 또한 이 시절의 경험은 어린 시절
미시시피 강에서 놀던 경험과 함께 그의 대표작이자 또 다른 고
전인『톰 소여의 모험』과『허클베리 핀의 모험』을 탄생시키는 데
큰 영향을 미쳤다.

그는 수로 관리인 일을 그만둔 뒤로 광부, 기자 등 여러 직업
을 전전하며 꾸준히 글을 썼다. 그리고 1865년에 단편소설「캘
리베러스 군의 명물 뜀뛰는 개구리」를 발표하면서 선풍적인 인
기를 끌었다. 1869년에는 취재를 겸해 떠난 유럽과 팔레스타인
성지 순례 여행 이야기를 담은『철부지의 해외 여행기』를 출간
해 여행기 작가로도 성공을 거두게 된다. 1876년 장편동화『톰
소여의 모험』을 출간한 뒤 미국에서 유럽으로 거처를 옮겼는데
이 시기에『왕자와 거지』가 탄생하게 된다. 그리고 잇따라『미

시시피 강의 생활』과『허클베리 핀의 모험』을 내놓으며 작가로서 최고의 전성기를 누렸다. 이처럼 재미와 모험 가득한 이야기뿐만 아니라 세계 곳곳을 돌아다닌 경험을 살려『고난을 넘어』,『도보 여행기』,『적도를 따라서』와 같은 여행기도 여러 권 내놓았다. 그리고 다양한 방면에 걸친 지식과 경험을 바탕으로『도금 시대』,『바보 윌슨의 비극』,『아서왕 궁전의 코네티컷 양키』를 창작하여 물질문명과 사회를 비판하고 풍자했다. 특히 1900년대부터 숨을 거둘 때까지 미국의 제국주의에 반대하며 반제국주의와 반전 활동을 펼쳤는데,『전쟁을 위한 기도』와『인간이란 무엇인가』를 통해 제국주의와 전쟁을 날카롭게 비판했다. 활발한 작가 활동 외에, 파산하기는 했지만 출판사도 경영하였고 세계를 돌아다니며 꾸준히 강연 활동을 펼치기도 했다. 이렇게 그는 정규 교육을 받지 못했지만 부단한 독서와 글쓰기를 통해 온전히 혼자 힘으로 미국의 국민 작가가 되었고, 미국 예일대학교와 영국 옥스퍼드대학교를 비롯한 여러 명문대의 명예박사 학위를 받기에 이르렀다. 또한 노벨 문학상 수상 작가인 윌리엄 포크너로부터 '미국 현대문학의 아버지'라는 칭송을 받았다. 기지와 해학이 넘치면서도 무엇보다 재미있는 마크 트웨인의 작품들은 그의 사후 백 년이 지난 오늘날까지도 수많은 독자들의 사랑을 받고 있다.

〉〉〉

3. 제국주의와 인종 차별을 반대했던 모험가

마크 트웨인이 살던 시기의 미국인들은 유럽을 동경하고 유럽의 문화에 열광했다. 문학도 예외일 수 없었지만 마크 트웨인은 이런 분위기에 전혀 편승하지 않았다. 오히려 미국 특유의 자유로운 정신과 혼을 대변하고 노래하는 미국적 색채가 강한 작품을 내놓았다. 그래서 그에게는 가장 미국적인 작가이자 미국 현대문학의 효시라는 평이 따라다닌다.

또한 그는 자신의 작품 속에서 특유의 해학과 풍자를 통해 사회의 구조적 모순을 꼬집기도 했다. 몽상가이자 모험가이며 따뜻한 인도주의자였던 그는 좀 더 나은 사회를 위해 사회적 문제와 정치적 문제에 관심을 기울였다. 그는 자신의 의견을 공개적으로 피력하며 사회를 신랄하게 비판하고 개혁하고자 했던 용기 있는 지성인이었다. 서구 열강이 앞다투어 아프리카와 아시아로 식민지 건설에 나서고 미국도 이에 가세해 필리핀을 식민화시키려고 하자, 마크 트웨인은 제국주의와 식민주의를 비판하고 '반제국주의 연맹' 부의장을 지낸 바도 있다. 또한 노예 제도의 잔혹성을 폭로하고 인종 차별과 여성 차별을 반대하고 부당한 권력에 대항하고자 했다. 『왕자와 거지』에서도 역시 마찬가지로 빈부 격차와 허례허식, 절대 권력이 휘두르는 무자비한 법을 비판하고 있다.

늘 약자들을 대변하고 인간에 대한 따뜻한 감성을 지닌 마크 트웨인은 가족에 대한 사랑 또한 남달랐다. 특히『왕자와 거지』는 그가 딸들에게 헌정하며 가장 즐거운 마음으로 집필했던 작품이며, 그런 자상한 아버지의 마음이 통했는지 그의 딸들이 가장 좋아하고 즐거워한 작품이기도 하다. 바라던 대로 단란한 가정을 꾸려 행복하게 살았지만 말년에 아내와 두 딸을 먼저 저세상으로 떠나보내는 아픔을 겪어야 했다. 그리고 막내딸 진이 사망한 일 년 뒤인 1910년 뉴욕에서 일흔다섯의 나이로 세상을 떠났다. 핼리 혜성이 지구에 근접하던 해에 태어난 그는 다시금 핼리 혜성과 함께 이 세상을 떠난 것이다.

4. 가장 드라마틱했던 16세기 영국 왕실의 한복판

『왕자와 거지』는 16세기 영국을 배경으로 한 작품으로, 같은 날 태어난 왕자와 그와 똑같이 생긴 거지 소년 톰 캔티의 이야기를 담고 있다. 어느 날 우연히 왕자와 톰이 만나게 되는데, 톰은 평소 왕자의 삶을 동경했고 왕자는 톰의 생활에 흥미를 보인다. 재미 삼아 옷을 바꿔 입자는 왕자의 제안에 둘은 옷을 갈아입었는데 원래 제 옷을 입은 것처럼 보일 정도로 꼭 닮았다. 잠시 밖으로 나갔던 왕자가 궁으로 돌아오지 못하게 되면서 둘은 신분이 뒤바뀐 채로 상대방의 삶을 대신 살게 된다. 그런 과정에서 톰은 적응을 하느라 고초를 겪기도 하지만 어느새 어느 왕보다 더 자비로운 왕이 된다. 그리고 진짜 왕자인 에드워드는 누더기를 입고 떠돌아다니며 온갖 고난을 겪는다. 하지만 그 덕택에 백성들의 고충과 억울하고 가련한 삶과 가혹한 법과 처벌의 불합리함을 깨닫는다. 우여곡절 끝에 각자의 자리로 돌아온 후, 왕은 비록 짧은 재위 기간이지만 자비롭게 백성을 다스리는 군주가 되고 톰은 오래도록 행복한 삶을 산다는 내용이다.

눈길을 끄는 점은 이야기 자체는 허구이지만 주인공인 왕자가 실존 인물인 에드워드 6세란 사실이다. 독자들에겐 생소한 이름이겠지만 영국의 전성기를 이끈 엘리자베스 1세 여왕과 이복 남매 사이라면 그가 누군지 좀 더 쉽게 이해가 될 것이다. 작가는 이 이야기를 쓰기 전에 방대한 양의 역사서를 읽으며 철저한 사전 조사를 펼쳤고 짧은 생을 살다 간 에드워드 6세를 주인공으로 삼았다. 이 소설의 배경이 된 16세기 중반의 영국은 절대 권력을 휘두르는 전제 군주 하에서 왕실과 상류층이 더없이 호화롭고 풍족한 생활을 했지만 백성은 가난에 시달리며 고통을 겪는 가혹한 시대였다. 상류층과 하류층의 빈부 격차는 마크 트웨인이 살았던 1900년대 전후에도 존재했지만, 더욱 극명한 대비를 위해 고심 끝에 선택한 시기가 바로 16세기 중반인 것이다. 에드워드 6세를 비롯해 이복 누이였던 메리 1세와 엘리자베스 1세의 아버지였던 헨리 8세는 당시 막강한 권력을 휘두르던 무자비하고 잔인한 군주였다. 그 당시는 작품 속에 등장하는 것처럼 무고한 백성이 마녀 사냥의 희생양으로 둔갑하고, 침례교를 믿는다는 이유만으로 화형을 당하는 부조리한 법과 가혹한 처벌이 난무했다. 트웨인은 순수한 두 아이의 눈을 통해 이런 부조리와 절대 권력, 처참한 백성들의 생활, 부당한 법질서와 궁중의 허례허식과 사치를 비판하고 풍자하고 있다.

헨리 8세의 통치 시절은 소설이나 영화에서 많이 다뤄졌을 정도로 유명하다는 이점도 있었다. 헨리 8세는 첫 번째 부인인 메리 1세의 어머니 캐서린 왕비와 이혼하기 위해 가톨릭교회와 결별하고 영국 국교회를 설립하여 종교 개혁을 단행한 것으로 유명하다. 또한 앤 불린과 재혼을 해 엘리자베스 1세를 낳았으나 결국 앤 불린을 참수시킨 일화, 여섯 명의 부인을 두었으나 앤 불린을 포함한 두 명의 부인을 처형한 이야기는 오늘날까지 소설이나 영화에 자주 등장한다. 또한 헨리 8세의 뒤를 이어 어린 나이에 왕위에 올랐으나 단명한 에드워드 6세, 아흐레 만에 왕좌에서 쫓겨나 참수 당한 레이디 제인 그레이, '피의 메리'라는 별명으로 유명한 메리 1세 그리고 영국의 황금기를 이룬 '처녀 왕' 엘리자베스 1세까지 그야말로 흥미진진한 인물들이 가득하기 때문에 트웨인은 이 시기를 택하고 이들을 작품 속에 등장시킨 것이다.

　이처럼 역사 속에서 실존했던 인물들이 등장하고 실제 역사 기록까지 인용하며 당시를 생생히 묘사하고 있기 때문에, 독자들로 하여금 에드워드와 톰의 뒤바뀐 인생이 실제로 있었던 일은 아니었을까 하는 착각마저 들게 한다. 하지만 병약했던 에드워드 6세의 모습을 전혀 다른 모습으로 그려 내고 필요에 따라서는 실제 역사에서 살짝 비껴난 사건을 꾸며 내는 것처럼, 이 모든 것이 어디까지나 작가의 상상력에서 나온 허구임을 잊지 말아야 할 것이다. 그래도 에드워드 6세를 비롯해 훗날 여왕이 된 엘리자베스 공주와 메리 공주처럼 실존 인물들을 작품 속에서 만나 보는 즐거움을 덤으로 누려 보는 것도 좋을 것 같다.

5. 좋은 친구, 좋은 책과의 만남

　위에서 살펴본 것처럼 『왕자와 거지』에는 흥미로운 모티프를 비롯해서 작품 곳곳에 유머와 풍자, 비판과 교훈, 풍부한 상상력과 역사적 지식, 예스러운 문체와 묘사 등 참으로 많은 매력이 담겨 있다. 하지만 축약본을 통해 이 모든 것을 만끽하기란 결코 쉽지 않다. 이는 비단 『왕자와 거지』뿐만 아니라 시공을 초월하여 사랑받는 모든 고전에게 해당될 것이다. 반드시 완역본을 통해서야 비로소 좋은 책이 주는 즐거움을 오롯이 누릴 수 있는 것이다.

마크 트웨인이 남긴 수많은 명언 가운데 '좋은 친구와 좋은 책 그리고 살아 있는 양심이야말로 가장 이상적인 생활이다.'는 말이 있다. 그가 이 작품을 쓰며 딸들에게 선사하고자 한 것도 바로 이런 것이 아니었을까? 좋은 아버지이자 친구가 되고, 좋은 책을 만들어 선물하며 또 책 속에서 올바른 가치를 가르치는 것 말이다. 아버지의 마음에서 비롯된 『왕자와 거지』는 이제 더 이상 그의 자녀만을 위한 작품이 아니다. 왜냐하면 남녀노소를 불문하고 수많은 독자들에게 좋은 책이자 벗이 되고 있으며 세월이 흐를수록 그 가치를 더하고 있기 때문이다.

－옮긴이 황윤영

《마크 트웨인 연보》

1835년 11월 30일 미국 미주리 주 플로리다의 작은 마을 치안 판사였던 아버지 존 마셜 클레멘스와 어머니 제인 램프톤 사이에서 여섯 남매 중 다섯째로 태어남. 본명은 새뮤얼 랭혼 클레멘스.

1839년 온 가족이 미시시피 강 서쪽에 위치한 해니벌 마을로 이사를 함.

1847년 아버지가 폐렴으로 세상을 떠남. 학업을 그만두고 지방 신문사에서 인쇄공 견습생으로 일하기 시작함.

1851년 식자공으로 근무하면서 〈해니벌 가제트〉 지에 기고하기 시작함.

1858년 수로 관리인 면허를 취득함.

1861년 남북 전쟁이 일어나 남부군 민병대에 지원하여 복무함.

1862년 〈테리토리얼 엔터프라이즈〉의 기자로 근무.

1867년 단편소설집 『캘리베러스 군의 명물 뜀뛰는 개구리』 출간.

1869년 유럽과 팔레스타인 성지 순례 여행기를 그린 『철부지의 해외 여행기』 출간. 이 책은 출간된 후 1년 4개월 만에 8만5천 부 이상이 팔려 나가면 일약 인기 작가가 됨. 〈익스프레스〉 신문사를 인수하여 운영하기 시작함.

1870년 3년의 연애 끝에 올리비아 랭돈과 결혼하여 버팔로로 이사함.

1871년 경영 악화로 〈익스프레스〉 신문사 운영을 포기함.

1872년 여행기 『고난을 넘어』 출간. 영국으로 거처를 옮김.

1873년 찰스 더들리 워너와 함께 쓴 장편소설 『도금시대』를 출간.

1874년 『도금 시대』를 연극으로 각색하여 뉴욕에서 공연함. 흥행에는 실패함.

1875년 〈아틀랜틱 먼슬리〉 지에 『미시시피 강의 추억』을 연재하기 시작함.

1876년 장편소설 『톰 소여의 모험』 출간.

1880년 여행기 『도보 여행기』 출간.

1882년 장편소설 『왕자와 거지』 출간.

1883년 장편소설 『미시시피 강의 생활』 출간.

1884년 영국에서 장편소설 『허클베리 핀의 모험』을 출간. 미국에서는 이듬해에 출간함. 친척과 함께 동업하여 출판사를 설립함.

1889년 단편소설집 『아서 왕 궁전의 코네티컷 양키』 출간.

1891년 경제적인 어려움을 해결하기 위해 하트퍼드 저택을 팔고 유럽 여행을 떠남.

1894년 장편소설 『바보 윌슨의 비극』 출간. 운영하던 출판사가 파산함.

1895년 빚을 갚기 위해 세계를 돌아다니며 강연 활동을 펼침.

1896년 딸 수지가 뇌막염으로 세상을 떠남. 커다란 상실감으로 우울증에 시달림.

1897년 여행기 『적도를 따라서』 출간.

1900년 단편소설집 『해들리버그를 타락시킨 사나이』 출간.

1901년 미국 예일대학교에서 명예 문학 박사 학위를 받음. 미국 반(反) 제국주의 연맹의 부의장을 맡음.

1907년 영국 옥스퍼드대학교에서 명예 문학 박사 학위를 받음.

1910년 4월 29일 미국 코네티컷 주 레딩에서 세상을 떠남.

마크 트웨인 1835년 미국 미주리 주 플로리다에서 태어났다. 본명은 새뮤얼 랭혼 클레멘스이며, 마크 트웨인은 문학 작품을 발표할 때 사용하던 필명이다. 열두 살 때 아버지를 여의고 가정 형편이 어려워지자 인쇄소 견습공으로 일하기 시작했다. 여러 도시를 전전하며 인쇄공으로 일을 했기 때문에 제대로 된 교육을 받지 못했다. 하지만 틈틈이 도서관을 찾아 책을 읽고 글쓰기 연습을 하며 작가의 꿈을 키웠다. 1867년 첫 단편소설집 『캘리베러스 군의 명물 뜀뛰는 개구리』를 펴내어 인기 작가로 떠올랐다. 대표작으로 『왕자와 거지』, 『톰 소여의 모험』, 『허클베리 핀의 모험』 등이 있으며 1910년 일흔다섯의 나이로 세상을 떠났다. 어려운 환경 속에서도 끊임없이 노력하여 최고의 작가가 된 마크 트웨인은 오늘날 '미국 현대문학의 아버지'라고 평가받고 있다.

황윤영 성균관대학교 번역대학원을 졸업한 후, 현재 아동청소년문학 전문 번역가로 활동하고 있다. 그동안 옮긴 책으로 『내가 사랑한 야곱』, 『탠저린』, 『오디세이』, 『지킬 박사와 하이드』, 『이상한 나라의 앨리스』, 『거울 나라의 앨리스』, 『왕자와 거지』 등이 있다.